Judith & Garfield Reeves-Stevens

STAR TREK® DESIGN

MIT FREUNDLICHER GENEHMIGUNG DES KÜNSTLERS

Eine frühe Version der *Enterprise-D*, gezeichnet von Andrew Probert

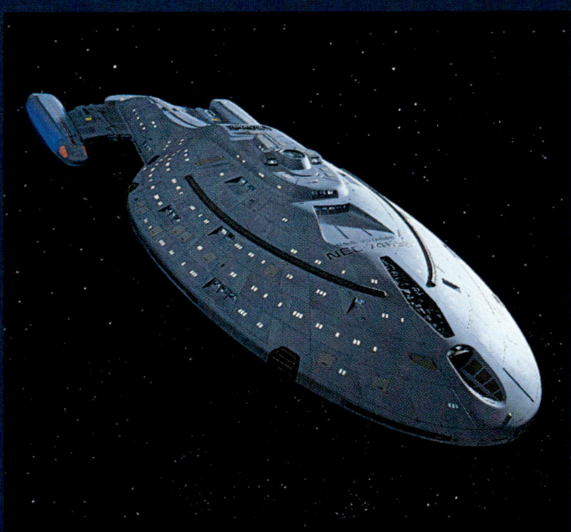

Judith & Garfield
Reeves-Stevens

STAR TREK®
DESIGN

Mit einer Einführung von
HERMAN ZIMMERMAN

Aus dem Amerikanischen von
RALPH SANDER

Herausgegeben von
WOLFGANG JESCHKE

Deutsche Erstausgabe

WILHELM HEYNE VERLAG
MÜNCHEN

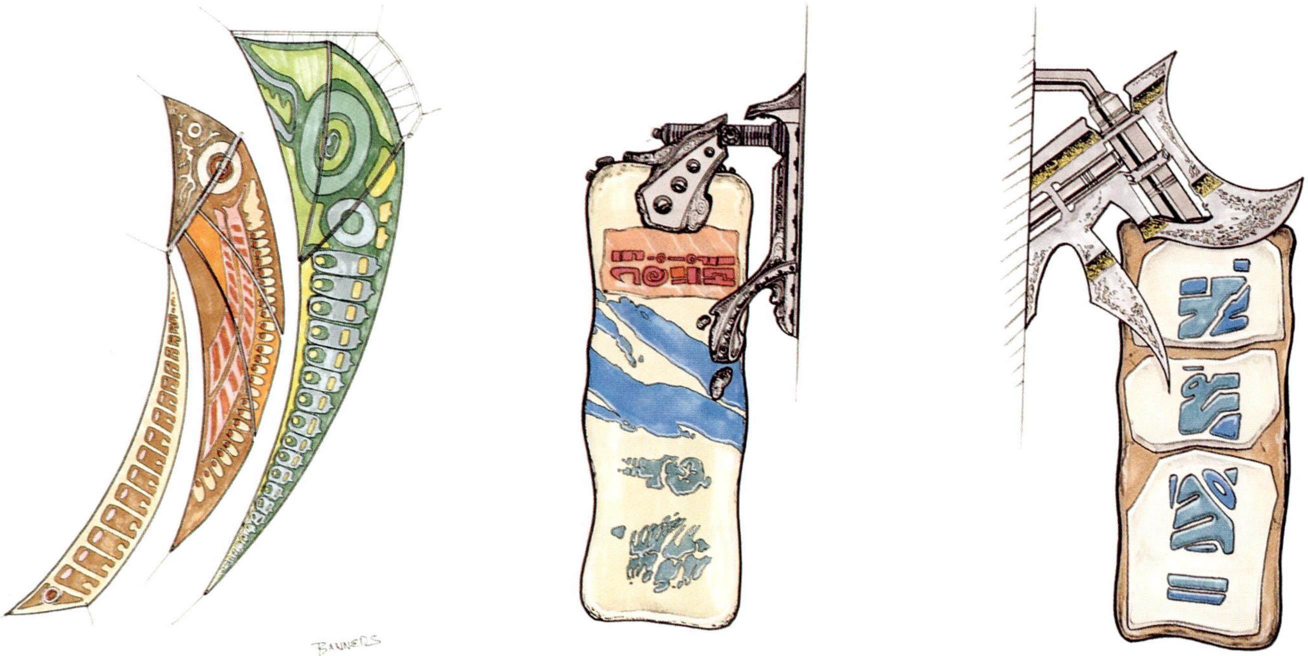

HEYNE SCIENCE FICTION & FANTASY
Band 06/5545

Redaktion: Rainer Michael Rahn

Erstausgabe by Pocket Books,
a division of Simon and Schuster, New York

Printed in Germany 1997
Umschlaggestaltung: Atelier Ingrid Schütz, München
Technische Betreuung: M. Spinola
Satz: Schaber Satz- und Datentechnik, Wels
Druck und Bindung: RMO-Druck, München

ISBN 3-453-12796-X

Für
Misha, Natasha, Paullina
und ganz besonders für Kevin,
der uns auf jeder Seite dieses Buchs begleitete.
Auf daß Eure Zukunft noch besser wird,
als Mr. Roddenberry sie sich vorgestellt hat.

INHALT

TEIL I

DIE ZUKUNFT IN UNSEREM WOHNZIMMER
STAR TREK IM FERNSEHEN

TEIL II

DAS GROSSE ABENTEUER
STAR TREK IM KINO

DANKSAGUNG

ZEICHNUNG: RICARDO DELGADO

Ein frühes Konzept für das ›Glop-am-Stiel‹ der Deep Space Nine-Promenade, was übrigens der Verfassung entspricht, in der sich die Autoren befinden, nachdem sie schätzungsweise 5000 Beispiele für *Star Trek*-Design durchgesehen haben

Format und Umfang dieses Buches sollten erkennen lassen, daß wir als Autoren wenig mehr sind als die Chronisten der Anstrengungen eingeschworener Sammler, Paramount-Mitarbeiter, Film- und Fernsehprofis sowie derjenigen, die SF in Fernsehen und Kino im allgemeinen und *Star Trek* im Besonderen schätzen.

Der Enthusiasmus und die Selbstlosigkeit, mit der uns von Freunden und Fremden gleichermaßen Beispiele und Zeit zur Verfügung gestellt wurden, waren im wahrsten Sinne des Wortes überwältigend – auch wenn für uns dieser Geist der Großzügigkeit nach drei Jahren als Beobachter hinter den Kulissen von *Star Trek* keine Überraschung mehr darstellen sollte. Dies alles ist kennzeichnend für diejenigen, die zusammenarbeiten, um die Fernseh- und Filmabenteuer dieser zu Recht beliebtesten und erfolgreichsten Serie voranzutreiben. Dieser Optimismus – der von Anfang an Gene Roddenberrys Hoffnungen für das *Star Trek*-Universum beflügelte – lebt nach wie vor in allem, was seinen Traum entfalten und fortsetzen hilft, und ist mit für die Langlebigkeit und das anhaltende Wachstum dieses Phänomens verantwortlich. Diesem Optimismus sind wir mehr zu Dank verpflichtet, als wir auf diesen Seiten zum Ausdruck bringen können.

Bei Paramount danken wir zuallererst wieder einmal Rick Berman, der uns den Zugang zu allen Bereichen der zahlreichen *Star Trek*-Produktionen ermöglichte. So wie Gene Roddenberry gehofft hatte, ist Rick Berman viel mehr geworden als nur der Hüter der Flamme. Er plant unverdrossen die neuen *Star Trek*-Reisen in das 21. Jahrhundert.

Herman Zimmerman war eine stetige Quelle der Inspiration und des Wissens während der Entstehung dieses Buchs. Ihm sind wir besonders dankbar für seine Hartnäckigkeit, einen ›sagenumwobenen‹ Schatz aufzuspüren: einige staubbedeckte Kisten mit Artefakten, die man – als *Star Trek – The Motion Picture* in die Kinos kam – in einem Lager abgestellt hatte.

Hermans Großzügigkeit standen auch alle anderen Mitglieder des *Star Trek*-Designteams bei Paramount in nichts nach: Richard James, sechs Seasons lang der Produktionsdesigner für *Star Trek – The Next Generation*, der jetzt *Star Trek – Voyager* mit so packendem optischen Leben erfüllt; der langjährige Illustrator und technische Berater Rick Sternbach, der unser größtes Lob verdient, weil er *alle* seine Zeichnungen aufbewahrt und datiert hat, und der zudem viele, vor langer Zeit ›vergrabene‹ Schätze auf dem Paramount-Gelände aufspürte. Außerdem danken wir Jim Martin, dem Illustrator für *Star Trek – Deep Space Nine*, dem Kostümdesigner Robert Blackman, Chef-Maskenbildner Michael Westmore, Doug Drexler, Randy McIlvain, Tony Sears und Wendy Drapanas, die alle sowohl zur optischen Gestaltung dieses Buchs als auch zu unserem Verständnis dieses breitgefächerten Themas beitrugen.

Dan Curry, Produzent der visuellen Effekte für *Voyager*, versorgte uns mit einer wunderbaren Materialvielfalt. Und Joe Longo, der Requisitenverwalter für *Deep Space Nine*, öffnete seine Schatzkammer, um uns Zugang zu seinen sorgfältig aufbewahrten Requisiten zu gewähren.

Paula Block von Viacom Consumer Products war von unschätzbarem Wert für uns, nicht nur, weil sie uns bei unserem Kampf durch Fotobestände aus 30 Jahren half, sondern auch, weil sie uns viel länger als erwartet bei den tagtäglichen Komplikationen half, denen man beim Gang über das Paramount-Gelände begegnet.

Harry Lang, Hüter der Schlüssel zum Paramount-Fotoarchiv, hat ein großes Lob verdient für seine Hingabe und seine Geduld – und für sein beeindruckendes Talent, falsch abgelegte Fotos aufzuspüren.

Von allen, die uns bei Paramount halfen, sind wir erneut außerordentlich dankbar für die Ratschläge, Ermutigungen und Einsichten sowie für die Freundschaft von Mike und Denise Okuda. Ihre beeindruckenden *Star Trek*-Nachschlagwerke – die ›Star Trek Encyclopedia‹, mit Debbie Mirek als Co-Autorin, und die ›Star Trek Chronology‹ – waren von unschätzbarem Wert bei der Zuordnung und Zusammenstellung eines großen Teils des in diesem Buch abgebildeten Materials.

Schließlich sei der Paramount-Mitarbeiterin gedankt, die die Hauptverantwortung dafür trug, daß wir von der Masse angesammelten Materials nicht erschlagen wurden – Herman Zimmermans Assistentin Penny Juday. Ohne ihr umfassendes Wissen und ihre Begeisterung für *Star Trek*, ohne ihr Organisationstalent und ihre Fähigkeit, stets zu wissen, wen sie wann anrufen mußte, würden wir uns sehr wahrscheinlich noch immer durch verstaubte Kartons voller Akten kämpfen, während unser Herausgeber gegen die Tür hämmert.

Die Leute, die uns außerhalb des Paramount-Geländes halfen, waren nicht weniger aufgeschlossen und mitteilsam. David McDonnell von *Starlog*, der Pocket Books schon in der Vergangenheit tatkräftig geholfen hat, trug beträchtlich zu dieser Sammlung bei. Fred Clark von *Cinefantastique* und Margaret Clark von *DC Comics* leisteten uns gleichsam unschätzbaren Beistand.

Stephen Whitfield, Hunderttausenden von Fans durch sein Buch ›The Making of Star Trek‹ bekannt, gewährte uns großzügig Zugang zu dem Material, das er seit den ersten Tagen von *Star Trek* gesammelt hatte.

Auch stehen wir in der Schuld von Jim und Anita Dwyer, Andrea Weaver und allen anderen, die in der Vergangenheit an *Star Trek*-Produktionen mitgearbeitet haben und so freundlich waren, sich die Zeit zu nehmen, um sich durch ihre privaten Sammlungen zu wühlen. Ein besonderer Dank geht an Greg Jein, dessen detaillierte Modelle und Requisiten die *Star Trek*-Zuschauer seit Jahren erfreuen; er gewährte uns jederzeit uneingeschränkten Zugang zu seiner ausgedehnten Requisitensammlung, zu Werken der Zeichentrickserie und zu faszinierenden Produktionsfotos aus der gesamten *Star Trek*-Geschichte.

Dank auch an den Desilu-Verantwortlichen Herbert F. Solow und den Produzenten der *Classic*-Serie, Robert Justman, für ihren unschätzbaren Beitrag zu den ersten Jahren von *Star Trek* und dafür, daß sie uns mit den wichtigsten Personen aus dieser Zeit bekannt machten.

Der angesehene Designer Matt Jefferies, der mit seinen Entwürfen der *U.S.S. Enterprise* und ihrer Brücke das Starfleet-Design begründete, war einer der hellsten Köpfe, denen wir bei unseren Nachforschungen begegneten. Während so viel Fernsehdesign zeitgenössisch und damit schnell überholt ist, ist Matts Arbeit frisch und beeindruckend geblieben und dient noch immer als tagtägliche Inspirationsquelle für die neuen Generationen der *Star Trek*-Designer. Unglaublich viele Zeichnungen, die Matt uns zur Verfügung stellte, waren noch nie zuvor veröffentlicht worden und bilden einen Höhepunkt dieses Buches.

Andrew Probert, einer der wichtigsten *Star Trek*-Designer der zweiten Generation, der bei *Star Trek – The Motion Picture* und *Star Trek – The Next Generation* neue visuelle Höhepunkte setzte, begeisterte uns, indem er uns Zugang zu vielen Illustrationen gestattete, die bis dahin ebenfalls unveröffentlicht waren.

Bei Industrial Light & Magic, der Gesellschaft, die seit fast fünfzehn Jahren einen überaus großen Beitrag zum Erscheinungsbild des *Star Trek*-Universums geleistet hat, kämpfte man sich durch die Akten und förderte weitgehend unbekannte Bilder zutage, die auch in dieser Sammlung vertreten sind. Wir stehen in der Schuld von Bill George – dem Designer der *Excelsior* – und Ellen Pasternak von ILM für ihre Beiträge trotz ihrer knapp bemessenen Zeit.

Besonders dankbar sind wir

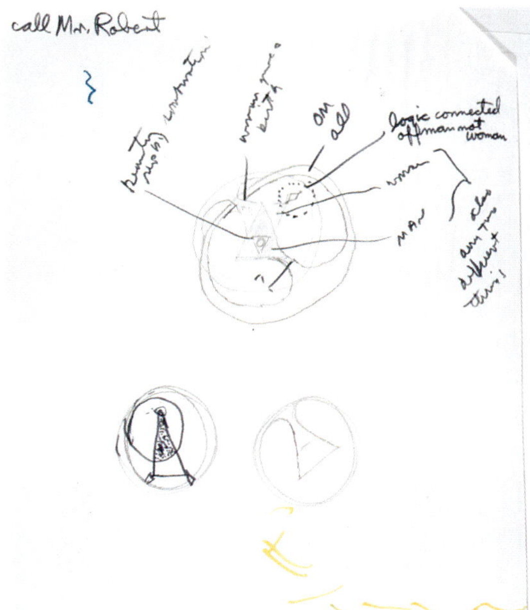

Obwohl er sich dem Idealismus des 23. Jahrhundert verschrieben hatte, war Gene Roddenberry für die finanziellen Realitäten des 20. Jahrhunderts nicht blind. In dem Bewußtsein, daß bei den *Star Trek*-Zuschauern Bedarf an Merchandising-Artikeln bestand, entwarf Roddenberry zusammen mit William Ware Theiss ein Symbol für die vulkanische Philosophie, das auch an die Fans verkauft werden konnte. Diese Skizzen von Theiss zeigen die Entwürfe zu zwei UMUK- (Unendliche Mannigfaltigkeit in Unendlicher Kombination) Symbolen. Das endgültige Symbol wurde von Spock erstmals in der Episode ›Die fremde Materie‹ getragen und ist seither in jüngeren *Star Trek*-Produktionen immer wieder zu sehen gewesen.

dem Sammler Bob Burns für sein Entgegenkommen. Er hat viele der in dieser Kollektion aufgenommenen Werke von Mike Minor beigesteuert. Mikes Vermächtnis ist noch heute in *Star Trek* gegenwärtig, und wir sind alle glücklich, daß Bob dieses Werk so gewissenhaft lebendig gehalten hat, um eine neue Generation von Bewunderern zu erfreuen und zu inspirieren.

Die Unterstützung der Auktionshäuser Butterfield & Butterfield und Christie's East war gleichfalls von unschätzbarem Wert; sie stellten Dias vieler *Star Trek*-Objekte zur Verfügung, die sie in der Vergangenheit versteigert haben.

Auf der technischen Seite ist es wieder unser Fotograf Robbie Robinson, der uns auf unseren Reisen begleitete und beeindruckend viele und originelle Fotos speziell für diese Sammlung schoß. Und Rick Thomas von Patrick J. Donahue Photography/The Photo Lab hat maßgeblich zur raschen Entwicklung von Robbies Arbeit und zur Erstellung hochwertiger Vergrößerungen beigetragen.

Viele andere stellten uns ihre Zeit und ihr Wissen während der Dauer dieses Projekts zur Verfügung. Einige von ihnen möchten ungenannt bleiben. Andere tauchen auf diesen Seiten auf. Alle anderen, die wir unabsichtlich zu erwähnen vergaßen, bitten wir schon jetzt um Entschuldigung und versprechen, das Versäumnis in kommenden Auflagen wiedergutzumachen.

Und zu guter Letzt geht unser Dank an das Team von Pocket Books – Irene Yuss, Joann Foster, Michael Schwindeller, Tyya Turner, John Ordover, John Perrella, Carol Greenburg und Daniel Truman, an die geschäftsführenden Herausgeberinnen von Pocket Books, Donna Ruvituso und Donna O'Neill, und den Buchdesigner Richard Oriolo – echte Profis, die alle zusammenarbeiteten, um unsere Reise durch ein solch komplexes Projekt so angenehm wie möglich zu gestalten. Und auch dieses Mal müssen wir besonders unserem Herausgeber Kevin Ryan danken, ohne den dieses Buch nicht das Licht der Welt erblickt hätte.

Kevins Hingabe, diese Sammlung gedruckt zu sehen, seine akribische Detektivarbeit, so viele Sammler aufzuspüren und so viele der noch nie veröffentlichten Arbeiten für dieses Buch zusammenzutragen, und seine Nachsicht gegenüber zwei eigensinnigen Autoren übersteigen bloße Dankbarkeit.

Wir danken allen und wir freuen uns auf die nächste Runde.

J. & G. Reeves-Stevens

Produktionsdesigner Herman Zimmerman in der Stellaren Kartographie, dem beeindruckenden neuen Bühnenbild, das er zusammen mit seinem Produktionsteam für den siebten Kinofilm *Star Trek Generations* entwarf

EINFÜHRUNG

Am Abend des 8. September 1966 schaltete ich so wie zehn oder zwölf Millionen andere Menschen NBC ein, um die erste Episode einer neuen Fernsehserie namens *Star Trek* zu sehen.

An jenem Abend, als wir zum ersten Mal William Shatners Stimme mit dem in der Zwischenzeit berühmten Satz »Der Weltraum, unendliche Weiten...« hörten, waren die meisten von uns gelinde gesagt begeistert. Von Beginn an fesselte *Star Trek* unsere Phantasie und gab uns zwei Dinge: aufregende Weltraumabenteuer und einen Blick auf eine strahlende Hightech-Zukunft. In krassem Gegensatz zur Realität des kalten Krieges, zu den Katastrophen und der Hoffnungslosigkeit, denen wir in den täglichen Nachrichten begegneten, wurden wir jede Woche zu den entlegensten Regionen des Alls entführt und erhielten die Gelegenheit, die Sterne zu erforschen. An genau diesem Herbstabend beamte sich *Star Trek* mit seinen optimistischen Ausblicken zum ersten Mal in unser Leben. Die Serie hat uns seitdem stets unterhalten und ist noch heute in der Lage, unseren Zukunftsträumen Leben einzuhauchen.

1966 war ich ein fast völlig unerfahrener Assistant Art Director, der zufällig für den Sender NBC arbeitete. Ich lernte mein Handwerk und entwarf die Dekorationen für eine neue Soap Opera, *Days of Our Lives*. Ende der 60er Jahre hätte niemand bei NBC oder Paramount Pictures die anhaltende Beliebtheit von *Star Trek* ahnen können – oder gar den letztendlichen Status als ein Mythos der populären Kultur. Seit der ersten Episode ›Das Letzte seiner Art‹ war ich süchtig. Wann immer *Star Trek* ausgestrahlt wurde, eilte ich nach Hause, um die nächste Episode einer Serie zu sehen, die für mich die beste des Fernsehens war. Captain Kirk und die Mannschaft der *Enterprise*, die rund 300 Jahre in der Zukunft aktiv waren, nahmen mich und Tausende anderer Fans mit, reisten jede Woche durch das Ehrfurcht einflößende All zu fernen Planeten, um ›neues Leben und neue Zivilisationen zu suchen‹.

Die Erschaffung fremder neuer Welten und außerirdischer Lebensformen wurde für *Star Trek* zu einem Markenzeichen. Und mit jedem neuen Planeten und jeder neuen Zivilisation, die erfunden wurden, war unsere Vorstellungskraft aufs Neue gefordert. Wir waren voller Ehrfurcht vor diesen so real erscheinenden Zukunftsvisionen. Diese frühen Bilder des Raumschiffs *Enterprise*, das die Tiefen des Alls erforschte, und die faszinierenden Kulturen, denen seine Crew begegnete, wurden durch die Anstrengungen eines einzigartigen und talentierten Künstlerteams auf dem Bildschirm Wirklichkeit. Auf den Seiten dieses Buches werden Sie mit einigen von ihnen bekannt gemacht – talentierte Frauen und Männer, die an der Entstehung der Original-Serie beteiligt waren, und jene, die ihren Fußstapfen gefolgt sind, eine ausgewählte Gruppe, die *Star Trek* durch alle Ableger des Originals geführt hat. Wir hatten das Glück, wichtige Beispiele ihrer Arbeit aufzuspüren, darunter viele Originale, die hier zum ersten Mal zu sehen sind. (Bei einigen handelt es sich um Kritzeleien auf den Servietten eines seit langem geschlossenen Hollywood-Restaurants.)

STAR TREK DESIGN repräsentiert die umfassendste Sammlung von Produktionsnotizen, -plänen, -zeichnungen und -illustrationen, die zu *Star Trek* bis heute zusammengetragen wurden. Ich versichere Ihnen, daß es Ihnen – so wie mir – eine Freude sein wird, diese begeisternden Kunstwerke Revue passieren zu lassen, die *Star Trek* hervorgebracht hat.

Was aber gibt es in diesen Archiven, das die oft unvollendete Arbeit einer Gruppe von Produktionskünstlern, die ihre Ideen für eine SF-Fernsehserie einbringen, zur Kunst erklärt? Wenn wir Kunst definieren als »die Beschäftigung, schöne Dinge zu schaffen«, dann fällt die futuristische, fremde, oft bizarre Bilderwelt von *Star Trek* ganz sicher darunter – sei es die Gestaltung, die Verwendung von Farben, Linien und Formen, der Erfindungsreichtum und die ungewöhnliche Verwendung von Materialien. Tatsächlich ist es so, daß *Star Trek* die Bestnote mit Auszeichnung erhält.

Das Design von *Star Trek* ist nicht nur Kunst um ihrer selbst willen, sondern geschaffen, um eine gut erzählte Geschichte visuell zu unterstreichen. Und es ist die Kunst, Geschichten mit so viel Frische und Erfindungsreichtum wie möglich zu erzählen, um die humanistische Philosophie ihrer Schöpfer zu präsentieren. Das ist – so glaube ich – durchweg erfolgreich in nunmehr drei Dekaden erreicht worden. Die bewegten Bilder, für den Bildschirm geschaffen, dienen unseren Träumen und haben sich auf ihre Art als so unauslöschlich erwiesen wie die Gemälde großer Meister.

Das Erstaunliche daran ist, daß es eine durchgehende Linie künstlerischer Geschlossenheit von Episode zu Episode und von Serie zu Serie gegeben hat. Daraus entstanden ist ein *Star Trek*-Stil, der nicht einem einzelnen, sondern einer kollektiven Intelligenz und der Vision vieler Individuen zuzuschreiben ist – Menschen, die zum größten Teil nicht tagaus tagein zusammengearbeitet haben, wie man vielleicht meinen möchte.

Konzeptzeichnung der Stellaren Kartographie in Aktion, gezeichnet von John Eaves

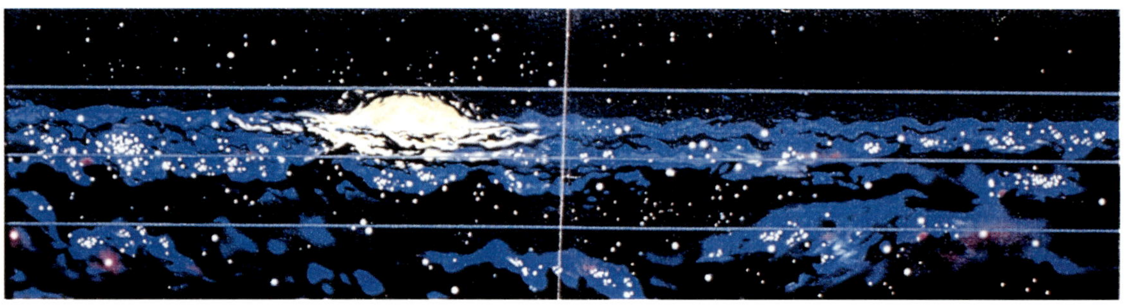

Ein frühes Konzept des Displays in der Stellaren Kartographie

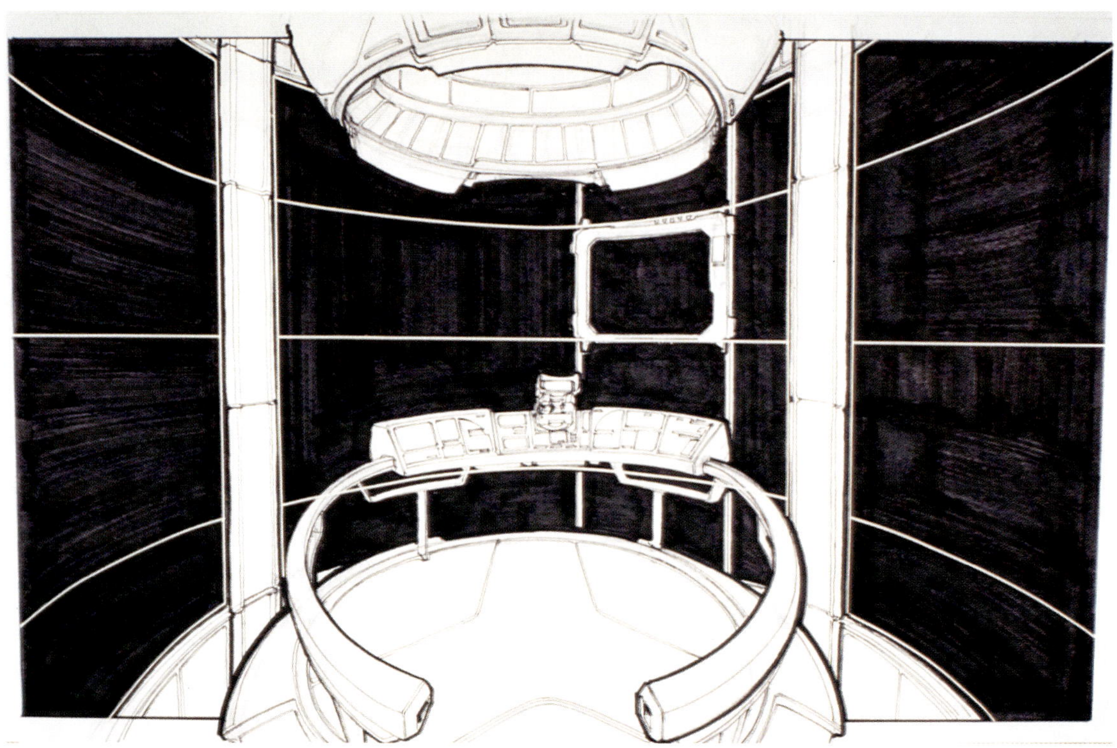

Konzeptzeichnung von John Eaves für das großartige Bühnenbild der Stellaren Kartographie

Aber wollen wir uns einen Moment mit dem Umfeld befassen, in dem ein *Star Trek*-Künstler arbeitet. Serienproduktion beim Fernsehen erfordert Phantasie und die geschickte Verwendung der alltäglichen, verfügbaren Dinge, um der Idee eines Autors Leben einzuhauchen (und die Termine einzuhalten).

Das Produktionsteam ist hier in der Lage, ein Qualitätsprodukt mit einer Geschwindigkeit herzustellen, die man in keinem anderen Industriezweig zu erreichen versuchen würde.

Eine einzige einstündige *Star Trek*-Episode verkörpert einen immensen Arbeitsaufwand von mehr als 60 Leuten, die täglich 12 bis 16 Stunden arbeiten, um einen scheinbar unmöglichen Zeitplan einzuhalten. Nach sieben Arbeitstagen wird eine neue Episode in Angriff genommen. Und während man sich mit den Lösungen für Probleme der heutigen Episode befaßt, steht die morgige schon in den Startlöchern. Die Ideen der Autoren müssen in Skizzen und Plänen erfaßbar gemacht werden, die Pläne müssen abgesegnet und budgetiert werden, der Arbeitsbeginn muß genehmigt werden. Dann müssen die Dekorationen, Kostüme und Masken hergestellt und im Studio aufgebaut, ausgeleuchtet und angelegt werden. Schließlich übernehmen die Schauspieler und der Regisseur die Kontrolle, und das Drama wird vor dem Auge der Kamera zum Leben erweckt. Dann muß die Episode unter dem Druck eines weiteren Terminmarathons geschnitten werden; die visuellen Effekte, Geräusche, Musik und Titel werden hinzugefügt. Das alles wird normalerweise in drei bis vier Wochen erledigt.

Die Tatsache, daß *Star Trek* seit eh und je eine visuell aufregende Serie ist – trotz der geradezu selbstmörderischen Bedingungen, die ich gerade beschrieben habe –, ist ausschließlich dem Talent und der Hingabe der Leute zu verdanken, die diese nervenaufreibende Arbeit erledigen. Wenn Sie das fertige Produkt im Fernsehen sehen, dann ist es so perfekt, wie es das Produktionsteam machen konnte. Für Fehler gibt es nur wenig Spielraum – und keine Entschuldigung.

Unter Arbeitsbedingungen, die demjenigen, der sich im Filmgeschäft nicht auskennt, wie von Panik getrieben und krankhaft angespannt erscheinen müssen, quält sich das Unternehmen von Episode zu Episode, bis 26 Episoden produziert sind. Dieser Prozeß dauert etwa zehneinhalb Monate. Nach einem ›Winterschlaf‹ von fünf bis sechs Wochen und einer zwei- bis dreiwöchigen Vorlaufzeit für die erste neue Episode – alles unter den wachsamen Augen des Studios – beginnt eine neue Season. Die Produzenten, Autoren, Akteure und das Produktionsteam raffen sich auf und fangen wieder von vorn an, wobei jeder weiß, daß auch in der neuen Season die Qualität und der Ruf der Serie – unverbrauchte Ideen und herausragende visuelle Effekte – gewahrt werden müssen, ganz gleich wie kurz die Vorbereitungszeit ist oder welche Einschränkungen ein knappes Budget mit sich bringt.

Die Schöpfer von *Star Trek Classic* waren echte Pioniere des SF-Fernsehens. Diese Frauen und Männer konnten sich nur an wenigen Vorläufern orientieren und verliehen dennoch einigen wunderbaren und wilden Träumen von der Zukunft Substanz. Und wenn wir manchmal ein wenig kritisch auf einige der *Classic*-Episoden zurückblicken, insbesondere hinsichtlich der uns heute zur Verfügung stehenden Hochglanztechnologie à la Star Wars, dann sollten wir uns daran erinnern, daß sie die ersten waren. Die Serie überlebte drei Seasons und hinterließ uns 79 Stunden, die Fernsehgeschichte schrieben und die noch heute einer kritischen Betrachtung standhalten.

Gene Roddenberry verglich mir gegenüber einmal die Arbeit an einer erfolgreichen Fernsehserie wie *Star Trek* mit dem Bergsteigen: Es ist erfrischend, wenn man es macht, und es ist wunderbar, wenn man den Gipfel erreicht hat und sagen kann, daß man es getan hat. Aber tief im Inneren weiß man, daß man vielleicht nicht den Mut oder die Ausdauer besitzt, um es noch einmal zu tun.

Gene tat es noch mal. Er war sehr stolz auf die Tatsache, mit *Star Trek – The Next Generation* bewiesen zu haben, daß er den Erfolg der Original-Serie nicht nur wiederholen, sondern sogar übertrumpfen konnte. *Star Trek – The Next Generation* war für Gene ein noch besseres Mittel, um uns an seiner Zukunftsvision teilhaben zu lassen. Er war sehr stolz auf die Besetzung und alle Produktionselemente, die so problemlos auf dem aufbauten, was er lange zuvor erschaffen hatte. Für diese Serie wurden sieben Seasons produziert (1987–1994); sie kam insgesamt auf 178 Stunden qualitativ wirklich hochwertiger Unterhaltung.

Wenn ein *Star Trek*-Kinofilm produziert wird, dann durchwandert er viele ähnliche Prozesse wie eine Fernsehepisode – nur daß man für ihn ›ein wenig‹ mehr Geld ausgibt. Für einen Film gibt es üblicherweise eine Vorbereitungsphase von rund 16 Wochen, in denen alle Dekorationen, Requisiten, Kostüme, Masken für Aliens, graphische Designs, Modelle, Matte-Zeichnungen und (mechanische und optische) Spezialeffekte entwickelt und abgesegnet werden müssen. Zwei bis vier Wochen werden für die Konzeptions- und Zeichnungsphase eingeräumt, in den verbleibenden 12 bis 14 Wochen wird fieberhaft an der Umsetzung gearbeitet. Die Konzepte, Pläne und Zeichnungen werden weiterentwickelt, nachdem die Konstruktion schon begonnen hat, und die verschiedenen Abteilungen befinden sich im ›Alarmzustand‹. Selbst nach den 55 bis 65 Tagen der ›Princi-

Ein anderer Blickwinkel auf die Stellare Kartographie

ZEICHNUNG: JOHN EAVES

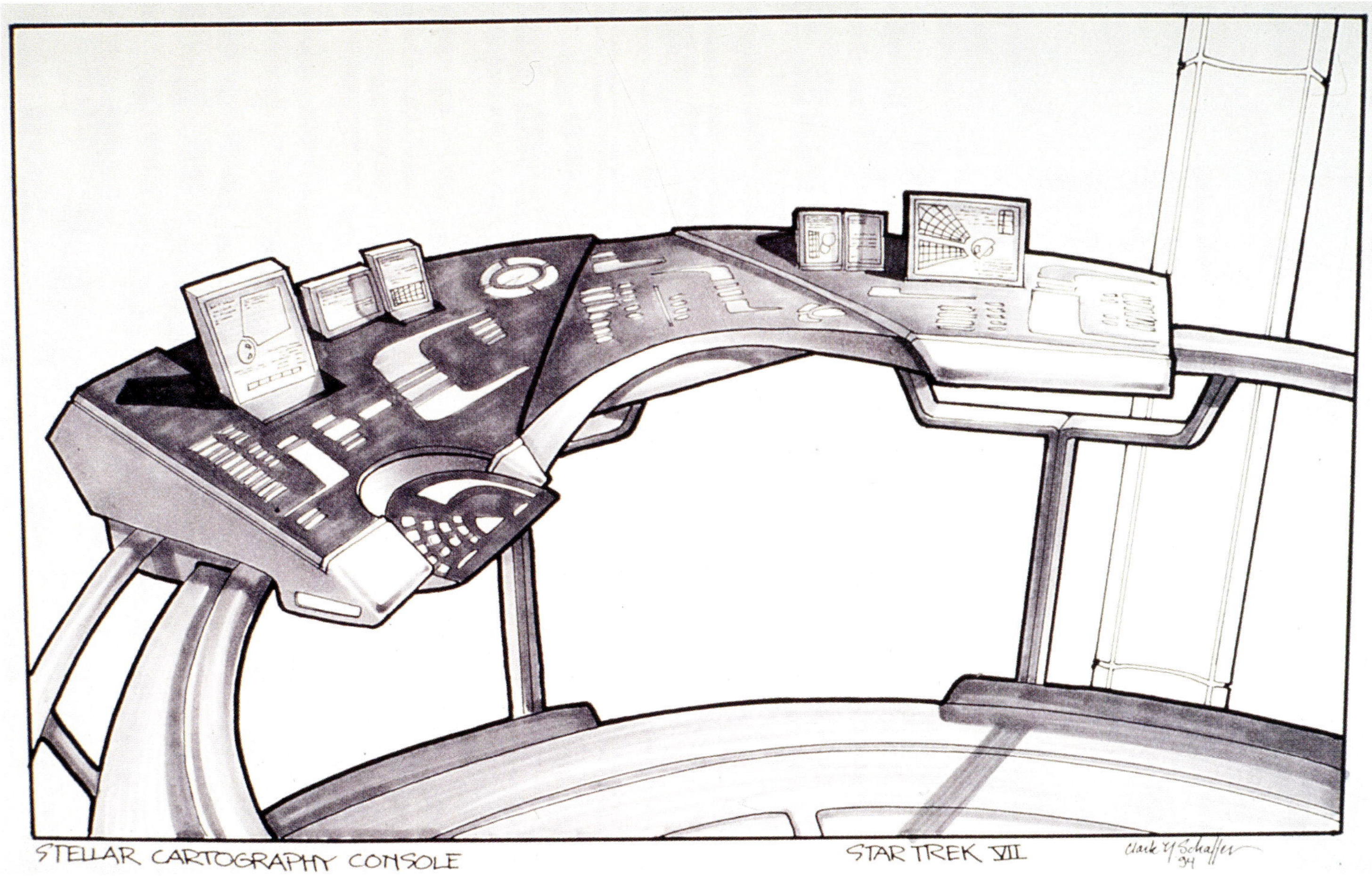

ZEICHNUNG: CLARK SCHAFFER

Es geht ins Detail.

pal Photography‹* arbeitet die Design-Abteilung normalerweise noch immer auf Hochtouren. Was den Produktionsplan antreibt, ist die sinnvolle Nutzung der Zeit, in der das Filmteam anwesend ist. Alle Maßnahmen werden von dem Tag an zurückgerechnet, an dem die Filmcrew ihre Arbeit aufnehmen soll. Der Film befindet sich manchmal mitten in der Produktion, wenn sich herausstellt, daß das Drehbuch zu hohe Kosten verursacht. Alles wird neu beurteilt und reorganisiert, die Budgets werden gekürzt. Die Drehbuchänderungen beginnen meist genau in dem Moment, da der Leiter dieser Abteilung zu wissen glaubt, worum es geht, und einen funktionierenden Plan hat, demzufolge alles erledigt werden kann. Ja, Drehbuchänderungen sind notwendig. Ja, der Film wird durch sie zwar besser, aber es ist – gelinde gesagt – äußerst unbefriedigend. Viele gute Designideen werden in diesem Prozeß geopfert, wie einige der Entwürfe in diesem Buch zeigen werden. Es ist eine Tatsache, daß eine Art der Filmproduktion Flexibilität erfordert. Das Wichtigste für das Designerteam ist, nicht an einer Lieblingslösung für ein Problem festzuhalten, die es geschafft hat, die Änderungen zu überleben, statt dessen offen zu bleiben für Inspirationen, die aus den Änderungen entstehen. Die Ruhe zu bewahren und unter permanent sich verändernden Bedingungen kreativ zu bleiben, ist ein wichtiger Teil des Jobs.

Das Handlungsumfeld für einen *Star Trek*-Film zu entwerfen, bedeutet, von Zeit zu Zeit das *Star Trek*-Universum neu zu erfinden. Das ist keine leichte Aufgabe. Denn auch wenn man einen 30 Millionen Dollar teuren Film macht, ist der gesamte Prozeß des Entwurfs der Produktion zeitlich gnadenlos gedrängt. Verglichen mit der Produktion von komplexen Industriegütern, zum Beispiel der eines neuen Autos, wird den Entwürfen für einen Film nur minimale Vorlaufzeit gewährt. Arbeit, für deren Erledigung man bei General Motors drei oder vier Jahre benötigen würde, muß innerhalb weniger Monate erledigt werden. Es heißt, daß die Produktion eines Films mit einem Feldzug vergleichbar ist. Manchmal wünscht man sich, es wäre so einfach.

Man hat einen neuen Regisseur, neue Autoren, einen neuen Produzenten und ein neues Drehbuch voller ungelöster Probleme. Und wenn man das Glück hat, an mehr als einem *Star Trek*-Film mitzuarbeiten, dann sollte man glauben, daß es beim nächsten und übernächsten immer einfacher werden müßte – ein natürlicher Schluß, da viele Mitarbeiter des

* alle Szenen, die aufgenommen werden, bevor sich die Spezialeffekte-Profis an die Arbeit machen – also alle Aufnahmen, in denen die Schauspieler aktiv sind; Anm. d. Übers.

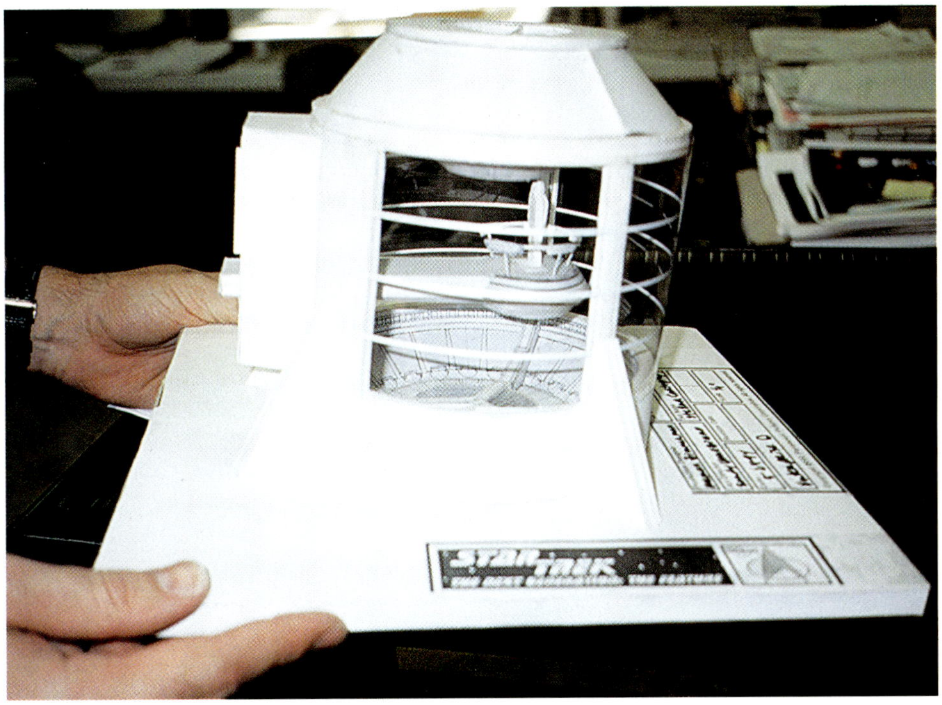

Der letzte Test – ein Schaumstoffmodell, gefertigt aus den Blaupausen für das Bühnenbild

zentralen Produktionsstabes wieder beteiligt sein dürften. Ich muß zwar zugeben, daß es nie langweilig wird – trotzdem wird es in keiner Weise einfacher. Es scheint so, als beginne man jedesmal wieder auf der untersten Sprosse der Leiter. Man stellt fest, daß von all den wunderbaren Dingen vom letzten Film, an die man sich erinnert, nicht viel übriggeblieben ist. Und der Rest ist zum größten Teil nutzlos, da es schon angestaubt ist. Viel schwerer wiegt, daß sich die Anforderungen immer erheblich von denen des vorangegangenen Films unterscheiden. Bei einem Film, der einige hundert Jahre in der Zukunft spielt, muß alles, was man auf der Leinwand sieht, hergestellt werden. Den Details muß große Beachtung geschenkt werden, die Geschichte der Zukunft, die in allen Serienepisoden und in den anderen Filmen sorgfältig konstruiert worden ist, muß beachtet werden. Form und Beschaffenheit jedes Details müssen geeignet sein, einer Projekten auf eine Leinwand von über 20 Metern Breite und knapp 10 Metern Höhe standzuhalten. Das erfordert höchste Präzision, aber es macht auch viel Spaß.

Produktionsdesign für einen *Star Trek*-Film ist eine äußerst kreative und persönlich zufriedenstellende Erfahrung. Das Team, vom Produzenten zusammengestellt, macht sich mit viel Enthusiasmus an die Arbeit, voller Hoffnung, daß das Produkt ein erinnerungswürdiger Film und ein großer Erfolg an den Kinokassen wird. Und die meisten von uns, die das Glück haben, diese Arbeit zu machen – egal wie sehr wir während der Produktionswehen auch meckern –, können sich nur sehr schwer vorstellen, etwas anderes zu tun.

In seinen vielen Erscheinungsformen hat *Star Trek* einige außerordentlich begabte Menschen angesprochen, allein was die visuelle Seite betrifft. Es gibt keine talentiertere und erfahrenere Gruppe von Künstlern, die für das Kino arbeitet. Bei *Star Trek Classic* fallen einem die Namen Matt Jefferies, William Ware Theiss, Janos Prohaska, Fred Phillips, Wah Chang und Irving Feinberg ein.

Star Trek – The Next Generation wurde von mir, Andrew Probert, Rick Sternbach, Michael Okuda, John Dwyer, Richard James, James Mies, Michael Westmore, Rob Legato, Dan Curry, William Ware Theiss, Robert Blackman und vielen anderen in Szene gesetzt, von denen die meisten auch an *Star Trek – Deep Space Nine* und/oder *Star Trek – Voyager* mitgearbeitet haben.

Die *Star Trek*-Filme wurden von so bekannten Produktionsdesignern wie Harold Michaelson, Michael Minor, Joseph R. Jennings, John E. Chilberg II, Jack T. Collis und einer weiteren, sehr langen Liste von Produktionspersonal mit visuellem Leben erfüllt.

Durch die Jahre hindurch ist es die Phantasie dieser Künstler, dieser Hüter der *Star Trek*-Flamme gewesen, die Episode für Episode und Film für Film den Visionen der Autoren Leben eingehaucht haben. Ihre Namen finden sich im Nachspann jeder Episode, aber ihr spezifischer Beitrag ist wohl nur wenigen bekannt. In diesem Buch haben Sie die Möglichkeit, einige von ihnen kennenzulernen und zu erfahren, wie kompliziert und faszinierend die Arbeit hinter den Kulissen der verschiedenen Produktionsabteilungen von *Star Trek* sein kann. *Star Trek* verdankt einen Großteil des Erfolgs diesen engagierten Mitarbeitern, den Designern der Masken und Kostüme, der Bühnenbilder und Requisiten, der Graphiken und der optischen Effekte, zusammen mit den talentierten Profis des Studios: Schneider, Näher, Zimmerleute, Maler, Elektriker, Spezialeffekte-Magier, Matte-Zeichner, Modellbauer und Motion Control Experten. Diese gesichts- und namenlose Armee von Frauen und Männern ist verantwortlich für das *Star Trek*-Design: ihre Arbeit ist in jedem Meter Film zu sehen. Wir würdigen an dieser Stelle ihre Begabung und danken ihnen und ihresgleichen in der Filmindustrie. Die Autoren dieses Buchs und ich legen Ihnen ihre Arbeit ans Herz, auf daß Sie so wie wir ihren Beitrag zur erstaunlichen Zukunftsvision von *Star Trek* zu würdigen wissen.

HERMAN ZIMMERMAN
Sternzeit: 9504.19

TEIL I

DIE ZUKUNFT IN UNSEREM WOHN-ZIMMER

CONTROL ROOM

EINS

EIN VÖLLIG NEUES UNIVERSUM

›DER KÄFIG‹ UND ›SPITZE DES EISBERGS‹ 1964–1965

Ein klassisches Bild aus der *Classic*-Serie. Susan Oliver als Tänzerin vom Orion, in einem typischen Kostüm von William Ware Theiss, das mehr zu entblößen scheint, als es wirklich tut

UMSEITIG: Einer der ersten Entwürfe für die Brücke der *Enterprise* von Pato Guzman

Aus ›Der Käfig‹. Das erste Mal, daß die Worte ›STAR TREK‹ auf Film erschienen, jedoch nicht in dem typographischen Design, das für den zweiten Pilotfilm festgelegt wurde

Maskenbildner Fred Phillips frischt eine *Star Trek*-Legende auf. Phillips entwarf auch Mr. Spocks Maske für ›Der Käfig‹.

DIE PILOTFILME

1964 war *Star Trek* nicht mehr als eine Handvoll maschinengeschriebener Seiten. Nach Lektüre dieser Exposés hatten sich die Desilu-Studios mit Gene Roddenberry dahingehend geeinigt, daß dieser in den nächsten drei Jahren Ideen für TV-Serien entwickeln würde.

Diese Seiten beschrieben die Mission der *U.S.S. Yorktown*, eines Raumschiffs mit einer 203 Mann starken Besatzung, unter dem Kommando von Robert T. April. Landetrupps sollten mit Hilfe eines Energie-Materie-›Zerhackers‹ auf Planeten hinuntergebeamt werden; über ihre Telekommunikatoren sollten sie in Kontakt mit der *Yorktown* bleiben und sich mit ›Laserstrahl‹-Waffen verteidigen.

Auch wenn die Terminologie noch verfeinert werden mußte, so war der Grundstein eines Milliarden Dollar schweren Unterhaltungsfranchise hiermit bereits gelegt. Und als NBC im Juni 1964 bereit war, eine Pilotepisode anzufordern, war die Zeit gekommen, das Fundament dieses Franchise zu bauen.

Wie *Star Trek*-Produzent Gene Coon sagte: »Gene schuf ein völlig neues Universum.« Da Fernsehen ein visuelles Medium ist, stellte sich die Frage, wie dieses Universum aussehen sollte. Dieser Augenblick markierte den Anfang des *Star Trek*-Designs.

Heute verweist *Star Treks* Illustrator und technischer Berater Rick Sternbach auf die ›drei Filter‹, die zwischen jedem *Star Trek*-Designer und dem leeren Blatt Papier stehen.

Zunächst ist da – am wichtigsten für die Geschäftsseite in der Filmindustrie – der Filter *Geld*. Wieviel wird ein Design kosten, um es realistisch – oder zumindest scheinbar realistisch – zu gestalten? Jede *Star Trek*-Produktion muß das Budget einhalten, und ein Designer kann ebensowenig eine Requisite entwerfen, die nicht gebaut werden kann, wie ein Autor eine Szene schreiben kann, in der Tausende Klingonen eine Starbase angreifen.

Als zweites kommt der Filter der *Praktikabilität*. Sieht ein Design so aus, als könne es das leisten, was es leisten soll? Viele künstlerische Bewertungen kommen hier ins Spiel. Sieht eine Waffe bedrohlich genug aus, um die Zuschauer erkennen zu lassen, daß es sich um eine Waffe handelt? Ist eine fremde Maschine zu fremd, um verstanden zu werden, oder kann sie zu leicht identifiziert werden, so daß sie nicht fremd genug erscheint?

Der dritte Filter ist der, auf den die Zuschauer am heftigsten reagieren – *Geschichte*. Hier spielt alles eine Rolle, was sich zuvor in *Star Trek* ereignet hat. Es ist die visuelle Geschlossenheit – manchmal beherrschend, manchmal fast unterbewußt –, die die *Enterprise* mit der *Enterprise-D* und der *Voyager* und die Klingonen aus Kirks Ära mit denen aus Picards Zeit verbindet.

Obwohl Hunderte Künstler in den letzten drei Dekaden zur Verfeinerung und Entwicklung dieses letzten Filters beigetragen haben, gab es am Anfang zwei, die die ersten Seiten dieser Geschichte schrieben: der Art Director des ersten *Star Trek*-Pilotfilms, Pato Guzman, und sein Assistent Matt Jefferies.

Guzman war Bühnenbild-Designer bei *The Lucy Show*, der Erfolgsserie, der die Desilu-Studios ihre Existenz verdankten, und er stellte sich voller Enthusiasmus den Herausforderungen, das Innenleben des Raumschiffs einer neuen Serie zu entwerfen, das nun *Enterprise* hieß. (Guzman verließ Desilu, bevor die Dreharbeiten für den Pilotfilm begannen. Zunächst wurde er durch Franz Bachelin ersetzt, dann durch Matt Jefferies, der Art Director der Serie wurde.)

Matt Jefferies, wie Roddenberry B-17-Pilot im Zweiten

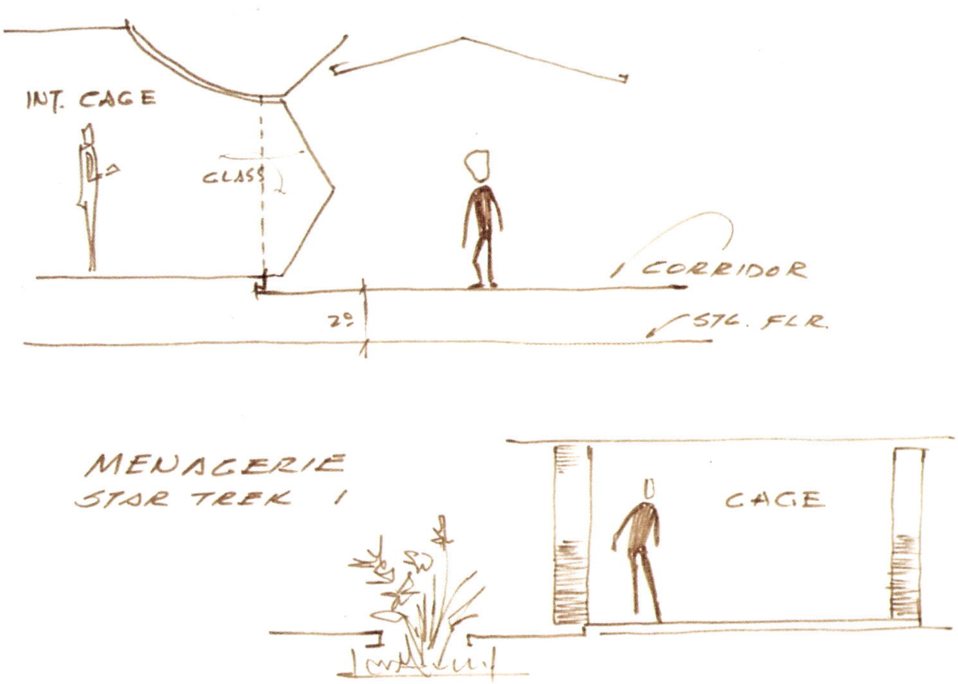

MIT FREUNDLICHER GENEHMIGUNG DES KÜNSTLERS

Einer der ersten Bühnenbild-Entwürfe von Matt Jefferies für *Star Trek*; er zeigt die talosianische Menagerie. Achten Sie auf den großen Kopf des Strich-Aliens.

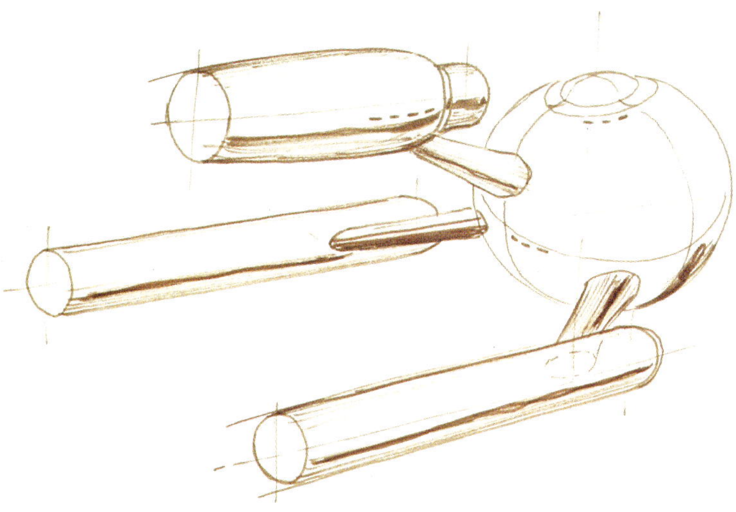

Ein vierteiliger Körper mit Zwillingsantriebsgondeln wurde schon früh als die richtige Richtung erkannt.

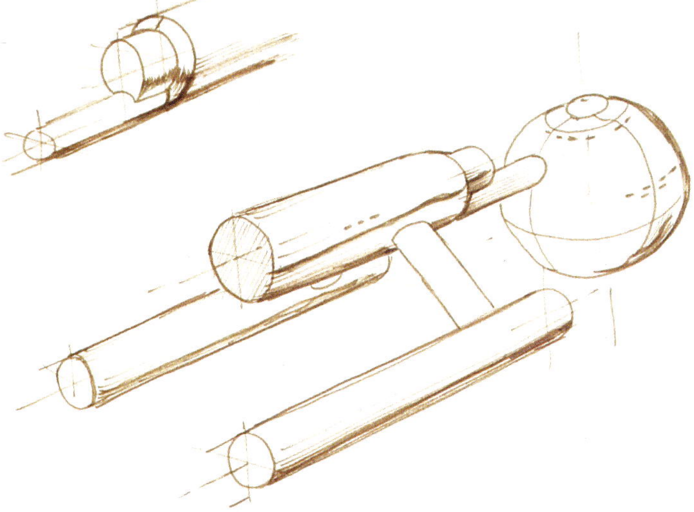

In einer weiteren Überarbeitung sind hier die Gondeln mit dem verbunden, was später als Rumpf bzw. Sekundärhülle bezeichnet werden sollte.

Nach Anleitung von Matt Jefferies' frühen Entwürfen baute Greg Jein dieses Modell als eines der ersten von der Föderation ausgesandten Forschungsschiffe – die *U.S.S. Horizon*, die dafür verantwortlich war, daß ein Buch über die Gangsterbanden von Chicago auf dem Planeten Sigma Iotia II zurückblieb. Obwohl in der *Classic*-Serie tatsächlich nie gezeigt, war die *Horizon* als Dekoration bei *Deep Space Nine* zu sehen.

Weltkrieg, hatte sich durch seine aeronautischen Designs in Filmen wie *Bombers B-52* einen Namen gemacht. Als Mitarbeiter von Desilu erhielt er den Auftrag, die *Enterprise* zu entwerfen. Seine einzigen Anhaltspunkte war Roddenberrys Liste der Dinge, die dieser ganz gezielt *nicht* sehen wollte, und Jefferies' eigener Hintergrund in der Luftfahrt, der ihn bis heute zu einem international anerkannten Designer und Historiker auf diesem Gebiet hat werden lassen.

»Zuerst«, erinnert sich Jefferies, »hatte Gene gesagt, er wollte keine Raketen, keine Düsen, keinen Rauchausstoß, nichts in dieser Art. Also kaufte ich alles, was ich zu Buck Rogers und Flash Gordon finden konnte, heftete es an die Wand und sagte: ›Das werden wir nicht machen.‹ Zu der Zeit war ich seit fast zehn Jahren Mitglied der Aviation Writers' Association, und ich verfügte über alle möglichen Broschüren von Douglas und Lockheed, von Boeing und von der NASA. Also klebte ich auch dieses Zeug an die Wand und sagte: ›Das wollen wir auch nicht machen.‹ So konnte ich zumindest damit beginnen, eine Art ›Hülle‹ zu definieren.«

Die ›Hülle‹, wie Jefferies sie nennt, beschreibt die Begrenzungen des möglichen Designs für die *Enterprise*. Sie konnte nicht wie ein klassisches, damit zugleich überholtes SF-Raketenschiff aussehen. Zugleich durfte sie aber auch nichts ähneln, was die NASA auf ihren Zeichenbrettern hatte, weil ein solches Design ebenfalls zu schnell überholt gewesen wäre. Irgendwo zwischen den Cartoons der Vergangenheit und der Realität der Gegenwart mußte Matt Jefferies das Design der Zukunft finden.

Die vertraute Form, die er schließlich entwickelte – nach Hunderten von Zeichnungen, nach Rücksprachen mit Roddenberry, dem Desilu-Verkaufsstab, dem leitenden Vizepräsidenten für kreative Angelegenheiten, Herb Solow, und einem technischen Berater der RAND Corporation –, wurde zur Inspiration für praktisch alle Starfleet-Schiffe, die danach entstanden. Aus Jefferies' ›Hülle‹ für Raumschiffdesign war die erste und wichtigste Komponente des Filters ›*Star Trek*-Geschichte‹ geworden.

Jefferies' praktischer, weil technischer Designansatz half auch, ein anderes zentrales *Star Trek*-Element zu bestimmen – die Brücke. Pato Guzman hatte ihr die Kreisform verliehen, mit einem Hauptbildschirm und der 2-Ebenen-Konstruktion. Jefferies entwarf das Design der Bedienungsstationen und das Layout der Bedienelemente nach dem einfachen Grundsatz, wie man auf einem Stuhl vor einer leeren Wand sitzen und die Arme in bequemer Position halten konnte.

Alle Winkel der Bedienoberflächen und Displays auf der Brücke wurden in dieser praxisbezogenen Weise festgelegt, die auf Jefferies' ungeliebter Meinung über das Design in den meisten Militärfahrzeugen basierte.

»Wenn man ein wenig Zeit auf Schiffen oder in Flugzeugen verbracht hat, dann weiß man, daß man sich jedesmal den Kopf stößt, wenn ein neuer Ausrüstungsgegenstand eingeführt wird«, sagt Jefferies. »Man muß sich hier bücken und dort ducken, und wenn ein Teil der Ausrüstung herausgenommen wird, dann muß derjenige, der damit arbeitet, den Platz räumen und das Teil abschalten, während es repariert oder ausgetauscht wird. Ich hielt das für dumm und fragte: Warum tauschen wir es nicht von hinten aus? Wir lösen es aus der Verankerung, ziehen es heraus, tauschen es aus und bringen den Typ dazu, nie seinen Platz verlassen zu müssen.«

Dieser ernsthafte Designansatz für eine Modulbauweise zeigte sich auch im äußeren Erscheinungsbild der *Enterprise*. »Das war wohl eines der wenigen Themen, über die ich mich je mit Gene gestritten habe«, erinnert Jefferies sich. »Ich wollte das Äußere dieses Dings so glatt und eben wie nur möglich haben.«

Jefferies' Sorge galt wieder der Praktikabilität. »Für mich ist die denkbar gefährlichste Umgebung außerhalb eines Raumschiffs. Und wie schon Mrs. Murphy sagt, wird alles, was von Menschen gebaut worden ist, früher oder später ausfallen. Warum also sollten wir Ausrüstung an der Außenhülle des Schiffes anbringen, an der gearbeitet werden muß? Wir lassen sie drinnen.«

So wie Gene Roddenberry ein Netzwerk zuverlässiger Wissenschaftler und SF-Autoren aufbaute, um seine Ideen kritisch zu betrachten und seine Vision der Zukunftstechnologie wenigstens zum Teil auf echte Wissenschaft zu gründen, brachte Matt Jefferies ein entsprechendes Element der grundlegenden Praktikabilität ins *Star Trek*-Universum, die sich bis heute fortgesetzt hat.

Obwohl der erste Pilotfilm ›Der Käfig‹ nicht von NBC angenommen wurde, machte der Sender den außergewöhnlichen Schritt und forderte einen zweiten an: ›Spitze des Eisbergs‹. Dieser zweite Pilotfilm mit der von William Shatner in seiner Rolle als Captain James T. Kirk gesprochenen Einleitung war der endgültige Grundstein für die Entwicklung von *Star Trek*.

Was aber das *Star Trek*-Design betraf, so hatte ›Der Käfig‹ bereits die visuelle Basis für die nächsten dreißig Jahre und mehr gelegt.

EIN RAUMSCHIFF HEBT AB

Die Entwicklung der ersten *Enterprise* nahm mehrere Monate und einige hundert Zeichnungen in Anspruch. Pato Guzman und Matt Jefferies präsentierten Gene Roddenberry einen Stapel Zeichnungen, aus denen er die Elemente aussuchte, die ihm gefielen und die benutzt wurden, um eine weitere Reihe von Entwürfen zu fertigen.

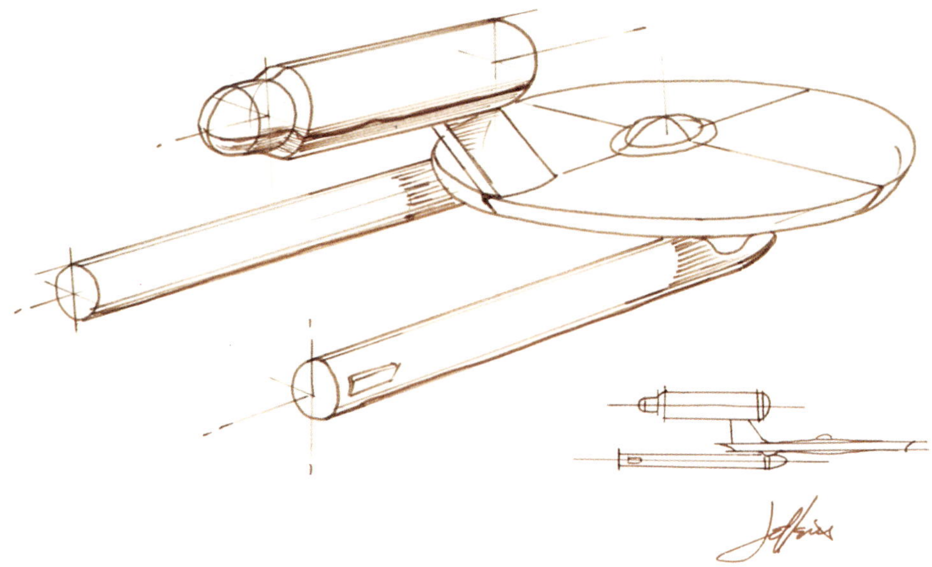

Die Diskus-Sektion taucht erstmals auf und ersetzt die Kugel.

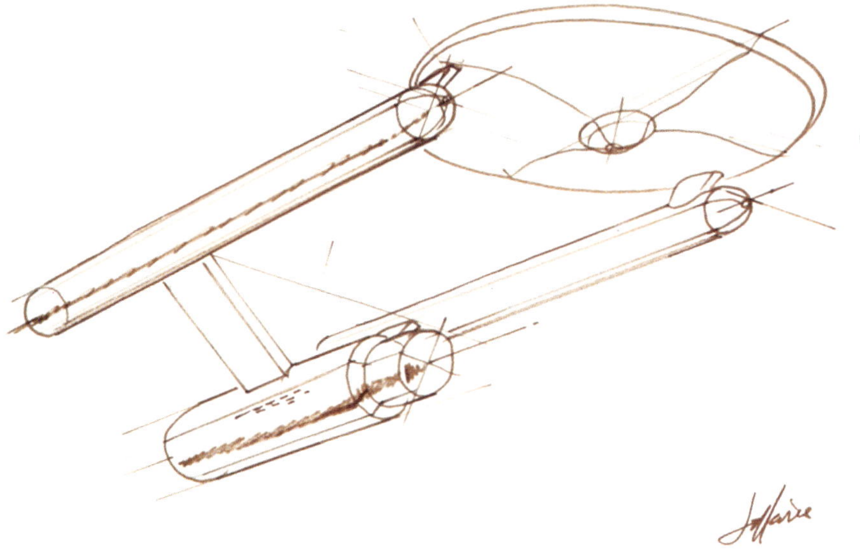

Wir kommen näher. Alle Bestandteile sind vorhanden, die Ausrichtung ist umgekehrt worden, die Sekundärhülle befindet sich unten. Jetzt ist es nur noch eine Frage der Proportionen und der Verbindungen.

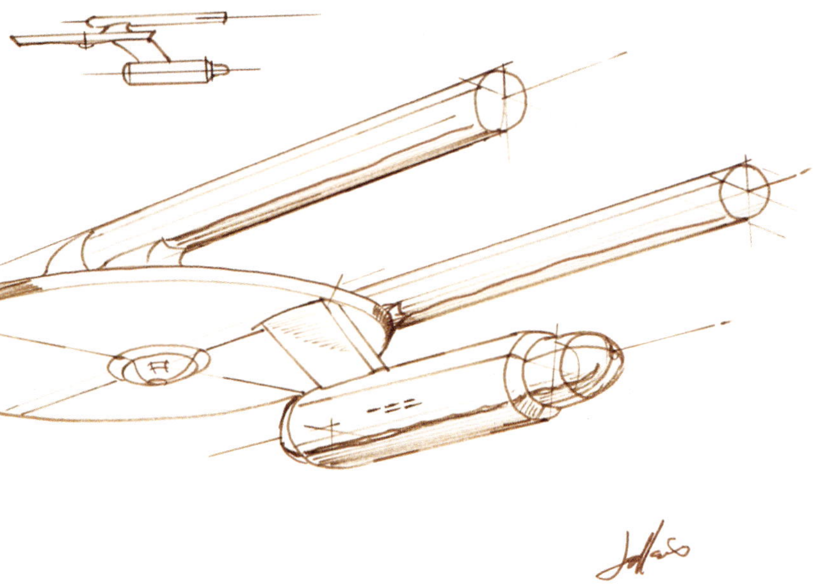

Ganz dicht dran ...

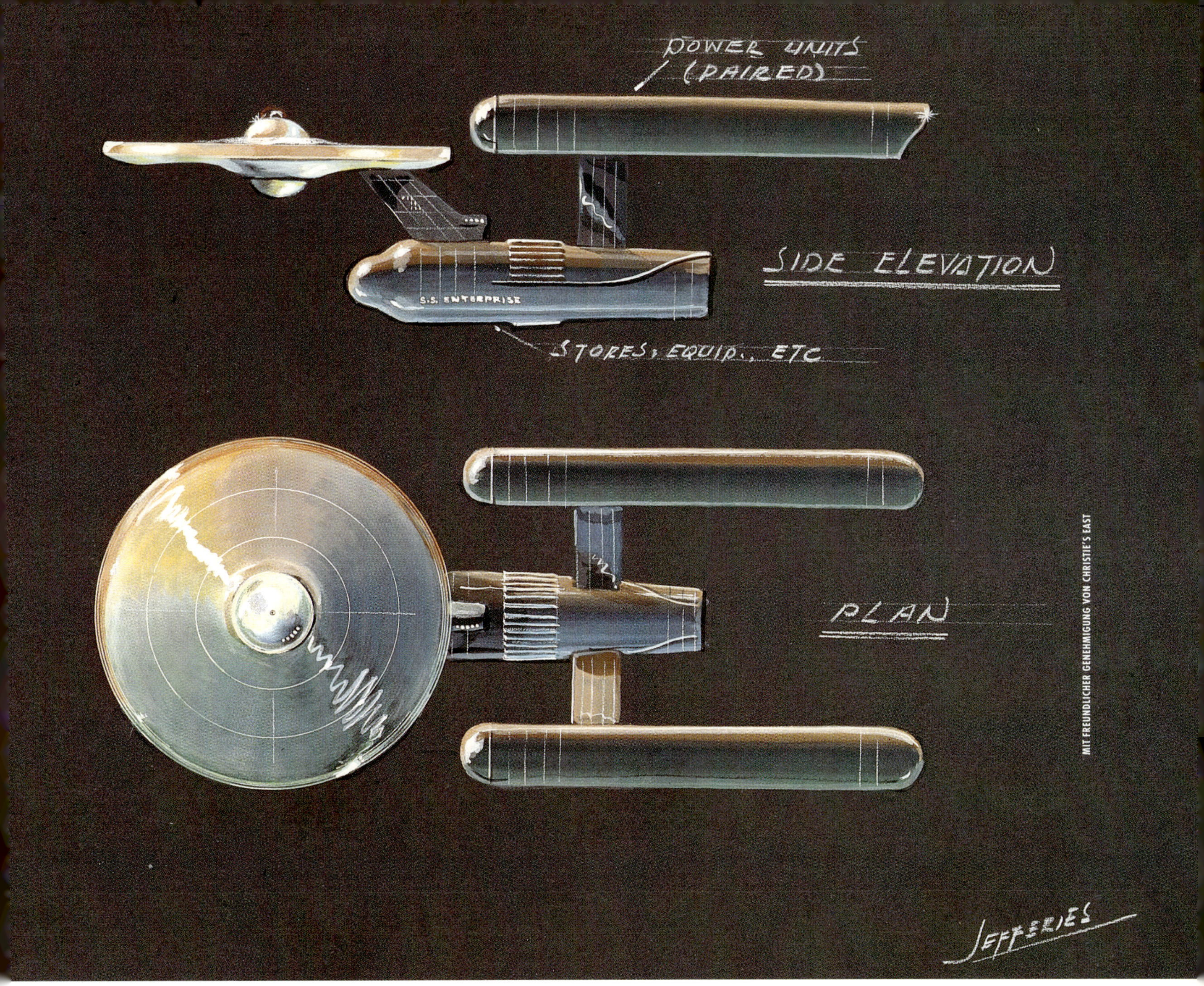

MIT FREUNDLICHER GENEHMIGUNG VON CHRISTIE'S EAST

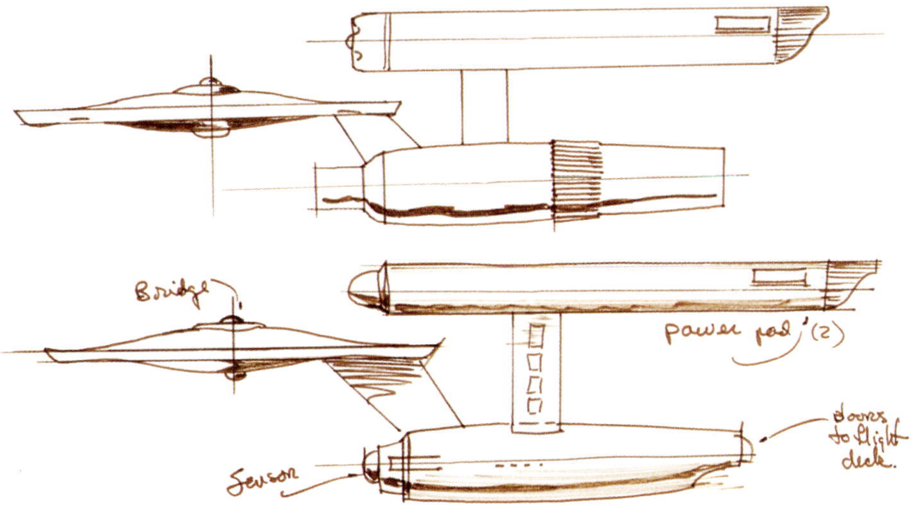

Der erste Farbentwurf des fast endgültigen Designs der ***U.S.S. Enterprise***. Die nächste Phase war die Vorbereitung einer maßstabgerechter Zeichnung für den Modellbauer Don Loos, mit den letzten Änderungen, die zu der ***Enterprise*** führen sollten, wie sie heute Millionen Menschen kennen.

Diese Zeichnung wählte Matt Jefferies aus, um daraus ein einfaches Holzmodell zu fertigen und es Roddenberry und den Desilu-Verantwortlichen umgekehrt an einem Faden hängend zu präsentieren. Roddenberry war endlich der Ansicht, daß sie auf dem richtigen Weg waren.

ALLE ZEICHNUNGEN VON MATT JEFFERIES.
MIT FREUNDLICHER GENEHMIGUNG DES KÜNSTLERS

DAS INNENLEBEN

Mit 60 000 Dollar Kosten stellte die Brücke das teuerste Element des ersten Pilotfilms dar. Eine ihrer Besonderheiten – die zwölf lichtdurchlässigen Bildschirme in den Wänden – drohte noch höhere Ausgaben nach sich zu ziehen.

Nach Pato Guzmans und Matt Jefferies' Plan sollten die Bildschirme ständig wechselnde Daten anzeigen, was durch Diaprojektoren hinter den Monitoren leicht hätte erreicht werden können. Als die Produzenten jedoch erfuhren, daß die Gewerkschaftsvorschriften verlangten, *jeder* Projektor müsse von *einem* Filmvorführer bedient werden, wurden die Schirme durch bemalte, festmontierte Tafeln ersetzt. Einzige Ausnahme waren die Fälle, in denen spezielle Drehbuchszenen die Benutzung eines Bildschirms erforderten.

Andere Bereiche der *Enterprise* wurden wesentlich einfacher hergestellt. Der Konferenzraum wurde von Wandausschnitten so eingerahmt, daß er nur von einer einzigen Seite gefilmt werden konnte. Ein Korridorabschnitt, der später in die festen Dekorationen aufgenommen wurde, war eines der wenigen Sets des Pilotfilms, das aus mehr als einem Winkel gefilmt werden konnte – genaugenommen aus zwei.

Die erste Aufnahme der *Enterprise*-Brücke. Die monochromatische Farbskala sollte in *Star Trek – The Motion Picture* wiederkehren. Für den zweiten Pilotfilm wies sie kräftigere Farben auf – als Reaktion auf die wachsende Beliebtheit des Farbfernsehens.

Der Fernseher schaffte den Weg in diese Version des Quartiers des Captains, wurde aber aus den festen Bühnenbildern verbannt. Viel später – in der *Next Generation*-Episode ›Die neutrale Zone‹ – berichtete Data, das Fernsehen habe im Jahr 2040 vollkommen an Popularität verloren, wodurch es aus dem gesamten *Star Trek*-Universum eliminiert wurde.

Ein Korridorabschnitt aus ›Der Käfig‹. Die Freizeitkleidung von William Ware Theiss unterstrich Gene Roddenberrys Konzept von einer Gemeinschaft im All mit allen sozialen Aspekten, nicht der eines Militärschiffs.

Der Konferenzraum aus ›Der Käfig‹. Hier sitzen die Schauspieler auf veränderten Ausführungen des Burke-Stuhls.

Pato Guzmans Skizze von Captain Pikes Quartier. Beachten Sie den Fernseher.

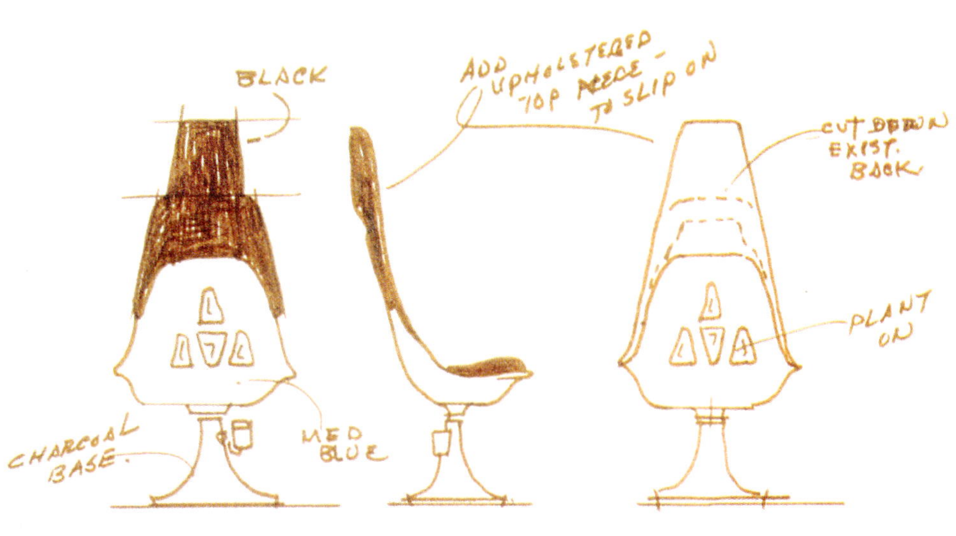

Matt Jefferies Skizze zeigt die Veränderungen, die an einem handelsüblichen Stuhl vorgenommen wurden, um aus ihm einen Raumschiffstuhl des 23. Jahrhunderts zu machen. Der Begriff ›Burke‹ bezieht sich auf den Modellnamen des Stuhls.

DIE GALERIE DES WAH CHANG

Einer der unbekannten Helden des *Star Trek*-Designs ist der gefeierte Bildhauer Wah Chang. Changs Filmleistungen reichen vom Modellieren der Pinocchio-Figur, die von den Disney-Zeichnern bei der Produktion des Films benutzt wurde, bis hin zum Entwurf und zur Fertigung des spektakulären Kopfschmucks, den Elizabeth Taylor in *Cleopatra* trug.

Im Fernsehen erfüllten Changs Fachwissen und Erfindungsreichtum viele Monster und bizarre Kreaturen in *The Outer Limits* mit Leben. Von daher war es nur konsequent, daß die *Star Trek*-Produzenten sich mit einigen ihrer Designanforderungen an ihn wandten.

Zu Wah Changs vielen Beiträgen zu *Star Trek* gehören der Tricorder, der Kommunikator, der Gorn, die M-113-Kreatur (auch als Salzvampir bekannt), sowie die ersten Laserpistolen und Kommunikatoren in ›Der Käfig‹.

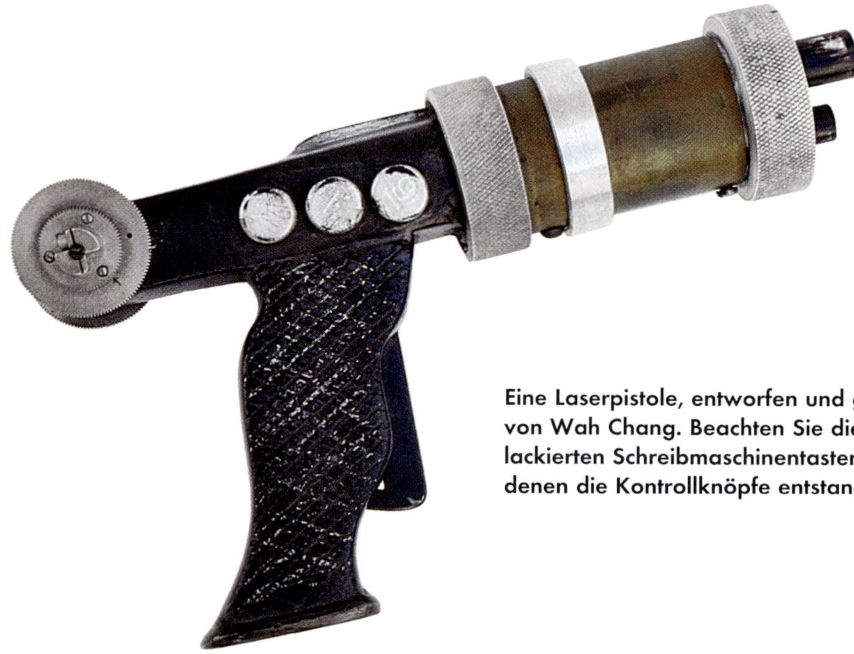

Eine Laserpistole, entworfen und gebaut von Wah Chang. Beachten Sie die lackierten Schreibmaschinentasten, aus denen die Kontrollknöpfe entstanden.

FOTO VON ROBBIE ROBINSON, MIT FREUNDLICHER GENEHMIGUNG VON GREG JEIN

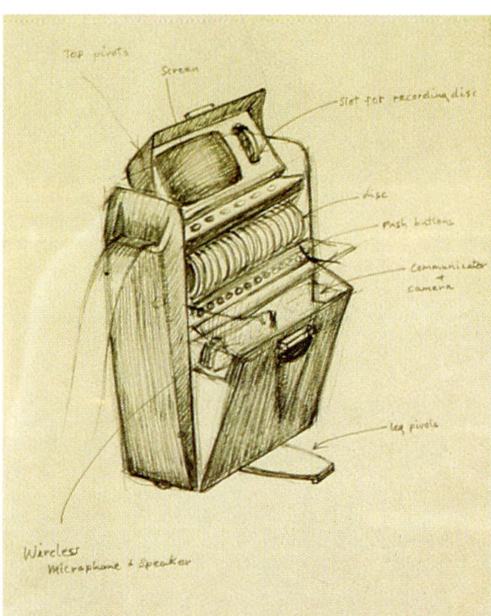

Tricorder-Skizze von Wah Chang

MIT FREUNDLICHER GENEHMIGUNG VON BOB BURNS

Zwei Versionen der Original-Tricorder, gebaut von Wah Changs Modellbauunternehmen

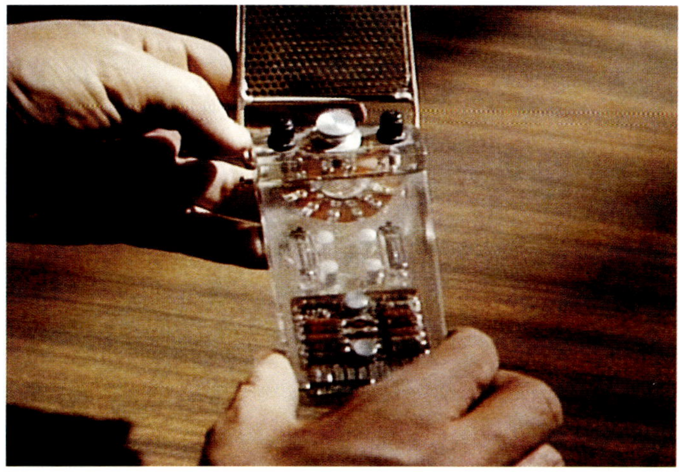

Wah Changs Kommunikator-Entwurf

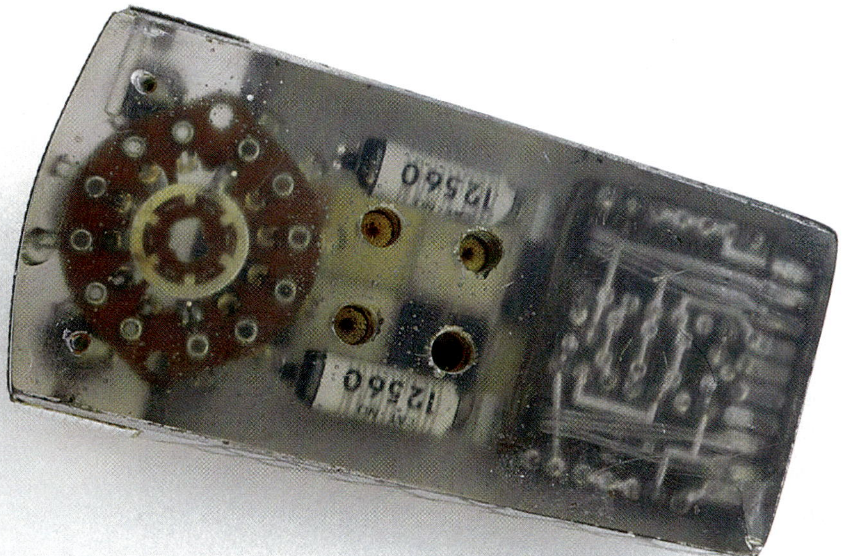

In der kostenbewußten Umgebung einer Fernsehproduktion werden Requisiten üblicherweise verändert und erneut verwendet. Wah Changs Original-Kommunikator wurde später zu dem Gerät umgebaut, mit dem in ›Spocks Gehirn‹ der hirnlose Mr. Spock kontrolliert wurde.

FOTO VON ROBBIE ROBINSON, MIT FREUNDLICHER GENEHMIGUNG VON GREG JEIN

ZWEI

DIES SIND DIE ABENTEUER

STAR TREK CLASSIC 1966

STAR TREK CLASSIC

NBC erhielt den zweiten Pilotfilm im Januar 1966, Mitte Februar gab man die Serie in Auftrag, die im Herbst des Jahres ausgestrahlt werden sollte. Zwei Jahre der Anstrengungen hatten sich ausgezahlt. NBC hatte entschieden, daß die Welt für *Star Trek* bereit sei – jetzt galt es, *Star Trek* auf die Welt vorzubereiten.

Technisch gesehen gibt es in Hollywood nichts, was nicht auf Film gebannt werden kann, vorausgesetzt, man hat genug Zeit und Geld. Aber bei der Produktion von Fernsehserien gibt es weder das eine noch das andere. Es herrscht ein ständiges Kommen und Gehen, angetrieben von dem unveränderlichen Sendeplan und dem festgelegten Budget.

Blickt man auf die ersten 79 *Star Trek*-Stunden zurück, die zwischen 1966 und 1969 entstanden, ist es leicht, Schwächen zu finden und sich über Improvisationen während der Produktion zu amüsieren. Aber es ist genauso einfach, die Stärken der Geschichten, der Umgebung und der Personen zu entdecken, die die technischen Limits der sechziger Jahren hinter sich ließen und die das Wachstum von *Star Trek* zu einem der erfolgreichsten Multimedia-Unternehmen der Welt vorantrieben.

Ein weiterer ›strafmildernder‹ Faktor, der die Produktionsmaßstäbe der *Classic*-Serie charakterisiert, ist die Tatsache, daß Fernsehen in den sechziger Jahren ein Wegwerfprodukt war. Episoden wurden einmal ausgestrahlt, in den Sommermonaten wiederholt, dann verschwanden sie. Einige Serien tauchten in der Syndication* wieder auf, aber im allgemeinen wurden sie dort von einem anderen Publikum gesehen.

Die *Classic*-Episoden, die einige Fans bis heute Dutzende Male gesehen haben, waren nur für eine oder zwei Ausstrahlungen angelegt. Die Designer und Dekorateure jeder in dieser Zeit produzierten Serie hatten allen Grund, wenn sie sich für die Wiederverwendung von Requisiten und Dekorationen aus einer Episode in einer anderen entschieden. Zwei Ausstrahlungen einer Episode sollten für die Zuschauer kaum ausreichen, um zu erkennen, daß die Hintergrundzeichnung von Mojave auf der Erde plötzlich als Stadt auf dem Planeten Q herhielt.

Und wer würde jemals aufmerksam genug sein, um zu bemerken, daß ein Serviertablett von der *Enterprise* in einer Woche auf unerklärliche Weise als Wanddekoration auf einem romulanischen Schiff benutzt wurde? Und in der nächsten Woche auf einer Raumstation der Föderation?

Star Trek-Fans natürlich!

Aber auch wenn diese ersten Episoden mit allen üblichen Einschränkungen produziert wurden, schaffte es das daran arbeitende Team, exakt dieses gewisse Etwas hinzuzufügen, das die Wertschätzung dieser Serie durch die Zuschauer bei wiederholten Ausstrahlungen tatsächlich steigerte.

* Syndication bedeutet den Einsatz von Fernsehserien bei den zahlreichen Privatsendern; Anm. d. Übers.

Die von William Ware Theiss entworfenen, an Pfeilspitzen erinnernden Aufnäher wiesen unterschiedliche Symbole auf, die zeigten, zu welcher Abteilung von Starfleet der Träger gehörte. Matt Jefferies' kleine Phaser paßten exakt in die größeren Modelle, in deren Griffe zusätzliche Energiereserven eingebaut waren. Romulaner waren mit den Vulkaniern verwandt. Die Transporterkontrollen wurden Woche für Woche in der gleichen Weise bedient.

Stunde um Stunde, Episode um Episode wuchs die Zahl der beeindruckenden Details. Mit jeder Ausstrahlung wurde es einfacher, das Wissen hinter sich zu lassen, daß es sich eigentlich nur um Schauspieler handelte, die zwischen Sperrholz-Bühnenbildern und Pappmachéfelsen agierten, und die Illusion zu akzeptieren, daß die *Enterprise* in einer realen Zukunft existierte, die durch das Gewicht der dort präsentierten, in sich stimmigen und funktionalen Details um so glaubwürdiger wurde.

In dieser Erschaffung eines detaillierten, fiktiven Universums findet sich einer der bemerkenswertesten Gründe für die Attraktivität von *Star Trek*. Trotz der Traditionen dieser Zeit waren *Star Trek*-Episoden nicht einfach ein von Schießereien geprägter Zeitvertreib, dessen Ziel es war, die Zeit zwischen den Werbeblöcken zu verkürzen. Gene Roddenberry sorgte sich um die Zukunft. Er dachte darüber nach, forderte sich und andere, um die Umgebung zu definieren, in der sich die *Star Trek*-Abenteuer abspielten.

Diese Haltung und das Verlangen, die Zukunft zu kennen, zog andere an, die Roddenberrys Leidenschaft teilten – Autoren und Regisseure, die die Zukunft erforschen wollten, sowie Künstler und Designer, die die Zukunft so real machen wollten, wie Gene Roddenberry sie aufgefordert hatte, sie sich vorzustellen.

Das *Star Trek*-Universum schuf den Kontext für seine Geschichten. Und in einem visuellen Medium wie dem Fernsehen hingen die Glaubwürdigkeit dieses Universums und dieser Kontext ab von dem Talent der Künstler und Designer, die beides umsetzten.

Die Fehler, die bei der Produktion der *Classic*-Serie gemacht wurden, ereignen sich noch heute, wenn auch nicht so oft. Mit Videoband und ›Schwarzen Brettern‹ im Computer… wehe den Produktionsteams von *Deep Space Nine* und *Voyager*, wenn sie eine Matte-Zeichnung aus *The Next Generation* wiederverwenden wollen. Die Fans werden es binnen Sekunden erkennen. Und zweifellos werden die Zuschauer im Jahr 2025 mit der gleichen Begeisterung und dem gleichen Vergnügen auf die Produktionslimits der neunziger zurückblicken wie die Zuschauer heute auf das Fernsehen der sechziger.

Aber die Erkenntnisse aus der *Classic*-Serie haben drei Jahrzehnte überdauert und sind noch für heutige *Star Trek*-Produktionen maßgeblich.

Überzeugende Geschlossenheit – wann immer das möglich ist. Funktionales Design – genug, um die Zuschauer bei einem Dutzend Wiederholungen zufriedenzustellen. Und am allerwichtigsten – Gene Roddenberrys bleibendes Vermächtnis seiner Schöpfung – uneingeschränkte Leidenschaft.

Es hat sich viel verändert in 30 Jahren *Star Trek*, aber die besten Dinge sind gleichgeblieben.

DAS SHUTTLE UND ANDERE RAUMSCHIFFE

Heutzutage kann die Konstruktion eines wichtigen Modells für ein *Star Trek*-Raumschiff über 100 000 Dollar kosten. In den Sechzigern waren es die im Verhältnis ebenso schokkierend hohen Kosten, die zu kostensparenden Maßnahmen führten, so zum Beispiel bei den Romulanern, die klingonische Schiffe benutzten. Fremde Schiffe blieben außerhalb der Sensorreichweite und waren nicht mehr als ein funkelndes Licht.

Aber wenn das Budget es erlaubte, fuhr Matt Jefferies damit fort, seine einzigartige Vision der Zukunftstechnologie ins *Star Trek*-Universum einzubringen.

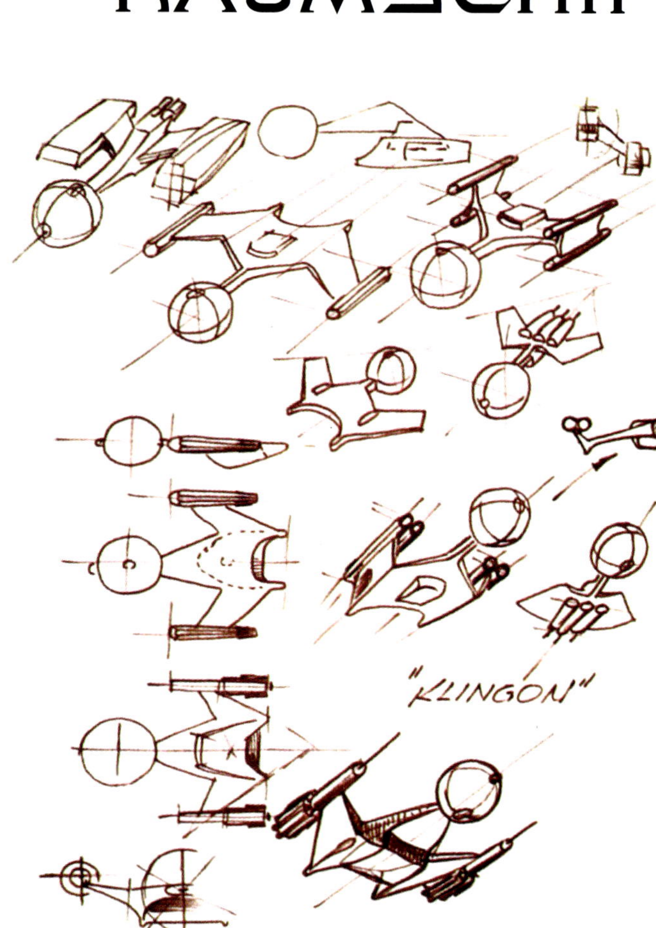

Matt Jefferies' Skizzen für den klingonischen Schlachtkreuzer

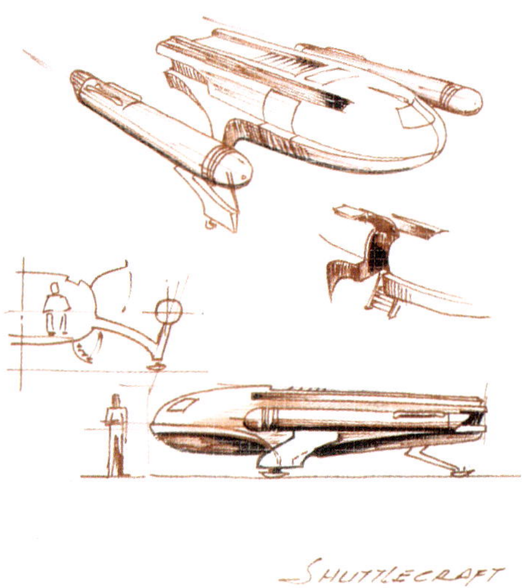

Matt Jefferies hatte auf eine aerodynamischere Version des Shuttles gehofft, aber die Kosten für ein Modell in Orginalgröße mit einer gewölbten Außenhülle waren unerschwinglich.

Das endgültige Shuttle, das angenommen wurde, weil die Modellbaufirma AMT die Konstruktion bezahlte und im Gegenzug das Recht erhielt, es als Bausatz auf den Markt zu bringen. Allein der AMT-Bausatz der *Enterprise* verkaufte sich über eine Million Mal.

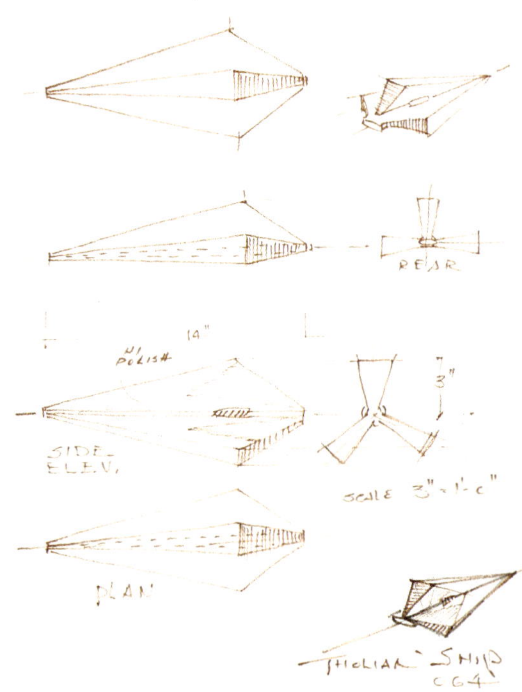

Matt Jefferies' Entwurf für ein einfach zu bauendes (also billiges) tholianisches Schiff

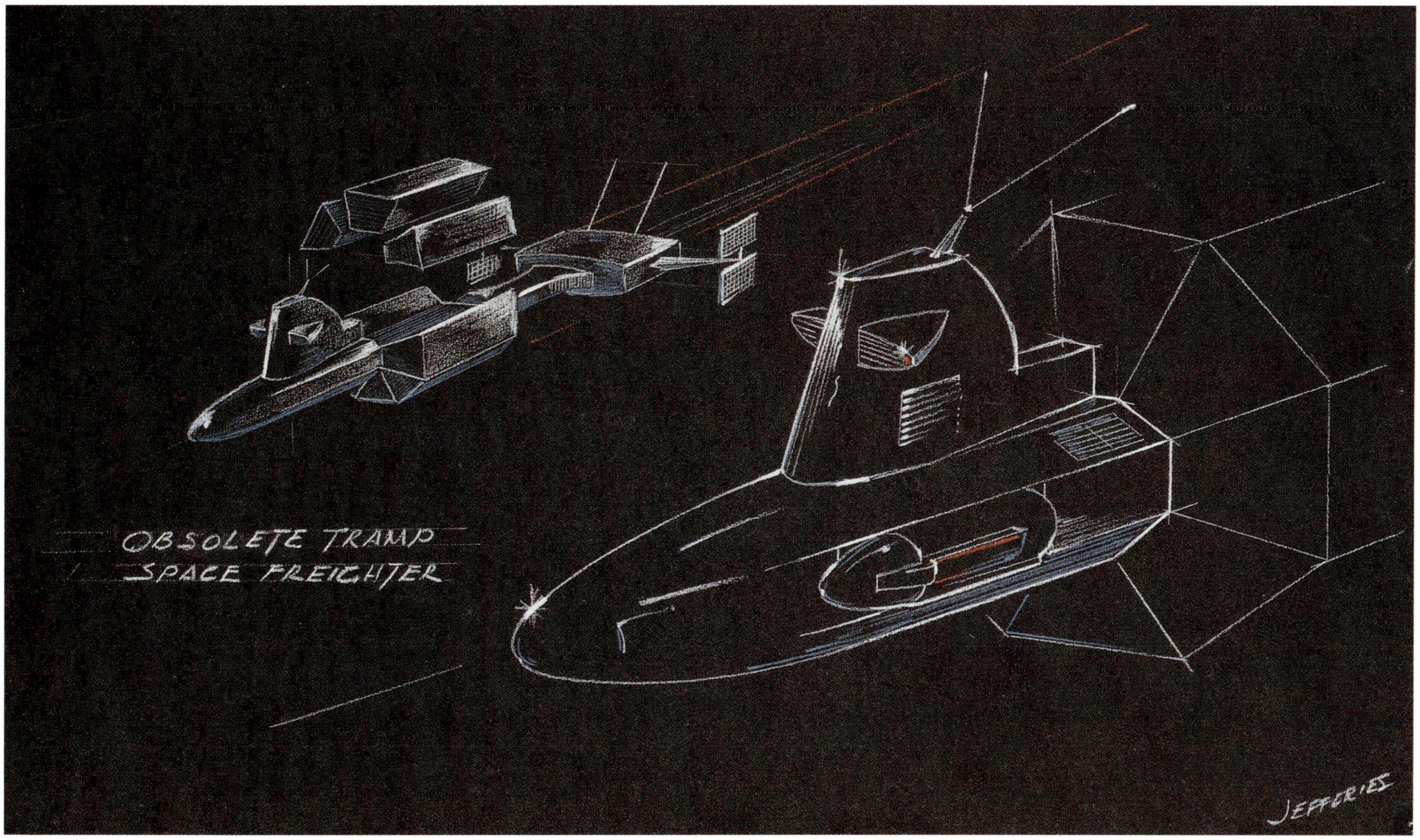

Letzter Entwurf des Schläferschiffs von Khan, das die Anordnung der Frachtmodule zeigt

ZEICHNUNG: MATT JEFFERIES. MIT FREUNDLICHER GENEHMIGUNG VON CHRISTIE'S EAST

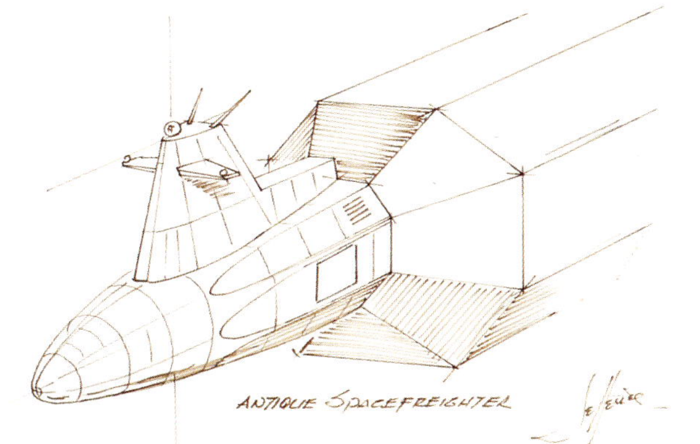

MIT FREUNDLICHER GENEHMIGUNG DES KÜNSTLERS

Beim Design eines ›antiken‹ Weltraumfrachters aus dem späten 20. Jahrhundert bevorzugte Matt Jefferies seine Idee der Frachtmodule, die automatisch be- und entladen werden konnten, ohne daß Menschen dafür ins All reisen mußten.

Khans Schiff in der endgültigen Version

MIT FREUNDLICHER GENEHMIGUNG DES KÜNSTLERS

Früher Entwurf für einen klingonischen Schlachtkreuzer von Matt Jefferies

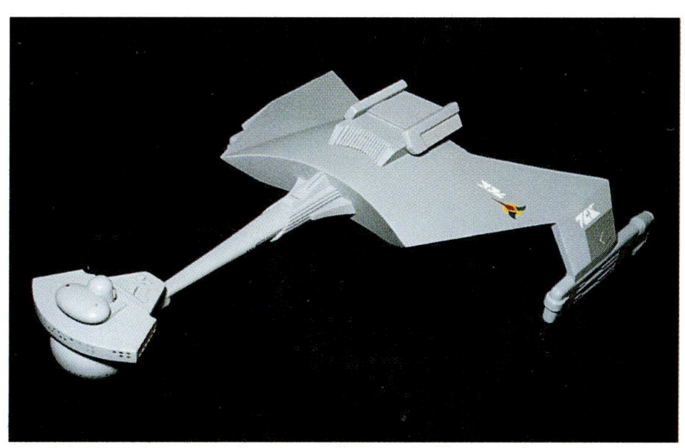

MIT FREUNDLICHER GENEHMIGUNG VON GREG JEIN

Nachbildung eines klingonischen Schiffs aus der *Classic*-Serie

DEKORATIONEN

Neben anderen Einschränkungen waren die Produktionsbudgets der *Classic*-Serie so begrenzt, daß Wände des Bühnenbilds nicht von einer Episode zur nächsten umgestrichen werden konnten, um eine andere Räumlichkeit darzustellen. Daher wurde die Serie für die ihr eigene Verwendung von Scheinwerferfiltern bekannt, die das Erscheinungsbild der Wände farblich veränderte.

Die Wände der *Enterprise* hatten alle die gleiche Farbe …

… veränderten aber ihr Aussehen durch unterschiedliche Beleuchtung.

Eine frühe Skizze von Pato Guzman für einen Blick auf einen trostlosen Planeten. Eine Studiobühne war fest eingerichtet für ›Außenaufnahmen‹ auf fremden Planeten; Hintergrundfarbe des Himmels und Anordnung der Felsen wurden konstant verändert.

MIT FREUNDLICHER GENEHMIGUNG VON CHRISTIE'S EAST

Einer von Matt Jefferies' Lieblingsentwürfen – Trelanes Landgut

Matt Jefferies' Entwurf für Zefram Cochranes Zuhause

Als die *Classic*-Serie in Produktion ging, erhielt die *Enterprise* einige feste Bühnenbilder, darunter den Besprechungsraum, der auch für Dutzende andere große Räume verwendet wurde, unter anderem für die Schiffskapelle und den Theatersaal.

DIE ILLUSION DER WIRKLICHKEIT

Eine andere kostensparende Praxis in der Fernsehproduktion ist die Verwendung von Matte-Zeichnungen und gemalten Hintergründen, um große Sets und Aussichten zu produzieren, die als echte Sets nicht gebaut werden konnten. In gegenwärtigen *Star Trek*-Produktionen sind Matte-Zeichnungen hochentwickelte optische Effektkombinationen aus computererzeugten Bildern und Realfilm. Aber in den Tagen der *Classic*-Serie waren es buchstäblich Gemälde, die in den Film eingefügt wurden.

Im Hintergrund dieses Bühnenbilds aus ›Der Käfig‹ ist zum ersten und letzten Mal ein Blick auf die Erde des 23. Jahrhunderts zu erheischen, auf Mojave. Daraus wurde …

… eine Stadt auf dem Planeten Q in ›Kodos, der Henker‹.

Der Bergbaubetrieb auf Janus VI wurde …

… zum Hintergrund auf Triskelion.

Diese Lithium-Spaltanlage auf Delta Vega im zweiten Pilotfilm wurde …

… die Strafkolonie Tantalus in ›Der Zentral-Nervensystem-manipulator‹.

UMSEITIG: Die Zeichnung, die für Eminiar VII in ›Krieg der Computer‹ und für Scalos in ›Was summt denn da?‹ verwendet wurde. Gefolgt von zwei Ansichten der Starbase II aus ›Der Käfig‹ und ›Talos IV – Tabu‹

Eminiar VII. Nur die Wand neben den Schauspielern mußte gebaut werden.

DIE GALERIE DES WILLIAM WARE THEISS – TEIL 1

Eine romulanische Uniform

Das zentrale Element, das William Ware Theiss in seine erinnerungswürdigen Kostüme der sechziger Jahre für *Star Trek* einbrachte, war die ›Theiss'sche Theorie‹, derzufolge ein Kostüm als zunehmend sexy betrachtet wird, je mehr es der Trägerin zu entgleiten scheint.

Viele der zu ›Unfällen‹ neigenden Entwürfe von Theiss begannen als Kritzeleien auf jedem gerade verfügbaren Stück Papier, von Drehbuchseiten bis hin zu Servietten.

›Weltraumhuren‹ war die interne Produktionsbezeichnung für …

… die ›Frauen des Mr. Mudd‹.

Die Ausgangsbasis für das Kostüm …

… das Leslie Parrish in ›Der Tempel des Apoll‹ trug.

FOTO MIT FREUNDLICHER GENEHMIGUNG VON STEPHEN EDWARD POE

Erster Entwurf für Cyrano Jones …

… aus der beliebten Episode ›Kennen Sie Tribbles?‹. Stanley Adams spielte den interstellaren Händler, der der *Enterprise* Tribbles bescherte.

William Ware Theiss' Kostüme sind heute gesuchte Sammlerstücke.

FOTO: CASEY BROWN. MIT FREUNDLICHER GENEHMIGUNG VON BUTTERFIELD & BUTTERFIELD

Mark Lenard als der erste Romulaner, John Warburton als sein Berater

DIE GALERIE DES WILLIAM WARE THEISS – TEIL 2

Kara, die arelianische Tänzerin, nicht zu verwechseln mit Kara von Sigma Draconis VI

Die Empathin

Nona, die *kahn-ut-tu*-Frau der Hügelmenschen auf Tyrees Planet

Gav, der erste Tellarit

FOTO MIT FREUNDLICHER GENEHMIGUNG VON STEPHEN EDWARD POE

Angelique Pettyjohn als Kampfsklavin Shahna – ein Beispiel für die Theiss'sche Theorie

Möglicherweise ein früher Entwurf für Shahna

Theiss begann mit dieser Skizze während einer Produktionsbesprechung.

Zwei Theiss-Kreationen für die *Classic*-Serie

PERSÖNLICHKEITS-VERÄNDERUNG

Diese Fotos dokumentieren den 75 Minuten langen Prozeß, bei dem während der zweiten Season aus Leonard Nimoy Mr. Spock wurde. Der Maskenbildner Fred B. Phillips, der hier zu sehen ist, hatte ursprünglich am ersten Pilotfilm ›Der Käfig‹ mitgearbeitet, während sein Kollege von Desilu, Robert Dawn, als Maskenbildner für ›Spitze des Eisbergs‹ verantwortlich zeichnete. Als Desilu mit einem Mal zwei Prime Time-Serien gleichzeitig zu produzieren hatte, die beide umfassende Maskeneffekte erforderten, ging Robert Dawn zu *Mission: Impossible* (*Kobra: Übernehmen Sie!*), Fred Phillips kehrte zu *Star Trek* zurück, wo er während der dreijährigen Laufzeit blieb.

Die erste Phase in diesem Prozeß war das Anbringen der Einweg-Ohraufsätze aus Schaumgummi. Sie wurden auf Nimoys Ohren mit Klebstoff aufgesetzt. Ein doppelseitiges Klebeband auf der Rückseite jedes Ohrs ermöglichte es, Nimoys Ohren fest an seinen Kopf zu pressen und dort in dieser Position zu halten.

Die nächste Phase bestand darin, Spocks charakteristische vulkanische Augenbrauen zu erstellen. Dafür mußte Phillips bei jeder Sitzung Nimoys echte Augenbrauen zur Hälfte abrasieren. Dann trug Phillips die Form der neuen Brauen mit einem Augenbrauenstift auf. Diese Linien zog er mit Klebstoff nach, auf den er dann kurze Stücke Yak-Haar auflegte und einen Übergang zu Nimoys Rest-Augenbrauen schuf.

Die letzte Phase bestand darin, das Basis-Make-up aufzutragen und Schattierungen hinzuzufügen, um sicherzustellen, daß auch im grellen Licht der Bühne Schattenkonturen zu sehen waren.

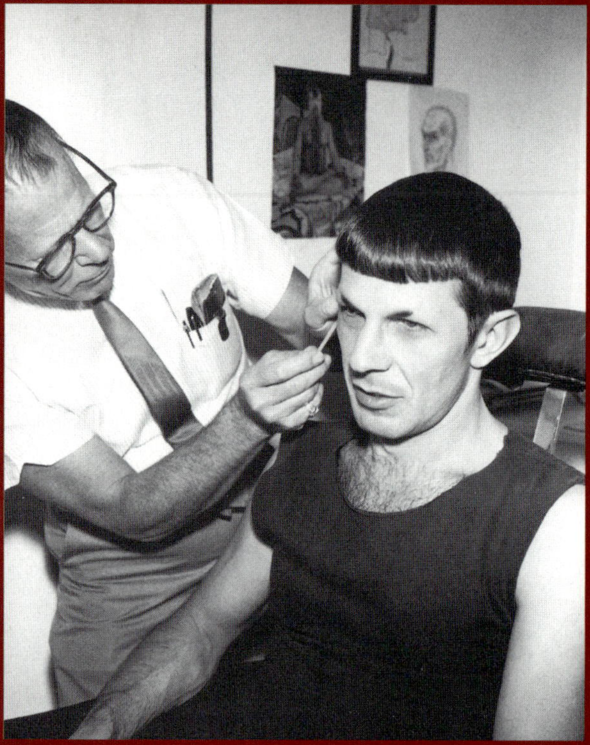

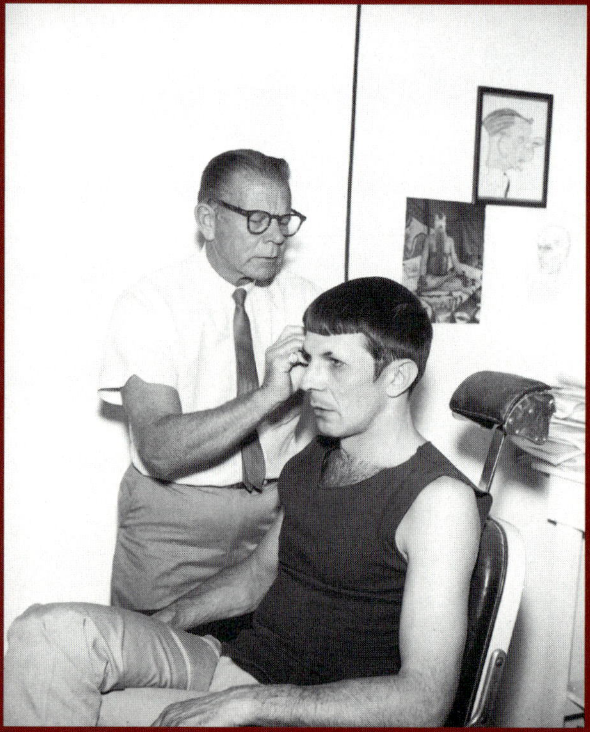

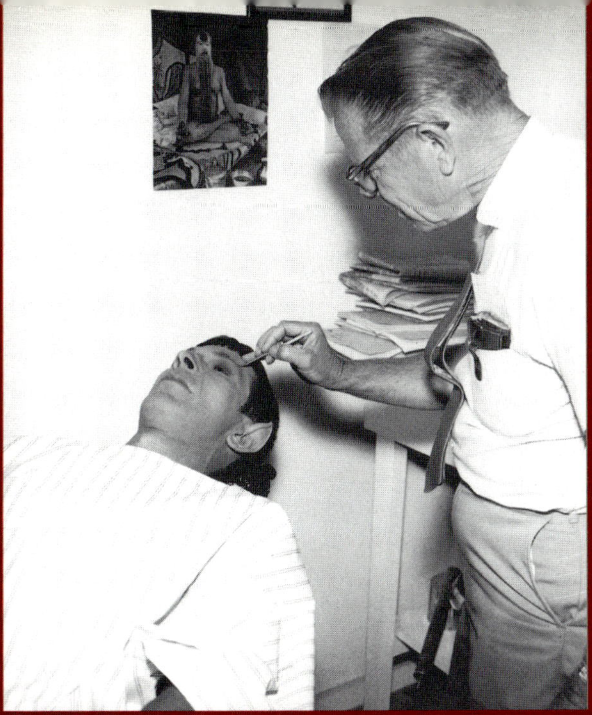

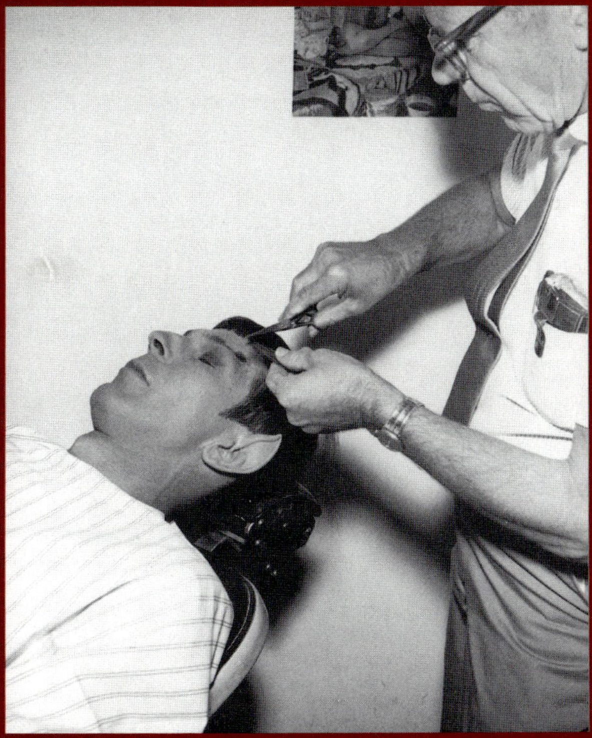

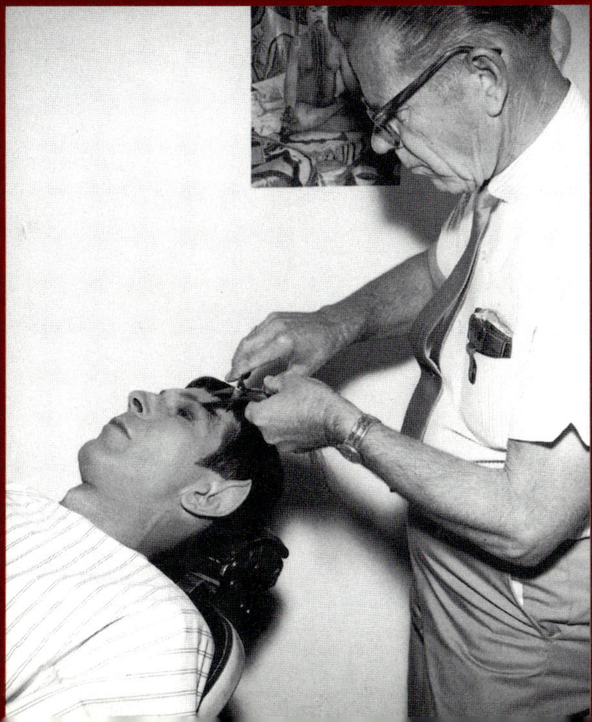

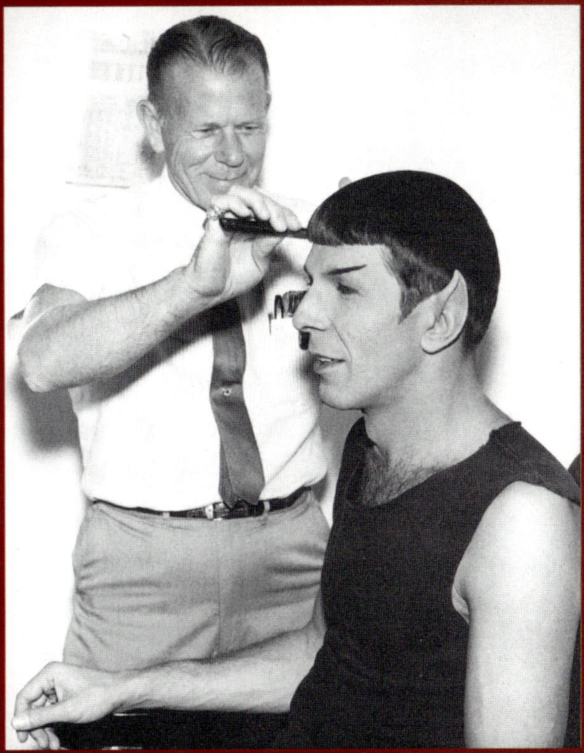

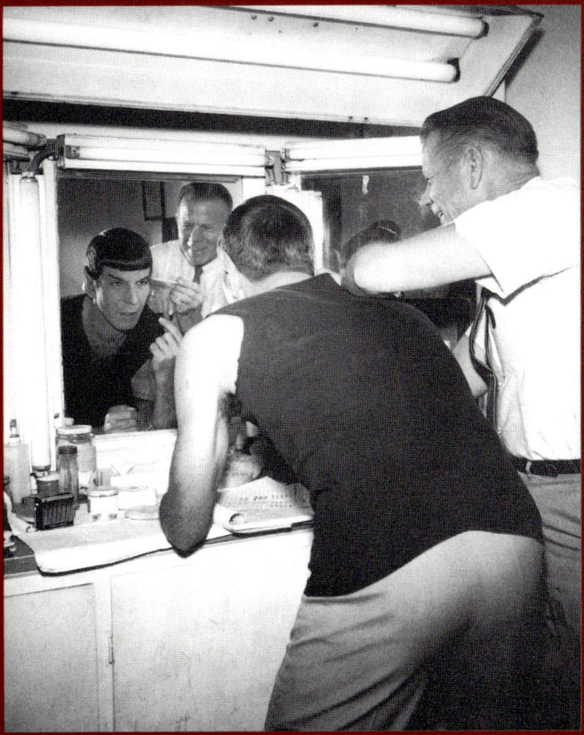

ALLE FOTOS MIT FREUNDLICHER GENEHMIGUNG VON STEPHEN EDWARD POE

FREMDES LEBEN

MGM, das erste Studio, dem Gene Roddenberry *Star Trek* vorgelegt hatte, hatte die Idee abgelehnt, zum Teil auch wegen der Ausgaben für die Produktion einer Serie mit futuristischen Miniaturen, Kostümen, Requisiten, Sets und Aliens. Roddenberry hatte sich aber schon Gedanken gemacht, wie man die Kosten niedrig halten konnte, und sein praktischer Ansatz gilt noch immer für gegenwärtige *Star Trek*-Produktionen.

Aus Roddenberrys erster Beschreibung seiner Serie:

> FREMDES LEBEN. Normale Rollenbesetzung für die vielen fremden Lebensformen wird durch das KONZEPT ÄHNLICHER WELTEN ermöglicht. Um laufend Abwechslung zu bieten, werden natürlich Perücken, Hautfärbungen, Veränderungen der Nase, der Hände, der Ohren benutzt, selbst die gelegentliche Hinzufügung eines Schwanzes o. ä.
>
> So aufregend wie die physischen Unterschiede – und oft sogar noch aufregender – werden die unglaublichen Unterschiede des Universums hinsichtlich sozialer Struktur, Gebräuche, Gewohnheiten, Ernährung, Religion, Sex, Politik, Moral, Intellekt, Fortbewegungsmittel, Familienleben, Gefühle usw. sein.

Der Gorn, entworfen von Wah Chang

Ein Stück des Gorn-Kostüms

Ein Teil des Salzvampirs

FOTO VON ROBBIE ROBINSON, MIT FREUNDLICHER GENEHMIGUNG VON GREG JEIN

Der Salzvampir, gleichfalls ein Entwurf von Wah Chang

Ein Excalbianer, gebaut von Wah Chang

John Colicos als Commander Kor, der erste Klingone in *Star Trek*

Michael Strong als Dr. Korby. Humanoide Roboter waren eine andere Lösung, um preiswert, aber effektiv SF-Konzepte zu präsentieren.

William Shatner als romulanischer Kirk, entworfen von Fred Phillips. Romulaner waren ursprünglich als wiederkehrende Bedrohung für die Crew der *Enterprise* vorgesehen, aber die Maske erwies sich als zu kostspielig. Klingonen waren billiger.

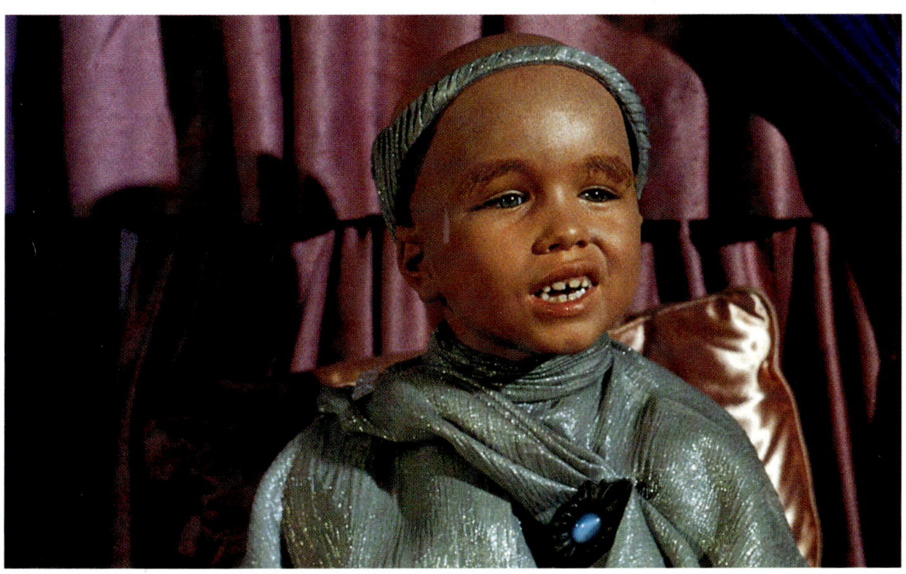

Clint Howard als Balok, ein unerwarteter, wirkungsvoller *und* preiswerter Alien

MIT FREUNDLICHER GENEHMIGUNG VON GREG JEIN

Mobile Kommunikatoren – in den 60ern noch SF – gehören heute zum Alltag.

FOTO VON ROBBIE ROBINSON, MIT FREUNDLICHER GENEHMIGUNG VON GREG JEIN

REQUISITEN TEIL 1

Matt Jefferies' Design-Skizze für eine scalosianische Waffe …

Die Requisiten der *Classic*-Serie waren nie dafür vorgesehen, der Detailgenauigkeit eines Fotos für ein Buch standzuhalten. Und nur wenige von ihnen waren mit Details versehen, die sie eine flüchtige Nahaufnahme während einer Episode überstehen lassen würde. Aber sie gehören zum ersten Sciene Fiction-Design fürs Fernsehen, das mit der Tradition der Flash-Gordon-Schule der Dekoration um ihrer selbst willen brach und einen zweckmäßigeren und relativ glaubwürdigen Blick auf die Zukunft zeigte.

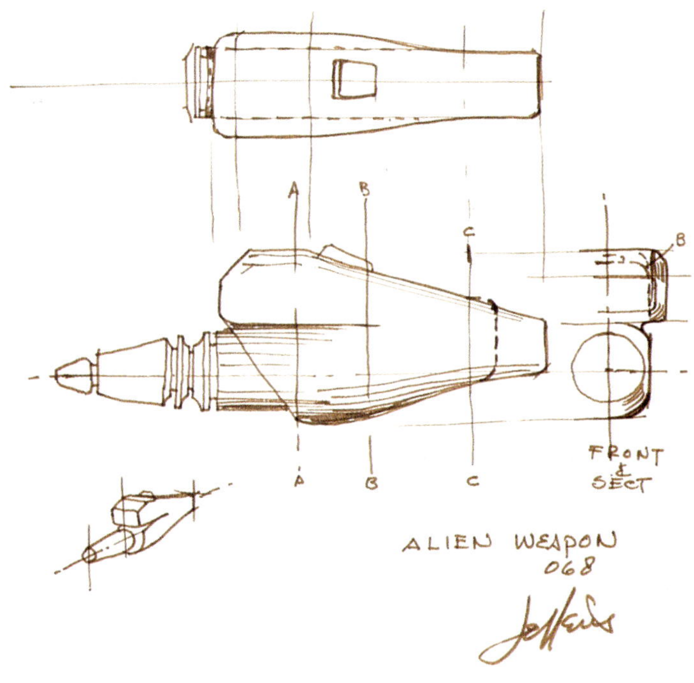

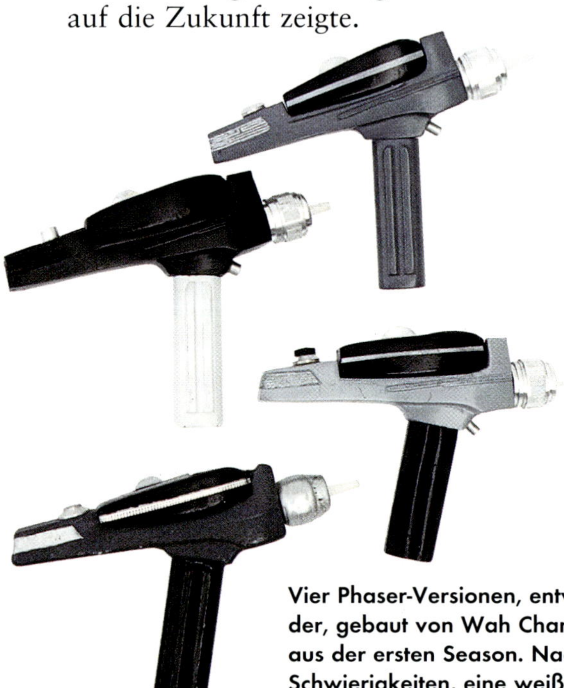

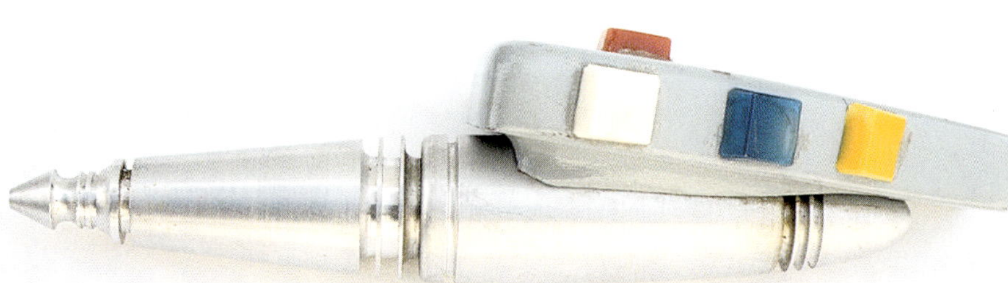

… und das Ergebnis

MIT FREUNDLICHER GENEHMIGUNG VON GREG JEIN. ZEICHNUNGEN MIT FREUNDLICHER GENEHMIGUNG DES KÜNSTLERS. REQUISITENFOTOS VON ROBBIE ROBINSON

Vier Phaser-Versionen, entworfen von Matt Jefferies und seinem Bruder, gebaut von Wah Chang. Der Phaser mit weißem Griff stammt aus der ersten Season. Nachfolgende Modelle erhielten wegen der Schwierigkeiten, eine weiße Requisite zu filmen, dunklere Griffe.

FOTO VON ROBBIE ROBINSON, MIT FREUNDLICHER GENEHMIGUNG VON GREG JEIN

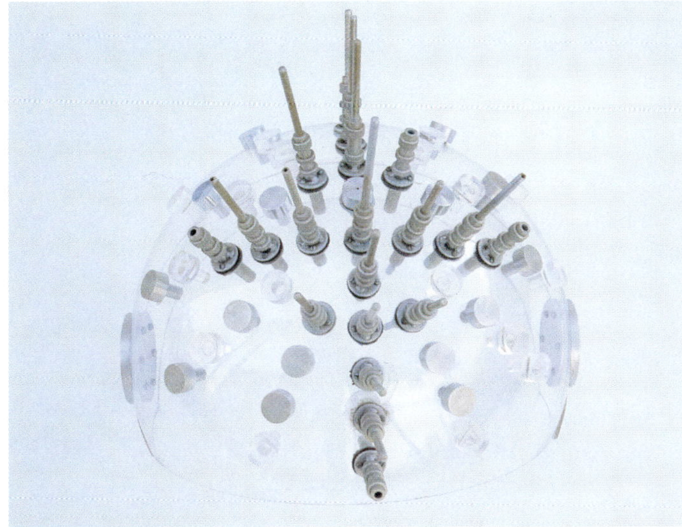

Der Lehrhelm aus ›Spocks Gehirn‹

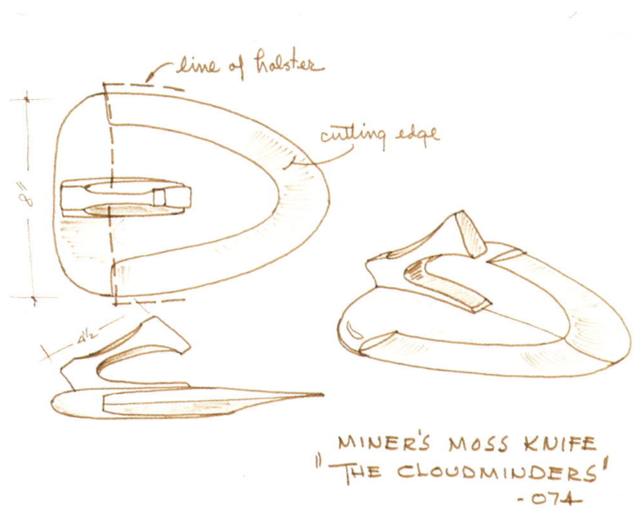

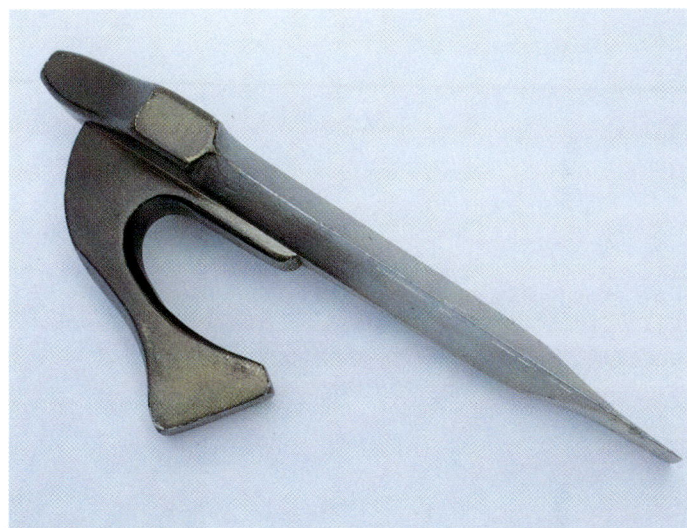

MIT FREUNDLICHER GENEHMIGUNG VON GREG JEIN. ZEICHNUNGEN MIT FREUNDLICHER GENEHMIGUNG DES KÜNSTLERS. REQUISITENFOTOS VON ROBBIE ROBINSON

Matt Jefferies' Skizze für ein Waffe der Troglyten …

… und das Ergebnis.

FOTO VON ROBBIE ROBINSON, MIT FREUNDLICHER GENEHMIGUNG VON GREG JEIN

Die Wahrheit über die Tribbles! Diese große Ausführung wurde von einem batteriebetriebenen Spielzeughund mit Leben erfüllt. Andere Tribbles wurden mit Luftdruck und Ballons betrieben.

REQUISITEN TEIL 2

Zu dieser Waffe gehörte ein Halfter aus Aluminiumfolie, das durch eine Harzschicht Halt bekommt.

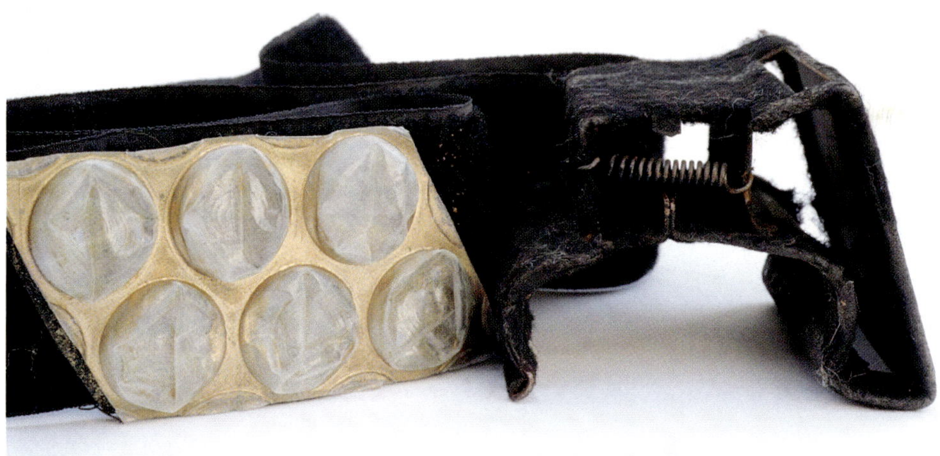

Die Dekoration auf dem ersten klingonischen Gürtel bestand lediglich aus einem Stück bemaltem Luftpolster-Verpackungsmaterial.

REQUISITENFOTOS VON ROBBIE ROBINSON. MIT FREUNDLICHER GENEHMIGUNG VON GREG JEIN

Die Ausrüstungsgürtel aus Leder, für den ersten Pilotfilm gefertigt, wurden schließlich durch direkt auf die Uniformen der Schauspieler genähte Haftstreifen ersetzt.

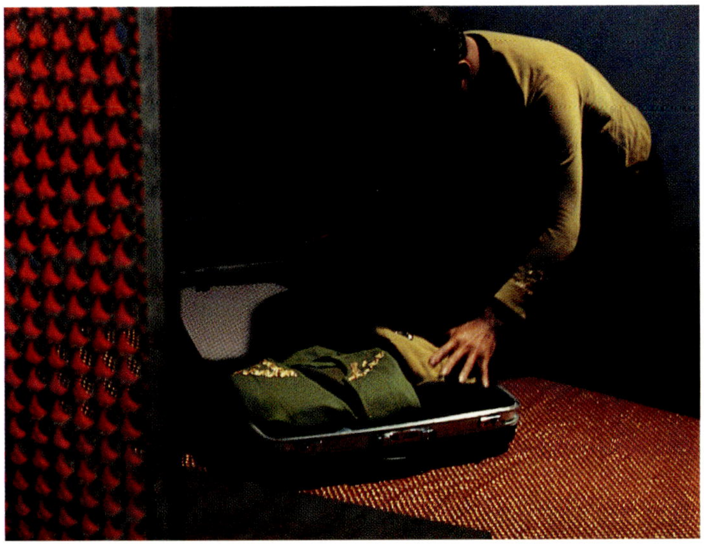

Manchmal überholt der Produktionsdruck die Designer, was dazu führte, daß Captain Kirk einen antiken Koffer benutzte …

… daß Klingonen Kisten aus lackierter Wellpappe verwendeten …

… und daß im Maschinenraum Alles-andere-als-High-Tech-Werkzeuge zu sehen waren.

Das Designteam, das für gegenwärtige *Star Trek*-Produktionen verantwortlich ist, machte sich einen Spaß daraus, diese Flasche saurianischen Brandys für Einsätze in *Deep Space Nine* und *The Next Generation* nachzubilden.

Einige der hochentwickelten medizinischen Geräte von Dr. McCoy waren nur wenig mehr als Teile maschinell bearbeiteten Metalls und gute Klangeffekte.

DREI

RUNDE ZWEI

STAR TREK – DIE ZEICHENTRICK-SERIE 1974

STAR TREK – DIE ZEICHENTRICKSERIE

Nachdem die *Classic*-Serie aus dem Programm genommen worden war, begann Paramount die 79 Episoden quer durch die USA am Nachmittag und am frühen Abend in Syndication auszustrahlen. Wie Spocks Logik es wohl hätte nahelegen können, erlebte die Serie, die durch den späten Sendeplatz ›getötet‹ wurde, eine wundersame Wiedergeburt, weil sie bekannter geworden war bei einem Publikum, das bei der Ermittlung der Einschaltquoten nach dem berüchtigten Nielsen-System der späten sechziger Jahre keine Berücksichtigung gefunden hatte.

Da die Besucherzahlen der *Star Trek*-Conventions stiegen und die Beliebtheit der eingestellten Serie wuchs, war es unvermeidbar, daß Gene Roddenberry und die Paramount-Verantwortlichen über Wege nachdachten, die Serie wiederzubeleben. Aber so, wie es in der Zukunft noch oft geschehen sollte, machten die Eigengesetze des TV-Geschäfts den Prozeß zunichte.

1972, drei Jahre nach der Absetzung, war NBC wieder willens, eine *Star Trek*-Serie in Erwägung zu ziehen, und man war bereit, einen neuen Pilotfilm beim Studio zu ordern. Nach den Berechnungen von Paramount waren aber 750 000 Dollar erforderlich, um die Bühnenbilder nachzubauen, die Kostüme nachzuschneidern und die Requisiten nachzubilden. Ein Betrag, den das Studio nicht ausgeben wollte, wenn NBC nicht mehrere Episoden abnahm. 1986 steckte Paramount in einer ähnlichen Sackgasse und da entschieden die Verantwortlichen des Studios, *Star Trek – The Next Generation* zu einer Serie zu machen, die sofort in Syndication gehen würde. Aber 1972 war das keine sichere Lösung für eine so teure Serie, also kehrte *Star Trek* wieder einmal zurück in die Warteschleife.

Zwei anfängliche Konzepte für die Zeichentrickserie verlangten, daß die *Enterprise*-Crew entweder in Kindheitsabenteuern oder gemeinsam mit jungen Ebenbildern auftreten sollte. Diese Konzepte überlebten keine 30 Minuten, da die Entscheidung getroffen wurde, die Crew so zu zeigen, wie man sie aus der *Classic*-Serie kannte.

Da die Produktionsausgaben ein ewiges Hindernis für die Wiederbelebung von *Star Trek* waren, kamen viele Produzenten auf die Idee, eine kostengünstigere Zeichentrickversion der Serie herzustellen. Von allen Zeichentrickproduzenten, die sich an Roddenberry wandten, waren es Lou Scheimer und Norm Prescott von Filmation, die es letztlich schafften, ihn davon zu überzeugen, diesen nächsten Schritt zu machen.

Trotz der obigen Abbildung, die eine jüngere *Enterprise*-Crew zeigt, erklärte Roddenberry, daß er sich für Filmation entschieden hatte, weil nach Ansicht dieser Gesellschaft die Zeichentrickproduktion der *Classic*-Serie gerecht werden sollte – ohne jene Samstagmorgen-Massenware wie über-schlaue Kinder und niedliche Tiere hinzuzufügen. Aber den Absichten aller Beteiligten zum Trotz erreichte die Zeichentrickserie nicht die Vorgaben und ist aus heutiger Sicht die schwächste aller *Star Trek*-Serien.

Auf der Autorenseite verpflichtete Roddenberry Dorothy Fontana als Produzentin und Redakteurin. Sie wandte sich ihrerseits an viele der Autoren, die Drehbücher zur *Classic*-Serie beigesteuert hatten, darunter David Gerrold, Margaret Arman, Samuel A. Peeples und Stephen Kandel. (Der hatte die beiden *Classic*-Episoden um Harry Mudd geschrieben und ließ ihn in der Zeichentrickserie ein weiteres Mal mitspielen.) Unglückseligerweise – trotz aller Talente und besten Absichten, die Feinheiten einer einstündigen dramatischen Serie in einen 24-Minuten-Cartoon für Kinder zu übertragen – wurden viele Episo-

den auf wenig mehr als phantastische Action-Sequenzen reduziert, ohne jede Chance, die dramatische Beschaffenheit und das Zusammenspiel der Figuren zu entwickeln – Aspekte, die allen anderen *Star Trek*-Serien eigen sind. Natürlich gibt es ein paar Ausnahmen von den im allgemeinen farblosen Zeichentrickepisoden, allen voran Dorothy Fontanas ›Die Täuschung‹.

Die Schwierigkeiten, die Originalbesetzung für die Zeichentrickserie zusammenzubringen, führte zu einigen technischen Problemen. DeForest Kelley, der seine Rolle als McCoy wieder aufnahm, beklagte sich darüber, daß bei vielen Episoden die Schauspieler ihren Text zu verschiedenen Zeiten in verschiedenen Studios aufnahmen, was die Akteure von jeglicher Chance ausschloß, die Figuren aufeinander reagieren zu lassen. Obwohl Walter Koenig nicht als Chekov zurückkehrte, schrieb er die Episode ›Planet der Riesen‹.

Aber es waren die technischen Gegebenheiten von Fernsehtrickfilmen der frühen siebziger Jahre, die die Zeichentrickepisoden letztlich heute veraltet aussehen lassen. Obwohl die Serie zu ihrer Zeit zu den teuersten gehörte, die je produziert worden war – 75 000 Dollar pro Episode –, konnte sie nicht annähernd die Qualität von Trickfilmen fürs Kino erreichen – damals nicht und heute erst recht nicht. Beispielsweise würden 24 Minuten Kinotrickfilm vom Walt Disney-Kaliber über 17 000 Einzelzeichnungen erfordern. Filmation begnügte sich bei jeder *Star Trek*-Episode mit 5000 bis 7000 Zeichnungen. Gesichter, Posen und allgemeine Zeichentricksequenzen der gehenden oder rennenden Besatzungsmitglieder wurden in großem Maße wiederverwendet, um die Kosten niedrig zu halten, was alle Episoden recht ähnlich aussehen ließ.

Star Trek – The Animated Series debütierte auf NBC an einem Samstagmorgen um 9.30 Uhr, sieben Jahre nach der Ausstrahlung der ersten Episode der *Classic*-Serie. Sie wurde als Teil der teuersten Entwicklung im Kinderprogramm von NBC bejubelt und schloß sich anderen Serien an, die auch auf Real-Serien basierten, *The Addams Family* und *Emergency*.

In Anbetracht der Konkurrenz und des Niveaus der Zeichentricktechnik zu dieser Zeit lobten die meisten Kritiker die Serie. Die *Los Angeles Times* bezeichnete sie Seite an Seite mit den anderen Cartoonserien am Samstagmorgen als so fehl am Platz wie »einen Mercedes in einem Seifenkistenrennen«. Die *Washington Post* fand sie »faszinierend«, fragte sich aber, ob die Handlungen einfach genug waren für das anvisierte Kinderpublikum.

Cinefantastique, ein Spezialmagazin, das sich der SF in den Medien widmete, sah die Serie mit erfahreneren Augen und beklagte, daß ihr »das Drama und das menschliche Interesse [fehlte], das die [*Classic*-]Serie seinerzeit so fesselnd gemacht hatte«. Das Magazin sagte voraus, daß Kinder und Fans die Serie gleichermaßen ›schrecklich langweilig‹ finden würden.

Doch einmal mehr – dies sollte eine Tradition für fast jede *Star Trek*-Produktion werden – verwirrte die Serie jene Kritiker, die sie für mangelhaft hielten. Nach einer ersten Season mit 16 Episoden wurde eine verkürzte Season von sechs Episoden angehängt. Alle 22 Episoden wurden 1989 auf Videokassette veröffentlicht, gleichzeitig mit der Kinopremiere von *Star Trek V – The Final Frontier*.

Auch wenn die Zeichentrickserie nicht eine echte Wiedergeburt von *Star Trek* darstellte, war sie doch ein wichtiger Schritt in diese Richtung. Es war offensichtlich, daß in der Idee noch Leben steckte, das nicht einmal von einer enttäuschenden Produktion ausgelöscht werden konnte.

MODELL-SKIZZEN

ALLE ZEICHNUNGEN MIT FREUNDLICHER GENEHMIGUNG VON GREG JEIN

Nachdem die Entscheidung gefallen war, die Figuren im gleichen Alter wie in der Serie darzustellen, arbeiteten die Künstler von Filmation daran, einfache Zeichentrickversionen der Charaktere zu schaffen, die erkennbar blieben und zugleich leicht mit Leben zu erfüllen waren.

AN BORD DER NEUEN *ENTERPRISE*

Während viele der Bühnenbilder und Designs für die Zeichentrickserie direkt von der *Classic*-Serie übernommen wurden, hat man einige Elemente des Raumschiffs *Enterprise* auf den neuesten Stand gebracht. So zum Beispiel auf der Brücke. Gene Roddenberry erklärte, daß eine zweite Tür hinzugefügt wurde, da viele Zuschauer gefragt hatten: »Was machen Sie, wenn die Tür klemmt?«

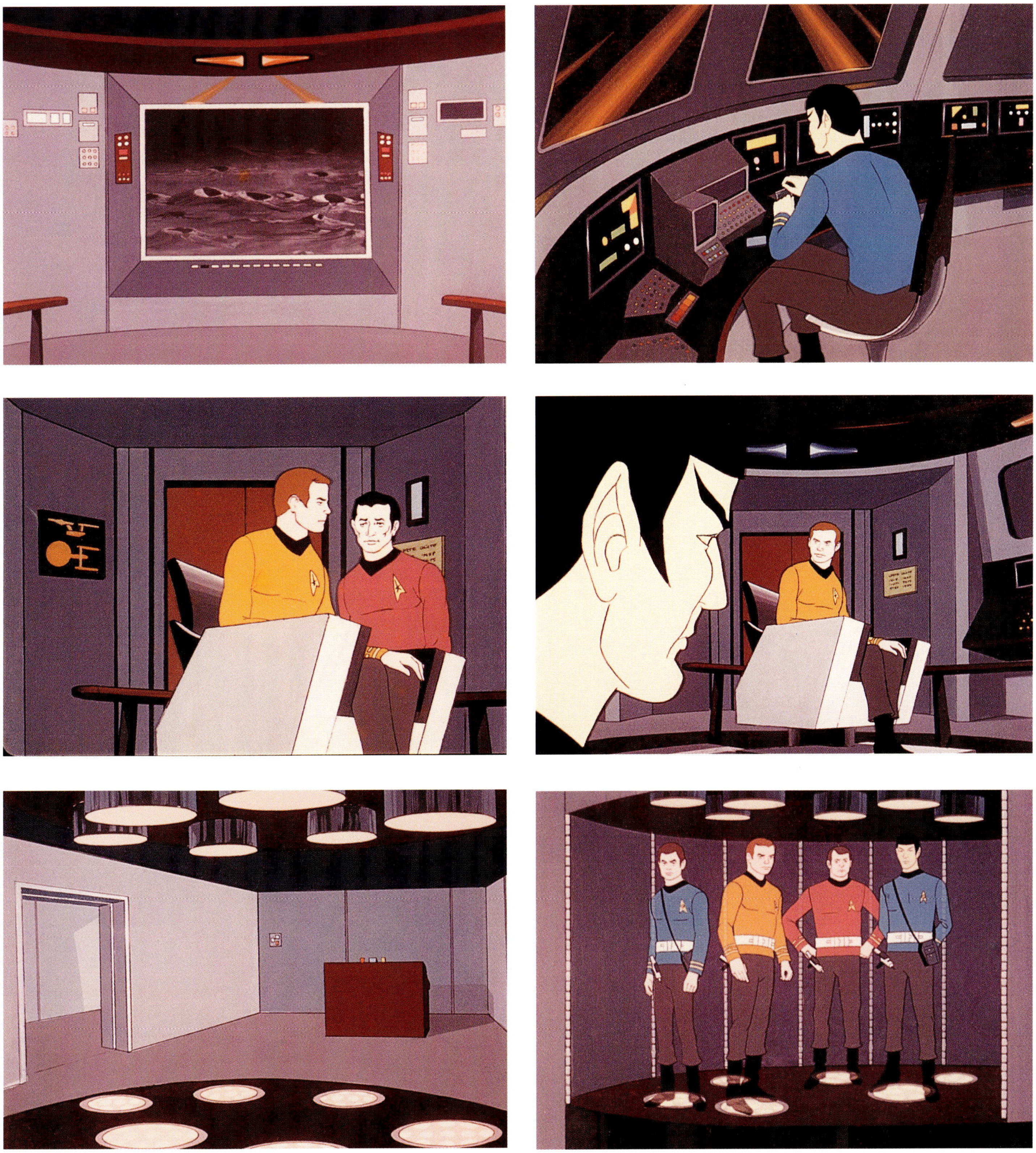

ALLE ILLUSTRATIONEN MIT FREUNDLICHER GENEHMIGUNG VON GREG JEIN

VERTRAUTE GESICHTER UND...

Der Art Director Don Christensen überwachte ein Team von 38 Künstlern und 36 Zeichnern, um die vertraute Crew der *Enterprise* den Anforderungen des Zeichentrickfilms anzupassen.

Zu der Zeit, da diese Serie produziert wurde, wären Details wie die Dienstabzeichen bei der Vorlage für den Zeichner eigentlich unberücksichtigt geblieben, da sie den vereinfachten Prozeß nur komplexer machten. Da aber die Starfleet-Abzeichen ein so wichtiger Teil des optischen Erscheinungsbilds von *Star Trek* waren, wurden sie vergrößert, damit sie einfacher gezeichnet werden konnten.

Captain James T. Kirk

Dr. Leonard McCoy

Wissenschaftsoffizier Spock. Beachten Sie das vergrößerte Uniformabzeichen.

Kommunikationsoffizier Uhura. Beachten Sie die modernisierte Ausstattung der Brücke.

Ein klingonischer Commander

...NEUE GESICHTER

Spock als kleiner Junge. Aus der Episode ›Die Täuschung‹ von D. C. Fontana

Gene Roddenberry wurde oft gefragt, warum es unter der Besatzung der *Enterprise* nicht mehr Aliens gab, worauf er gerne antwortete: »Wir wollten immer mehr Aliens haben, aber es gab so wenige, die Mitglied der Schauspielergewerkschaft waren.«

Budgetbeschränkungen waren natürlich der wahre Grund. Da teure Masken in der Zeichentrickserie entfielen, war es hier möglich, einen dreibeinigen Alien der Brückencrew hinzuzufügen.

Der neue Navigator Lieutenant Arex, mit drei Armen und drei Beinen

Dr. Sarah April und ihr Mann, der erste Captain der *Enterprise*, Robert T. April, aus der Episode ›Weltraumkosmetik‹ von John Culver. Der Name April wurde übernommen aus Gene Roddenberrys allererstem Entwurf für die erste Präsentation von *Star Trek*. Technisch gesehen *war* er damit der erste Captain der *Enterprise*.

ALLE ILLUSTRATIONEN MIT FREUNDLICHER GENEHMIGUNG VON GREG JEIN

SPEZIALEFFEKTE

Im Gegensatz zum Design der Bühnenbilder einer Realfilm-Serie kostete es nicht mehr, einen Alien oder einen phantastischen Hintergrund statt vertrauter Menschen und Bühnenbilder zu zeichnen. Daher waren in der Zeichentrickserie mehr Aliens und fremde Orte zu sehen, als die *Classic*-Serie es sich jemals hätte leisten können.

Ein Zeichentrick-Phasertreffer. Das Glühen, das Spock umgibt, stammt von seinem weißen ›Lebenserhaltungsgürtel‹, einer Ergänzung der Standardausrüstung, der als Raumanzug in Form eines Kraftfeldes diente und der Crew breitere Einsatzmöglichkeiten erlaubte.

Kirk im All in seinem Lebenserhaltungsfeld

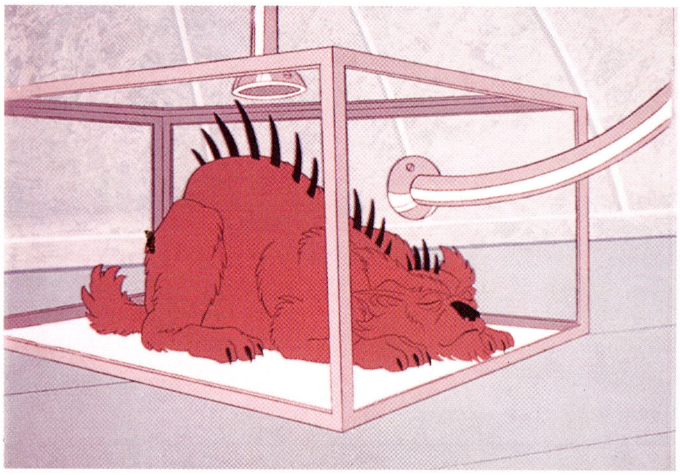

Kulkulkans zooähnlicher ›Lebensraum‹. Aus der Episode ›Die versunkene Welt‹ von Russell Bates und David Wise

Die *Enterprise*-Crew wird in der Episode ›Auch Kleine haben oft groß angefangen‹ (von Paul Schneider) verkleinert.

Kulkulkans Stadt

Außerirdische Landschaft

Außerirdische Landschaft

Dramia II und seine Bewohner. Aus der Episode ›Dr. McCoy unter Anklage‹ von Dario Finelli

Die *Enterprise* gelangt in der Episode ›Weltraumkosmetik‹ in ein Antimaterie-Universum.

Ein antiker Astronaut, der auf der Erde als Gott Kulkulkan verehrt wurde, entwickelt sich aus der Tarnung eines Raumschiffs in der Episode ›Die versunkene Welt‹.

Die *Enterprise* verfolgt Kulkulkan.

ALLE ILLUSTRATIONEN MIT FREUNDLICHER GENEHMIGUNG VON GREG JEIN

VIER

DIE SERIE, DIE ES NIE GAB

STAR TREK - PHASE II 1977

Ken Adams Konzeptzeichnung eines zentralen Handlungsorts für das Bryant/Scott-Drehbuch ›Planet of the Titans‹

Ken Adams Konzeptzeichnung eines neuen Shuttlehangars

Konzeptzeichnung der neuen *Enterprise* von Ken Adam, die den unverkennbaren Einfluß von Ralph McQuarrie erkennen läßt, dem Designer der Imperialen Sternenzerstörer in *Star Wars*

STAR TREK – PHASE II

Nach mehreren Anläufen, *Star Trek* ins Kino zu bringen (siehe Kapitel Acht), entschied Paramount 1977, eine zweite Fernsehserie zu produzieren, die den passenden Titel *Star Trek – Phase II* erhielt.

Barry Diller, zu der Zeit Präsident von Paramount, hatte sich besorgt gezeigt über die Richtung, die *Star Trek* mit dem jüngsten Filmdrehbuch eingeschlagen hatte – ›Planet of the Titans‹ von Chris Bryant und Allan Scott. Nachdem der Film noch während der Vorbereitungsphase gestrichen worden war, hatte sich Diller an Gene Roddenberry gewandt und vorgeschlagen, *Star Trek* zurück zum ursprünglichen Kontext zu bringen und als Fernsehserie zu produzieren.

Was zu der Zeit Dillers Plan war, sollte Paramount später mit *Star Trek – Voyager* und dem neuen UPN-Network in die Realität umsetzen. Diller wollte *Phase II* als Grundstein für einen eigenen Paramount-Sender verwenden. Die erste Zusage des Studios umfaßte einen zweistündigen Pilotfilm und dreizehn Episoden von je einer Stunde Länge.

Zusätzlich zu Gene Roddenberry wurden Robert Goodwin als der für die Gesamtproduktion zuständige Produzent und Harold Livingston als der für die Drehbücher zuständige eingestellt. Jon Povill wurde Redakteur, und im Juli lief die Vorbereitung der Serie auf Hochtouren.

Obwohl Paramount zuerst zögerte, die Entwicklungsarbeit zur Seite zu legen, die für den zu den Akten gelegten Film in Angriff genommen worden war, wollte Roddenberry so viele Mitglieder seines ursprünglichen Produktionsteams wie möglich um sich versammeln und den Designprozeß erneut starten.

Durch einen Zufall, den kein Autor in seinem Drehbuch verwenden dürfte, arbeitete der Designer der ersten *Enterprise*, Matt Jefferies, auf dem Paramount-Gelände in einem Büro unmittelbar eine Etage über Roddenberry. Zu der Zeit war er Art Director für *Little House on the Prairie (Unsere kleine Farm)*, erhielt aber Michael Landons Segen, als technischer Berater für die neue *Star Trek*-Serie aktiv zu werden. In der Zwischenzeit ließ Jefferies seinen Freund Joe Jennings als Art Director anheuern. Jennings war Jefferies' Assistent im zweiten Jahr der *Classic*-Serie gewesen, später wurde er Art Director für so beeindruckende Produktionen wie *Roots* und *Shogun*.

Mike Minor – der viele der Gemälde der *Classic*-Serie geliefert, den Melkotianer für die Episode ›Wildwest im Weltraum‹ und das tholianische Netz entworfen hatte, das Teil der Episode ›Das Spinnennetz‹ war, die für ihre optischen Effekte mit einem Emmy ausgezeichnet wurde – kehrte ebenfalls zurück, um an der Aktualisierung und Neugestaltung der Serie mitzuwirken. Jim Rugg, ein weiterer Veteran aus den Tagen der *Classic*-Serie, wurde geholt, um die Leitung der Spezialeffekte zu übernehmen.

Nachdem die *Enterprise* von Adam/McQuarrie aufgegeben worden war, bat Roddenberry Jefferies, das berühmte Raumschiff zu überarbeiten, um den Umbau widerzuspiegeln, der Teil der Hintergrundgeschichte der neuen Serie sein sollte.

Jefferies' Design veränderte die Antriebsgondeln von Röhren in schlanke, an den Seiten abgeflachte Module und ließ ihre Ausleger verjüngend auslaufen. Er fügte auch die markanten Photonentorpedoausgänge an der Verbindung zur Untertassensektion hinzu.

Anders als die erste Umgestaltung der *Enterprise* wurde Jefferies' neue Version diesmal von Don Loos gebaut, der auch das Originalmodell für die *Classic*-Serie konstruiert hatte. Als Paramount jedoch die Pläne für ein viertes Fernseh-Network aufgab und in der Folge aus der zweiten *Star Trek*-Fernsehserie den ersten *Star Trek*-Kinofilm machte, wurde die *Enterprise* weggepackt, da der Filmregisseur Robert Wise einen neuen Art Director mitbrachte. Harold Michaelson nahm eine zweite Überarbeitung des Schiffs vor, die im wesentlichen die neuen Linien von Jefferies beibehielt, aber die umfassenden Details hinzufügte, die für ein Filmmodell erforderlich waren.

Obwohl Roddenberry in den acht Jahren seit dem Ende der *Classic*-Serie viele frustrierende Fehlstarts ertragen hatte, legte Paramount mit dieser Entscheidung schließlich unabsichtlich den Grundstein für die erfolgreichste Filmreihe, die das Studio jemals produzieren sollte.

VORANGEGANGENE DOPPELSEITE: Konzeptzeichnung des Maschinenraums der neuen *Enterprise* von Mike Minor. Viele der enthaltenen Elemente wurden für das Bühnenbild der Film-*Enterprise* und der *Enterprise* in *The Next Generation* verwendet.

DIE SUCHE NACH EINER NEUEN *ENTERPRISE*

Obwohl diese Entwürfe deutlich den Einfluß von Ralph McQuarrie erkennen lassen, ist ein Echo des Originalkonzepts von Matt Jefferies nach wie vor erkennbar.

Über ein Jahrzehnt nach ihrer Konstruktion wurden diese Modelle in einer *Star Trek*-Produktion verwendet, als Teil der Armada für die Schlacht bei Wolf in *The Next Generation*.

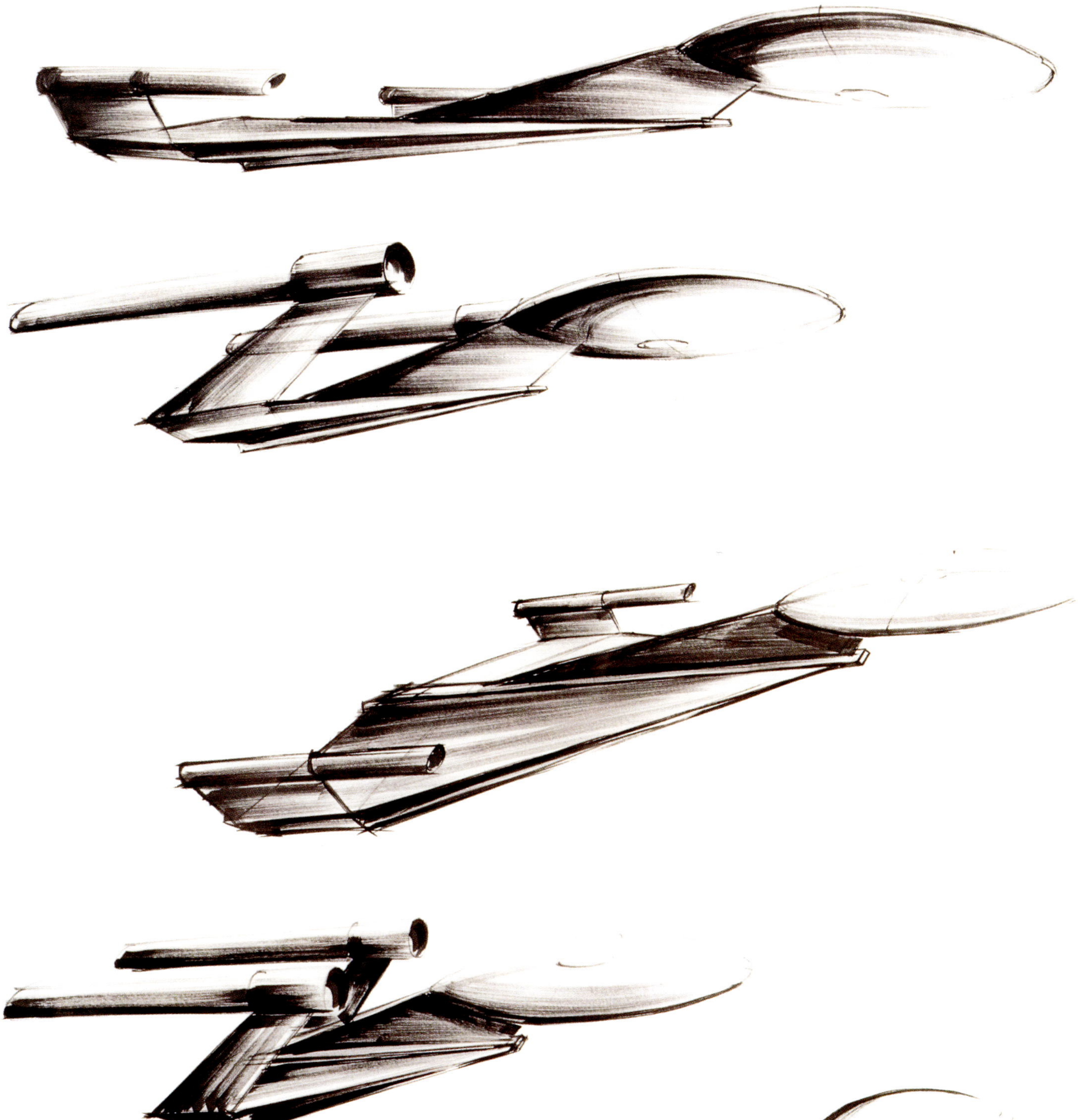

Konzeptskizzen von Ken Adam, die auf ersten Entwürfen von Ralph McQuarrie basieren

DIE RALPH MCQUARRIE-GALERIE

Ralph McQuarrie ist der breiten Öffentlichkeit vor allem bekannt durch seine beeindruckenden Produktionsdesigns für die *Star Wars*-Trilogie. Seine Phantasie half dabei, das endgültige Aussehen von Darth Vader und seinen Sturmtruppen, von R2D2 und C3PO zu finden, und er schuf viele Matte-Zeichnungen von Planeten und Monden, die in den Filmen zu sehen waren.

Nachdem *Star Wars* 1977 abgedreht war, wurde McQuarrie nach England eingeladen, um unter Ken Adam an der Entwicklung des Designs für einen *Star Trek*-Film mitzuwirken, der letztlich fallengelassen wurde, um der Fernsehserie *Star Trek – Phase II* Platz zu machen.

Diese Zeichnungen waren Teil dieses Prozesses und erlauben uns einen Blick auf eine mögliche *Star Trek*-Serie, die nie Realität wurde.

Die *Enterprise* fliegt ein etwas anderes Raumdock an – es befindet sich in einem Asteroiden.

ZEICHNUNG: RALPH MCQUARRIE. MIT FREUNDLICHER GENEHMIGUNG VON STARLOG

ZEICHNUNG: RALPH MCQUARRIE. MIT FREUNDLICHER GENEHMIGUNG VON STARLOG

Auch wenn diese *Enterprise* es auf der Leinwand geschafft hätte, der Abgasausstoß, der aus den Warpgondeln austritt, hätte es nicht geschafft.

WEGE, DIE NIEMAND GING

Matt Jefferies' aktualisiertes Design der *Enterprise*, das die Konstruktionsphase erreichte, wurde aufgegeben, als aus der zweiten Fernsehserie der erste Kinofilm wurde. Trotzdem wurden viele seiner neuen Designelemente in die nächste Version des berühmten Raumschiffs eingearbeitet.

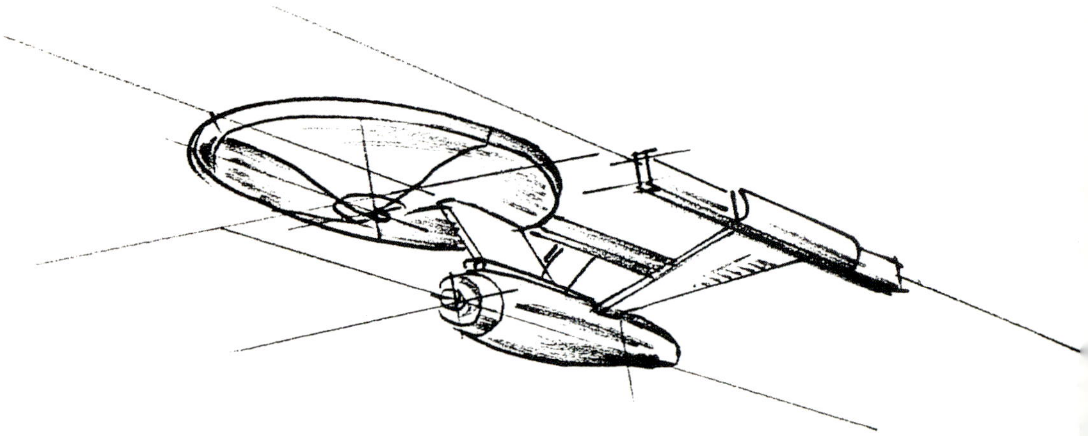

Frühe Skizze von Matt Jefferies für eine überarbeitete *Enterprise*

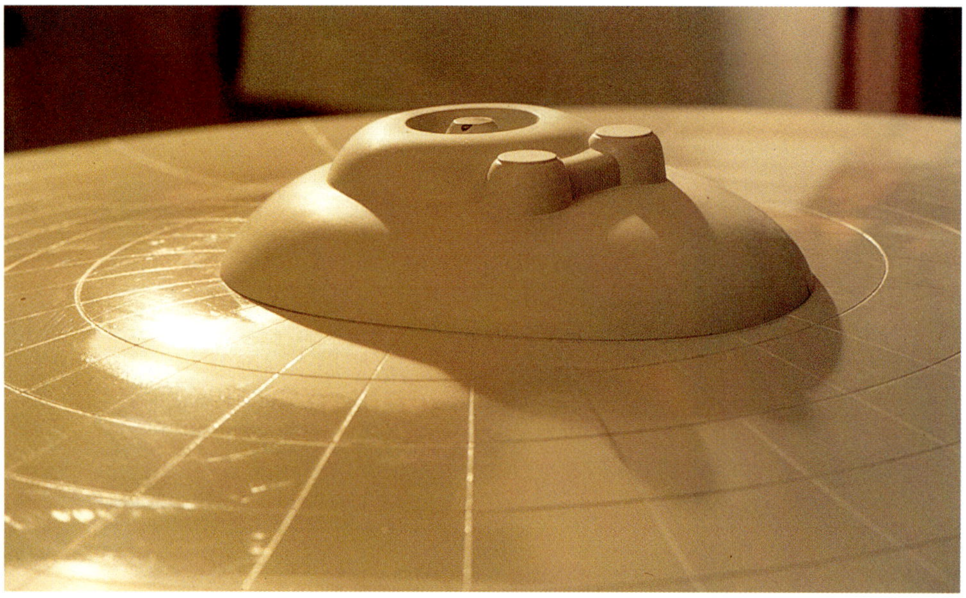

Eine verlorene *Enterprise*. Das zweite Fernsehraumschiff während der Entstehung

FOTOS MIT FREUNDLICHER GENEHMIGUNG VON ANDREW PROBERT

Mike Minors Ausarbeitung des neuen Entwurfs von Matt Jefferies

MIT FREUNDLICHER GENEHMIGUNG VON BOB BURNS

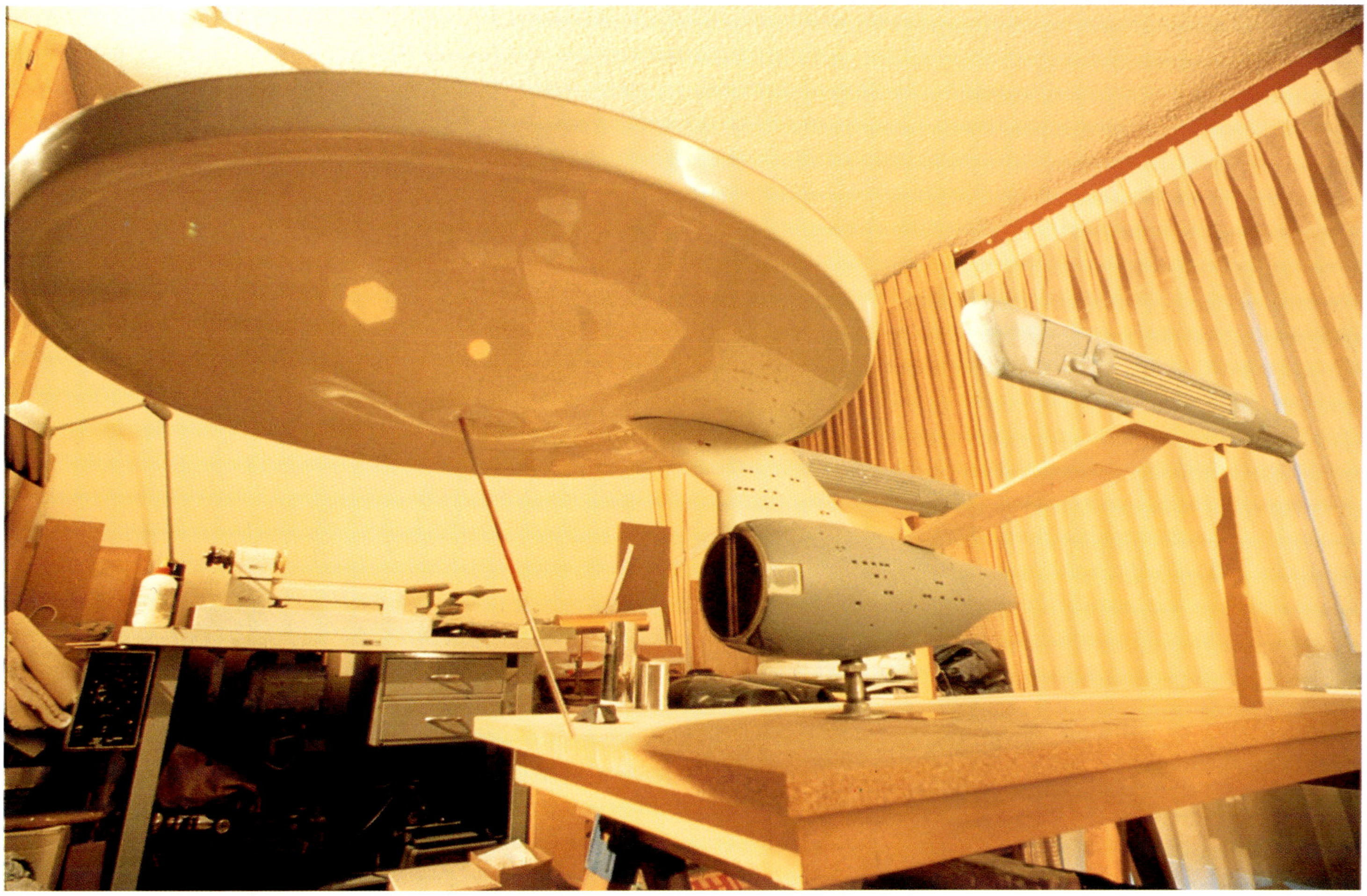

EINE ›ZWISCHEN‹-ENTERPRISE NIMMT GESTALT AN

Mike Minors erste Entwürfe für die neue *Star Trek*-Serie sind unverkennbar die Evolutionsstufe zwischen *Classic*-Serie und dem ersten Film.

Die Kontrollmodule der Brückenwände fanden fast unverändert Eingang in *Star Trek – The Motion Picture*, während der Transporterraum im wesentlichen eine Umgestaltung des Originalbühnenbilds ist mit einer stromlinienförmigeren Konsole und neuen Wanddisplays.

Beachten Sie das dreidimensionale Schachspiel in der Zeichnung des Erholungsdecks.

MIKE MINOR. MIT FREUNDLICHER GENEHMIGUNG VON STARLOG

MIKE MINOR. MIT FREUNDLICHER GENEHMIGUNG VON STARLOG

MIKE MINOR. MIT FREUNDLICHER GENEHMIGUNG VON STARLOG

MIKE MINOR. MIT FREUNDLICHER GENEHMIGUNG VON PARAMOUNT PICTURES

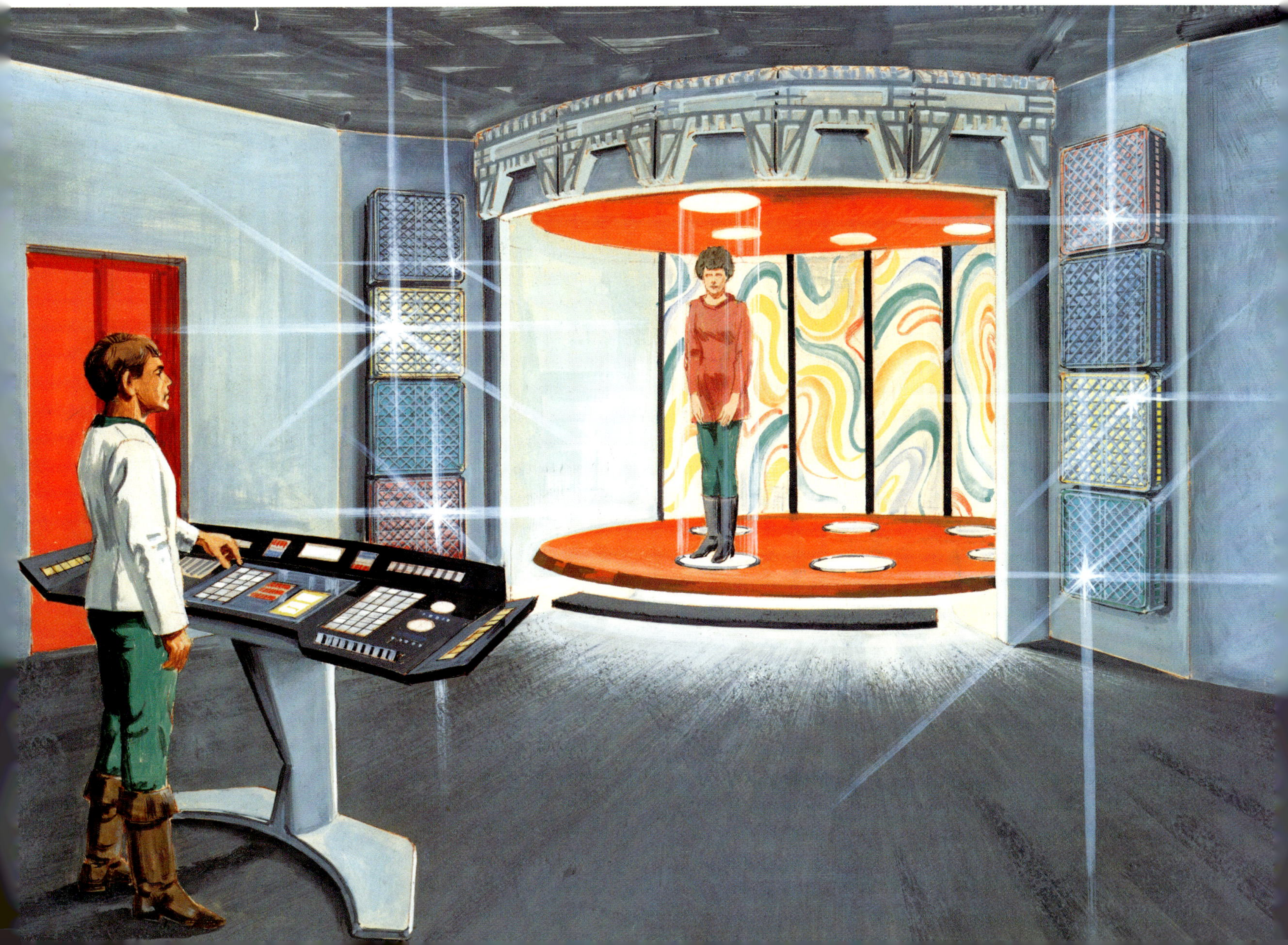

FÜNF

DER BLITZ IN DER FLASCHE

STAR TREK - THE NEXT GENERATION 1987

UMSEITIG: Konzeptzeichnung von Andrew Probert für die Episode ›Das Recht auf Leben‹. MIT FREUNDLICHER GENEHMIGUNG DES KÜNSTLERS

THE NEXT GENERATION

MIT FREUNDLICHER GENEHMIGUNG DES KÜNSTLERS

Zwanzig Jahre zuvor brachte der Genius eines Mannes eine Serie ins Fernsehen, die dieses Medium hinter sich gelassen hat. Wir sind sehr erfreut, daß dieser Mann, Gene Roddenberry, noch einmal einen Anlauf nimmt. So wie das Publikumsinteresse die *Classic*-Serie im Fernsehen hielt, so ist diese neue Serie ebenfalls das Ergebnis einer Unterstützung der Basis für Gene und seine Vision.«

Mit diesen, von Mel Harris, dem Präsidenten der Paramount Television Group, gesprochenen Worten wurde die lang erwartete zweite *Star Trek*-Fernsehserie am 10. Oktober 1986 offiziell vorgestellt, 17 Jahre, nachdem die erste Serie aus dem Programm gestrichen worden war.

Aber diesmal würde etwas anders sein. Der Kampf, der in den Siebzigern getobt hatte, um Kirk und seine Crew zurückzubringen, konnte nicht mehr gewonnen werden. Die *Star Trek*-Filme und die individuellen Karrieren der wichtigsten Schauspieler waren zu erfolgreich, als daß man die Crew der *Classic*-Serie wieder dem wöchentlichen Druck der Produktion einer Fernsehserie hätte aussetzen können. Also hatte sich Paramount einverstanden erklärt, die neue Serie ein Jahrhundert nach der ersten anzusiedeln und mit einer komplett neuen Besetzung fortzufahren.

Zu dieser Zeit beinhaltete dieser Versuch, den ›Blitz in einer Flasche einzufangen‹ – wie Leonard Nimoy es formuliert hatte –, ein beträchtliches Risiko für Paramount.

Die Networks, mit denen das Studio Gespräche über die neue Serie aufgenommen hatte, er-

Eine der ersten Konzeptzeichnungen der neuen *Enterprise*-Brücke von Andrew Probert, die Gene Roddenberrys ersten Überlegungen für das neue Schiff folgt, den Einsatzaspekt nicht in den Vordergrund zu stellen.

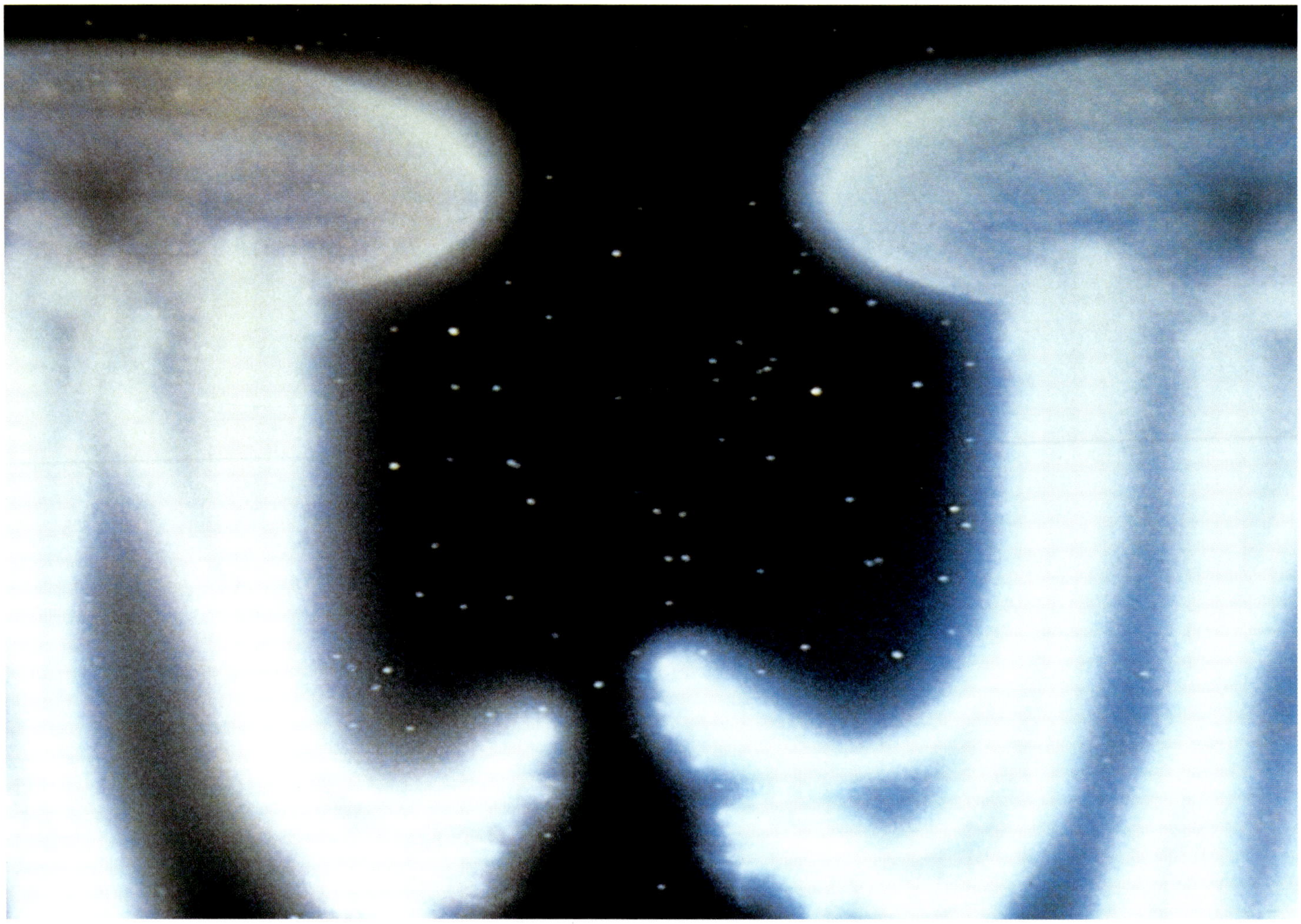

Die Kreaturen von Farpoint Station, wie sie im Fernsehen zu sehen waren

Ein frühes Konzept der Kreatur von Farpoint Station für den Pilotfilm, gezeichnet von Rick Sternbach

kannten dieses Risiko ebenfalls. Obwohl alle an der Ausstrahlung einer aktualisierten *Star Trek*-Serie interessiert waren, war niemand bereit, eine komplette Season zu ordern. Bestenfalls waren die Networks bereit, sechs Episoden in Auftrag zu geben. Die potentiellen Einnahmen aus lediglich sechs Episoden waren nicht genug, um Paramounts Investitionen in neue Bühnenbilder, Kostüme, Requisiten und Modelle einzuspielen.

Also traf Paramount die bahnbrechende Entscheidung, die Serie direkt für den Syndication-Markt zu produzieren. Schließlich hatte die erste Serie auch in der Syndication ihr Publikum gefunden, und dort hatte sie fast zwei Jahr-

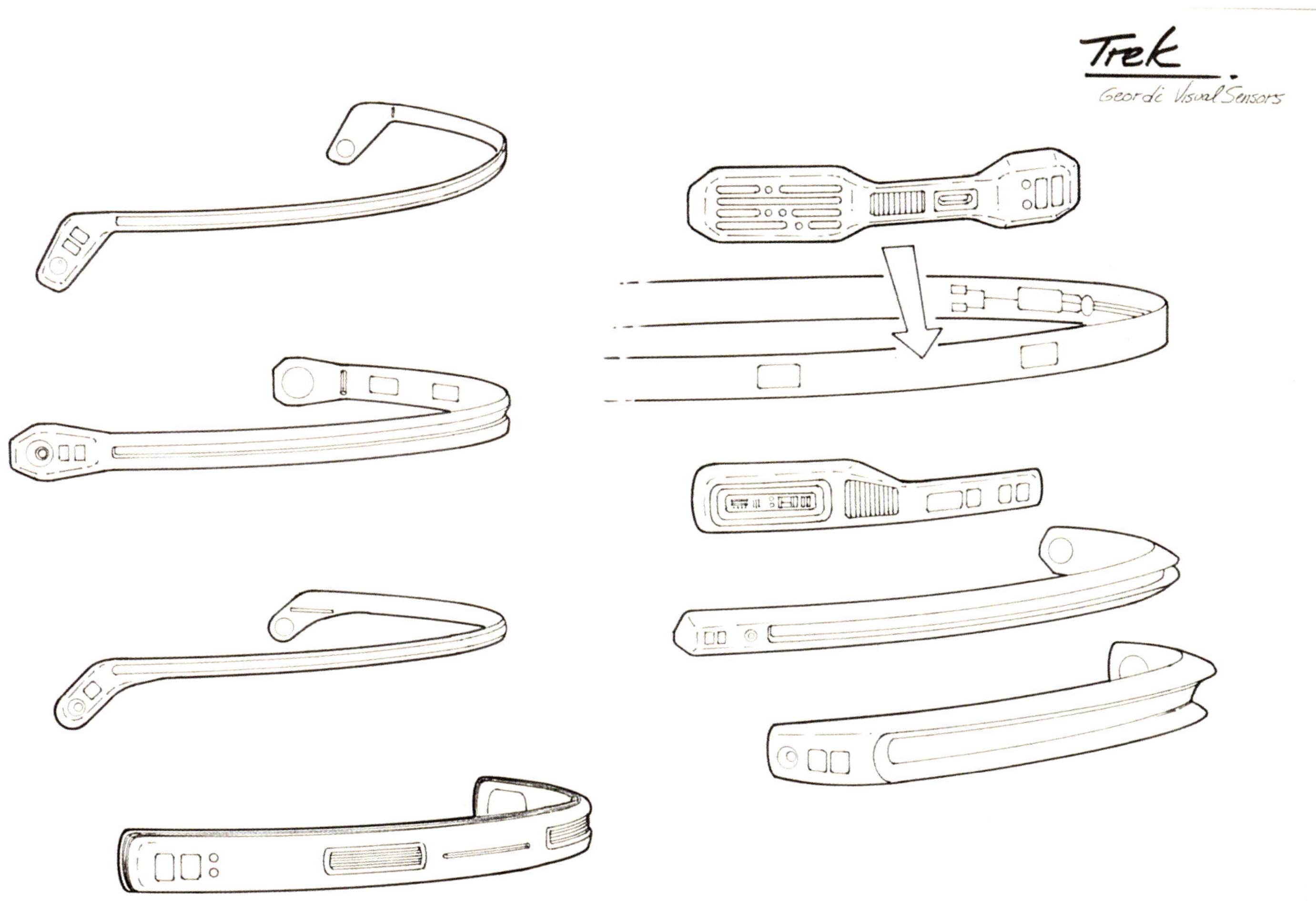

Ein paar der zahlreichen Entwürfe von Rick Sternbach für Geordis optischen Sensor, bis zu dem Tag, da …

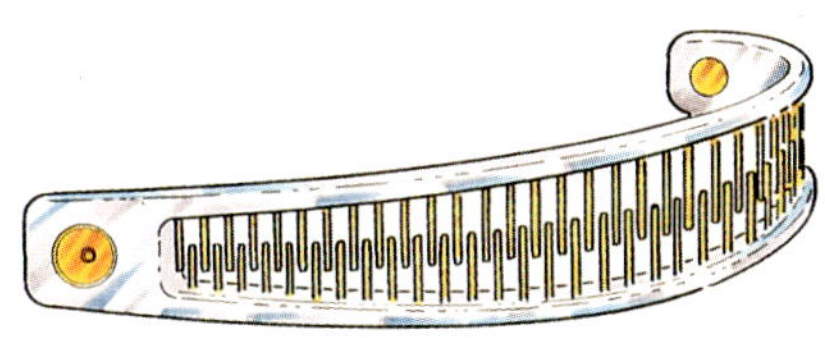

… eine Plastikhaarklammer für 79 Cent die Grundlage für Sternbachs endgültiges Design wurde. Technisch handelt sich bei dem Gerät um ein VISOR (Visual Instrument and Sensory Organ Replacement).

zehnte später immer noch Erfolg. Nach umfassenden Kalkulationen kamen die Paramount-Verantwortlichen zu dem Schluß, daß sie mindestens 26 neue Episoden produzieren konnten. Sie waren sich nicht sicher, daß die Serie ein Erfolg werden würde, aber wenigstens wußten sie, daß das Studio keinen Verlust machen würde.

Nun widmete sich Gene Roddenberry wieder einmal der Aufgabe, ein Produktionsteam um sich zu versammeln, das seine Leidenschaft für das *Star Trek*-Universum teilte und das sie zielstrebig ins nächste Jahrhundert bringen würde.

In der ersten Season der *Next Generation* bestand die Veteranencrew aus den Tagen der *Classic*-Serie unter anderem aus dem Produzenten Robert Justman, William Ware Theiss als Kostümdesigner, Bühnendekorateur John Dwyer und Dick Brownfield, dem Überwacher der Spezialeffekte. Und diesmal hatte Roddenberry seine eigene zweite Generation von *Star Trek*-Personal, aus dem er schöpfen konnte: die Veteranen der erfolgreichen Filme. In der ersten Season gehörten dazu der Maskenbildner Werner Keppler, die Illustratoren Andrew Probert und Rick Sternbach, Michael Okuda als Scenic Artist und die Magier von Industrial Light & Magic.

Zu den neuen Gesichtern, die in dem Jahr zur *Star Trek*-Crew stießen, zählten der Produktionsdesigner Herman Zimmerman, Michael Westmore, der die Maske überwachte, die Koordinatoren für optische Effekte, Robert Legato und Dan Curry, und David Livingston als Unit Production Manager, die alle beeindruckende Beiträge zu *The Next Generation*, *Deep Space Nine* und *Voyager* und für die Entwicklung der *Star Trek*-Filme leisten würden.

Durch den überwältigenden und unerwarteten Erfolg dieser neuen Version von *Star Trek* waren Vergleiche nicht mehr passend.

Star Trek war über sich selbst hinausgewachsen.

Es gab und gibt nichts Ähnliches, nirgendwo.

EINE SCHNELLERE ENTERPRISE

ZEICHNUNG MIT FREUNDLICHER GENEHMIGUNG VON ANDREW PROBERT

Als eine neue *Enterprise* für *The Next Generation* entworfen werden mußte, wiederholte sich die Geschichte nicht. Wo Matt Jefferies Hunderte von Entwürfen gezeichnet hatte, um eine Designrichtung für die erste *Enterprise* zu finden, war Andrew Proberts wesentliche Designarbeit getan, bevor er seine Arbeit überhaupt aufgenommen hatte.

Bevor die Serie offiziell angekündigt worden war, hatte Andrew Probert obige Illustration für ein Raumschiffkonzept gezeichnet, mehr oder weniger zu seinem eigenen Vergnügen. Als er seine Arbeit bei Paramount aufnahm, um die neue *Enterprise* zu entwerfen, nahm er diese Zeichnung mit und hängte sie in sein Büro, um sich inspirieren zu lassen.

Eines Tages sah David Gerrold die Zeichnung und fragte, ob Gene Roddenberry sie schon gesehen habe.

Probert verneinte, woraufhin Gerrold sie sofort mitnahm zu Roddenberry, der auf der Stelle der Designrichtung dieser Zeichnung zustimmte.

Jetzt war nur die Feinarbeit zu erledigen, und Details waren zu ergänzen.

UMSEITIG: Andrew Proberts Konzeptzeichnungen für die lange erwartete Abtrennung der Diskus-Sektion

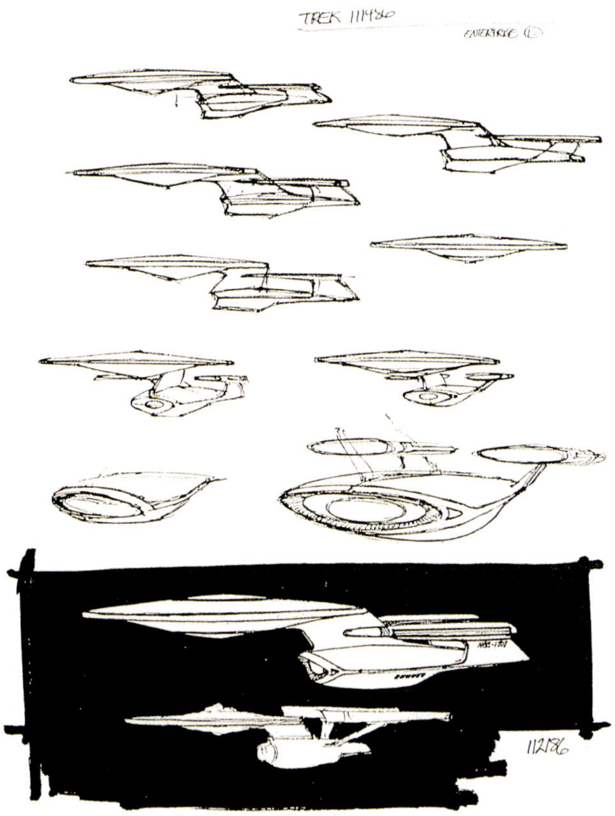

MIT FREUNDLICHER GENEHMIGUNG VON ANDREW PROBERT

Erste Feinarbeiten

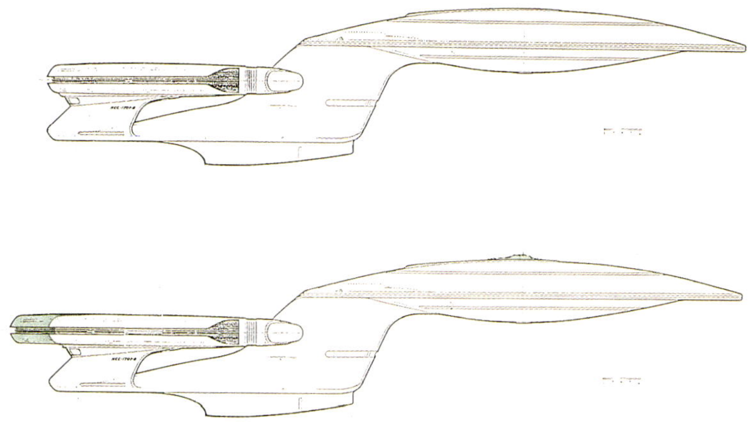

MIT FREUNDLICHER GENEHMIGUNG VON ANDREW PROBERT

Eine der letzten Überarbeitungen am Design der neuen *Enterprise* war – wie hier zu sehen – Roddenberrys Bitte, die Antriebsgondeln zu verkürzen.

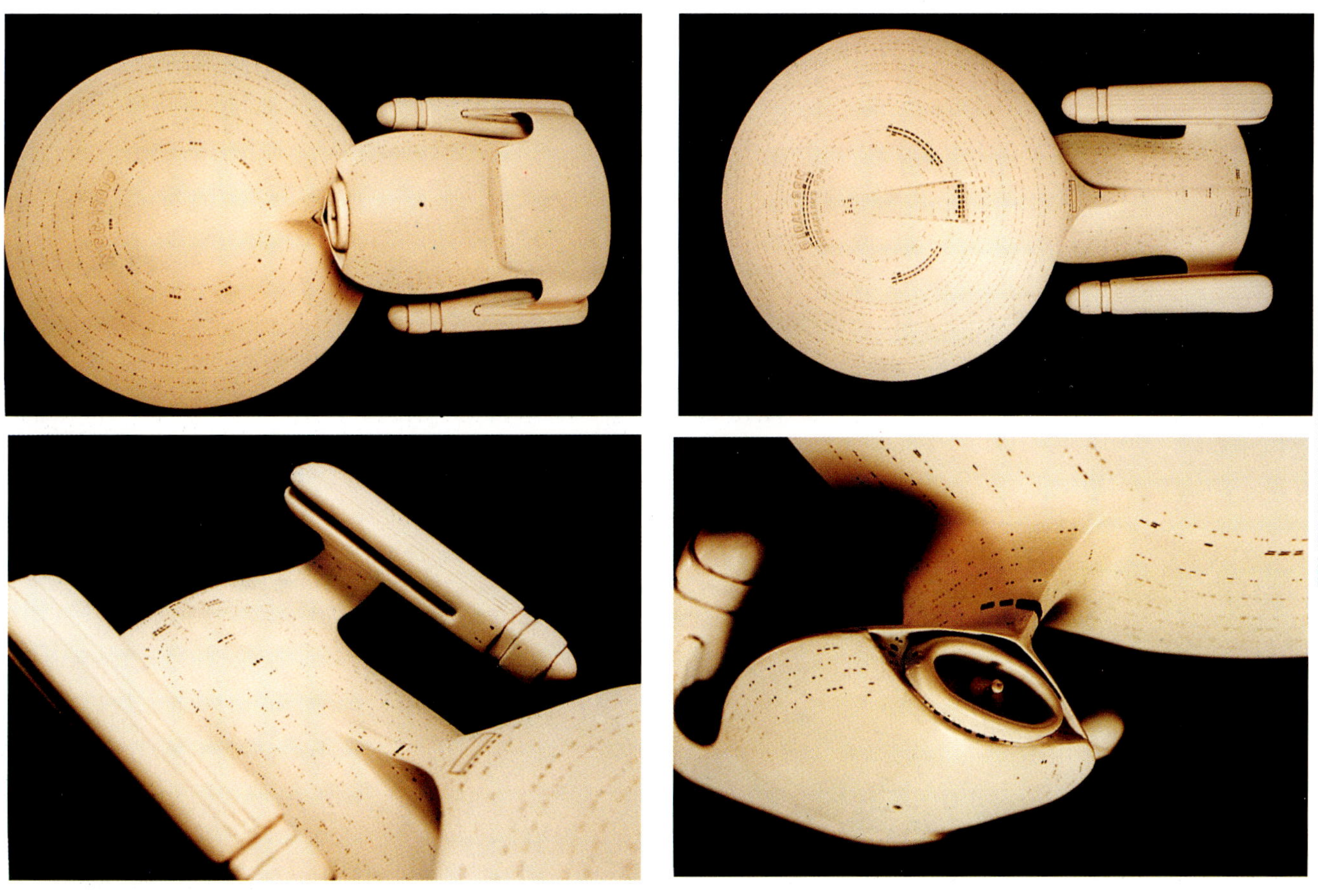

FOTOS MIT FREUNDLICHER GENEHMIGUNG VON GREG JEIN

Ein frühes Modell. Der Rumpf ist breiter, die Bearbeitung der Gondelspitzen und des Sensorschilds ist anders.

Obwohl Andrew Probert die neue *Enterprise* ursprünglich als eine Einheit entworfen hatte, ließen ihn die Anforderungen des Pilotfilms ans Zeichenbrett zurückkehren, um eine aktualisierte Fassung des Szenarios zu entwickeln, das er ursprünglich für *The Motion Picture* vorgeschlagen hatte.

ZEICHNUNG MIT FREUNDLICHER GENEHMIGUNG VON ANDREW PROBERT

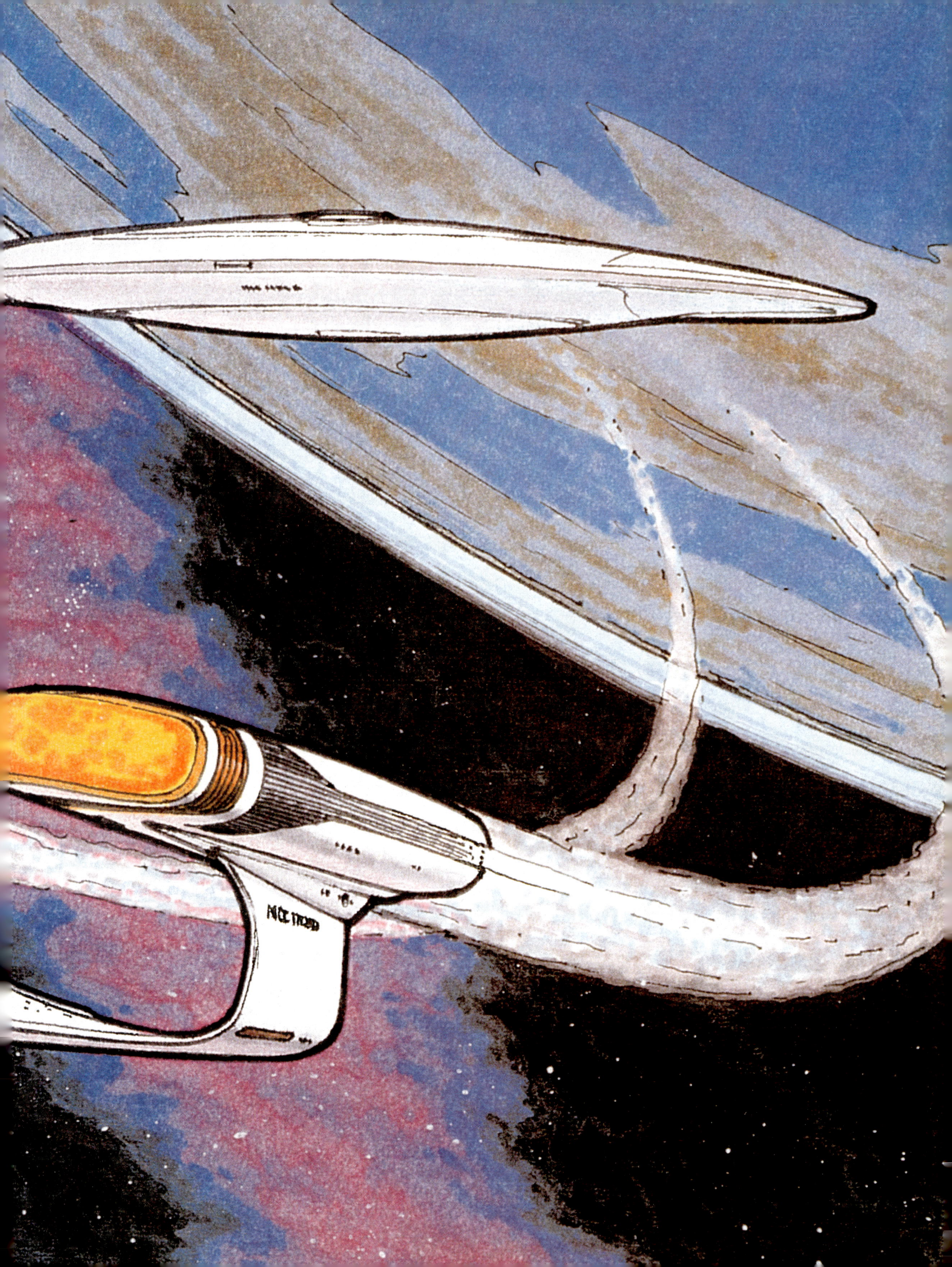

DIE BRÜCKE WIRD NEU ENTWORFEN

Diese Serie von Konzeptzeichnungen von Andrew Probert zeigt die Verfeinerung des neuen Aussehens der *Enterprise*-Brücke.

Eine frühe Fassung der ›Bibel‹ (In der ›Bibel‹ werden Umfeld und Hauptfiguren einer Serie skizziert, um den Handlungsrahmen abzustecken; Anm. d. Übers.) für die Autoren der Serie beschrieb die neue Brücke als eine Kombination aus »Schiffskontrolle, Besprechungsraum, Anlaufstelle für Informationen und Offiziersmesse. Mit anderen Worten: Das Umfeld ist ähnlich wie auf der alten Brücke, aber mit geringerer Betonung der technischen Seite.«

Dieser neue, weniger technische Ansatz ist in den ersten Entwürfen zu sehen, die Beobachtungscouches und einen Konferenztisch auf der Brücke zeigen.

Die letzte Zeichnung zeigt zwei Designdetails, die Probert bewußt von der Originalbrücke übernahm: die Tafel am Turbolift und das rote Warnlicht direkt in der Mitte unter dem Bildschirm, das an das Licht erinnerte, das in der Mitte der kombinierten Steuer- und Navigationskonsole aufblinkte.

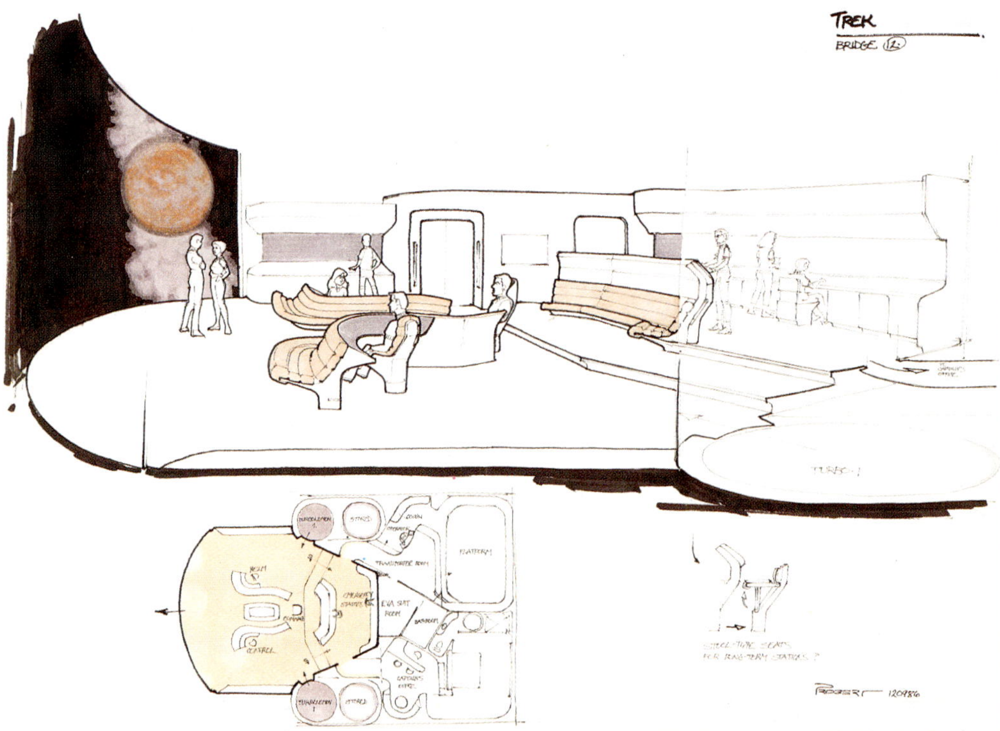

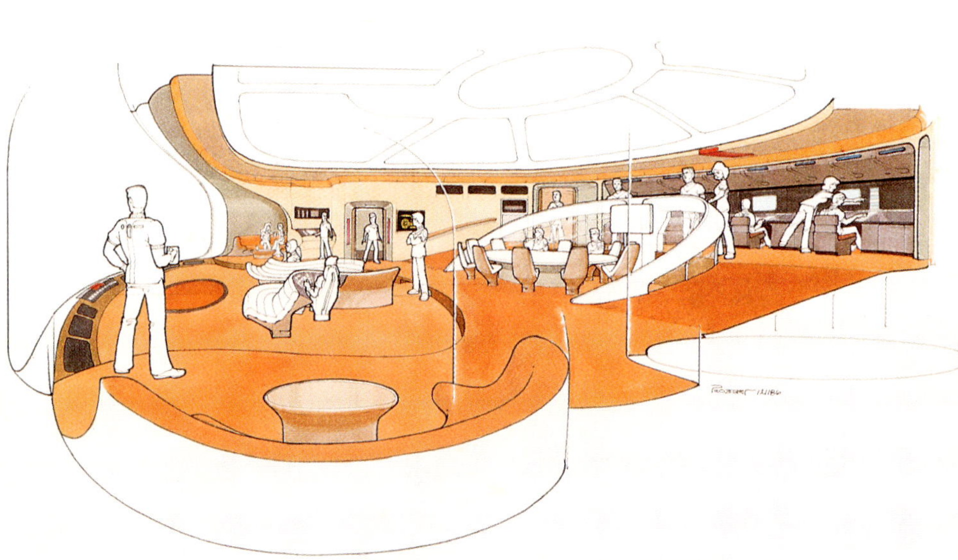

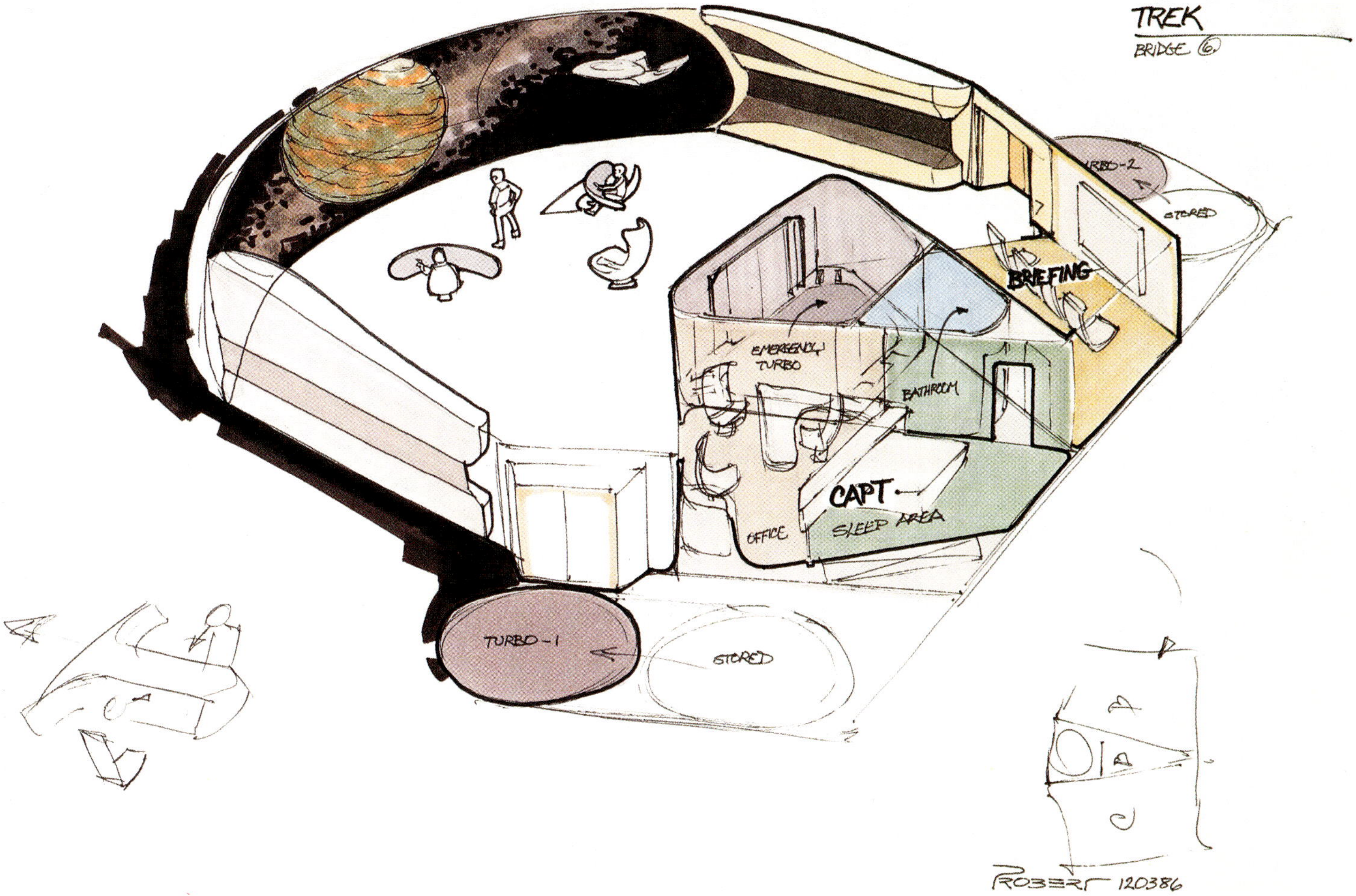

ALLE ZEICHNUNGEN MIT FREUNDLICHER GENEHMIGUNG VON ANDREW PROBERT

EIN RUNDGANG DURCH DIE NEUE *ENTERPRISE* – TEIL 1

DAS NERVENZENTRUM

Andrew Probert wollte dieses Schiffsdisplay als Hommage an das Brückendesign der ersten *Enterprise* verstanden wissen.

Der Turboliftvorraum der *Enterprise-D* ist genauso groß wie der auf der ersten *Enterprise*. Auf Picards *Enterprise* gab es jedoch zwei Turbolifte, ein Sicherheitselement, das von der umgebauten Filmversion von Kirks *Enterprise* übernommen worden war.

Eine weitere Erinnerung an die ursprüngliche *Enterprise*. Diese Widmung wurde von der Advanced Technologies Unit Starfleets geschaffen.

Obwohl es viel größer erscheint, ist das Bühnenbild der *Enterprise-D*-Brücke nur 60 cm tiefer als das der ersten *Enterprise* und hat mit knapp 12 Metern die gleiche Breite. Die ursprünglichen Teppichfarben, wie sie oben zu sehen sind, wurden von John Dwyer ausgewählt und nahezu in jeder Season geändert, wenn der abgetretene Teppich ersetzt wurde.

Worfs Blick auf die Brücke. Das Geländer ist ein Überbleibsel der ersten Brückenentwürfe, die einen Konferenztisch an der Stelle vorsahen, an der sich jetzt die Kommandosessel befinden.

Die Stationen, ausgestattet mit Okudagram-Kontrolloberflächen. Technisch änderte sich die Konfiguration der Kontrollen entsprechend den Missionsanforderungen. Tatsächlich handelt es sich um von hinten beleuchtete Plexiglasscheiben, die mit farbigen Scheinwerferfolien hinterlegt waren.

EIN RUNDGANG DURCH DIE NEUE *ENTERPRISE* -TEIL 2

DIE VERGANGENHEIT ALS FUNDAMENT

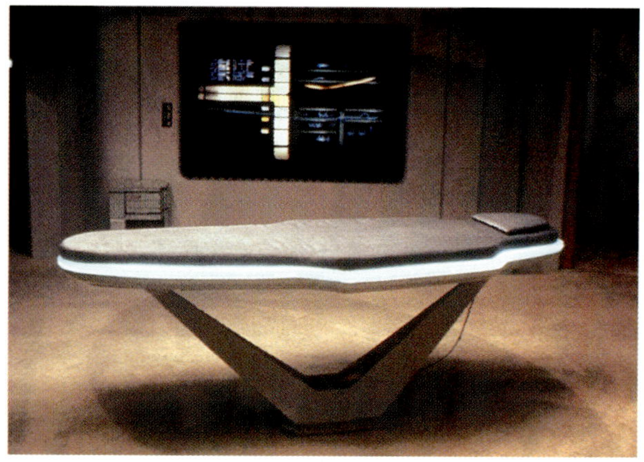
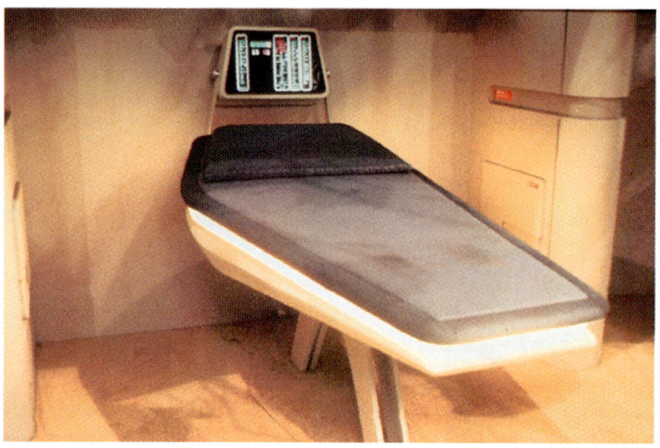
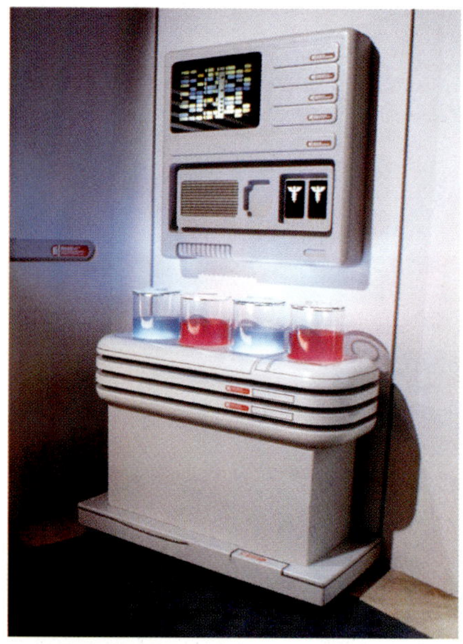

Für *Star Trek*-Geschichten mindestens so wichtig wie die Brücke und der Transporterraum ist die Krankenstation. Obwohl die Bearbeitung genauer und detaillierter war, als jene, die die *Classic*-Serie sich leisten konnte, findet sich immer noch ein Nachfahre von Dr. McCoys medizinischem Sensor über jedem Krankenbett.

Nicht nur Designelemente der klassischen *Enterprise* fanden sich auf der *Enterprise-D*. Die Glasscheiben aus dem Bühnenbild des ersten Transporterraums waren in die Deckenverkleidung der neuen Transporter eingebaut worden. (Die gleichen Scheiben finden sich heute im Transporterraum der *U.S.S. Voyager* wieder.)

Der Maschinenraum der *Enterprise-D* umfaßte neue Arbeitsstationen mit einem sich über zwei Ebenen erstreckenden Warpkern, der ursprünglich für *The Motion Picture* gebaut worden war und auf einem früheren Entwurf von Mike Minor für *Star Trek – Phase II* basierte.

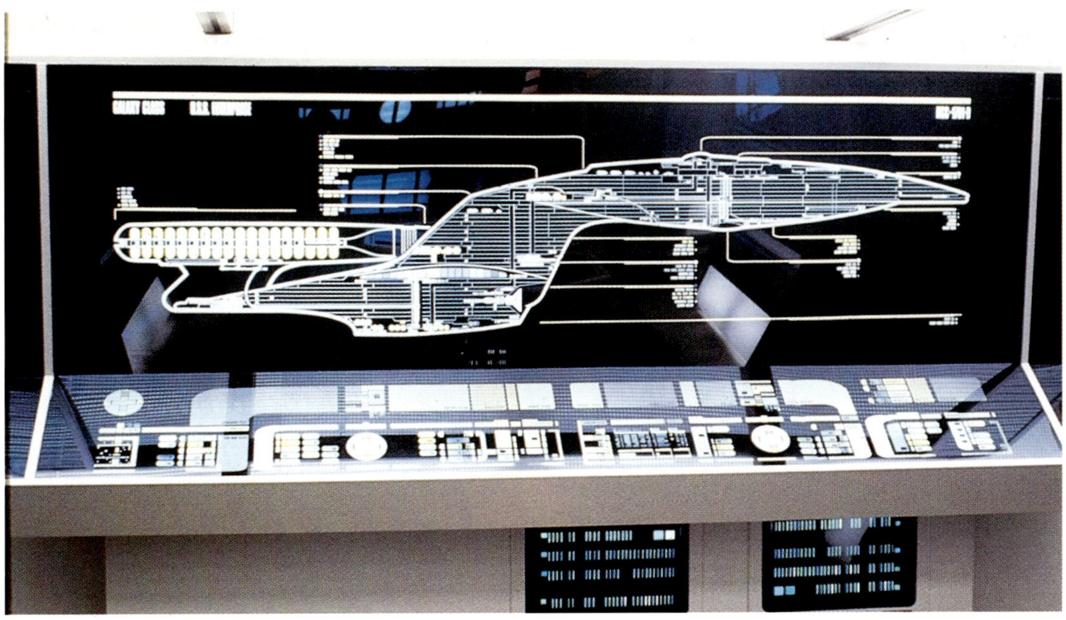

Dieses Wand-Okudagram im Maschinenraum gibt solche Geheimnisse preis wie den Aufenthaltsort der riesigen Schiffsmaus, der gigantischen Ente und vermutlich Gene Roddenberrys Bomber aus dem Zweiten Weltkrieg.

EIN RUNDGANG DURCH DIE NEUE *ENTERPRISE*-TEIL 3

DETAILS, DETAILS, DETAILS...

Mit der Personal Computer-Revolution in den Achtzigern bekam auch für den durchschnittlichen *Star Trek*-Zuschauer der Begriff ›Informationsüberfluß‹ einen Sinn. Durch die höhere Auflösung der Fernsehbilder konnten die Bühnenbilder um viele Details bereichert werden. Beide Trends führten zu einer beträchtlichen Detailschwemme gegenüber früheren SF-Fernsehproduktionen. Das Streben der Designer einer Serie nach Perfektion führte nun zu extravaganten, detaillierten und optisch glaubhafteren Bühnenbildern.

So wie bei den Bühnenbildern der *Classic*-Serie wurde auch hier ein einziger Korridor so gekrümmt, daß sein Ende nicht zu sehen war. So konnte die Illusion geschaffen werden, es handele sich um eine nicht enden wollende Reihe von Korridoren durch das gesamte neue Schiff.

Sieben Jahre, nachdem dieses Display der Schiffe mit Namen *Enterprise* dem Bereitschaftsraum des Captains auf Vorschlag des Dekorateurs John Dwyer hinzugefügt worden war, war sie entscheidend dafür, die Produzenten von *Star Trek Generations* davon zu überzeugen, daß die noch nie gezeigte *Enterprise-B* ein Schiff der Excelsior-Klasse sein sollte.

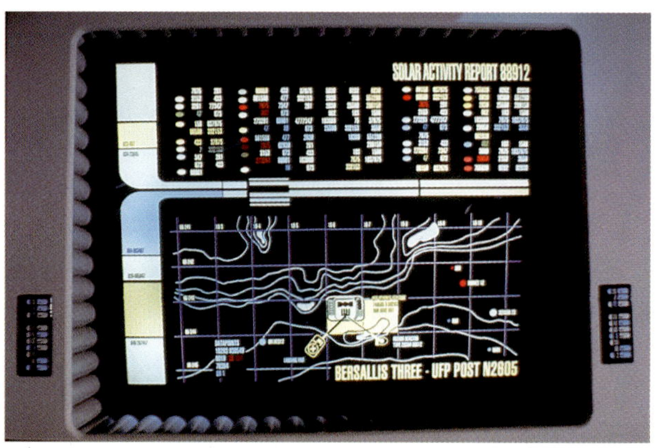

Die *Classic*-Serie konnte es sich nicht leisten, auf allen Brückenmonitoren optische Informationen erscheinen zu lassen. Bei anderen Bühnenbildern wurde gemogelt, indem der Bildschirm stets von der Kamera weggedreht wurde. Aber gestiegene Budgets und Michael Okudas recht preisgünstige, aber eindrucksvolle, von hinten beleuchetete Entwürfe erfüllten die jüngste *Enterprise* mit Computeranzeigen.

Shuttlehangar I, ein nur selten gesehenes Modell

Dieser markant geformte Korridor wird jedem vertraut sein, der sich an *The Motion Picture* erinnert. Viele Bühnenbilder der *Enterprise-D* waren überarbeitete und umgebaute Modelle aus dem Film.

Unter Herman Zimmermans Anleitung achteten die Designer der Bühnenbilder sorgfältig darauf, Winkel und Fensterformen einzuarbeiten, die denen des Modells der *Enterprise-D* entsprachen.

Picards Bereitschaftsraum. Beachten Sie das Modell der *Stargazer*, Picards erstem Schiff.

Die Beobachtungslounge seitlich der Brücke. Beachten Sie die in die Tischplatte eingebauten PADDs.

Der Gesellschaftsraum war das letzte große Bühnenbild, das unter Herman Zimmerman als dem ersten Produktionsdesigner von *The Next Generation* entwickelt wurde.

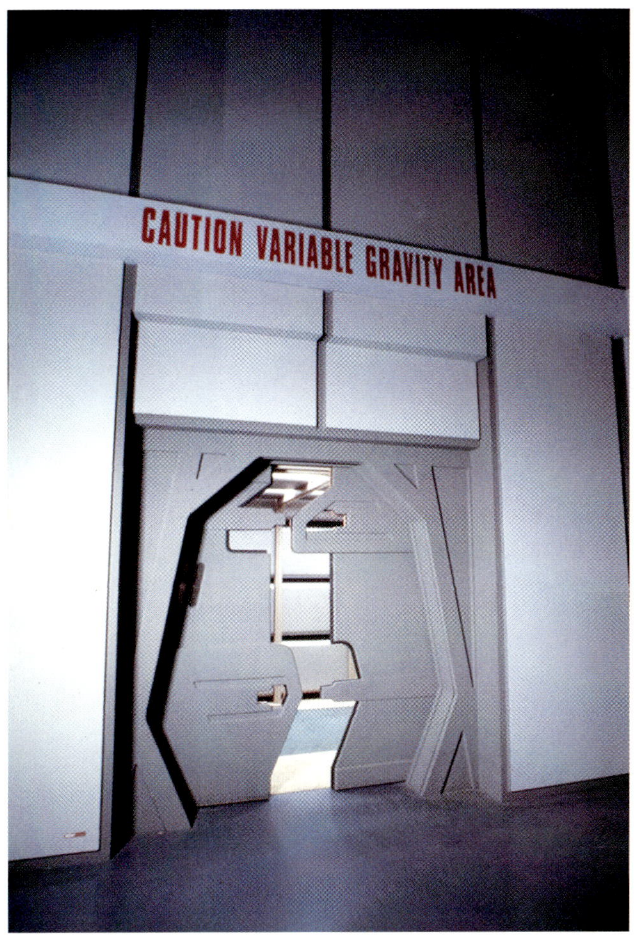

Die Schwerelosigkeit des Alls ist in einer Fernsehserie aus Kostengründen kaum darzustellen, daher wird darauf in kaum einer Episode eingegangen. Zeichen wie dieses zeigen aber den aufmerksamen Zuschauern, daß das Produktionsteam der Serie zumindest berücksichtigt hat, daß das Schiff künstliche Schwerkraft hat.

EINE NEUE RICHTUNG

Nach vorherrschender Ansicht müssen im *Star Trek*-Universum alle Raumschiffe ohne Unterschied in ihrer ›Oben/unten‹-Ausrichtung übereinstimmen. Als Andrew Probert gebeten wurde, für die Romulaner der *Next Generation* ein neues Schiff zu entwerfen, wollte er sich von dieser Einschränkung befreien, indem er das neue Schiff vertikal statt horizontal ausrichtete.

Aber die bewährte Tradition wog zu schwer. Obwohl sein grundsätzliches Design auf Zustimmung stieß, baten die Produzenten ihn, das Schiff soweit um seine Achse zu drehen, daß es optisch zu den anderen Raumschiffen des *Star Trek*-Universums paßte.

Das erste romulanische Schiff – ein Bird of Prey – aus der Episode ›Spock unter Verdacht‹

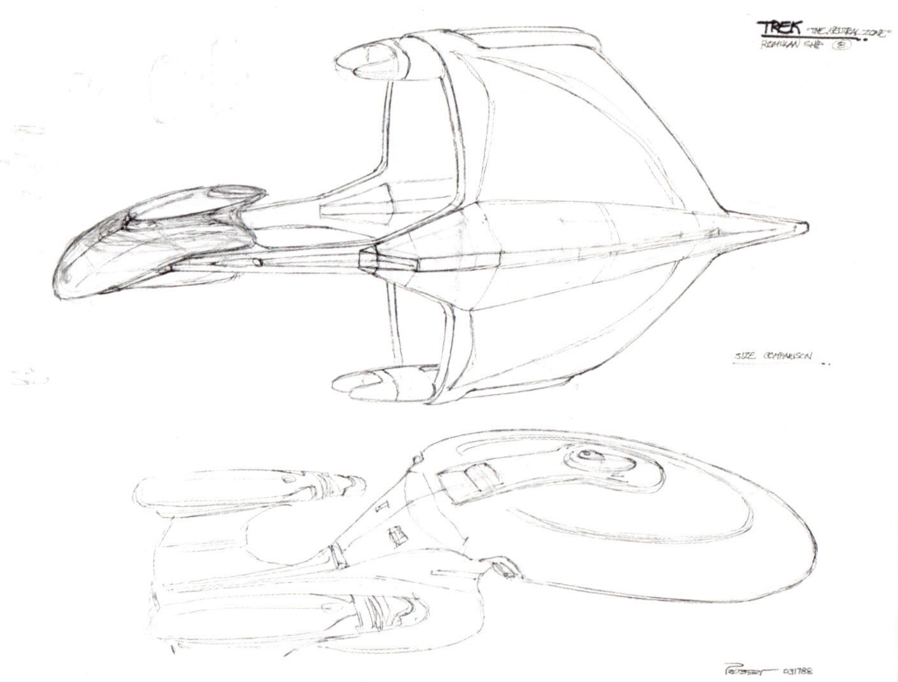

Dem endgültigen Erscheinungsbild schon sehr nahe, aber immer noch mit vertikaler Ausrichtung

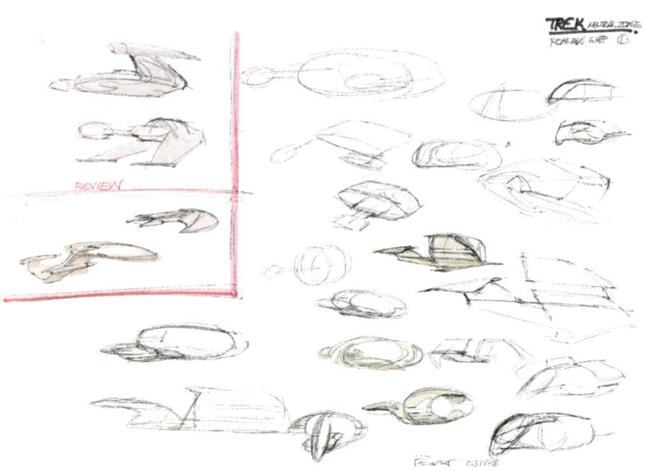

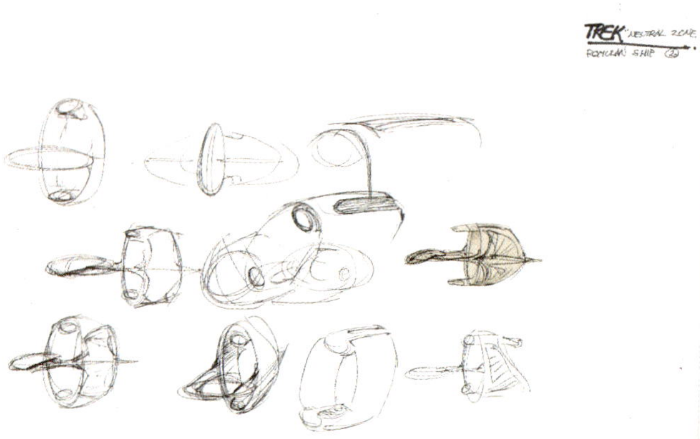

Andrew Proberts erste Skizzen, auf der Suche nach einer Ausrichtung für das neue Schiff – jetzt *Warbird* genannt

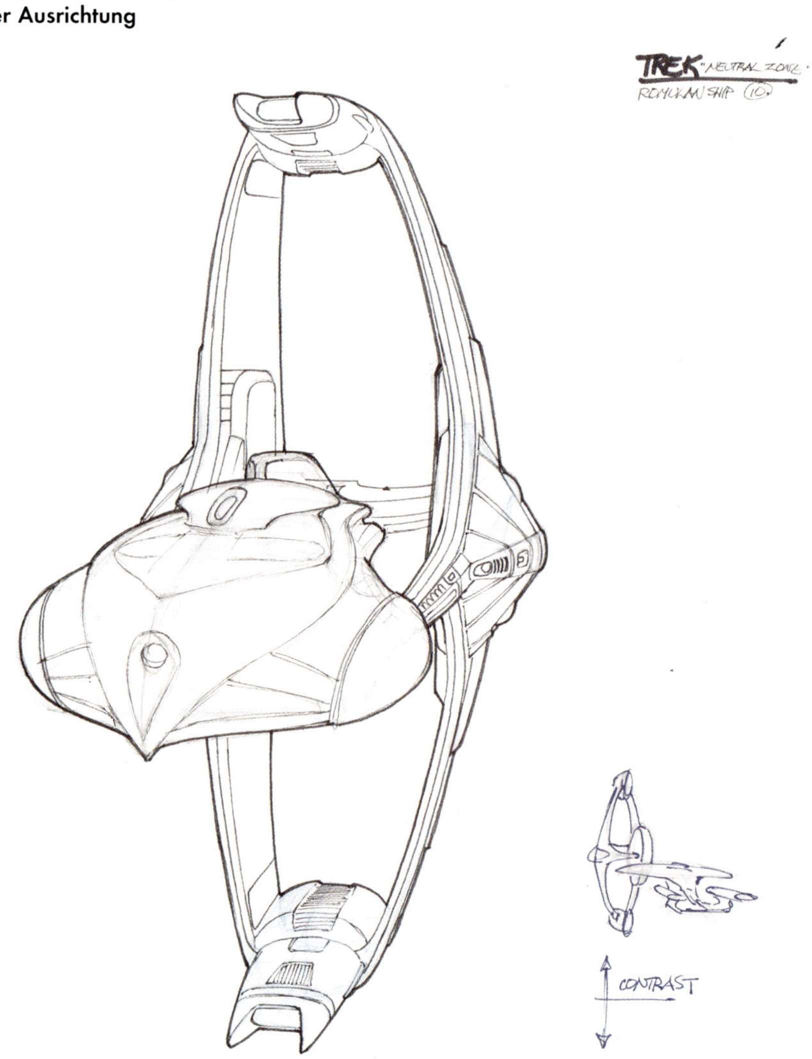

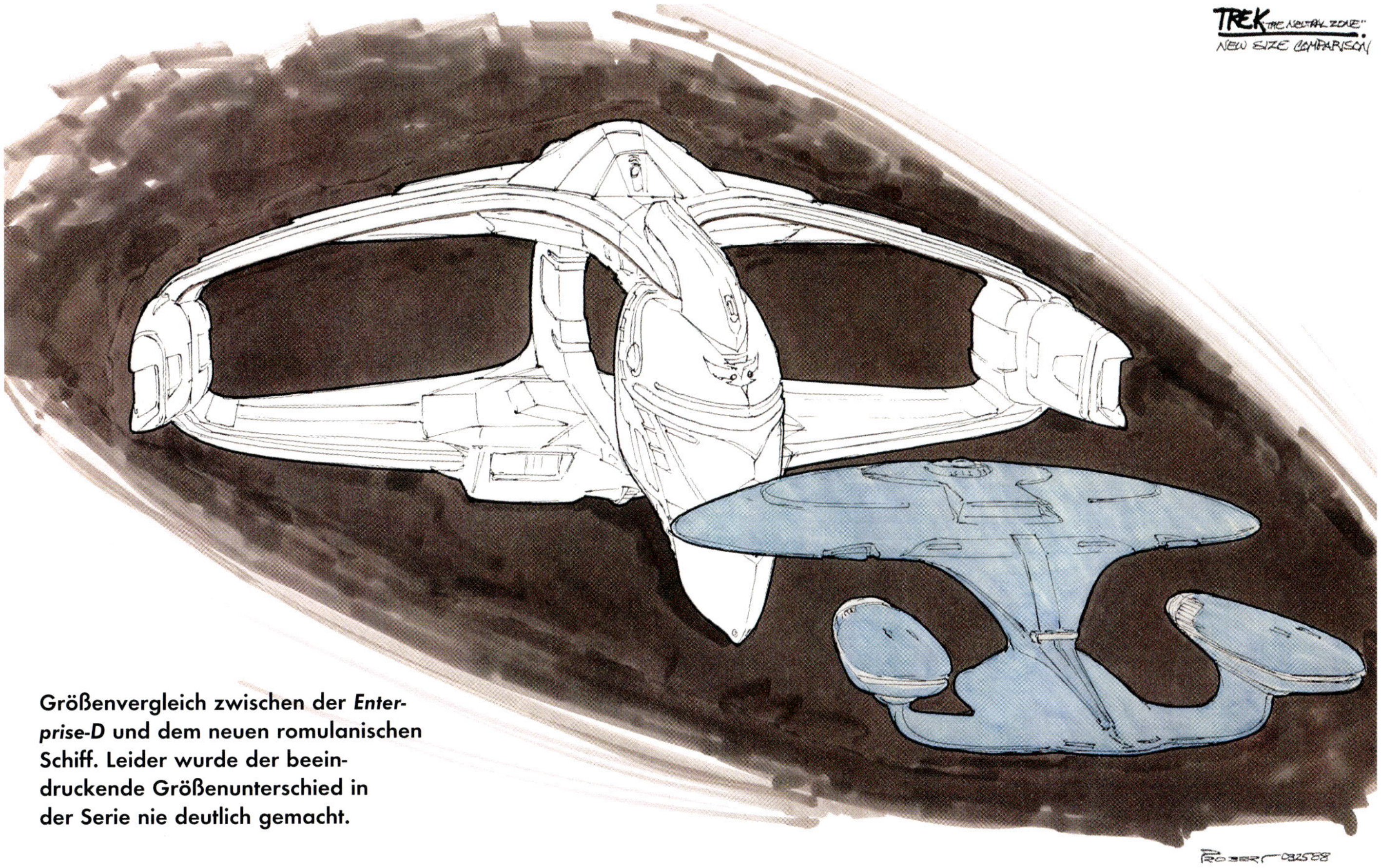

Größenvergleich zwischen der *Enterprise-D* und dem neuen romulanischen Schiff. Leider wurde der beeindruckende Größenunterschied in der Serie nie deutlich gemacht.

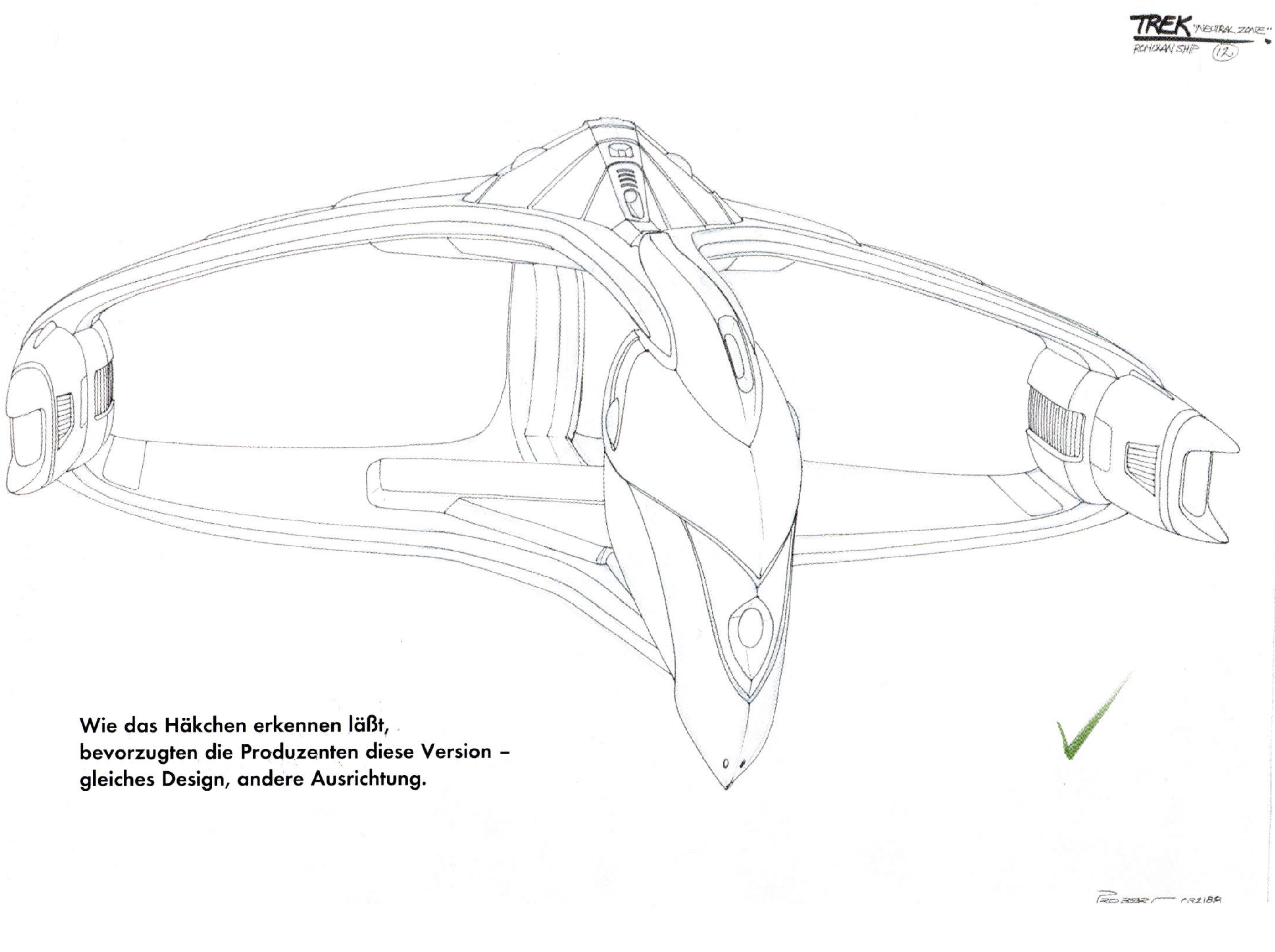

Wie das Häkchen erkennen läßt, bevorzugten die Produzenten diese Version – gleiches Design, andere Ausrichtung.

ZEICHNUNGEN WERDEN LEBENDIG

Zu den Eigenschaften aller, die für *Star Trek*-Produktionen arbeiten, gehören der Enthusiasmus und das Talent, auf unterschiedlichen Wegen so viele Ideen wie möglich beizusteuern.

Andrew Probert, der profilierte Designer von Raumschiffen, Requisiten und Aliens, schuf auch diese Matte-Zeichnung für die erste Season von *The Next Generation*.

Die Aufnahme der an der Starbase 74 angedockten *Enterprise* aus ›11001001‹ wurde zusammen mit einer Foto-Matte verwendet, die in der fertigen Episode Mannschaftsmitglieder zeigt, wie sie durch eine Gangway gehen.

MATTE-ZEICHNUNG VON ANDREW PROBERT. MIT FREUNDLICHER GENEHMIGUNG DES KÜNSTLERS

UMSEITIG: Die Terraforming-Station auf Velara III wurde aus der endgültigen Version von ›Ein Planet wehrt sich‹ geschnitten.

MATTE-ZEICHNUNG VON ANDREW PROBERT. MIT FREUNDLICHER GENEHMIGUNG DES KÜNSTLERS

NEUE UNIFORMEN

Wenn sich eine Serie mitten in der Produktion befindet und Zeit das Maß aller Dinge ist, dann besteht die Arbeit eines Kostümdesigners meist aus wenig mehr als raschen Skizzen, um die wesentlichen Informationen den ausgebildeten Schneidern und Nähern mitzuteilen. Die ausgearbeiteteren Zeichnungen auf diesen und den folgenden Seiten – basierend auf Zeichnungen üblicher Modellbücher – wurden erstellt, um den Produzenten zur Entscheidungsfindung über das endgültige Aussehen der Uniformen von *The Next Generation* wichtige Kostümdetails zu zeigen.

Der Rock/Kleid-Entwurf für Männer – der ›Skant‹ – war eine logische Entwicklung, wenn man von der völligen Gleichheit der Geschlechter ausgeht, die für das 24. Jahrhundert angenommen wird. Er war während der ersten Season im Hintergrund zu sehen, getragen von Statisten. Es war aber nicht das erste Mal, denn Chefingenieur Scott trug einen Kilt als Teil seiner Galauniform in der *Classic*-Serie.

ALLE ILLUSTRATIONEN VON WILLIAM WARE THEISS

Der hier gezeigte lange Gehrock wurde schließlich zu einem Teil der Starfleet-Galauniform.

Diese grobe Skizze auf einem Restaurant-Set zeigt Theiss' erste Ideen, ein System von Uniformkennzeichnungen festzulegen, um die Dienstränge zu unterscheiden.

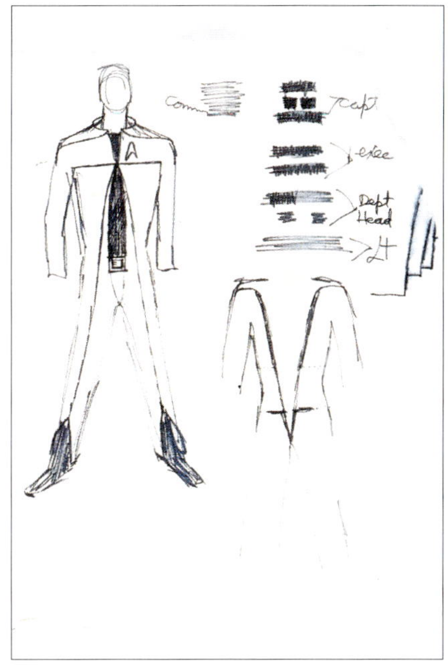

ALLE ILLUSTRATIONEN VON WILLIAM WARE THEISS

DIE RÜCKKEHR ALTER LIEBLINGE

Im ersten Writers' Guide für *The Next Generation* hatte Gene Roddenberry ein Kapitel aufgenommen mit dem Titel ›Was nicht funktioniert‹ – als unmißverständliche Aufforderung an potentielle Autoren, was es zu vermeiden galt. Position 9 dieser Liste:

> »*Keine Geschichten über Krieg mit den Klingonen oder den Romulanern, keine Geschichten über Vulkanier.* Wir sind entschlossen, uns nicht selbst zu kopieren, und wir glauben, daß es in einer Galaxis mit Milliarden von Sternen und Planeten andere interessante Aliens geben muß.«

Zweifellos eine bewundernswerte Absicht; aufgrund der Zuschauerreaktionen auf die neue Serie erkannten Roddenberry und der Rest des Stabs jedoch, daß *The Next Generation* sehr schnell eine eigene Identität entwickelt hatte. Also wurde Worfs klingonischer Hintergrund erforscht, Vulkanier tauchten in Nebenrollen auf, und zum Ende der ersten Season gab es sogar ein Wiedersehen mit den Romulanern.

The Next Generation wiederholte nicht die Vergangenheit – sie schuf eine neue Zukunft.

Das Masken-Design für die Klingonen in *The Next Generation* basierte auf dem neuen Erscheinungsbild, entwickelt von Fred Phillips für *The Motion Picture*. Wie diese Fotos aus der ersten und fünften Season erkennen lassen, wurde das Erscheinungsbild des Klingonen im Verlauf der Serie verbessert, um der Komplexität zu entsprechen, die Michael Dorn in seine Darstellung des Worf einbrachte.

Testaufnahmen der Kostüme. Anthony James als Subcommander Thei (links) und Marc Alaimo als Commander Tebok in ›Die neutrale Zone‹, dem ersten Auftritt der Romulaner in *The Next Generation*.

Michael Westmore, Chefmaskenbildner der Serie, gab den ›neuen‹ Romulanern – wie an dieser Studie zu sehen – wulstige Augenbrauen, ähnlich den der Klingonen.

Das Design der klingonischen Waffen leitet sich ab aus der klassischen Episode ›Krieg der Computer‹, in der keine Klingonen auftauchen. Die eminianische Waffe, die von Kirk in dieser Aufnahme benutzt wird, wurde später verändert, um zum klingonischen Standard-Disruptor zu werden. Beide Waffentypen wurden von Matt Jefferies entwickelt.

Aus der Waffe der Eminianer der *Classic*-Serie wurde …

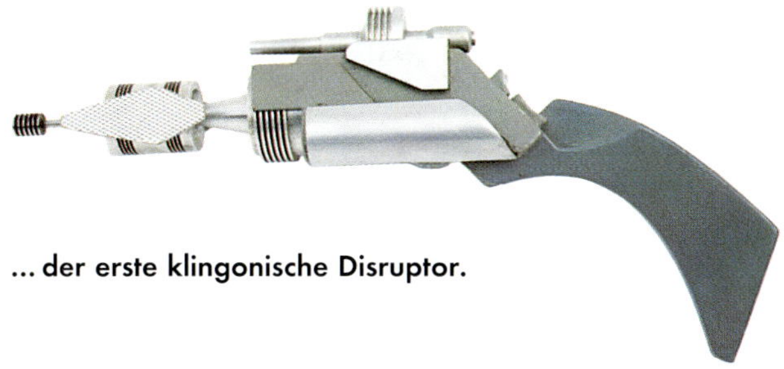

… der erste klingonische Disruptor.

BEIDE REQUISITEN MIT FREUNDLICHER GENEHMIGUNG VON GREG JEIN

Die *Next Generation*-Version des klingonischen Disruptors, die auf Bill Georges Designs aus den Kinofilmen basierte. Das klingonische Symbol auf der Waffe ist einfach ein Anstecker.

MIT FREUNDLICHER GENEHMIGUNG VON GREG JEIN

MIT FREUNDLICHER GENEHMIGUNG VON ROBERT BLACKMAN

Robert Blackmans Entwurf für Worfs *R'usstai*-Umhang

DIE NEUEN KLINGONEN... BEINAHE

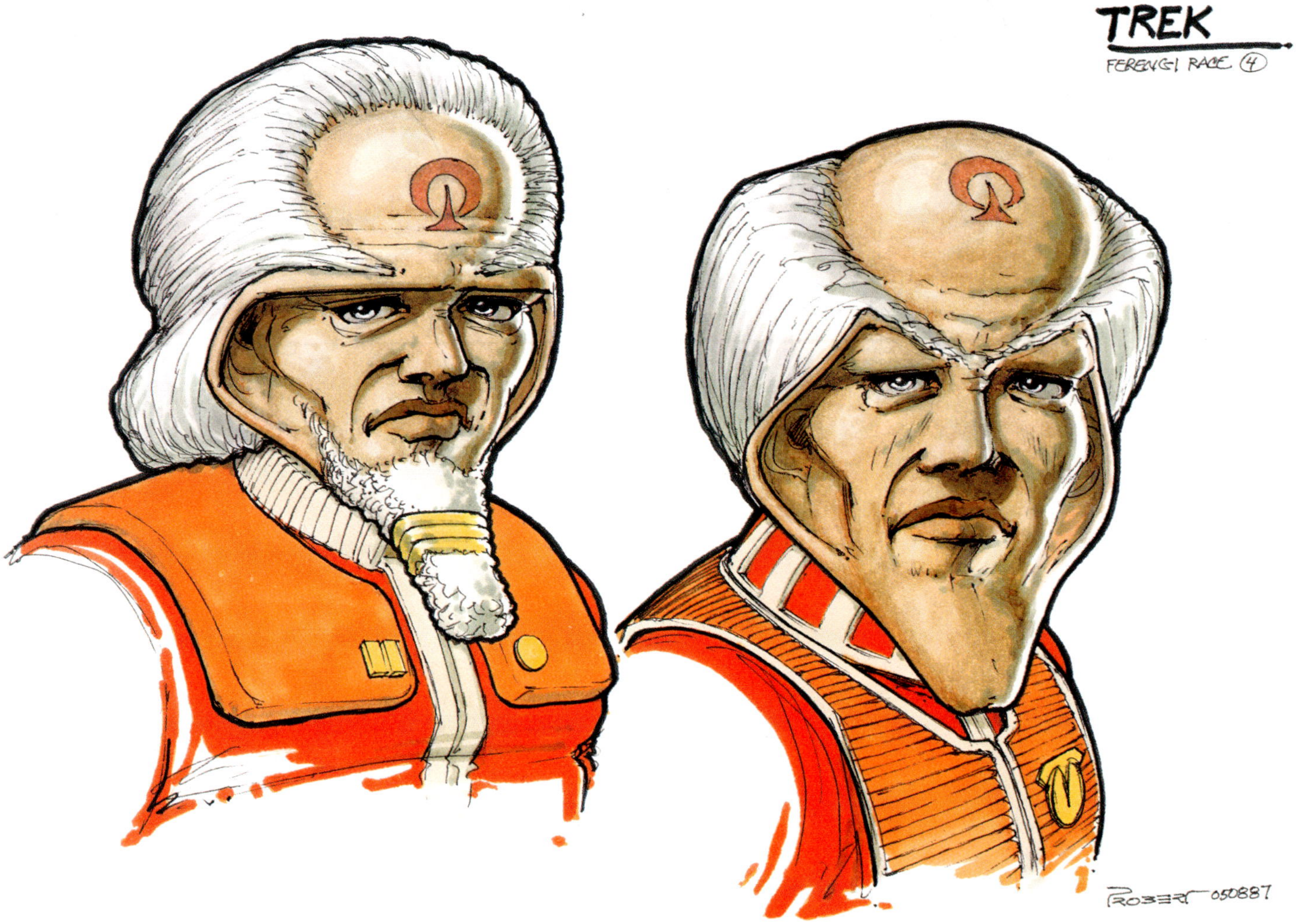

Drei Ansätze für das Erscheinungsbild der Ferengi, wie Andrew Probert sie sich vorstellte. Diese Illustrationen wurden zur Grundlage für das endgültige Masken-Design, obwohl der Verlust der spitzen Ohren und der spitzen Fangzähne die Aura der Gefahr erkennbar reduzierte.

Da die Klingonen für die Föderation nicht länger eine Bedrohung darstellten, mußte eine neue fremde Gefahr für *The Next Generation* gefunden werden – die Ferengi, entwickelt von Herb Wright und Gene Roddenberry.

So furchteinflößend und grausam sollten die Ferengi sein, daß Riker im Pilotfilm erklärt, sie seien dafür bekannt, ihre Geschäftspartner zu verspeisen. Doch bei ihrem ersten Auftritt in der Episode ›Der Wächter‹ in der ersten Season waren sie zu etwas geworden, was der Schauspieler Armin Shimerman als ›wütende Gerbile‹ beschrieb.

Obwohl die Ferengi schließlich mehr eine Plage als eine Bedrohung für die Föderation wurden, erhielt Shimerman, der in dieser Episode den ersten Ferengi gespielt hatte, die Rolle des Quark in *Deep Space Nine*, wo er den Ferengi eine solche Tiefe gegeben hat wie es in der *Classic*-Serie mit den Vulkaniern geschehen war.

Aber das Versagen der Ferengi als wirkungsvolle Gegner ebnete den Weg für die Entstehung einer wahrhaft außerirdischen Bedrohung – die Borg.

Der erste Auftritt der Ferengi – Jake Dengel als Mordoc und Armin Shimerman als Letek

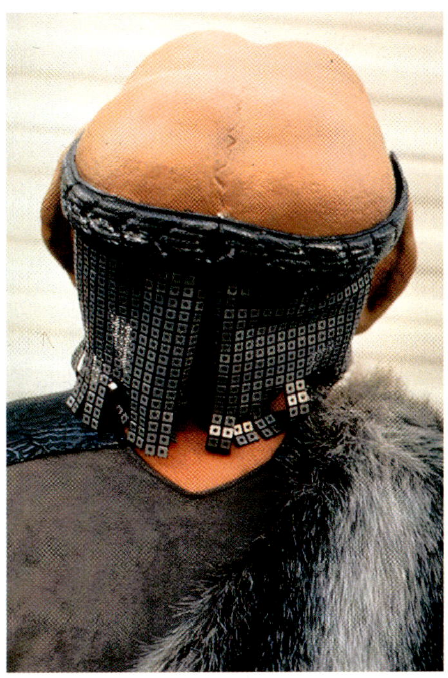

Frühe Testaufnahmen von Armin Shimerman in der Ferengi-Maske für ›Der Wächter‹. Das Originaldesign preßte die Ohren der Schauspieler fest an den Kopf, was bei einem sechzehnstündigen Drehtag entnervend schmerzhaft wurde. Auf Shimermans Vorschlag hin wurden die neuen Ferengi-Masken für ***Deep Space Nine*** mit zusätzlichen ›Taschen‹ ausgestattet, um die Ohren der Schauspieler davor zu bewahren, zerdrückt zu werden.

DIE BORG

Nachdem die Ferengi-Gefahr verpufft war, schuf der *Star Trek*-Autor und -Produzent Maurice Hurley die Borg als würdige Bedrohung für Starfleet im 24. Jahrhundert.

Ihr Name leitet sich ab von dem Begriff ›Kyborg‹, eine Kurzform für ›kybernetischer Organismus‹ – eine Lebensform, die zum Teil biologisch, zum Teil mechanisch ist. In der besten Tradition von SF-Invasoren töten die Borg ihre Feinde nicht einfach, sondern wandeln sie um, indem sie sie ›borgifizieren‹.

Die Borg wurden als Gegner in dem Zweiteiler ›In den Händen der Borg/Angriffsziel Erde‹ den Erwartungen gerecht, der von den amerikanischen Zuschauern nach der letzten Season zur besten *The Next Generation*-Episode aller Zeiten gewählt wurde.

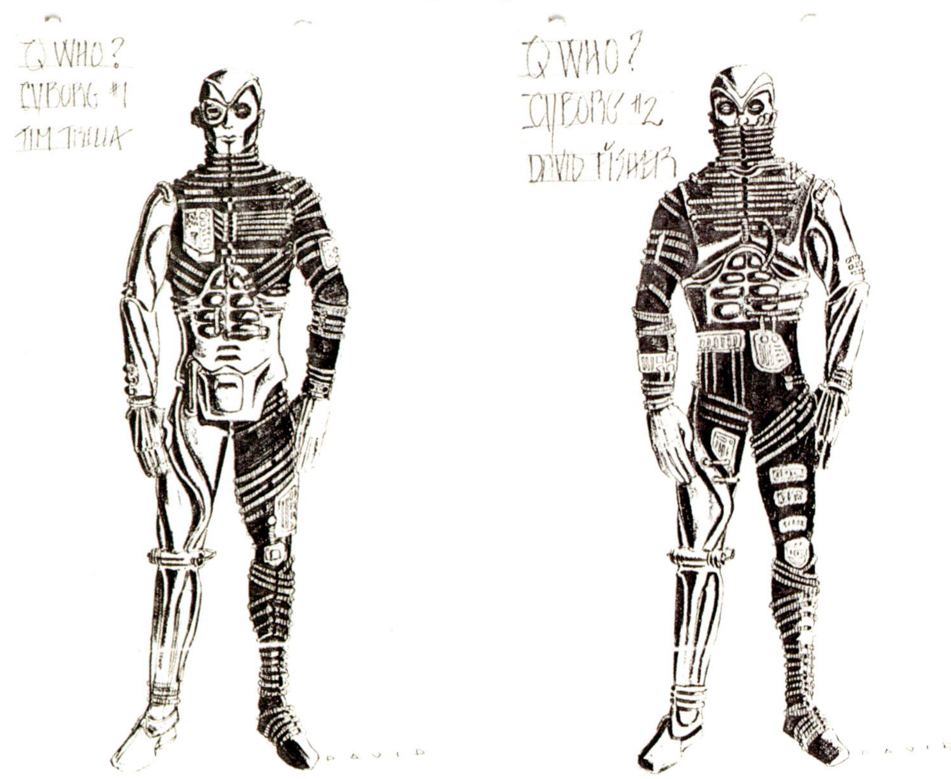

Frühe Borg-Konzepte von David Fisher

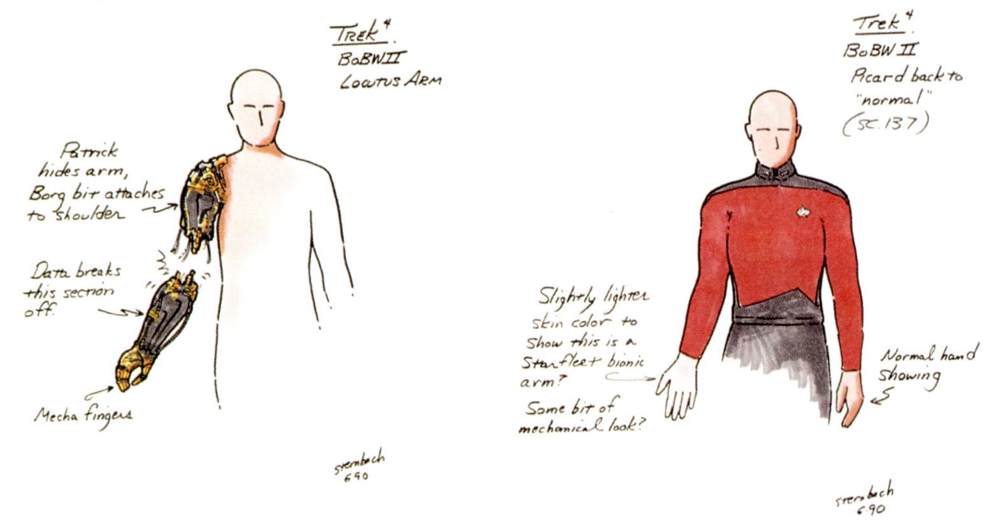

Rick Sternbachs Designvermerke für die Wiederherstellung des ›borgifizierten‹ Picard aus ›Angriffsziel Erde‹

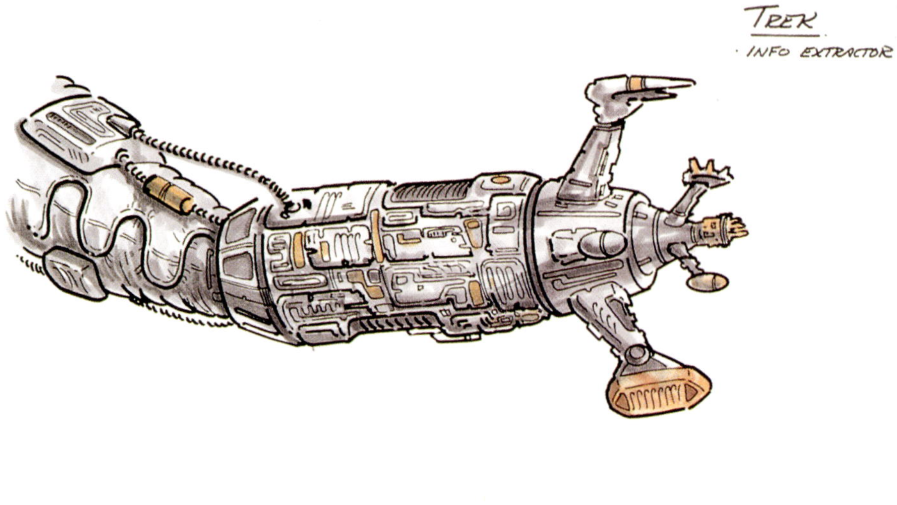

Borg-Entwürfe von Rick Sternbach

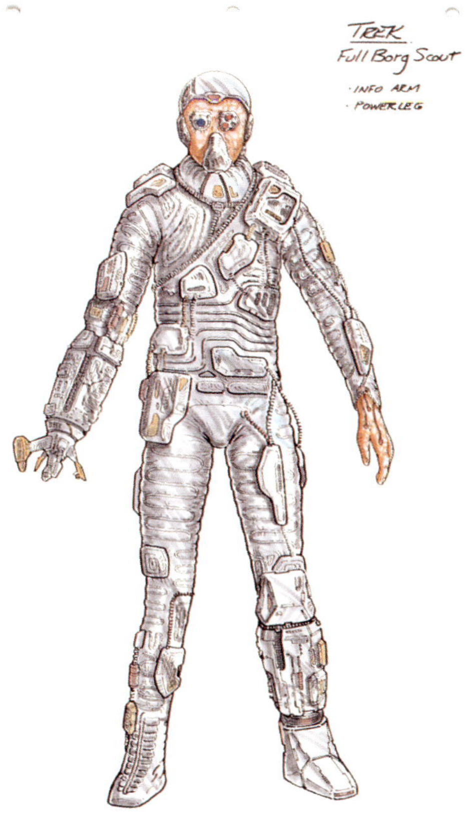

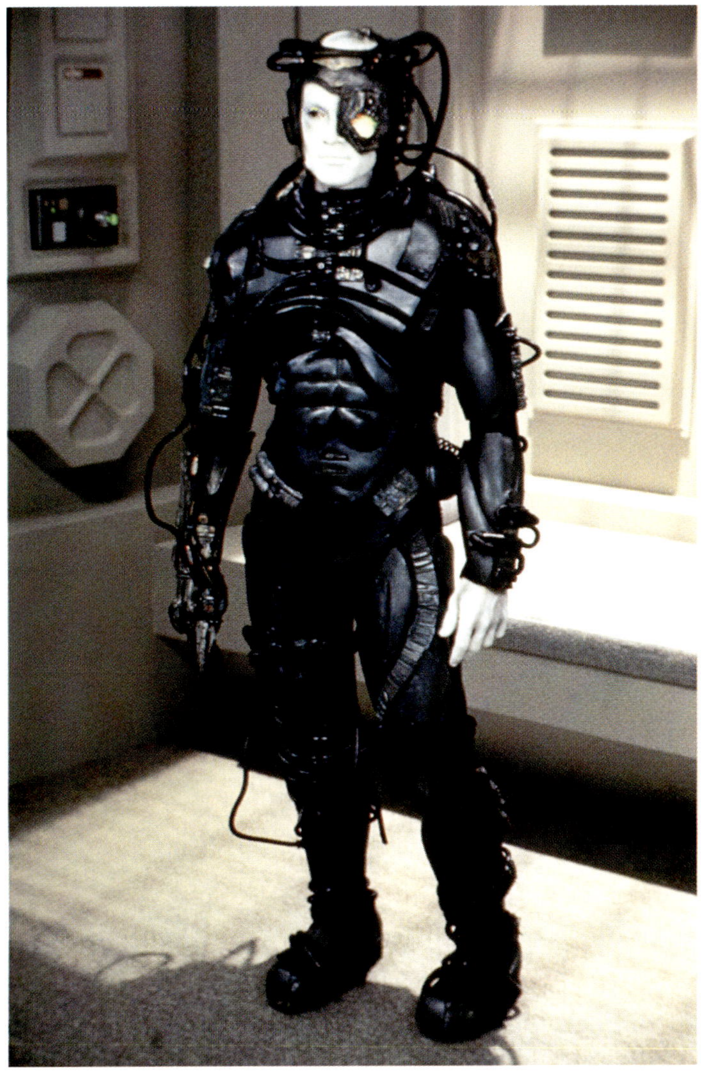

Jonathan Del Arco als Hugh, der Borg, der zuvor als Dritter von Fünf bekannt war, aus der Episode ›Ich bin Hugh‹.

Ein Borg

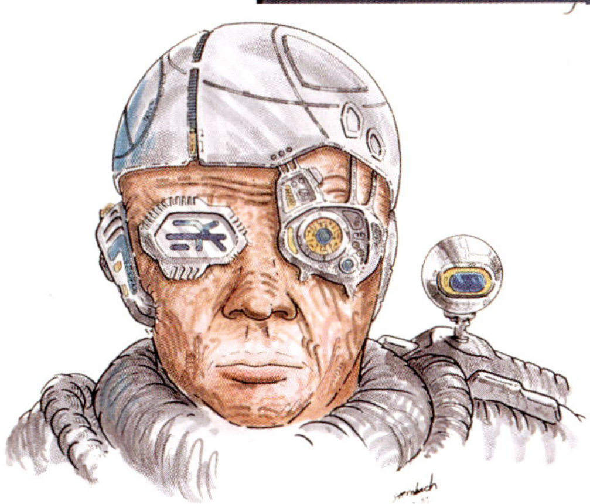

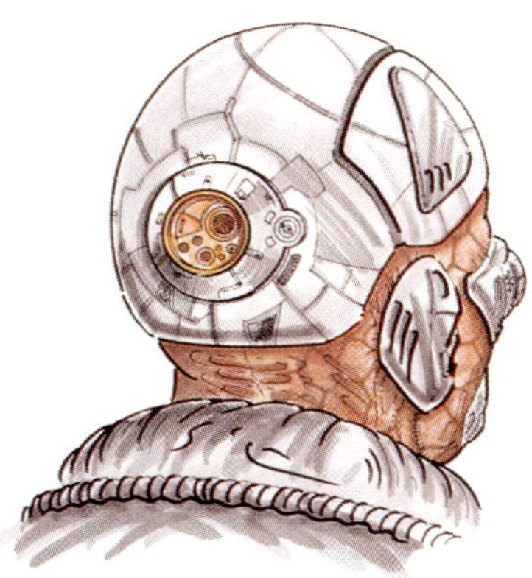

DIE KUNST DES MICHAEL WESTMORE – TEIL 1

Michael Westmore, der außergewöhnliche Maskenbildner, gehört zur dritten Generation einer Maskenbildner-Dynastie in Hollywood, die mit seinem Großvater George Westmore begann, der in den zwanziger Jahren für Hollywood-Filme arbeitete.

Er gewann einen Academy Award für seine Arbeit für den Film *Mask* und bislang zehn Emmys für seine fortwährend herausragenden Leistungen beim Masken-Design fürs Fernsehen.

Als Überwacher der Maske für *The Next Generation*, *Deep Space Nine*, *Voyager* und *Star Trek Generations* hat Westmore mit seinem Stab mehr Entwürfe gefertigt und aufgetragen als jeder andere Künstler in dieser Branche.

Wie diese Beispiele seiner Arbeit bestens illustrieren, sind Westmores Talent und technisches Fachwissen so unbegrenzt wie die Zahl der Sterne, die die *Enterprise* erforscht.

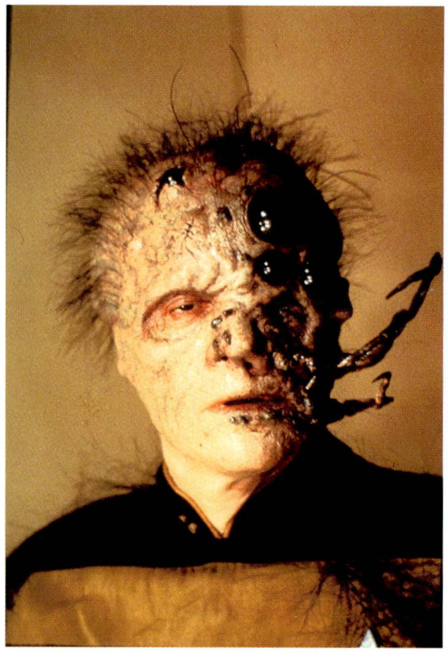

Der Amoklauf der Evolution in der schaurigen Episode ›Genesis‹

Sarjenka, eine Bewohnerin von Drema IV

Ein Pakled

Ein gestaltwandelnder Allasomorph in einer tödlichen Form

DIE KUNST DES MICHAEL

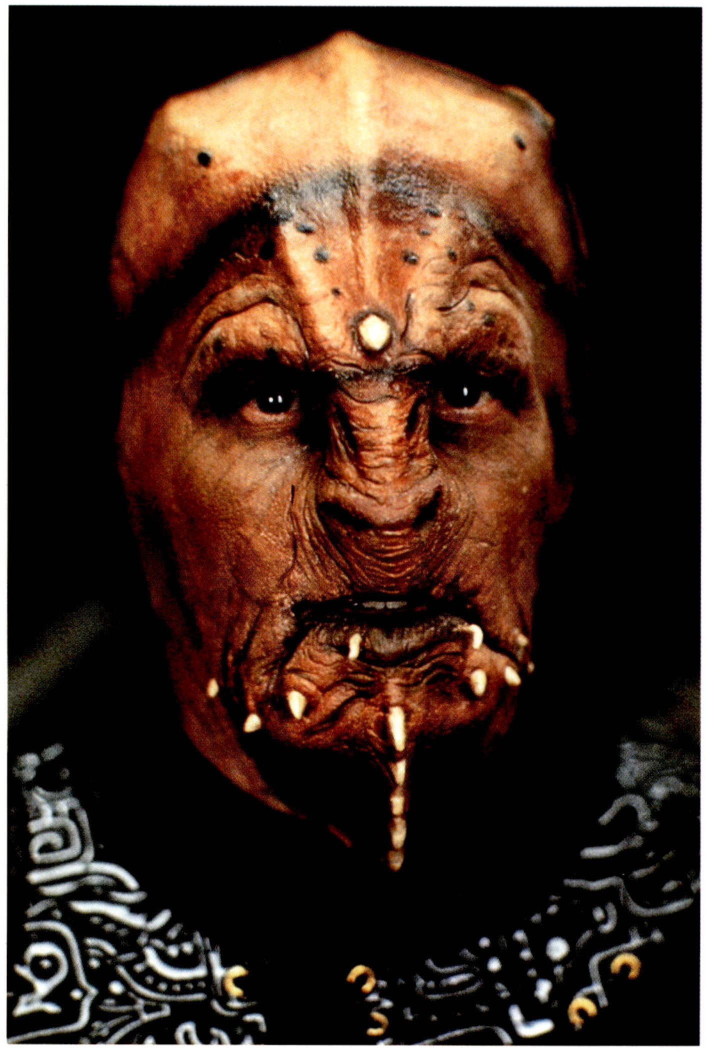

Einer der Nausicaaner, der dafür verantwortlich ist, daß Picard nach einer Messerstecherei ein Kunstherz erhielt

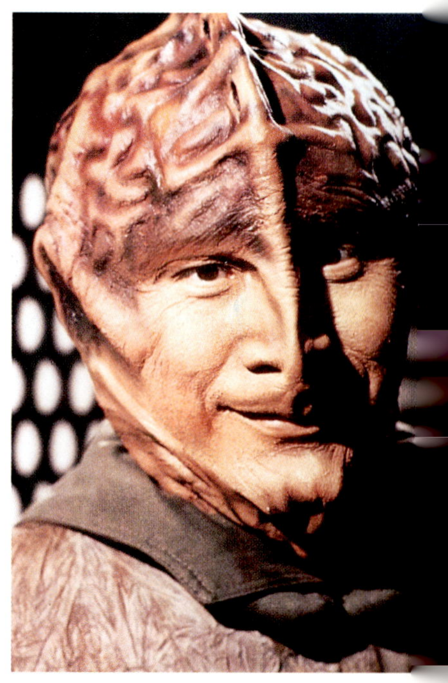

WESTMORE - TEIL 2

Paul Winfield als tamarianischer Captain Dathon

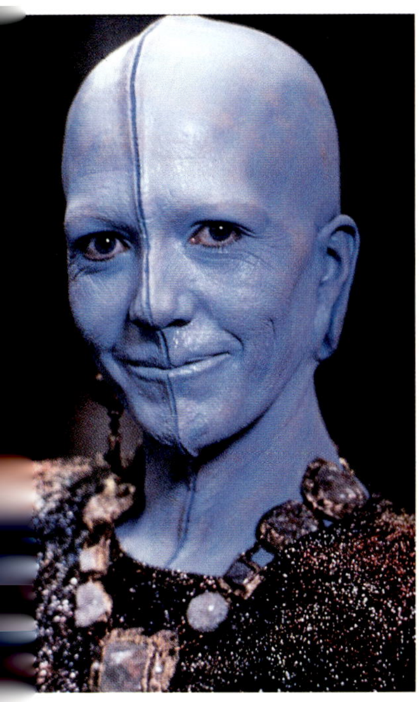

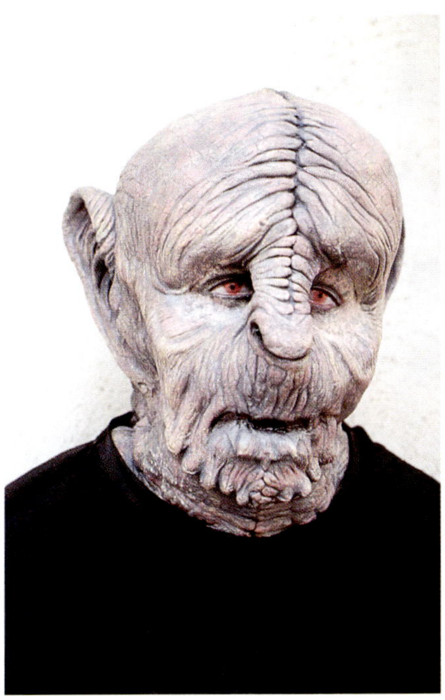

Diese beiden Aufnahmen des yridianischen Händlers Jaglom Shrek zeigen, wie die richtige Beleuchtung das endgültige Erscheinungsbild von Aliens verbessert. Links eine Testaufnahme bei Tageslicht unter freiem Himmel, rechts die gleiche Maske unter Studiobedingungen.

DIE DUNKLE SEITE

Der langjährige *Star Trek*-Fernsehproduzent und Regisseur David Livingston stimmt denen zu, die einen Großteil des Erfolgs von *Star Trek* dem positiven Blick in die Zukunft zuschreiben.

Auch wenn SF-Filme wie *Alien* und *Blade Runner* in den Kinos gut ankommen, glaubt Livingston, daß nicht so viele Millionen treu *Star Trek* einschalten würden, um Woche für Woche solch düstere Aussichten auf die Zukunft zu sehen.

Tatsächlich ist die Episode ›Die Verschwörung‹ aus der ersten Season die Ausnahme, die die Regel bestätigt: eine düstere Geschichte über eine außerirdische Verschwörung auf der höchsten Ebene von Starfleet, deren plastische Darstellung der außerirdischen Parasiten diese Episode von allen anderen *Star Trek*-Episoden unterschied. Obwohl die Handlung für Fortsetzungen angelegt war, wurde der Handlungsfaden der außerirdischen Verschwörung nie wieder aufgegriffen, was zum Teil auch an den negativen Zuschauerreaktionen auf die Episode lag.

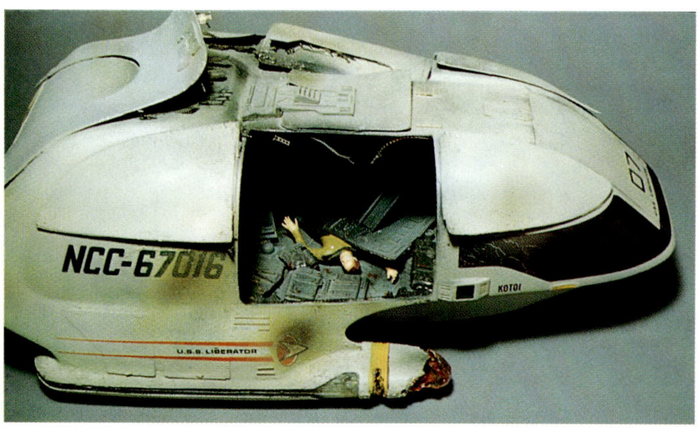

Ein beschädigtes Shuttle und ein totes Crew-mitglied aus der Schlacht bei Wolf 359. Obwohl die Modellbauer manchmal solche Details in ihrer Arbeit berücksichtigen, ist nichts in dieser Art je in eine *Star Trek*-Episode aufgenommen worden.

Die Episode ›Die schwarze Seele‹ kennzeichnete den Tod von Tasha Yar – das erste Mal, daß ein ständiges Crew-Mitglied getötet und *nicht* wiederbelebt worden war. Armus, das Alien, das für ihren Tod verantwortlich war, wurde von Robert Legato, dem Koordinator der Spezialeffekte, als ›lebende Teergrube‹ beschrieben. Hier sehen wir einen der Entwürfe von Andrew Probert für dieses Wesen und eine Aufnahme aus der Episode, die das Ergebnis zeigt.

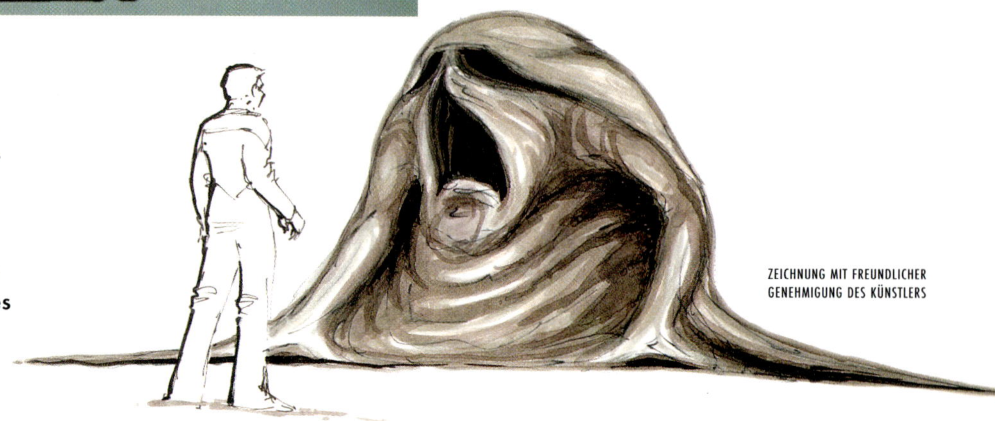

ZEICHNUNG MIT FREUNDLICHER GENEHMIGUNG DES KÜNSTLERS

Andrew Proberts Entwürfe für ›Die Verschwörung‹. Obwohl diese Art von Handlung im Vergleich zu *Alien* harmlos war, entsprach sie nicht dem, was die Zuschauer von *Star Trek* erwarteten, und wurde nicht wieder aufgegriffen.

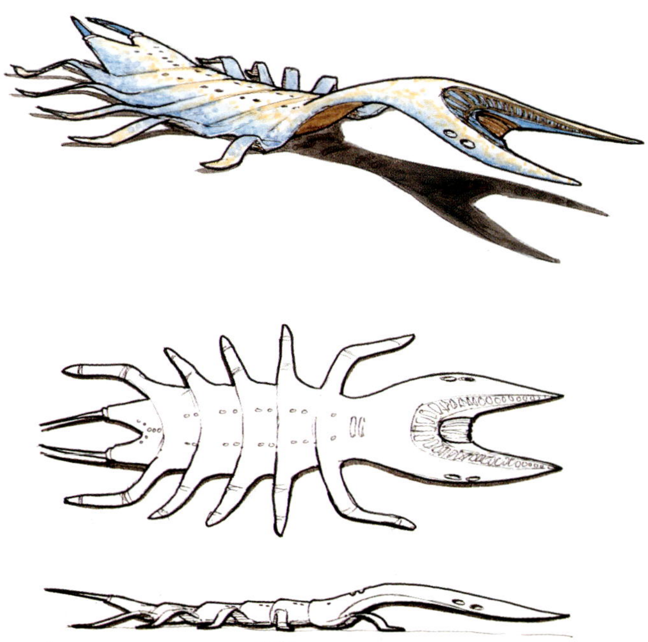

ILLUSTRATIONEN MIT FREUNDLICHER GENEHMIGUNG DES KÜNSTLERS

PHASER, DIE NÄCHSTE GENERATION

Als die Designstandards für *The Next Generation* festgelegt wurden, achtete Gene Roddenberry besonders darauf, daß Phaser nicht aussahen wie Pistolen des 20. Jahrhunderts. Er machte Rick Sternbach klar, daß er die üblichen Elemente wie Pistolengriff und -lauf vermeiden und etwas Neues finden sollte. Da die menschliche Hand eine Waffe nur in einer begrenzten Anzahl bequemer Positionen halten und damit zielen kann, wurde Sternbach von Roddenberrys Anweisung angemessen herausgefordert. Dies führte zu dem ›Staubsauger‹-Design, das schließlich als die neue Form der Waffen des 24. Jahrhunderts ausgewählt wurde.

Dieser kleine Phaser – Spitzname ›Heimchen‹ – war Gene Roddenberrys Liebling. Er war weniger als 8 cm lang, und für Roddenberry illustrierte er die Macht der Technologie des 24. Jahrhunderts. Zugleich illustriert er auch die Macht der Produktionsanforderungen. Weil die Waffe so klein war, war sie nur schwer zu sehen, wenn die Schauspieler sie benutzten. Dies erhöhte nicht das Gefühl von Gefahr in einer Szene, und optisch konnte es so aussehen, daß die Phaserstrahlen aus den Fingern der Schauspieler austraten, außer es wurde besonders darauf hingewiesen. Das ›Heimchen‹ war nur ein paar Mal in der ersten Season zu sehen, wurde dann aber gegen leichter erkennbare Waffen ausgetauscht.

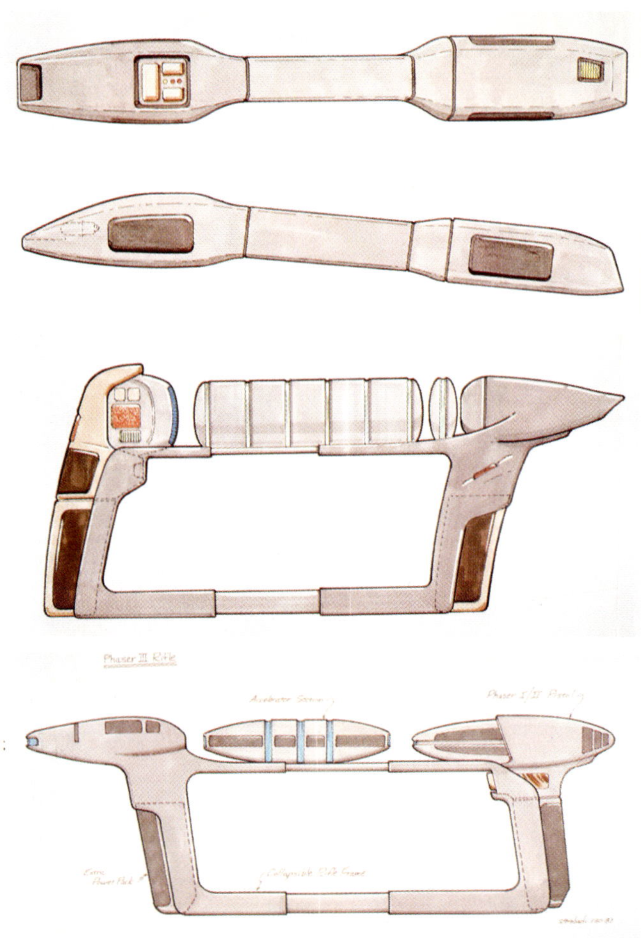

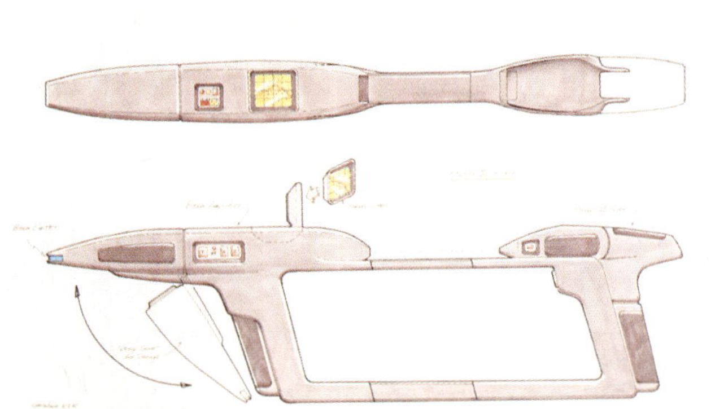

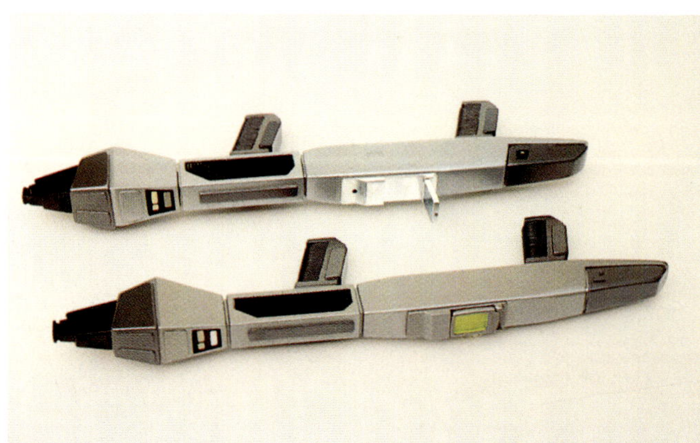

Die Entwicklung des Phasergewehrs, das ebenfalls selten zu sehen war.

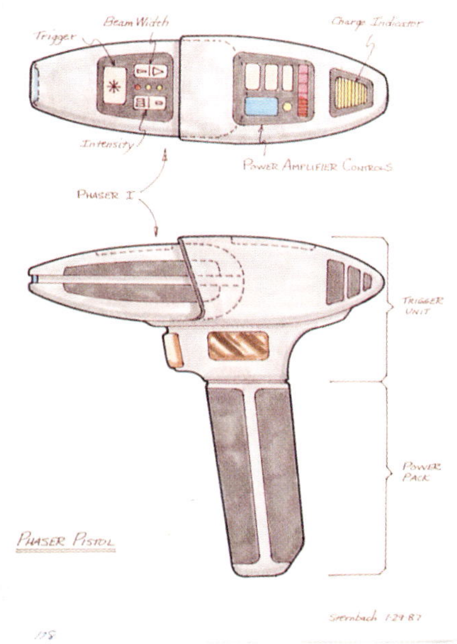

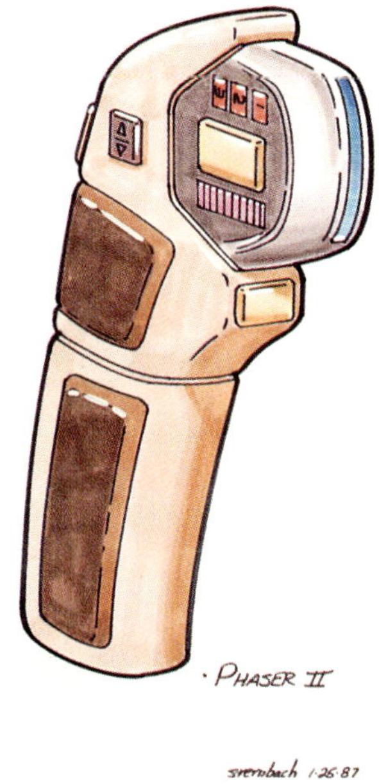

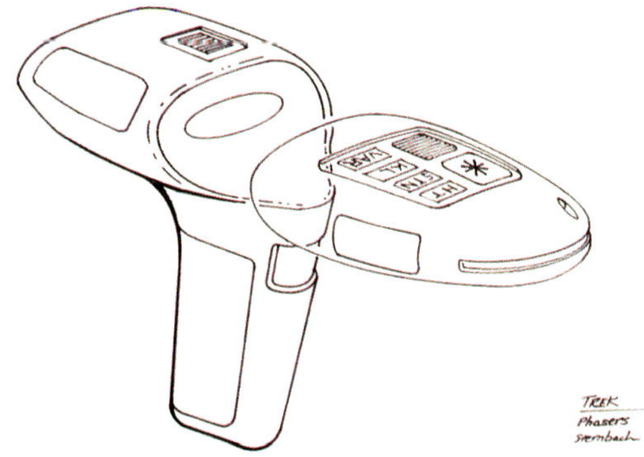

Erste pistolenartige Phaservarianten. Beachten Sie, daß Sternbach eine Eigenschaft des Originalphasers fortführte, indem er den kleinen Typ-I-Phaser so gestaltete, daß er in den größeren Typ-II-Phaser paßte.

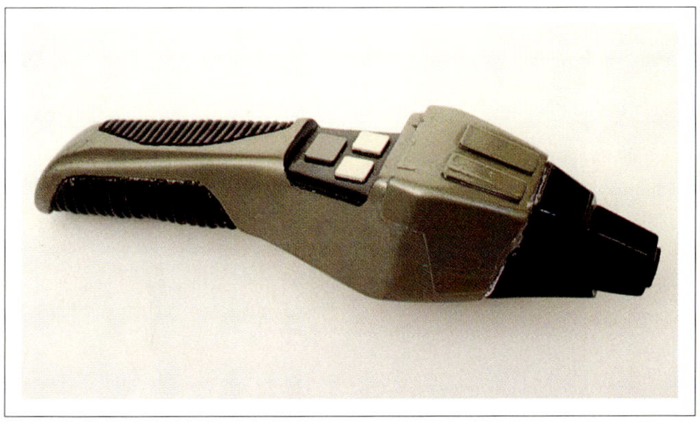

Weitere Feinarbeiten am endgültigen Design

SECHS

EINE NEUE RICHTUNG

STAR TREK – DEEP SPACE NINE 1993

Deep Space Nine wurde im Drehbuch nur als »seltsames, faszinierendes Objekt im Orbit um Bajor« beschrieben.

STAR TREK – DEEP SPACE NINE

The Next Generation hatte die Bandbreite und die Attraktivität des *Star Trek*-Universums unter Beweis gestellt – der Erfolg war nicht abhängig von der berühmten ersten Crew. Die Zukunft schien für *Star Trek* grenzenlos.

Doch nach fünf Jahren konnten die Paramount-Verantwortlichen sehen, daß ihre eigene Zukunft weit weniger grenzenlos war. Es macht für die meisten Fernsehserien wirtschaftlich wenig Sinn, sie mehr als fünf oder sechs Seasons im Programm zu haben. Die Kosten steigen unausweichlich, die Geschichten erschöpfen sich, und der Syndication-Markt füllt sich mit zu vielen Episoden, die alle einem Sendeplatz nachjagen. Aus rein geschäftlicher Sicht waren die Tage von *The Next Generation* gezählt. Aber jeder wußte gefühlsmäßig, daß der *Star Trek*-Markt noch nicht gesättigt war.

In den Paramount-Büros wurde die Idee einer dritten *Star Trek*-Serie diskutiert.

The Next Generation hatte gezeigt, daß *Star Trek* auch ohne die ursprünglichen Charaktere gedeihen konnte. Aber konnte eine neue Serie ohne ein Schiff überleben?

Rick Berman, der von Gene Roddenberry ›handverlesene‹ Nachfolger als der Mann, der *Star Trek* nach seinem Tod weiterführen sollte, und Michael Piller, der einflußreichste Autor von *The Next Generation*, schufen *Deep Space Nine* mit eben jener Herausforderung im Hinterkopf.

Für mehr als 25 Jahre war eine der Stärken von *Star Trek* das detaillierte Universum der Zukunft, das von zwei Schiffen mit Namen

SF-Technologie hatte die Fernsehproduktion eingeholt, wie diese computererzeugten Zeichnungen zeigen.

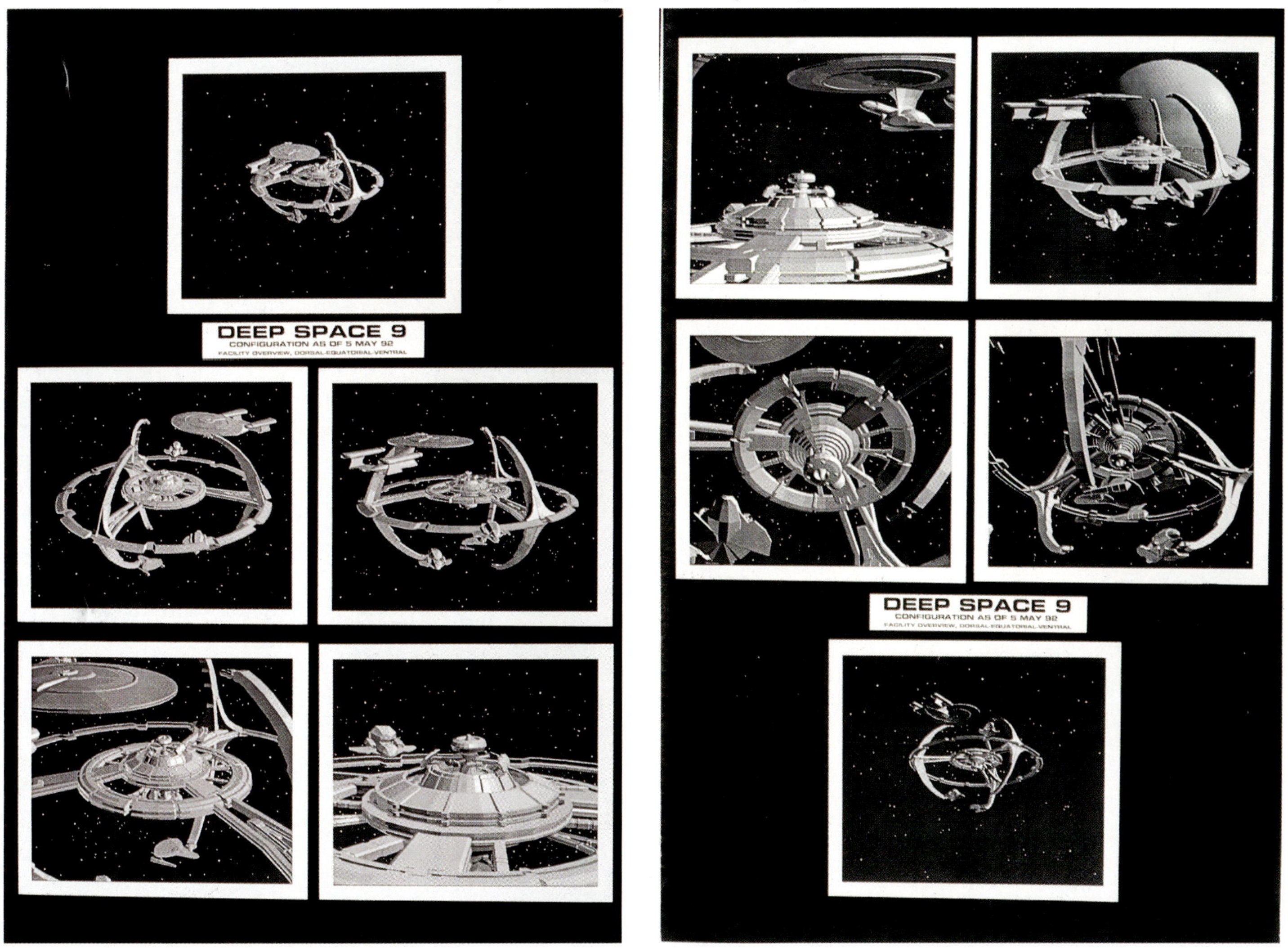

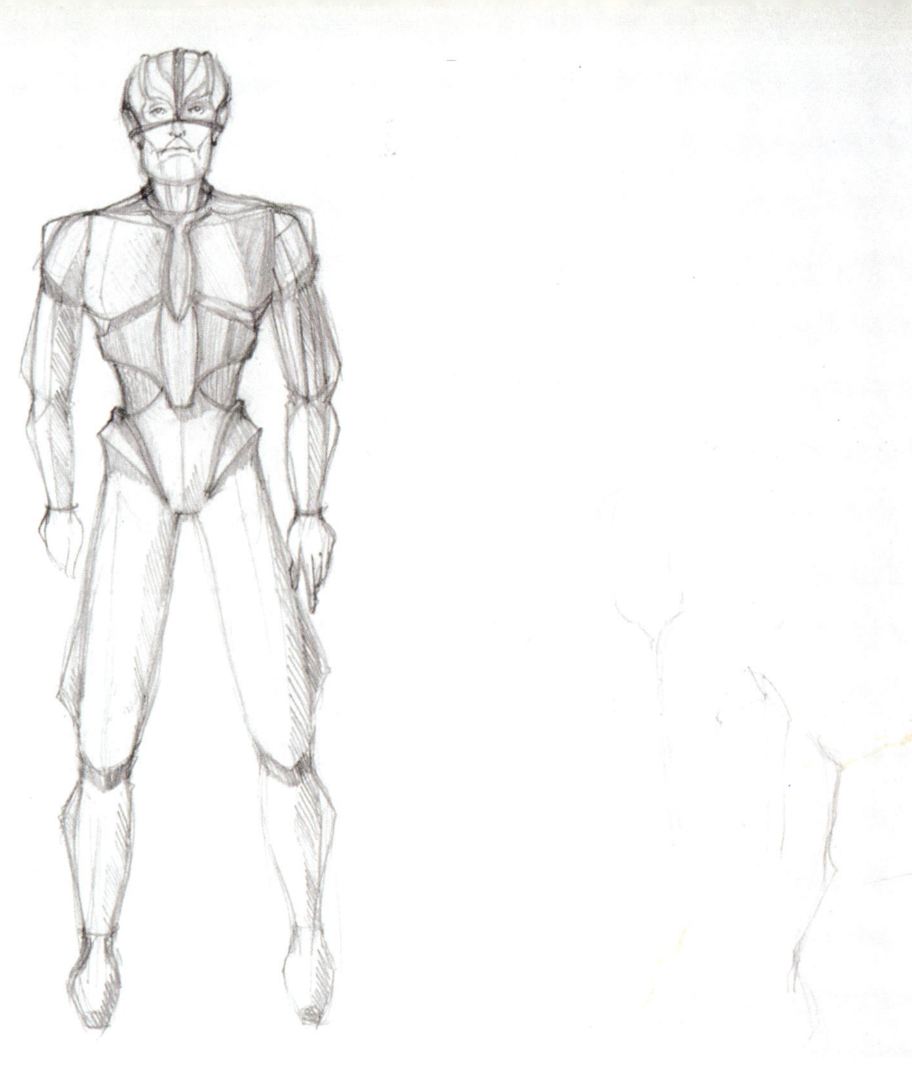

Robert Blackmans Kostümentwürfe für die Cardassianer, die erstmals in *The Next Generation* zu sehen waren

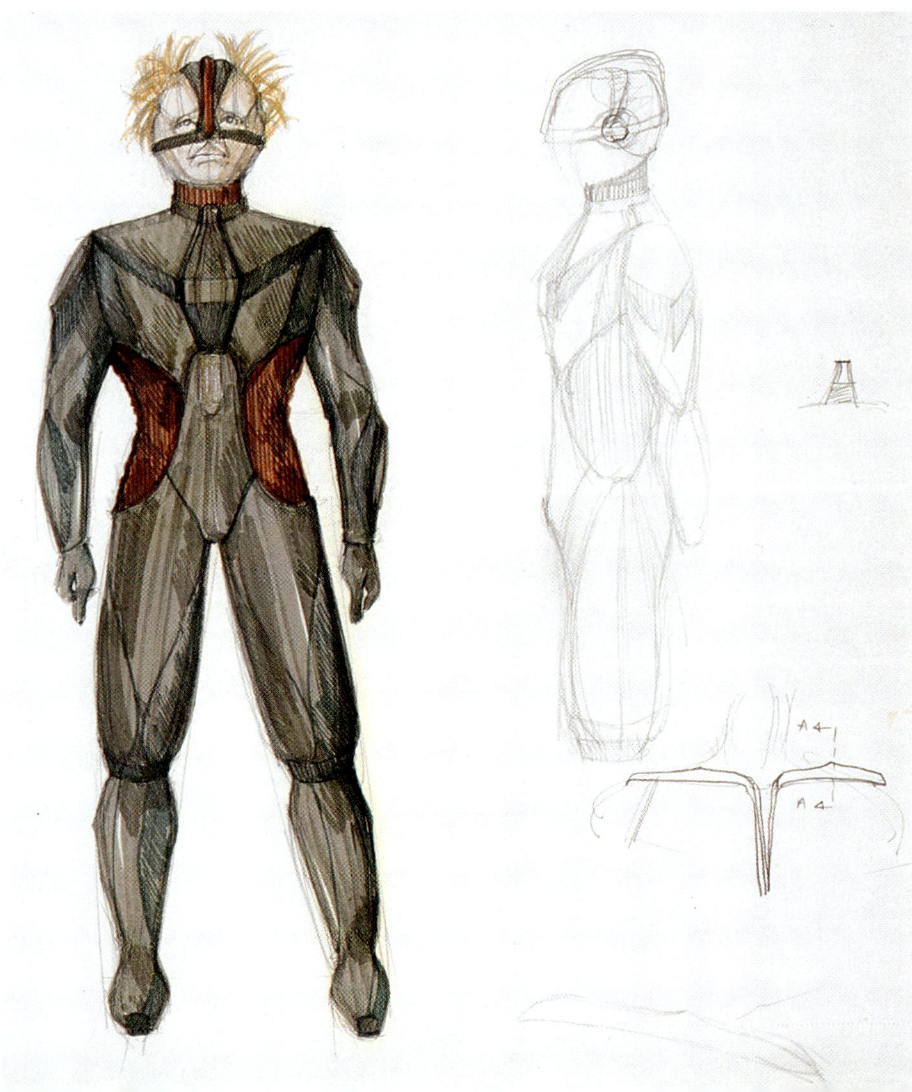

Enterprise erforscht wurde. Jetzt entschieden die neuen *Star Trek*-Führer, daß es Zeit sei, sich in dieses Universum zu begeben, eine Ecke auszuwählen und dort eine neue Serie anzusiedeln.

Von der kreativen Seite waren viele Elemente, die Berman und Piller bei *Deep Space Nine* einbrachten, bei *The Next Generation* festgelegt worden: Die Verwendung von Ferengi, Cardassianern, Bajoranern und Wurmlöchern lieferte wichtige Verbindungslinien in das vertraute Universum, das von Roddenberry begründet worden war und Millionen Zuschauer begeistert hatte.

Auf der technischen Seite waren Berman und Piller in der Lage, die gleichen wichtigen Verbindungen in Aussehen und Atmosphäre für die neue Serie zu liefern, indem sie das zentrale Produktionspersonal aus dem Pool talentierter Mitarbeiter rekrutierten, die für *The Next Generation* tätig gewesen waren.

Produktionsdesigner Herman Zimmerman kehrte zurück, um die düsteren und fremdartigen Bühnenbilder der cardassianischen Raumstation zu entwerfen. Michael Okuda leitete die Anstrengungen der Design-Abteilung, um ein völlig neues System von cardassianischen Bedienoberflächen und Datenanzeigen zu liefern. Kameramann Marvin Rush brachte eine vielfältige Üppigkeit in die neuen Bühnenbilder ein. Der Kostümdesigner Robert Blackman überarbeitete die Starfleet-Uniformen ein weiteres Mal und zeigte sich der Herausforderung eines nicht endenwollenden Stroms neuer außerirdischer Rassen gewachsen. Michael Westmore sah sich den gleichen Herausforderungen ausgesetzt, mehr und fremdartigere außerirdische Rassen zu kreieren, die Blackman einkleiden sollte. Der Überwacher der optischen Effekte, Robert Legato, sorgte zusammen mit Gary Hutzel für die gleiche hohe Qualität der optischen Effekte, von denen die *Next Generation*-Zu-

Das erste cardassianische Zivilkleidungsdesign für den schlichten, einfachen Garak

ZEICHNUNGEN MIT FREUNDLICHER GENEHMIGUNG VON ROBERT BLACKMAN

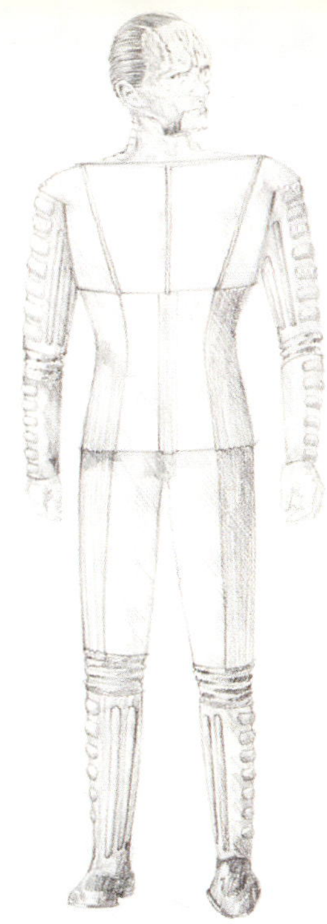

Variation einer cardassianischen Uniform

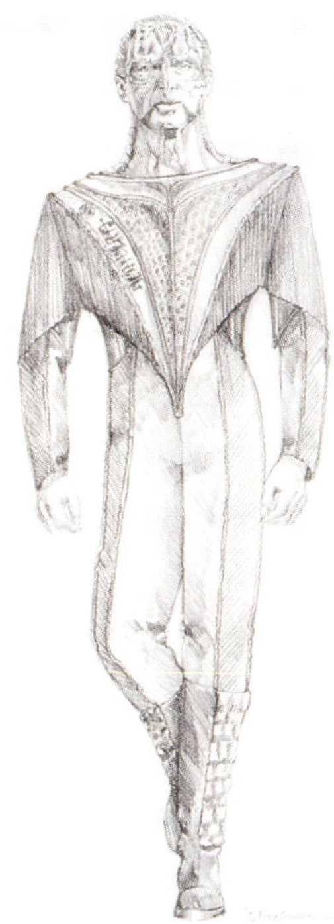

Die neue, stromlinienförmigere cardassianische Uniform, geschaffen für *Deep Space Nine*

schauer erwarteten, daß die neue Serie sie beibehalten und übertreffen würde.

Deep Space Nine war die absolute Quintessenz des *Star Trek*-Universums. Die Mannschaft war unter einer Flagge vereint. Es stand kein Schiff im Mittelpunkt, und es gab kaum Entdeckungsreisen ins All. Viel wichtiger aber war, was von *Star Trek* blieb: die detaillierten, festgelegten Parameter des 24. Jahrhunderts, die immer komplexere Geschlossenheit von zukünftiger Geschichte und Technologie, und die feste Absicht von Berman und Piller und ihrer Produktionscrew, eine Bühne für Abenteuer und Geschichten zu schaffen, die dem Namen *Star Trek* gerecht wurde.

Und das geschah auch.

Deep Space Nine war ein sofortiger Erfolg bei den Zuschauern *der Next Generation*, gewann aber auch neue, was ein für allemal die wahre Anziehungskraft dessen unter Beweis stellte, was Gene Roddenberry geschaffen hatte.

Es waren nicht die Personen, es war nicht das Schiff. *Star Trek* war ein Geisteszustand geworden, den Millionen teilen wollten.

EIN NEUES RAUMSCHIFF

Nachdem die Produzenten erkannt hatten, daß es notwendig war, die Erzählvielfalt von *Deep Space Nine* zu erweitern, gaben sie Sisko und seiner Crew in der dritten Season ein neues Raumschiff – die *U.S.S. Defiant*. In der Serie war das Schiff der Valiant-Klasse entwikkelt worden, um die Borg zu bekämpfen, jetzt ist es auf DS9 stationiert, um Schutz vor dem Dominion zu bieten.

Wie diese Entwürfe erkennen lassen, wurde die *Defiant* der Valiant-Klasse zugeordnet, weil *Valiant* der erste Name war, den das Schiff erhalten hatte.

ALLE ZEICHNUNGEN: JIM MARTIN

U.S.S. DEFIANT
NX-74205

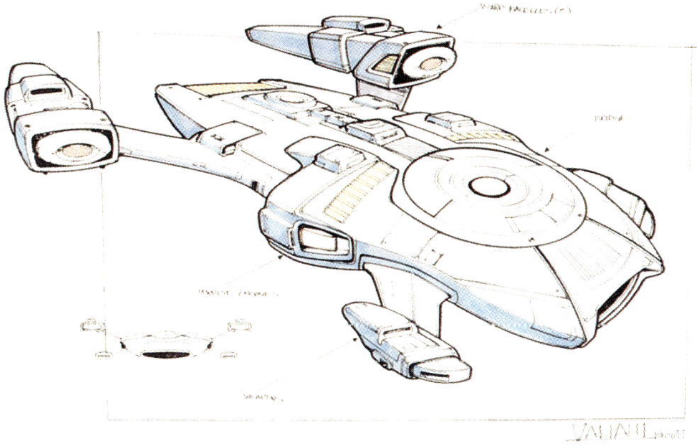
VALIANT

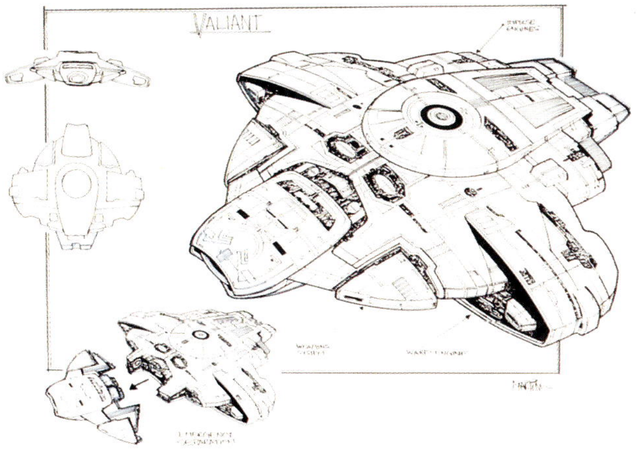
VALIANT

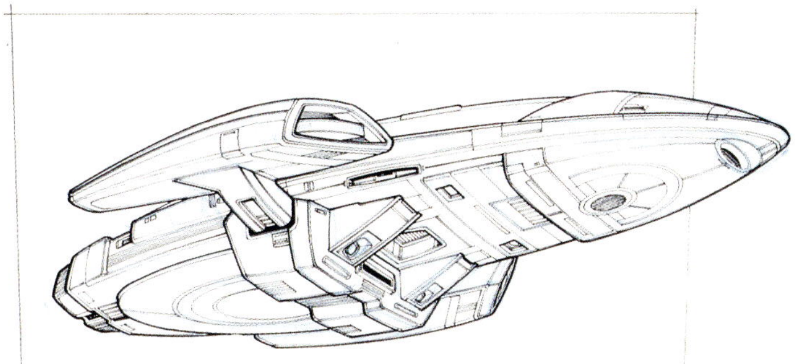
U.S.S. VALIANT

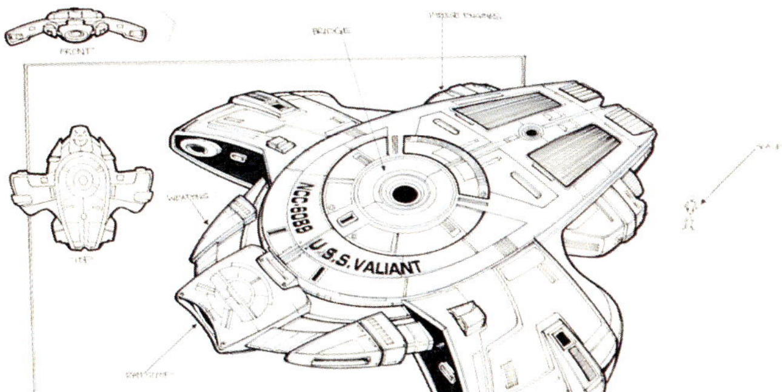
NCC-6088
U.S.S. VALIANT
U.S.S. VALIANT

EINE RAUMSCHIFF-KOLLEKTION

Viel ist darüber gesagt worden, wie Gene Roddenberrys Vision der Zukunft der Menschheit uns heute Hoffnung gibt. Etwas nüchterner formuliert, bieten *Star Trek*-Produktionen all denen Hoffnung, die in der hintersten Reihe im Klassenzimmer sitzen und Raumschiffe malen, während der Lehrer unterrichtet. Eines Tages könnten ein paar Glückliche dafür bezahlt werden, Schiffe zu zeichnen – so wie *Deep Space Nine*-Illustrator Jim Martin.

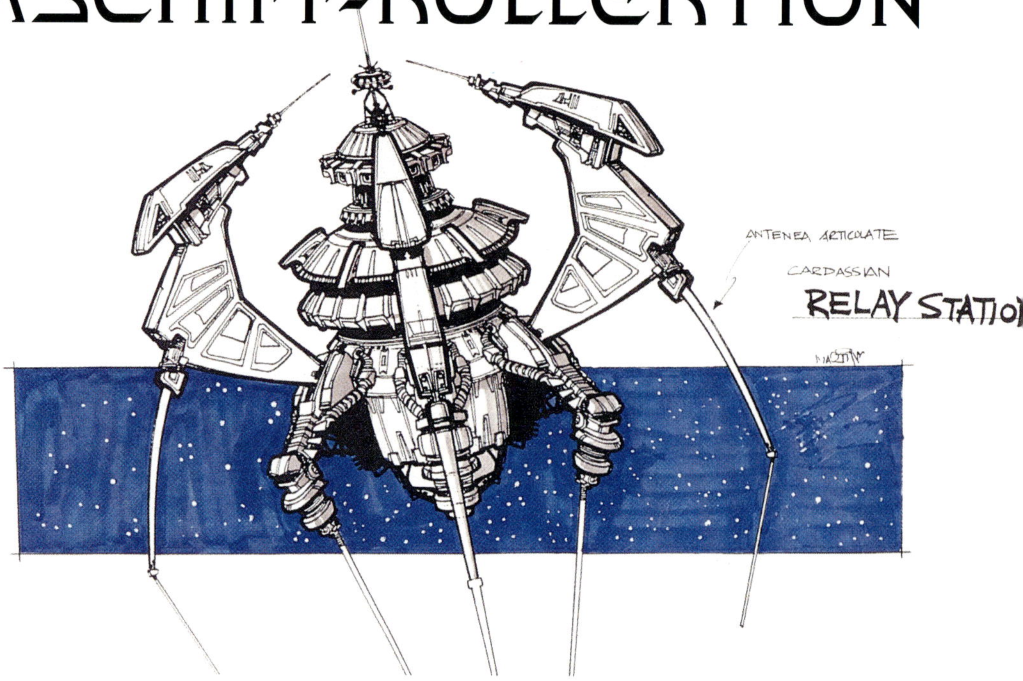

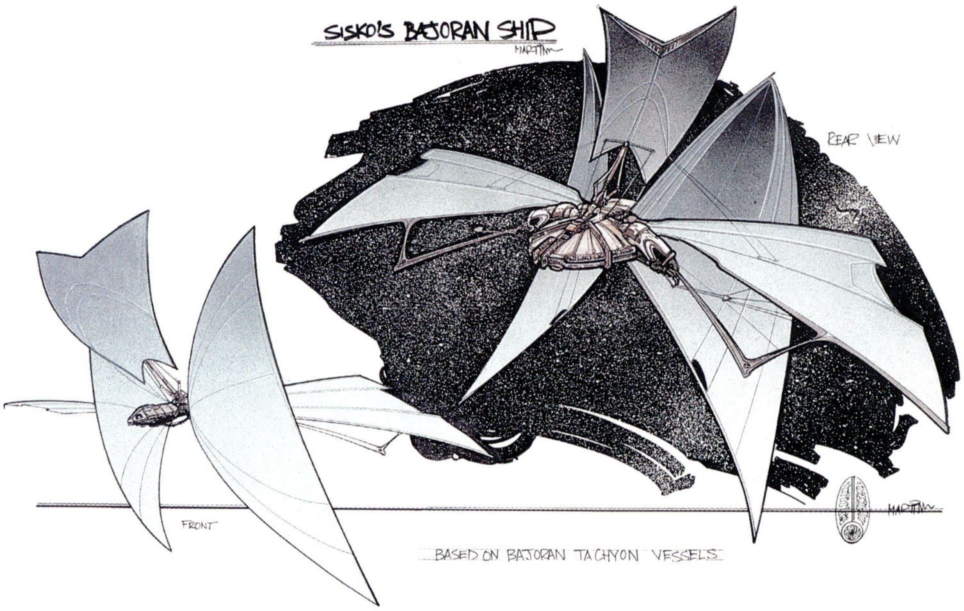

ALLE ZEICHNUNGEN: JIM MARTIN

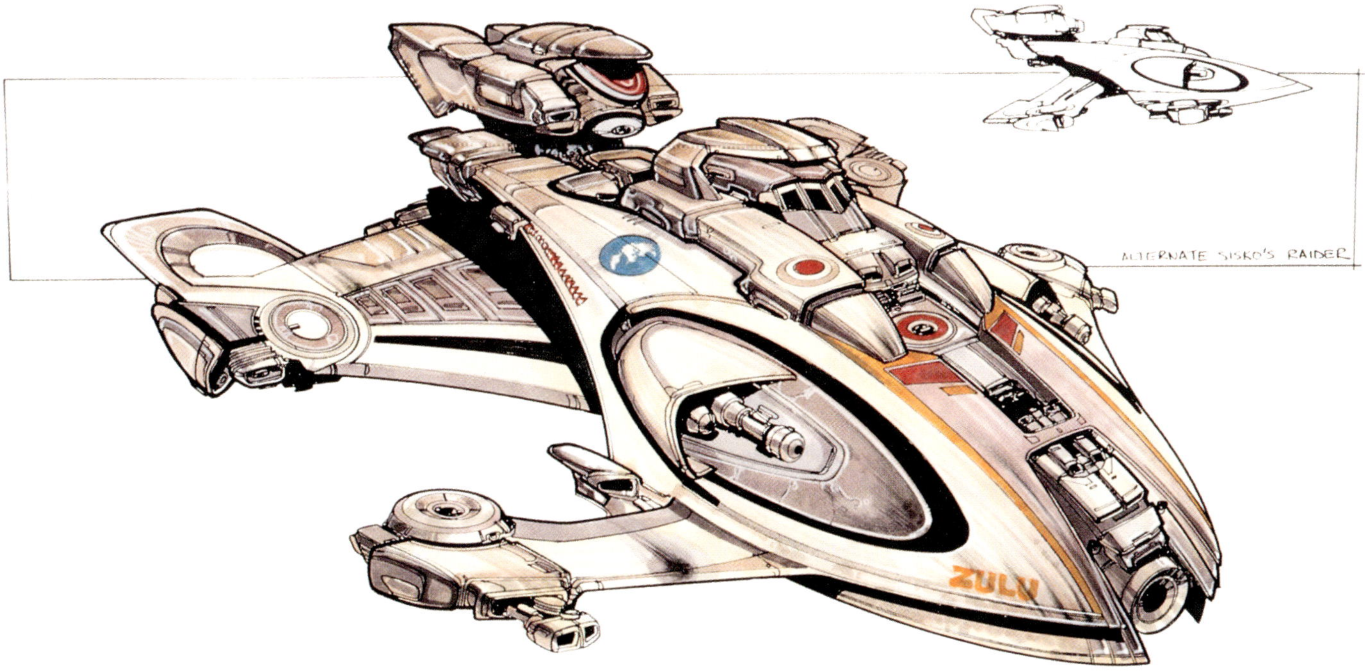
ALTERNATE SISKO'S RAIDER

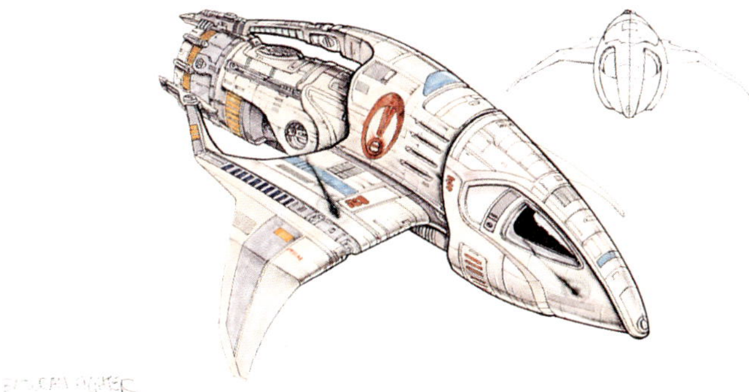

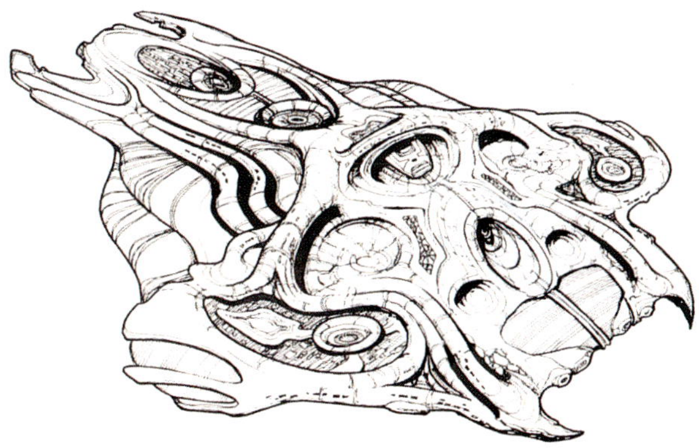

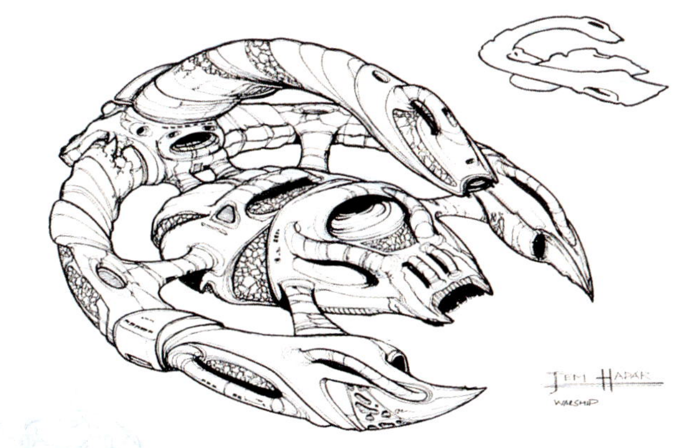
JEM'HADAR
WARSHIP

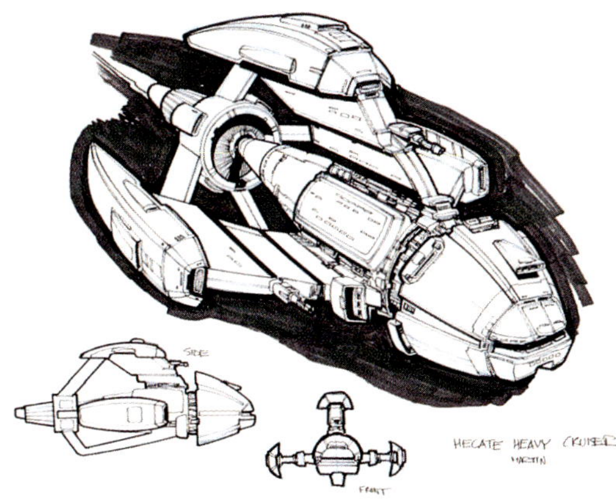
HECATE HEAVY CRUISER

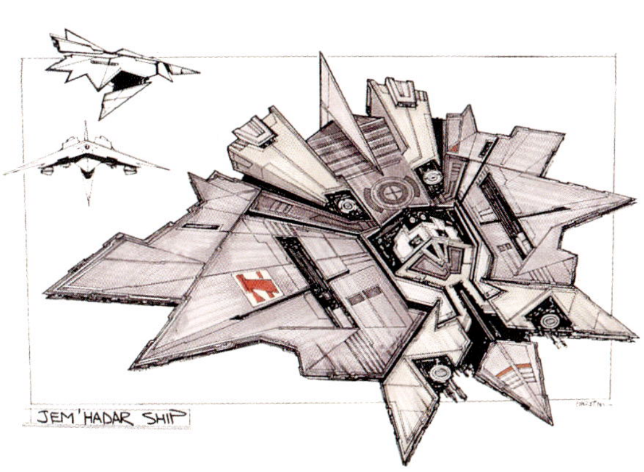
JEM'HADAR SHIP

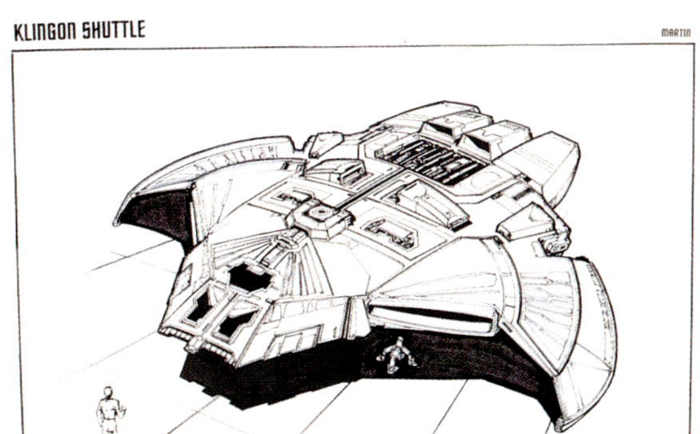
KLINGON SHUTTLE

NEUE UMGEBUNGEN, NEUE UNIFORMEN

Als *Deep Space Nine* in die Vorbereitungsphase eintrat, wurde wieder einmal Robert Blackman gerufen, um die ursprünglich von William Ware Theiss entworfenen Uniformen zu modifizieren.

Entsprechend der etwas zwangloseren Atmosphäre einer cardassianischen Raumstation, auf der ständig etwas repariert werden muß, schuf Blackman ein neues Aussehen, das mehr einem Arbeitsanzug entsprechen würde als einer militärischen Uniform. Beachten Sie bei diesen Zeichnungen die hochgekrempelten Ärmel und die offenen Kragen.

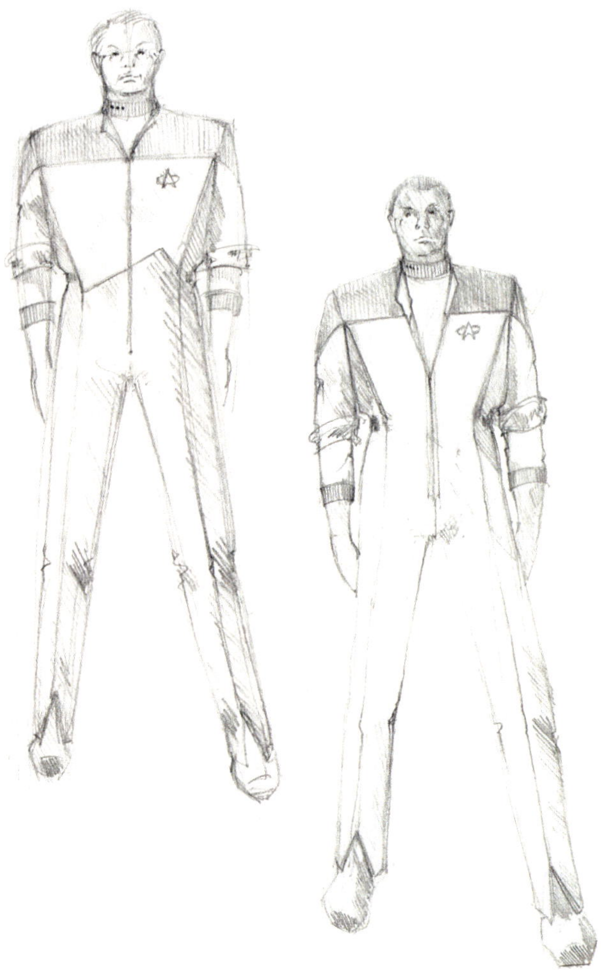

BLEISTIFTZEICHNUNGEN: ROBERT BLACKMAN. FARBZEICHNUNGEN: LOIS DEARMOND

SELTSAME BESUCHER VON ANDEREN PLANETEN

Die Station *Deep Space Nine* ist Gastgeber für eine große Bandbreite außerirdischer Lebensformen, die nicht alle humanoid sind.

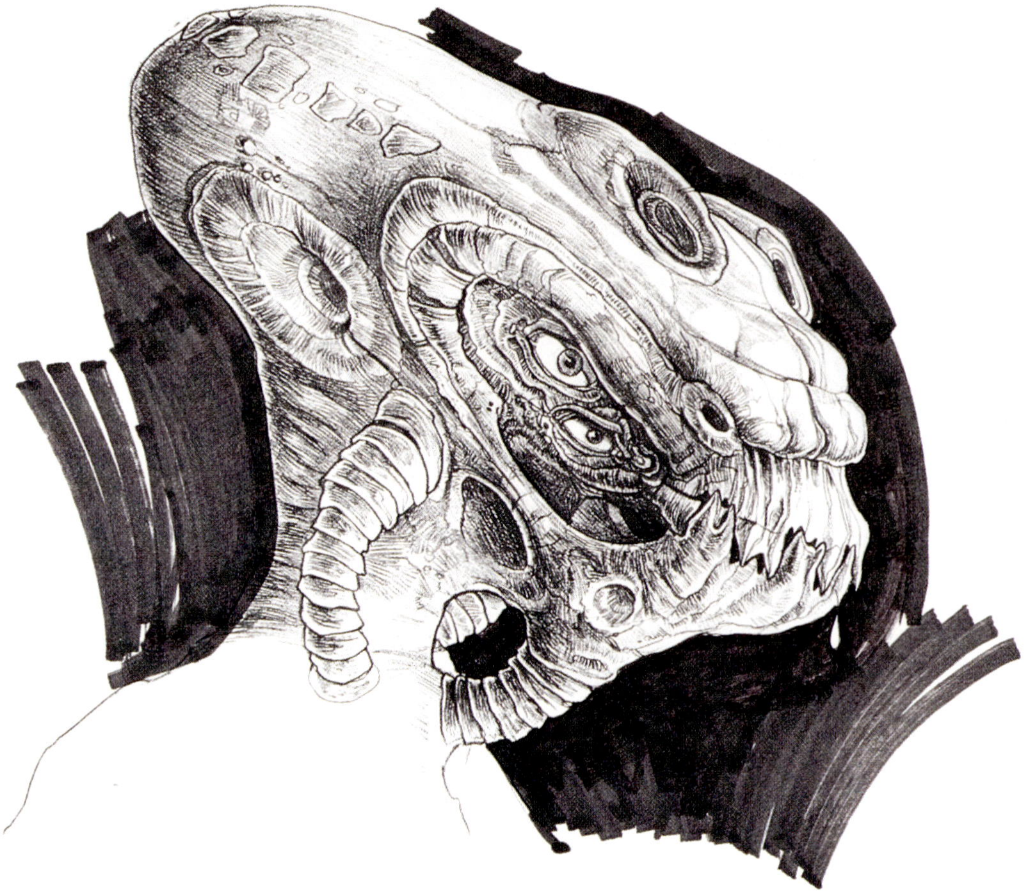

Alien-Entwurf von Dan Curry

Auch wenn dies für einige wie eine sonderbare außerirdische Pflanze aussehen mag, können Fans von Roger Corman eine Hommage an den Star aus dem Film *It Conquered the World* von 1956 entdecken.

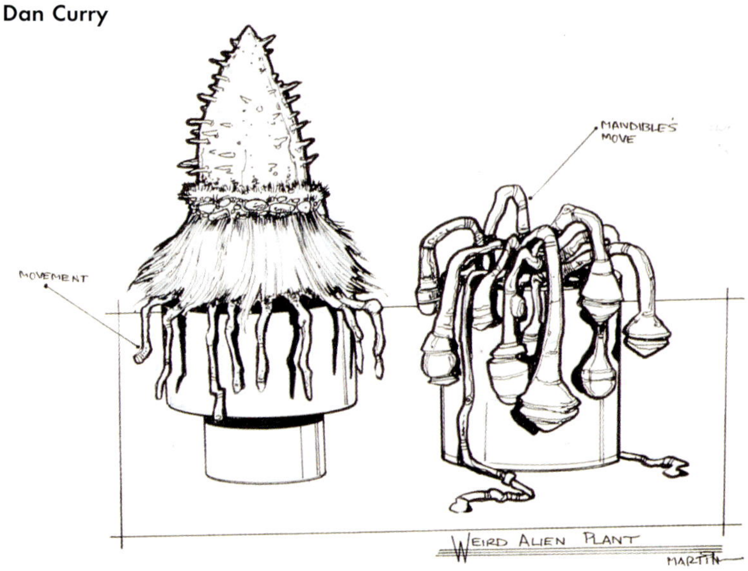

ZEICHNUNG: JIM MARTIN

Cardassianische Wühlmäuse

ZEICHNUNG: JIM MARTIN

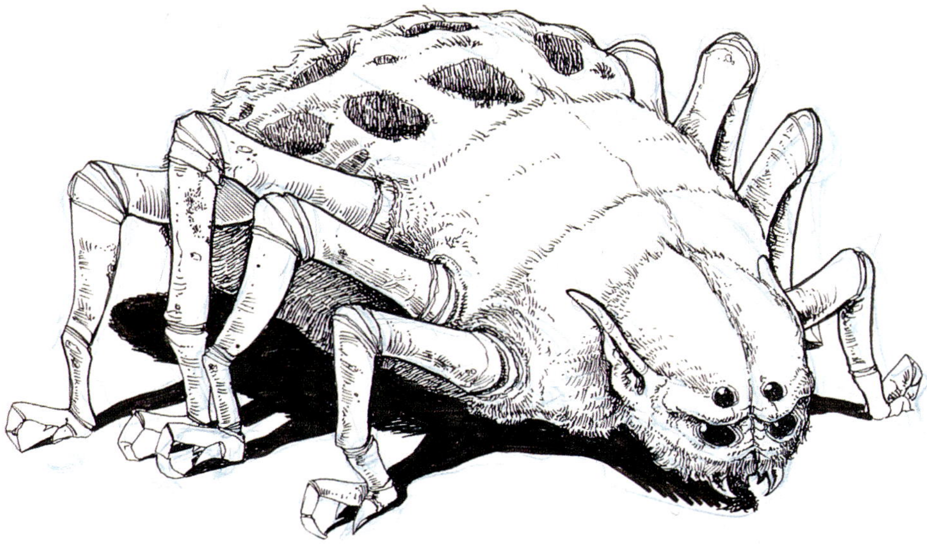

FOTOS: ROBBIE ROBINSON

Diese Poluka-Spinne hatte viele Eltern. Mit Jim Martins Skizzen als Orientierung kaufte Requisiteur Joe Longo eine batteriebetriebene Spielzeugspinne auf einem Flohmarkt, frisierte den Motor, übergab dann das Hochgeschwindigkeitstier an den Maskenbildner Michael Westmore. Westmore ergänzte es unter anderem um zusätzliche Augen, Fell und Stacheln. So hatte er *einmal* einen Schauspieler, der sich nicht darüber beklagte, unter seiner Maske begraben zu werden.

Von Anbeginn an wußten die Produzenten, daß es auf *Deep Space Nine* mehr Aliens als auf der *Enterprise-D* geben würde. Daher konnte Michael Westmore schon in der Vorbereitungsphase der Serie, eine große Bandbreite an Hintergrundaliens vorausplanen, anstatt erst auf das gerade vorliegende Drehbuch reagieren zu müssen. Hier einer der Stammgäste in Quark's Bar.

NEUES AUS DER STARFLEET-FORSCHUNG

Der Verschleiß der wichtigsten Requisiten durch die jahrelange Verwendung bei allen *Star Trek*-Projekten macht es notwendig, sie von Zeit zu Zeit auszutauschen. Diese Gelegenheit nutzen die Designer, um das Aussehen auf den neuesten Stand zu bringen, was man zum Beispiel beim Vergleich eines Tricorders Modell VI mit dem neuen und verbesserten Modell VII sehen kann.

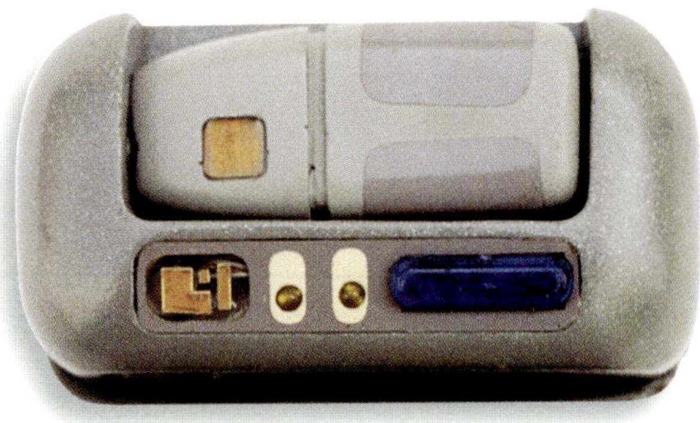

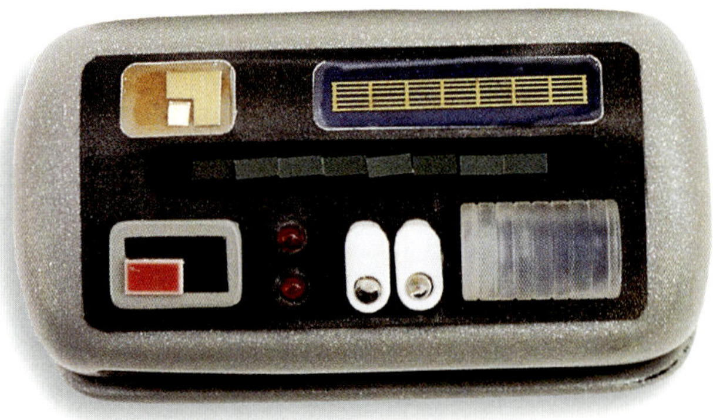

Einige der frühen Typ VI-Tricorder hatten einen entnehmbaren Sensorscanner, wie oben zu sehen ist. Die neuen Typ VII-Modelle verfügen über eingebaute Sensorscanner.

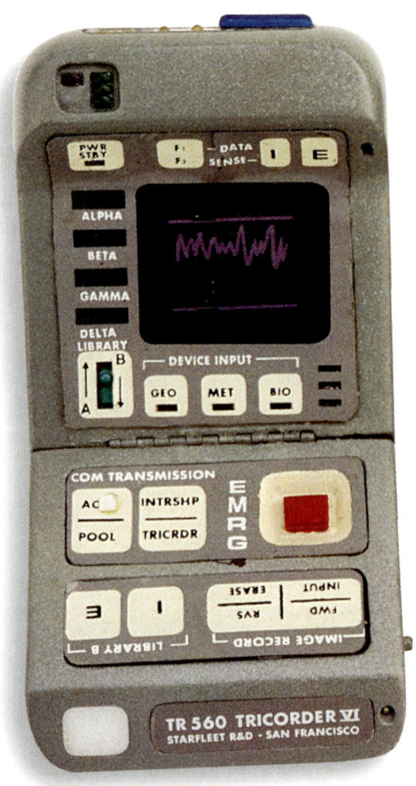

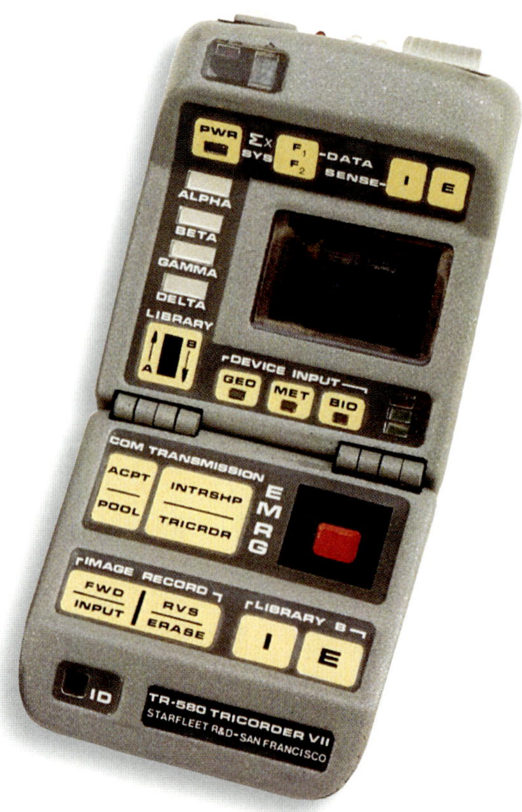

FOTOS: ROBBIE ROBINSON

Ein direkter Vergleich von zwei Tricorder-Generationen aus der Entwicklungsabteilung von Starfleet. Beide Versionen beinhalten Innenbeleuchtung und LEDs, um aktive Anzeigen während der Dreharbeiten zu erzeugen. Beachten Sie, daß dieser spezielle Typ VI-Tricorder eine auf dem Kopf stehende Beschriftung aufweist. Die Chancen stehen gut, daß dieses Detail nie auf einem Fernsehbildschirm zu sehen sein wird.

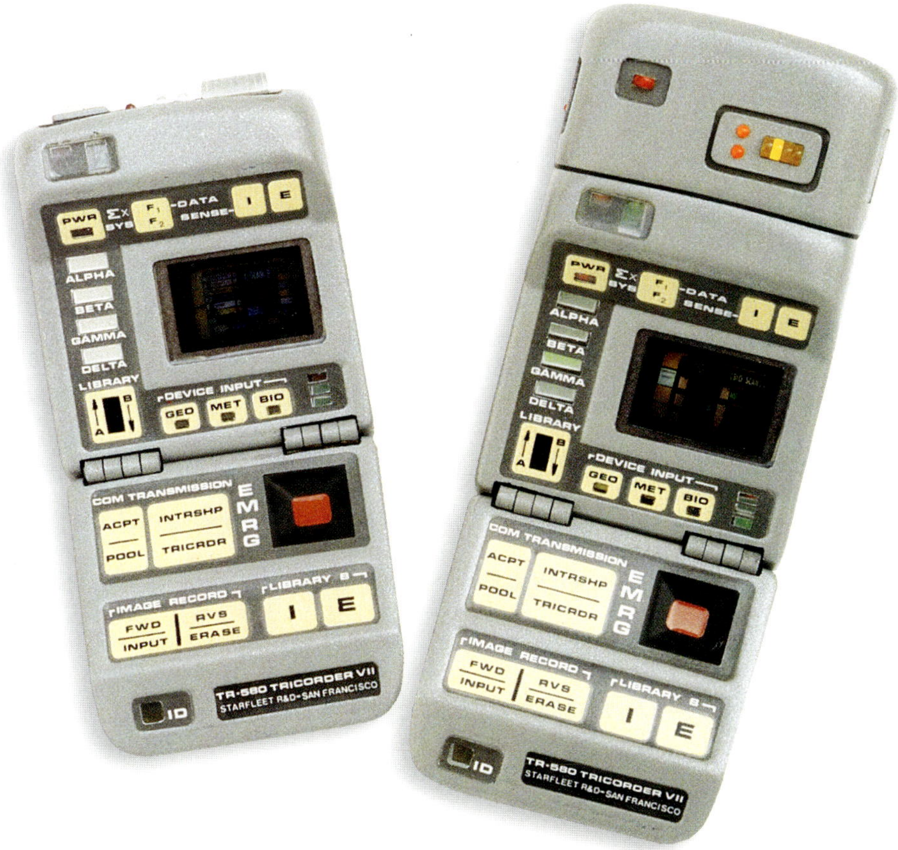

Ein direkter Vergleich des allgemeinen Typ VII-Tricorders mit dem medizinischen Tricorder. Bei letzterem wurde eine Version des entnehmbaren Scanners beibehalten, wie er sich ursprünglich bei Typ VI fand.

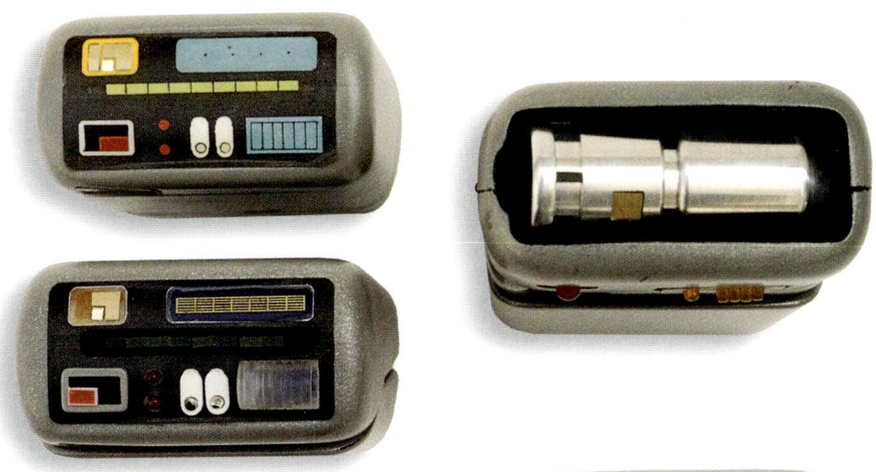

Ganz links zwei verschiedene Modelle des normalen Typ VII-Tricorders. Der obere ist ein ›Stunt‹- oder ›Breakaway‹-Modell. Dabei handelt es sich um eine leichte und preiswerte Plastikhülle, die für die Verwendung im Hintergrund bestimmt ist oder von Schauspielern oder Stuntleuten in Situationen getragen wird, in denen die Möglichkeit besteht, daß das Gerät beschädigt wird. Die Hülle kann nicht geöffnet werden, hat keine elektronischen Bauteile und seine Bearbeitung besteht lediglich aus einem Aufkleber.
Das funktionstüchtige Modell mit Lichtern und LEDs befindet sich darunter. Rechts davon der medizinische Tricorder mit Scanner.

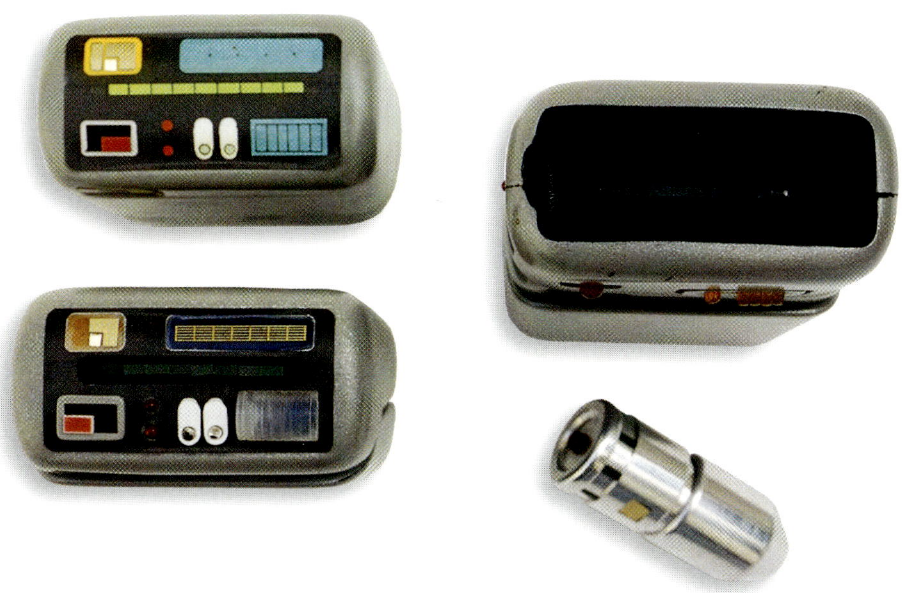

Ganz rechts ist der Scanner aus dem medizinischen Tricorder entnommen worden. Der Scanner hat eine eigene Batterie und funktionierende LEDs für Nahaufnahmen.

FERENGI-UTENSILIEN

Schauspieler, Kostümdesigner und Maskenbildner sind nicht die einzigen, die Freude daran haben, wenn bei *Star Trek* eine neue Rasse und Kultur erforscht wird. Hier nun eine Auswahl einiger ausgearbeiteter Requisiten, die für *Deep Space Nine* geschaffen worden sind, um die Ferengi mit Leben zu erfüllen.

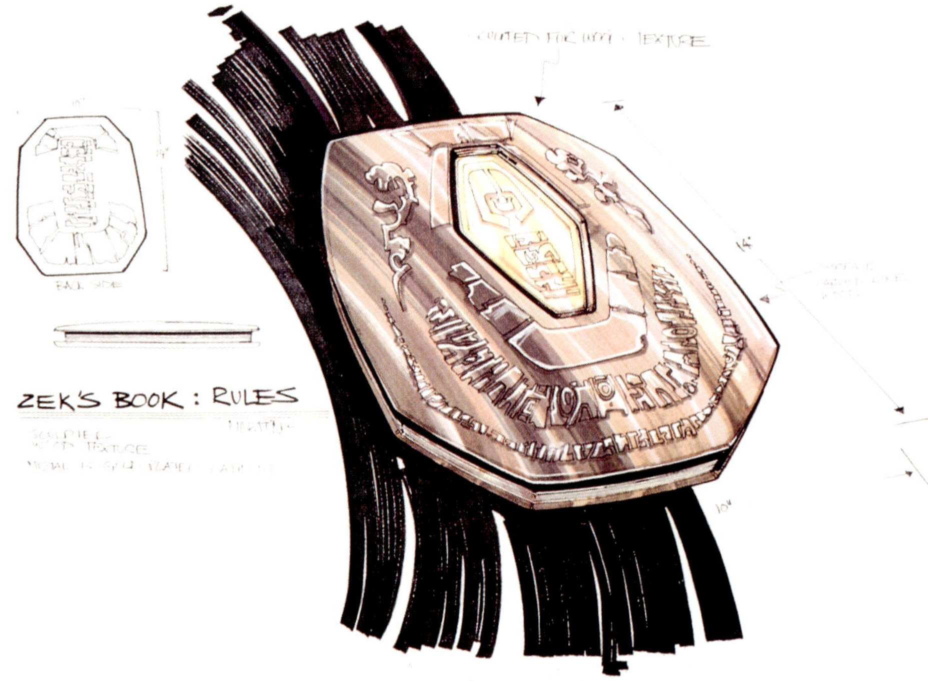

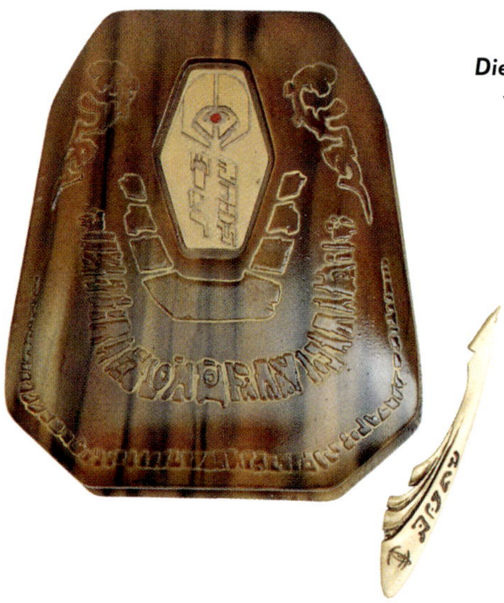

***Die neuen Erwerbsregeln,* verfaßt vom Grand Nagus persönlich**

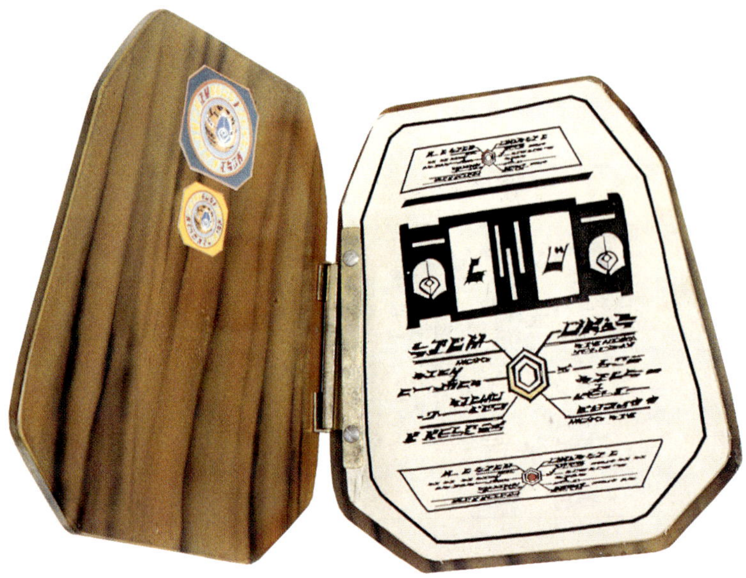

Nur für den Fall, daß Sie das schon immer wissen wollten: Wenn ein Ferengi stirbt, wird seine Asche in diese dekorativen Behältnisse verpackt und verkauft.

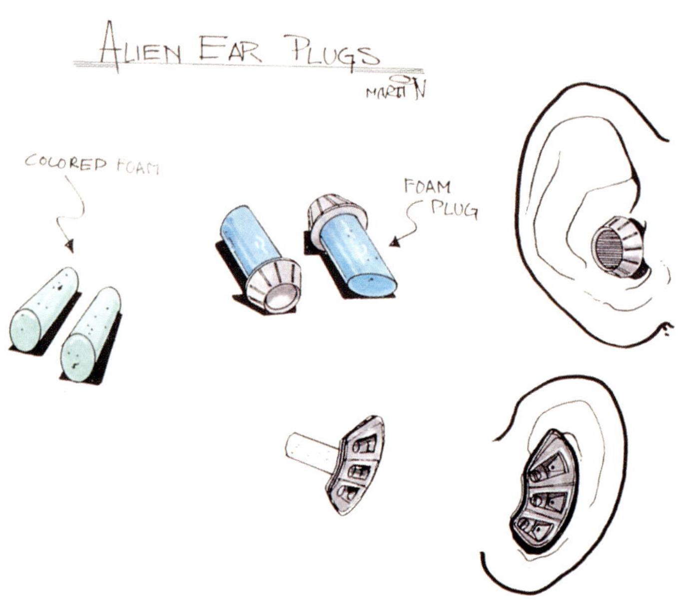

Glauben Sie uns: *Das* wollen Sie nicht wissen.

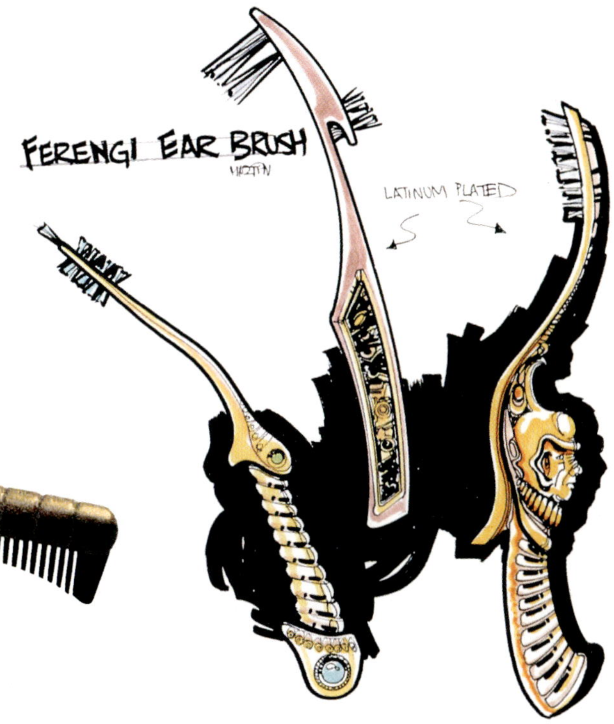

Manch einer wird sich fragen, warum eine glatzköpfige Rasse einen Kamm braucht. *Deep Space Nine*-Zuschauer wissen es besser.

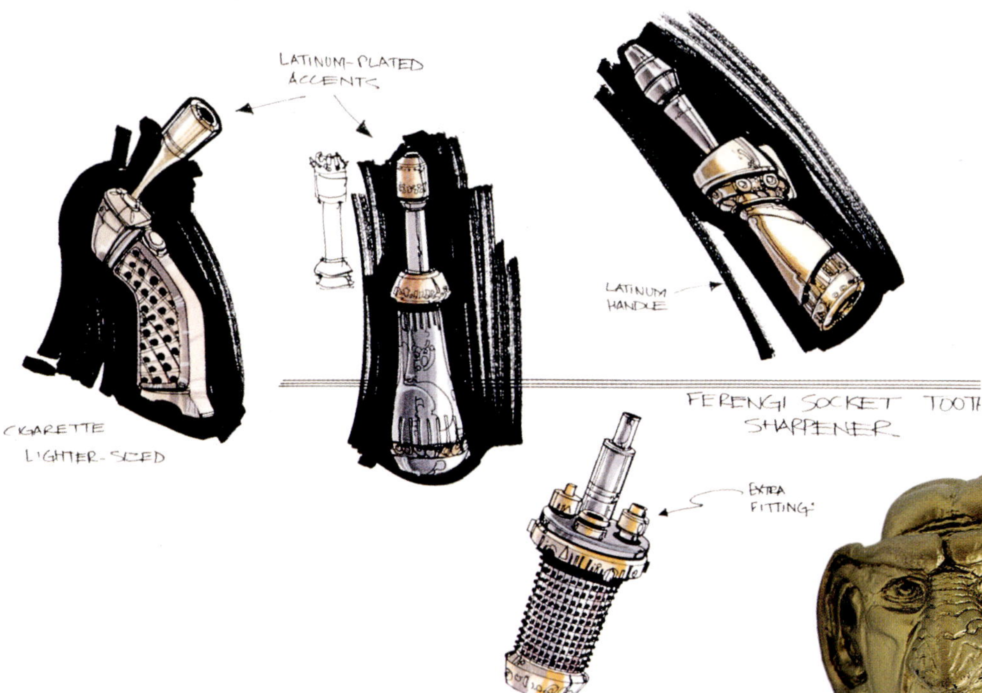

Der Stab des Grand Nagus, hergestellt aus Kunststoff

ZEICHNUNG: JIM MARTIN. FOTOS: ROBBIE ROBINSON

EIN ETWAS GEFÄHRLICHERER ORT

Der Produktionsdesigner von *Deep Space Nine*, Herman Zimmerman, versteht Gene Roddenberrys Wunsch, daß die Waffen in *Star Trek* nicht an solche aus dem 20. Jahrhundert erinnern sollen. Zugleich sieht er aber auch die Notwendigkeit, die Geschichten einer Zuschauerschaft des 20. Jahrhunderts zu präsentieren. Um Bedrohungen und die Möglichkeit für Action zu schaffen, ist es für die Zuschauer oft wichtig, Waffen sofort und ohne erklärenden Dialog zu erkennen. Daher ist bei *Deep Space Nine* der größte Teil der Waffen zu einem identifizierbaren Design zurückgekehrt.

Cardassianische Handfeuerwaffe, entworfen von Rick Sternbach

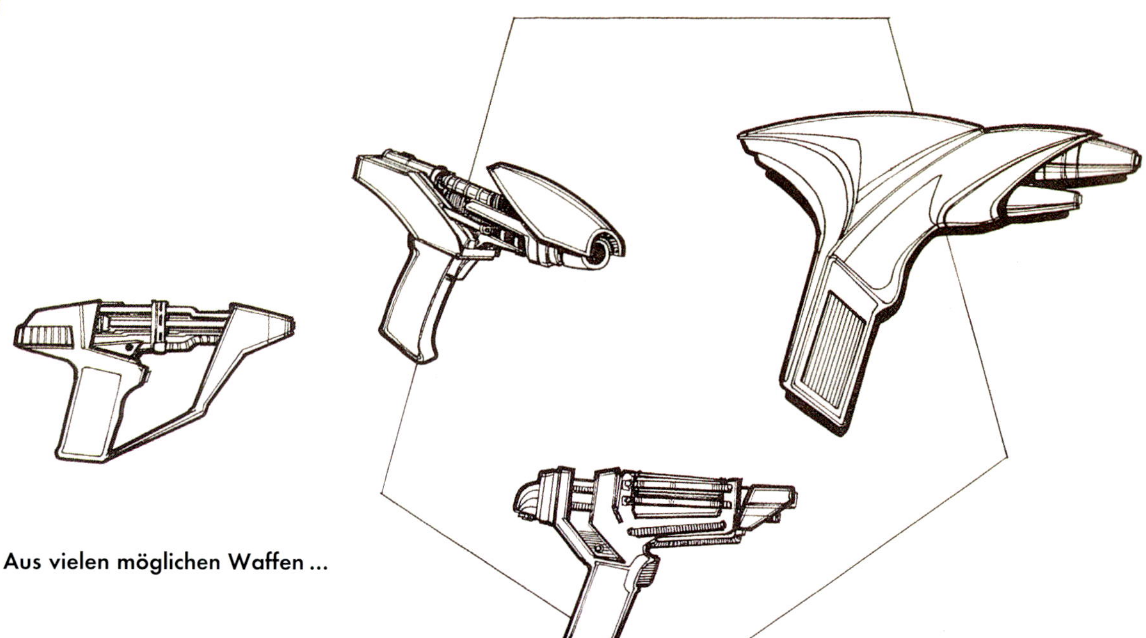

Aus vielen möglichen Waffen ...

Bajoranische Waffen. Die Pistole wurde ursprünglich von Ricardo Delgado entworfen. Jim Martin erweiterte dieses Design zu einem Gewehr.

... entsteht eine echte Requisite.

FOTOS: ROBBIE ROBINSON. ZEICHNUNG: JIM MARTIN.

WAFFEN, TEIL 2

Diese faszinierende Waffe war entworfen und gebaut als vulkanischer Phaser für eine bestimmte *Deep Space Nine*-Episode. Sie wurde aber aus der Episode geschnitten und wird heute als allgemeine Alien-Waffe benutzt.

MODELLFOTOS: ROBBIE ROBINSON

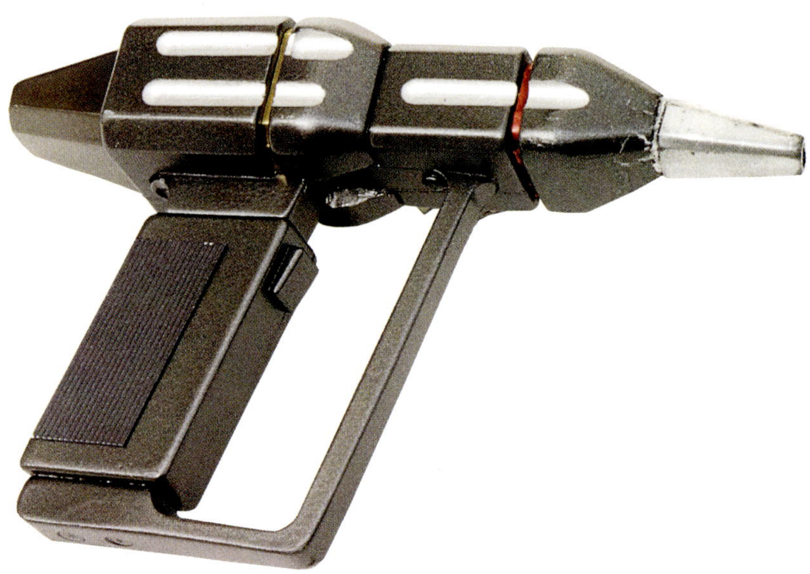

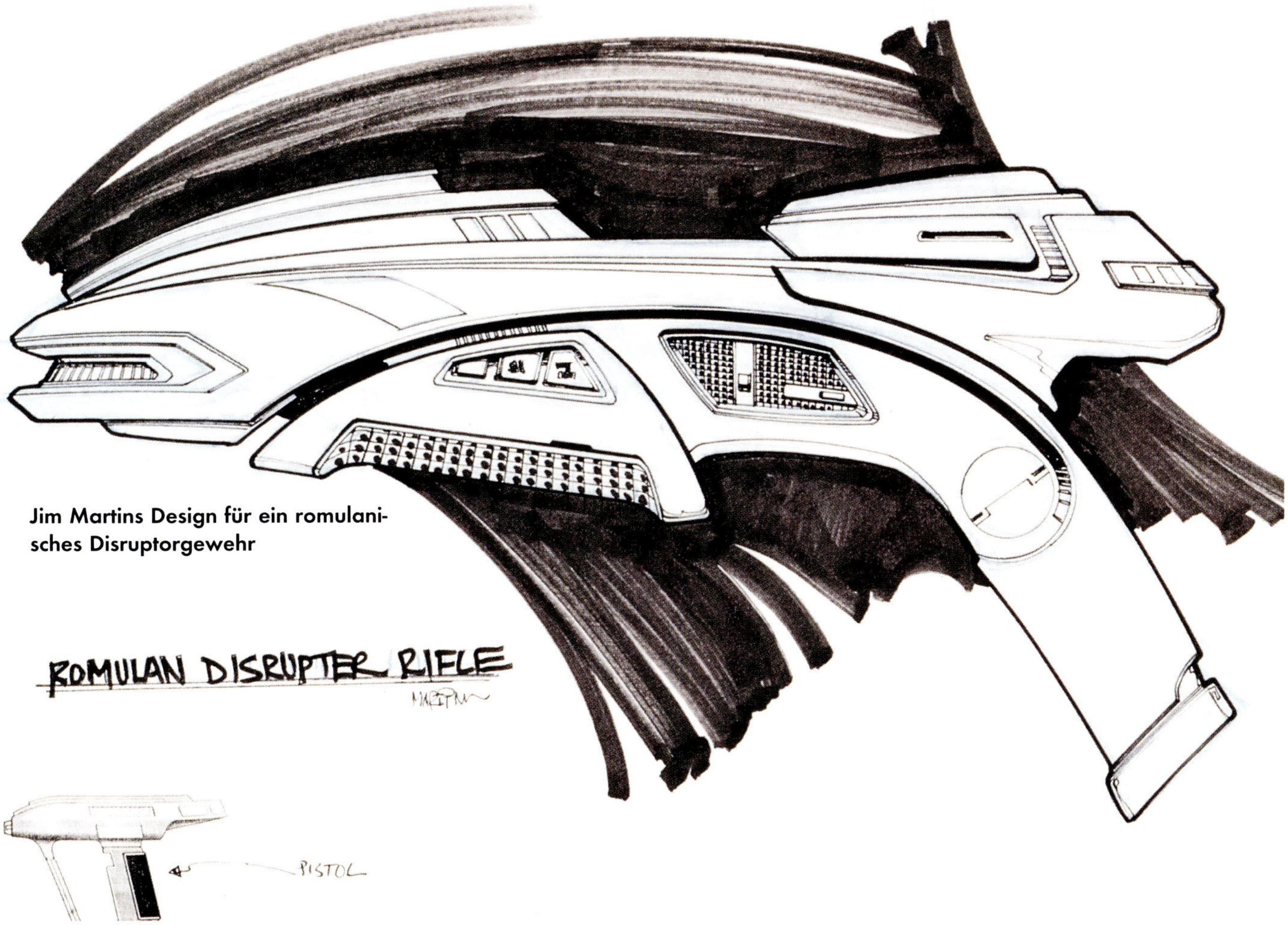

Jim Martins Design für ein romulanisches Disruptorgewehr

Als Teil des *Deep Space Nine*-Waffenlagers tauchen diese Waffen bei Bedarf in den Händen (oder in was auch immer) verschiedener Aliens auf.

DIE KLEINEN DINGE

Deep Space Nine unterscheidet sich in keiner Weise von anderen *Star Trek*-Produktionen, da jede Requisite, ganz gleich wie bedeutungslos oder gewöhnlich sie ist, so aussehen muß, als gehöre sie ins 24. Jahrhundert.

Natürlich hat das Wort ›gewöhnlich‹ auf *Deep Space Nine* nicht die gleiche Bedeutung wie auf der Erde des 20. Jahrhunderts.

Das klingonische Musikinstrument, das der Eigentümer des klingonischen Restaurants auf *Deep Space Nine* spielt. Da soll noch einer sagen, daß ein Akkordeon nur auf der Erde tödlich ist.

ALLE FOTOS: ROBBIE ROBINSON

Der Schrein, in dem die bajoranischen Tränen der Propheten ehrfurchtsvoll aufbewahrt werden

Requisiteur Joe Longo räumt ein, daß nicht einmal er weiß, was dieser kleine cardassianische Apparat ist, aber er ist sehr beliebt und wurde in zahlreichen Episoden für zahlreiche Zwecke eingesetzt.

Ein selbstversiegelnder Schaftbolzen und seine Schutzhülle. Was auch immer ein Schaftbolzen sein mag – 100 Gros davon sind sieben Tessipates bajoranischen Landes wert.

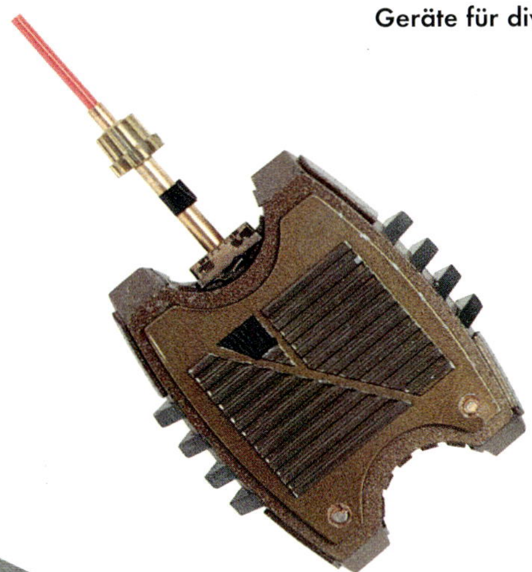

Weitere cardassianische Geräte für diverse Zwecke

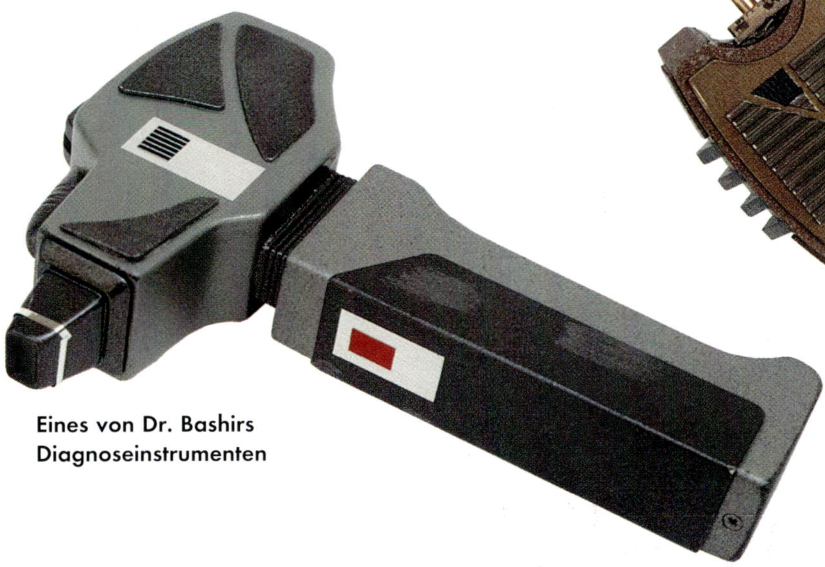

Eines von Dr. Bashirs Diagnoseinstrumenten

Während Gene Roddenberry der festen Überzeugung war, die Menschen des 24. Jahrhunderts seien über die Gier nach Geld hinausgewachsen, hatten die Ferengi andere Vorstellungen. Darum hier die Währung der letzten Grenze – in Gold gepreßtes Latinum

Odos Eimer, in den er sich jeden Tag in seiner flüssigen Form zurückzieht

AUS DEN REGALEN VON QUARKS BAR

Diese Auswahl an Flaschen stammt aus der Requisitenabteilung von *Deep Space Nine* und unterstreicht die bedeutungsschwangeren Details, die *Star Trek*-Designer so gerne ihrem Werk mitgeben.

›Wee Bairns‹ war Scottys Kosename für den Antrieb der ersten *Enterprise*. Die Flasche mit Lederdekor ist eine Nachbildung einer Flasche saurianischen Brandys aus der *Classic*-Serie. Das Original hatte rotes Leder. Die echte Whiskeyflasche, aus der die saurianische Version gemacht worden ist, war ursprünglich als Jubiläumsausgabe der Brennerei Dickel in Tennessee hergestellt worden.

Die braune Flasche mit Berg und Blatt auf dem Etikett beinhaltet üblicherweise eine Sorte eisgekühlten Kaffees, die Avery Brooks bevorzugt.

FOTOS: ROBBIE ROBINSON

VIELFÄLTIGE PADDS

Was auf der ersten *Enterprise* als allgegenwärtiger schwarzer Holzkeil mit einer beschreibbaren Oberfläche begann, hat sich zu einer Vielfalt tragbarer Computerkomponenten entwikkelt, die man nun als PADDs (**P**ersonal **A**ccess **D**isplay **D**evice) kennt.

Starfleet-PADDs, die auf *Deep Space Nine* verwendet werden

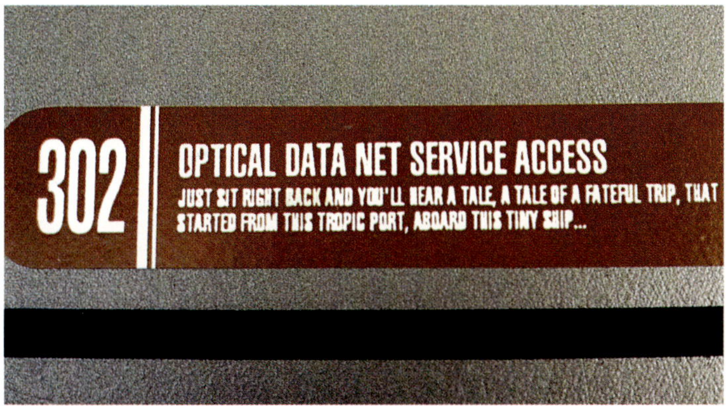

Die Schriftgröße auf diesem Aufkleber von der Rückseite eines Starfleet-PADDs ist als Detail vertretbar, da aufgrund der schlechten Auflösung des Fernsehbildschirms selbst diese deutliche Schrifttype niemals entziffert werden kann. Die Formulierung ›Optical Data Net‹ ist die Herkunft für die Abkürzung ODN, die in jüngeren *Star Trek*-Episoden zu hören ist, und bezieht sich auf die Fiberglas-Datenübertragungsleitungen, die für Computernetzwerke der Föderation verwendet werden.

Die Rückseiten der klingonischen und cardassianischen PADDs lassen weitere Details erkennen.

Von oben links im Uhrzeigersinn: PADDs der Cardassianer, Ferengi, Bajoraner und Klingonen

Dieses bajoranische PADD zeigt das Gesicht eines berüchtigten bajoranischen Kriminellen, der eine verblüffende Ähnlichkeit mit Dan Curry hat, dem Produzenten der optischen Effekte von *Deep Space Nine*.

SIEBEN

DIE UNENDLICHE GESCHICHTE

STAR TREK – VOYAGER 1995

STAR TREK – VOYAGER

The Next Generation hatte gezeigt, daß *Star Trek* nicht von den Charakteren abhängig war, und *Deep Space Nine*, daß nicht einmal ein Raumschiff notwendig war. Was noch konnte aus der Gleichung entfernt werden?

Wie wäre es mit dem bekannten Universum?

Das war der Ausgangspunkt für *Star Trek – Voyager*.

Mit der vierten *Star Trek*-Serie – und diesmal gab es keine Adjektive, die den unfaßbaren Prozeß eines dritten Ablegers einer fast 30 Jahre alten Serie beschrieben – wurde ein Schiff wieder fester Bestandteil, aber sonst hatte sich praktisch alles verändert.

Der Sektor der Galaxis, den die *Voyager* durchreist, liefert nicht die Annehmlichkeiten der Föderation, die Sicherheit von Starfleet oder die Vertrautheit der bekannten *Star Trek*-Aliens und Kulturen, die über 30 Jahre hinweg geschaffen wurden. Alles, was die Serie zu bieten hatte, war eine kleine Crew, von der sich nur einige Mitglieder den *Star Trek*-Idealen verpflichtet fühlte, auf denen die Föderation beruht.

Es überraschte niemanden, daß das ausreichte. Auch diese Serie wurde ein überwältigender Erfolg.

Wieder einmal dienten die Verbindungen hinter den Kulissen dazu, eine gutfundierte neue Variante des *Star Trek*-Abenteuers zu schaffen. Rick Berman, Michael Piller und Jeri Taylor, die in der vierten Season zu *The Next Generation* gekommen waren, holten sich erfahrene Leute, die die siebte und letzte Season der zweiten *Star Trek*-Serie abgeschlossen hatten, um als Produktionsteam für die vierte zu dienen. Daher verlief – anders als bei den meisten neuen Serien – die technische Seite der ersten Season von *Voyager* so glatt, als wäre es die achte Season von *The Next Generation* gewesen.

Richard James, sechs Jahre lang Produktionsdesigner bei *The Next Generation*, leitete die Arbeiten, um ein neues Raumschiff zu schaffen. Wieder stellten sich Michael Westmore und Robert Blackman der Herausforderung, einen ganzen Quadranten voller noch nie gesehener fremder Rassen zu entwerfen und sie einzukleiden.

Die Erfahrungen aus *The Next*

Obwohl Dan Curry, Produzent der optischen Effekte für *Voyager*, mit einem Pinsel so gut umgehen kann wie mit einer Computertastatur, hat die Computertechnologie dabei geholfen, den Designprozeß der neuen Serie zu beschleunigen. Diese Bilder sind Videoausdrucke und zeigen Currys elektronische Skizzen für mögliche Matte-Zeichnungen, die einer Sequenz des Pilotfilms hinzugefügt werden sollen.

Die Entwicklung von Robert Blackmans Designs für Neelix, den ansässigen Alien der *Voyager*

Ethan Phillips als Neelix. Masken-Entwurf von Michael Westmore

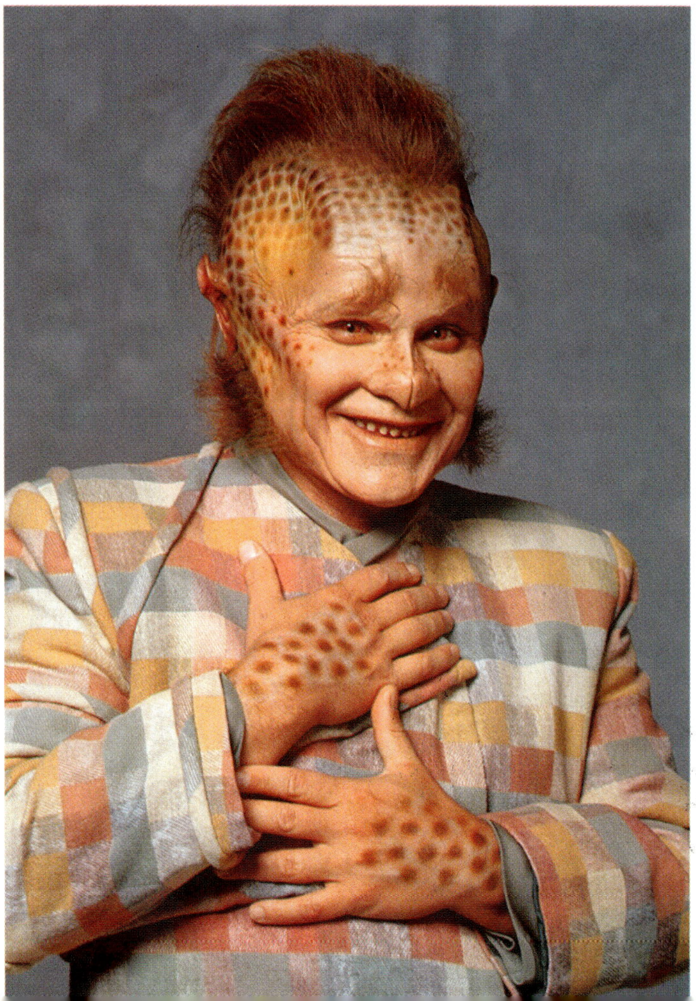

Richard James' umfassendes Musterbuch für Farben und Stoffe, die für *Voyager* verwendet werden, hilft den Designern, optische Geschlossenheit zu bewahren

Generation und *Deep Space Nine* führten zu den visuell und technisch anspruchsvollsten Bühnenbildern, die je für eine *Star Trek*-Produktion gebaut worden sind, mit Videodisplays, die jetzt die von hinten beleuchteten Okudagramme ergänzten. Das konstante Leuchten und Flackern der Monitore macht die neue *Voyager*-Brücke zum Zentrum eines riesigen Informationsnetzwerks, so wie es sich Matt Jefferies für die Brücke der *Enterprise* 30 Jahre zuvor vorgestellt hatte, bevor er feststellte, wieviel es kosten würden, hinter jedem Display einen gewerkschaftlich organisierten Filmvorführer zu plazieren.

Als deutlichster Indikator dafür, wie die Zukunft der Fernsehproduktion aussehen wird, existiert die *Voyager* als reales *und* als computererzeugtes Modell; sie können nur von Experten auseinandergehalten werden. (Beide Versionen werden in der Eröffnungssequenz verwendet. Erkennen Sie den Unterschied?) Für *Star Trek* wurde die Barriere computererzeugter Modelle im Film *Star Trek Generations* durchbrochen. Aber kaum ein Jahr später haben die Technologie und die damit verbundenen Kosten realistisch wirkender Computergrafiken diese Technik auch für das Fernsehen nutzbar gemacht.

Es scheint angemessen, daß *Star Trek* lange genug überlebt hat, um von der gleichen Technologie berührt zu werden, die bei seiner Geburt noch als SF angesehen wurde. Handys für die Kommunikation, Computer, die handschriftliche Texte erkennen und verarbeiten können... was einmal die Phantasie von Autoren und Künstlern war, ist jetzt Teil unseres Alltags.

Aber auch, wenn ein Teil der ursprünglichen Technologie Gefahr läuft, von der Wissenschaft eingeholt zu werden, lebt *Star Trek* weiter, so unverbraucht und aufregend wie am Anfang.

Vielleicht liegt das daran, daß Gene Roddenberry es sich zu Herzen nahm, die verstrichene Zeit in seiner Schöpfung zu berücksichtigen, indem er dafür sorgte, daß sich in gleichem Maße, wie sich das *Star Trek*-Publikum ändert, auch die Zukunft ändert, die vor ihm liegt.

Mit *Voyager* haben Berman, Piller und Taylor es vielleicht geschafft, *Star Trek* auf das eine, schwer zu definierende Thema zu reduzieren, das alle verschiedenen Produktionen verbindet – unser Bestreben, irgendwohin zu reisen.

Und möglicherweise ist die anhaltende Attraktivität letzten Endes so einfach wie Captain Janeways Befehl am Schluß des Pilotfilms: »Kurs ... nach Hause.«

Die Zukunft wird immer der Ort sein, zu dem wir alle reisen. Und solange *Star Trek* existiert, wird es uns den Weg weisen.

FAST DA

Diese Fotos zeigen eine Konzeption von Rick Sternbach, die richtungsweisend für das Design der *Voyager* sein sollte. Wie das Maß der Bearbeitung zeigt, war es nie beabsichtigt, sie detailliert zu fotografieren. Vielmehr war dieses, aus Dutzenden Produktionsbesprechungen entstandene Modell als Vorlage für die Zustimmung zum endgültigen Design des Schiffs bestimmt. Nach einigen Veränderungen sollte es dann als Orientierung für die Modellbauer dienen, die sich um die Konstruktion des endgültigen Modells bemühten.

In diesem Fall jedoch veranlaßte das Modell die Produzenten dazu, Richard James' Team mit einer neuen Richtung an die Zeichenbretter zurückzuschicken, was zur letztlich abgesegneten Form des neuesten Starfleet-Schiffs führen würde.

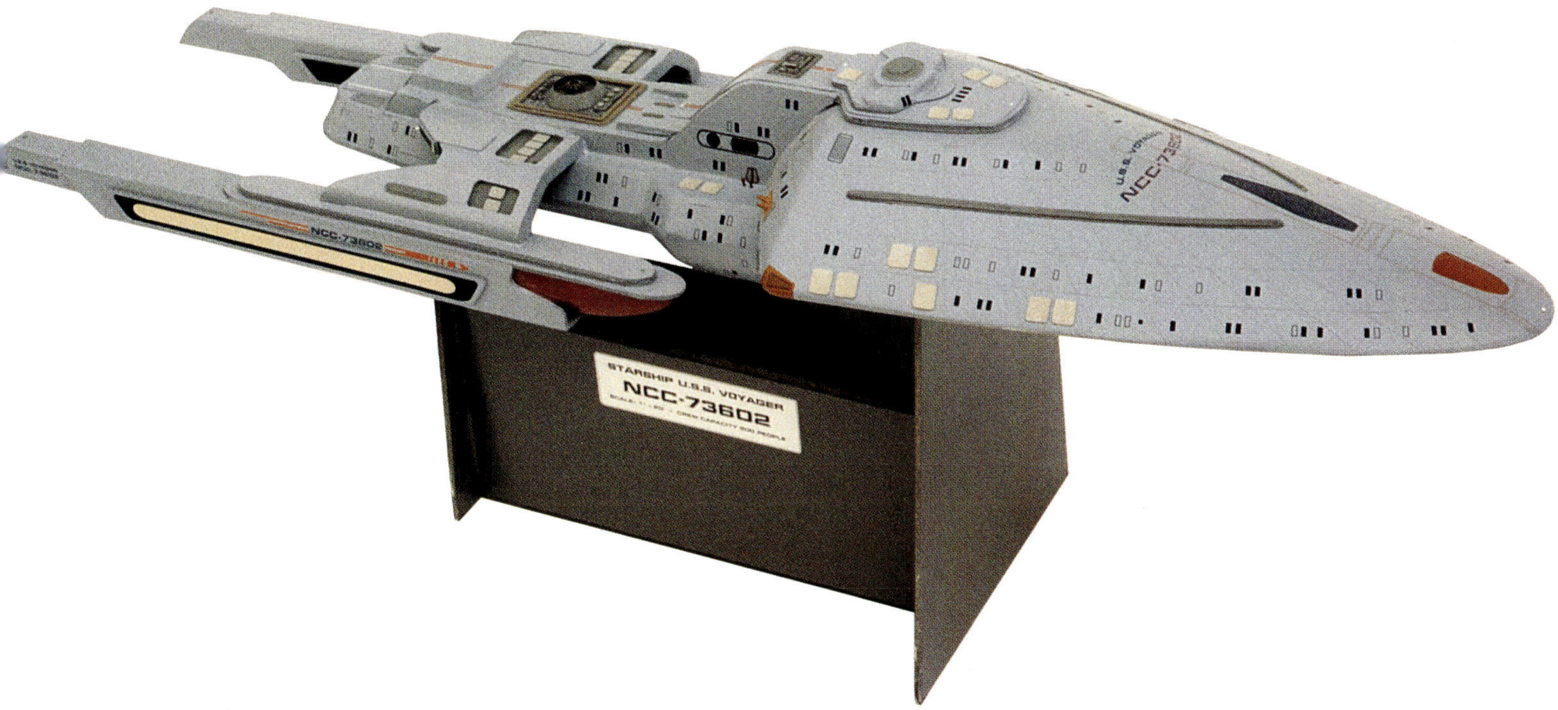

FOTOS: ROBBIE ROBINSON

EINMAL MEHR ZUR

Das *Star Trek*-Herz der neunziger Jahre – und darüber hinaus

Nach sechs Jahren als Produktionsdesigner für *The Next Generation* waren Richard James das *Star Trek*-Vermächtnis und die Produktionsanforderungen einer Fernsehserie nicht fremd. Als er jedoch den Auftrag erhielt, ein komplett neues *Star Trek*-Raumschiff zu entwerfen, sah er sich mit dem Alptraum eines jeden Designers konfrontiert – einem leeren Blatt Papier.

Für sein erstes Treffen mit den Produzenten von *Voyager* entschied James, die Grenzen alles Dagewesenen zu erweitern. Mußte die Brücke von einem einzigen großen Bildschirm beherrscht werden? Konnten die Kommandofunktionen dezentralisiert werden? War die Zeit gekommen, um mit der traditionellen Brückenform zu brechen?

Indem er unvoreingenommen die dramatischen und technologi-

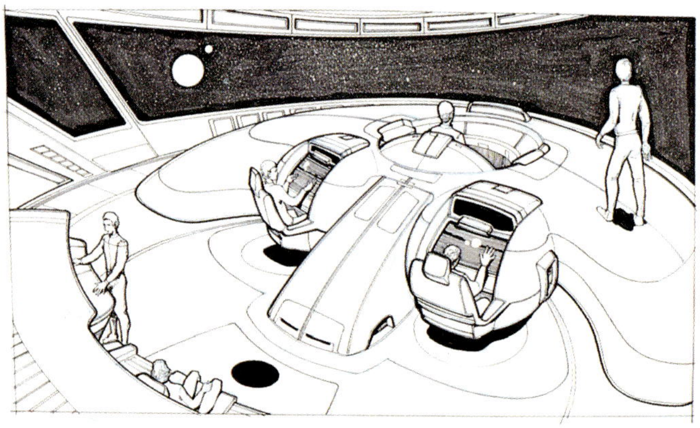

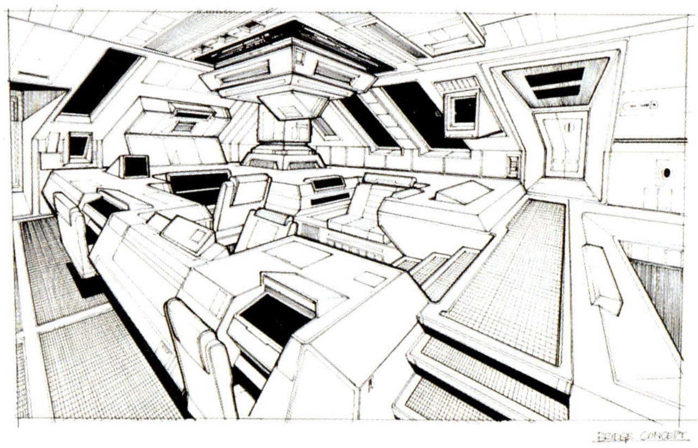

Als Mitglied des Designteams von *Voyager* schuf Jim Martin diese Konzeptzeichnungen der Brücke, wobei er Richard James' Anweisung folgte, alles in Frage zu stellen, was zuvor in *Star Trek* als Brückendesign zu sehen gewesen war.

BRÜCKE, TEURE FREUNDE

schen Anforderungen der *Star Trek*-Brücke erneut untersuchte, entdeckte James die Stärke der von Matt Jefferies fast 30 Jahre zuvor entwickelten Grundsätze wieder. Das Fernsehpublikum betrachtete den großen Monitor der Brücke wie eine Windschutzscheibe – also würde er das Zentrum und der Bezugspunkt sein, auf den das gesamte Brückenpersonal blickte.

Da die Grundzüge des Brükkenlayouts in der *Star Trek*-Vergangenheit fest verankert waren, wandten sich Richard James und sein Team einer frischen, neuen Interpretation des Herzstücks eines jeden *Star Trek*-Abenteuers zu und versahen es mit einem schnittigen, zweckmäßigen und einladenden Erscheinungsbild, das der *Voyager* etwas Eigenes gab – *Star Trek* für die neunziger Jahre und darüber hinaus.

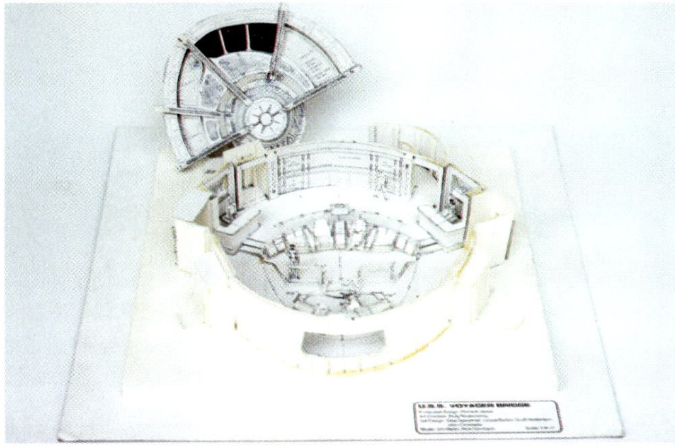

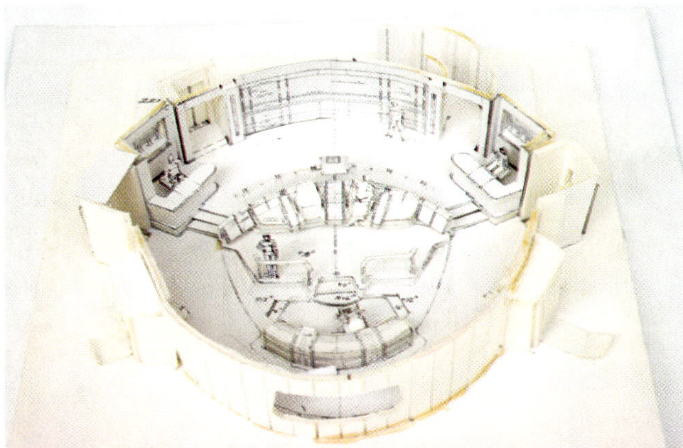

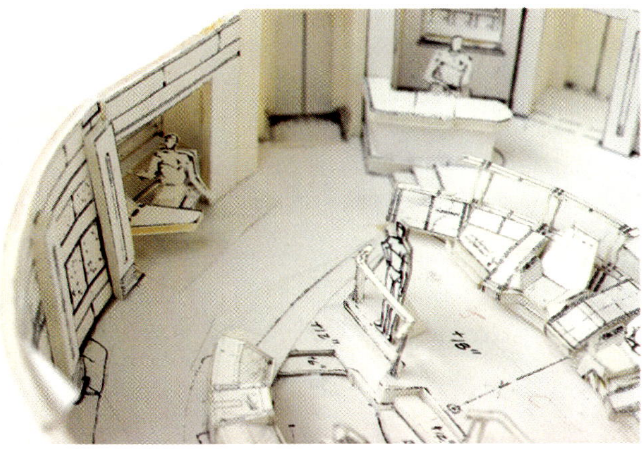

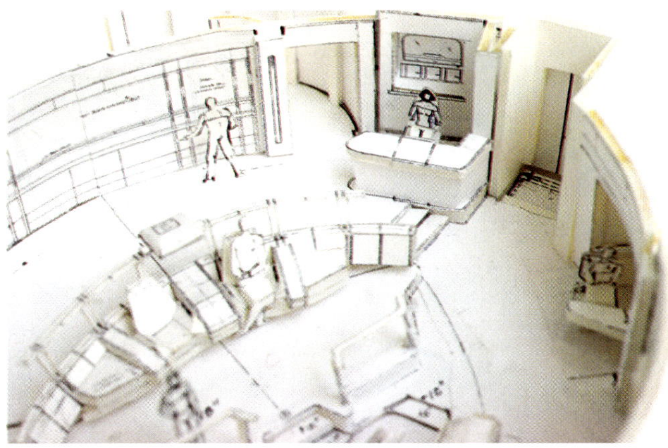

Vor der Konstruktion des Bühnenbildes diente dieses Schaumstoffmodell – gebaut nach den Blaupausen –, als das endgültige Modell, über das entschieden wurde.

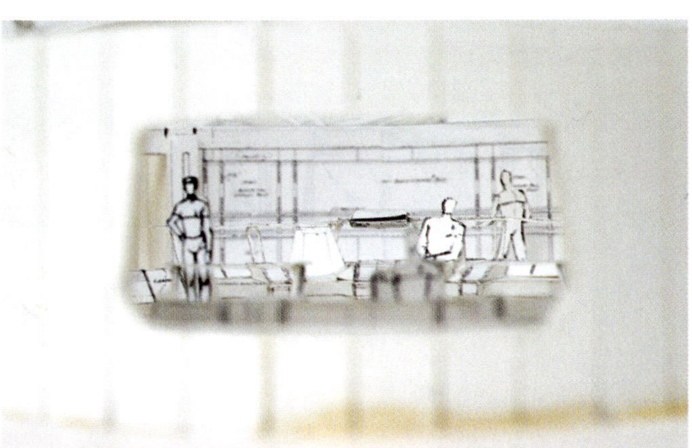

TOUCH-DOWN

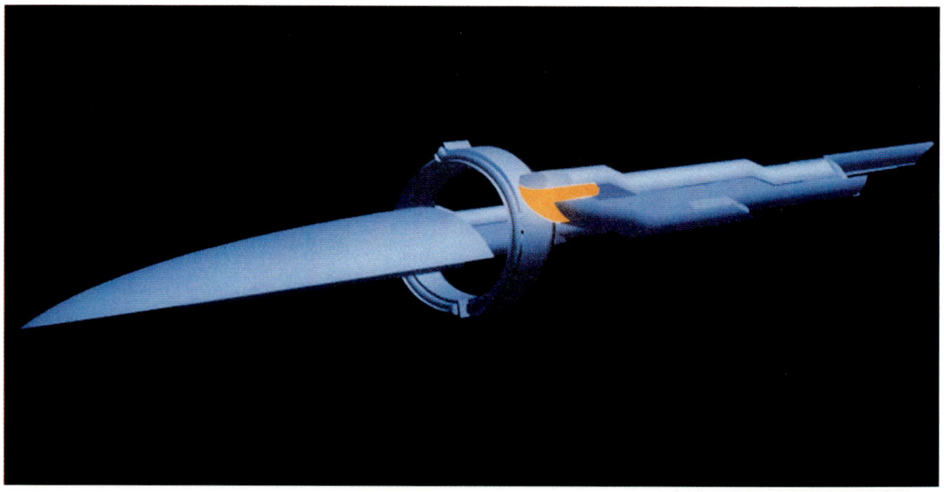

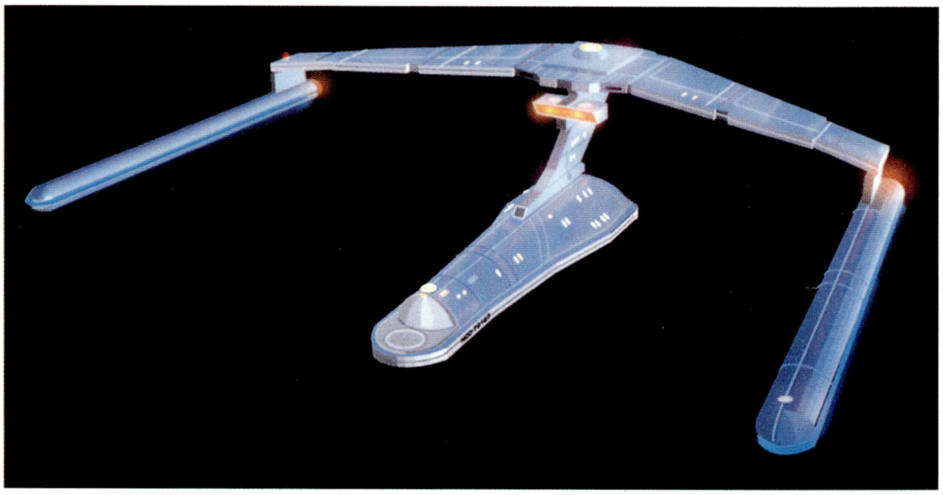

In den Tagen der *Classic*-Serie war es zu teuer, die *Enterprise* jede Woche auf einem anderen Planeten landen zu lassen. Daher wurde die zeitsparende Erfindung der Materieübertragung in das *Star Trek*-Universum in Form des Transporters eingearbeitet. Es war nicht nur wesentlich günstiger, einen Landetrupp auf einen Planeten zu beamen, statt ein Modellraumschiff landen zu lassen, die Prozedur half dabei, die Handlung schneller voranzutreiben. Sie hielt auch jedes *Star Trek*-Raumschiff – mit Ausnahme der Shuttles – in den kommenden 30 Jahren davon ab, jemals auf einem Planeten zu landen.

Die Idee, die *Voyager* zum ersten Raumschiff zu machen, das auf einem Planeten landen konnte, war von Anbeginn an in den Köpfen der Designer, wie die computererzeugten Bilder auf dieser Seite zeigen.

Es dauerte nur wenige Monate, um den Autorenstab zu inspirieren, und zu Beginn der zweiten Season vollzog sich eine Landung der *Voyager*.

Frühe Designkonzepte für *Voyager*, als Computergraphik von Rick Sternbach erstellt

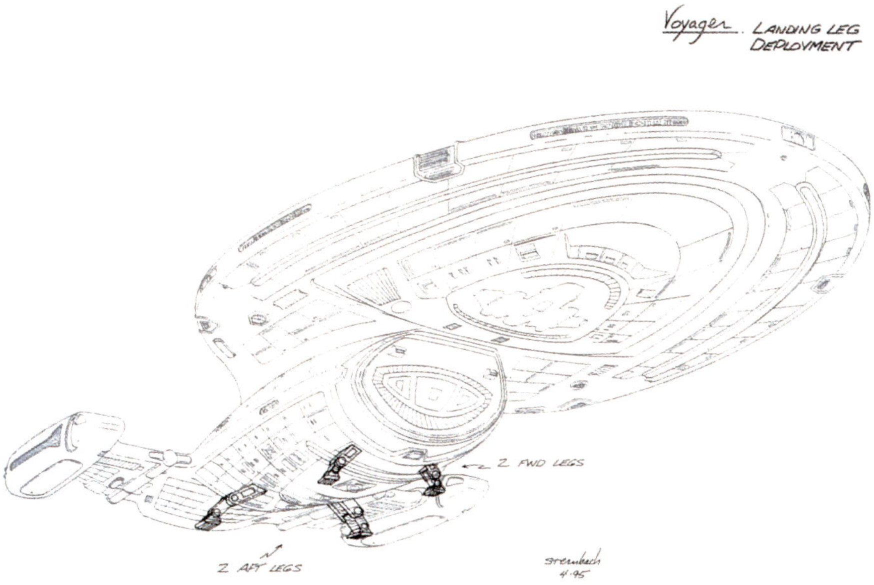

Die Designer der *Voyager* nahmen klugerweise Landeklappen in die Blaupausen des Schiffs auf, nur für den Fall, daß die Autoren jemals auf die Idee kommen sollten, sich der Herausforderung einer Schiffslandung zu stellen.

Dieser Entwurf von Rick Sternbach zeigt eine Landekufe. In der letzten Version der Episode ›Die 37er‹ wurden diese Kufen jedoch als computererzeugte Elemente hinzugefügt.

Wie diese Konzeptzeichnung von Rick Sternbach erkennen läßt, könnten vier relativ kleine Beine ohne Unterstützung des ›künstlichen Schwerkraft‹-Systems nicht die gesamte Masse der *Voyager* tragen.

ENTWÜRFE FÜR DEN PILOTFILM

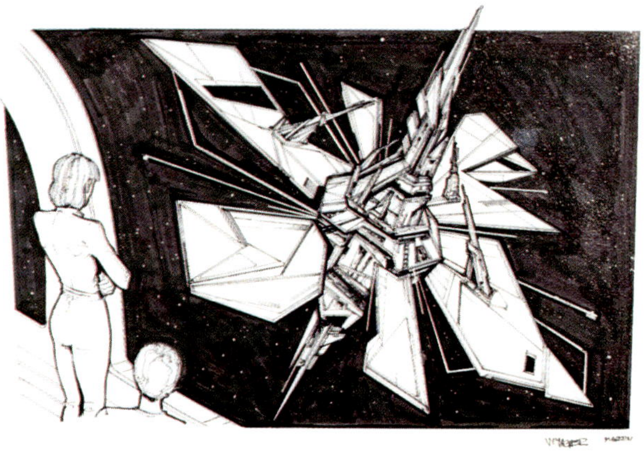

Entwurf für die Station, die die *Voyager* in den Gamma-Quadranten zieht

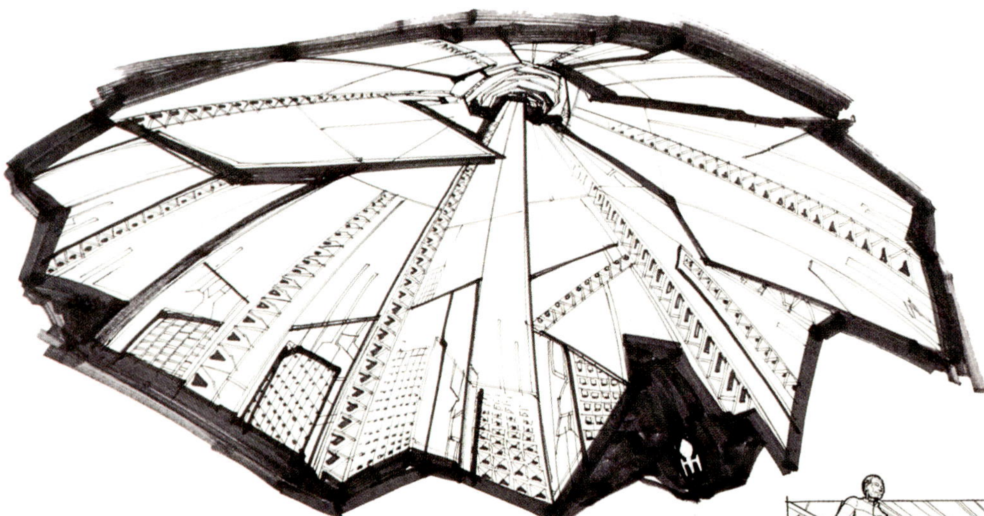

Entwurf für den Maschinenraum der *Voyager*, der das Design der zwei offenen Ebenen, das Mike Minor für die Film-*Enterprise* entwickelt hatte, in dem Bereich der Arbeitsstationen weiterführt

ILLUSTRATION: JIM MARTIN

Drei Versionen eines zentralen Bühnenbilds für den Pilotfilm: eine Zeichnung von Jim Martin; ein Schaumstoffmodell auf der Grundlage der Blaupausen; das endgültige Bühnenbild

DIE GALERIE DES DAN CURRY

Dan Curry ist der perfekte Erneuerer von *Star Trek*. Inzwischen Produzent der optischen Effekte für *Deep Space Nine* und *Voyager*, stieß er in der ersten Season als Koordinator der optischen Effekte zu *The Next Generation*. Seitdem bekleidete er die Positionen des Regisseurs der Second Unit (Als Gegenstück zur First Unit beschäftigt sich die Second Unit nicht mit den Hauptdreharbeiten, sondern kümmert sich z. B. um Detailaufnahmen, für die ein First-Unit-Regisseur zu teuer ist; Anm. d. Übers.), Episodenregisseur, Matte-Zeichner, Produktionsillustrator ... und im Grunde verdient er ein eigenes Buch.

Hier nun einige von Dan Currys Beiträgen zum Seriendesign.

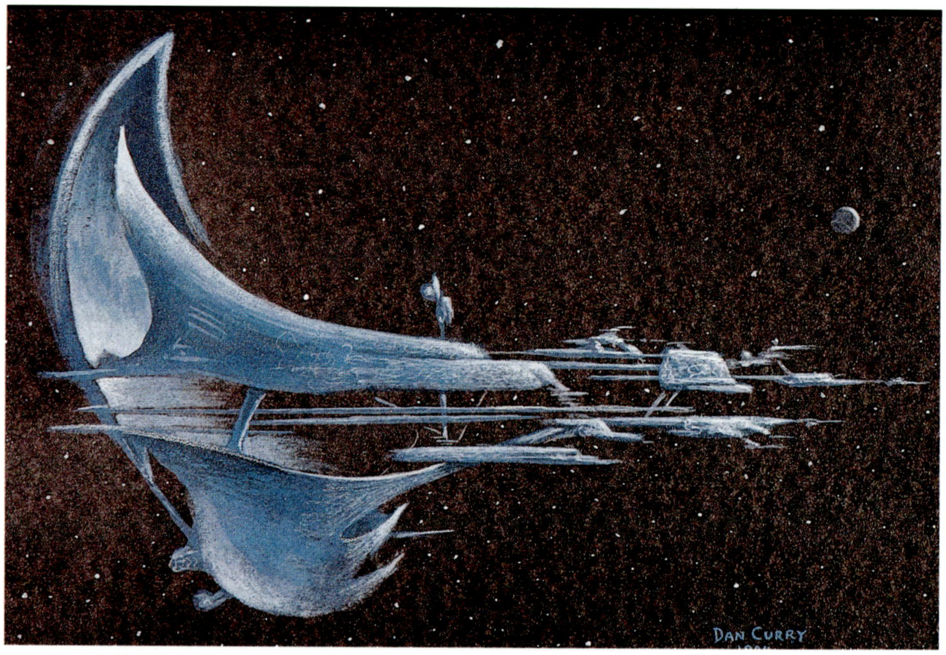

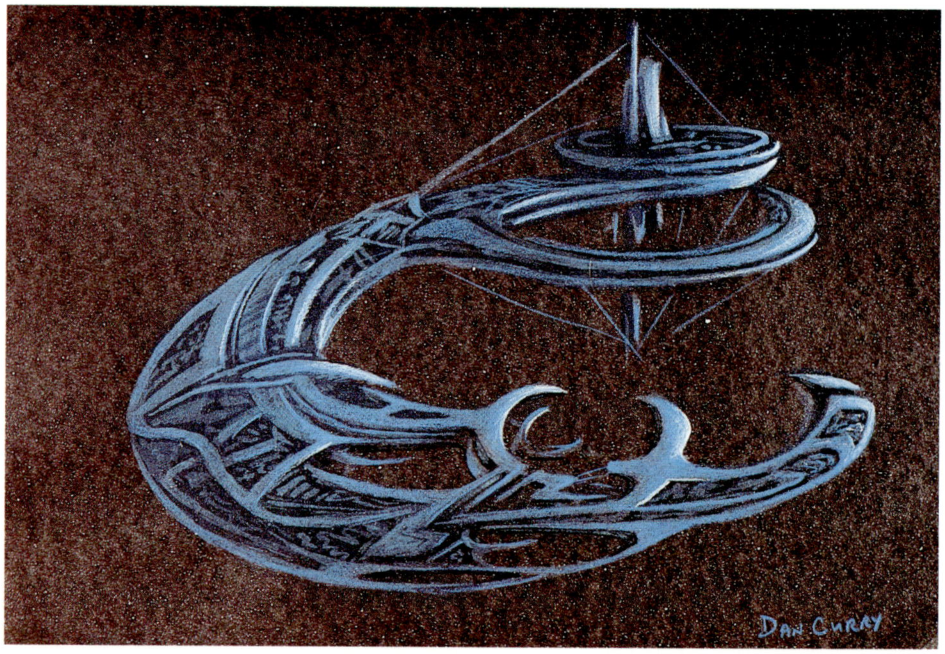

Dan Currys Entwurf für die Station, der die *Voyager* im Pilotfilm begegnet

Dan Currys Entwurf für ein großes Schiff der Kazon – den Klingonen des Gamma-Quadranten

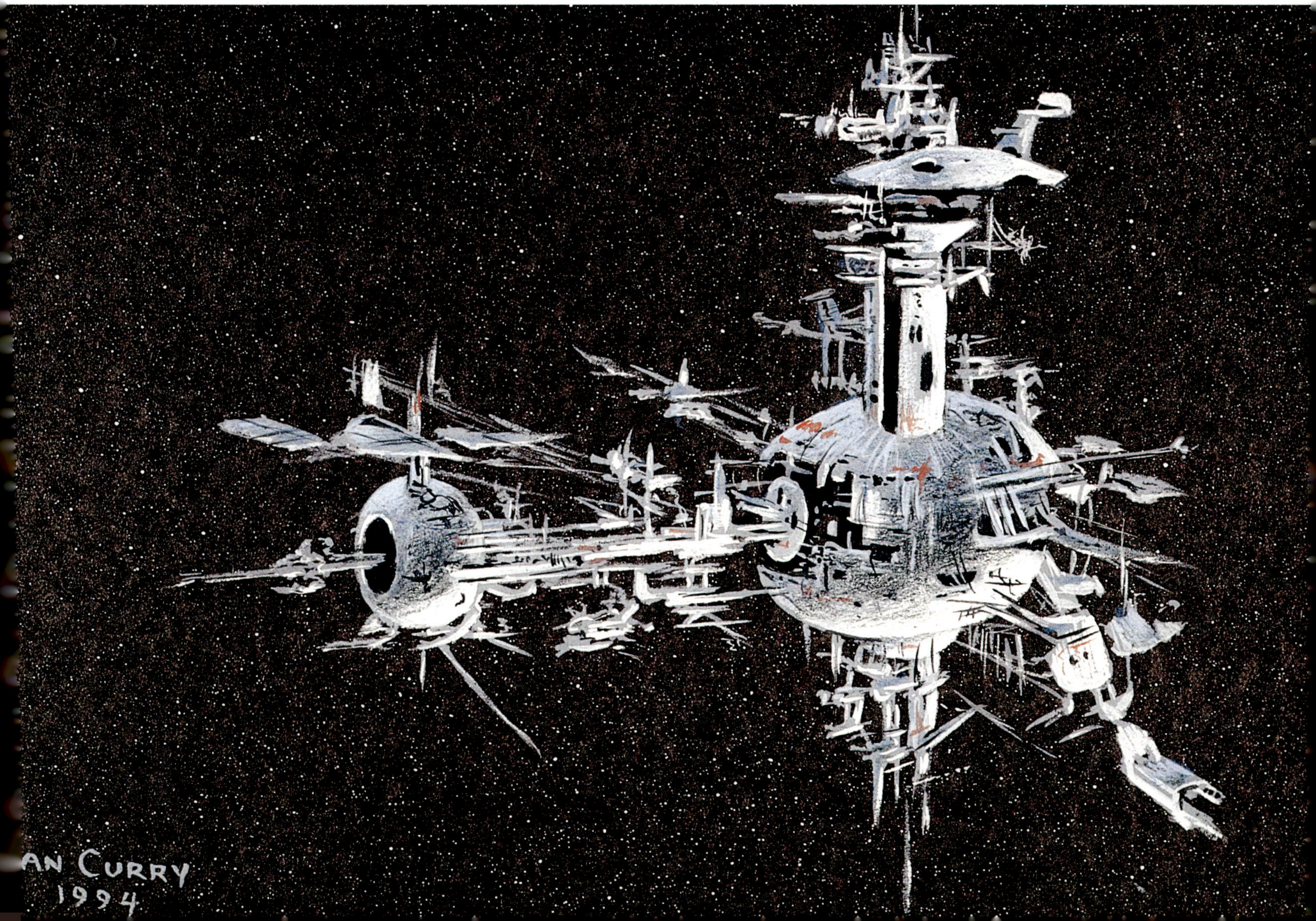
AN CURRY
1994

DIE TITEL-SEQUENZ

Während einer Produktion sind Designskizzen oft kaum mehr als Bleistiftentwürfe auf Servietten, Manuskriptseiten und anderen griffbereiten Papierfetzen. Am Anfang des Produktionsprozesses jedoch, wenn so viele Elemente festgelegt werden müssen, ist Input erforderlich von Leuten, die nicht immer mit der tagtäglichen Produktion einer Serie in Verbindung stehen. Daher sind erste Designskizzen meist detaillierter, um so wenig wie möglich dem Zufall zu überlassen.

Diese Storyboards wurden von Rick Sternbach gezeichnet (der Originalskizzen von Dan Curry folgte), um den Verantwortlichen, die über die Serie wachten, die Eröffnungssequenz zu präsentieren. Das Resultat aus diesen Storyboards ist eine der optisch fesselndsten Sequenzen, die je fürs Fernsehen geschaffen wurde.

EINBLENDEN:

1. Kamera schwenkt nach rechts in eine Sonneneruption.

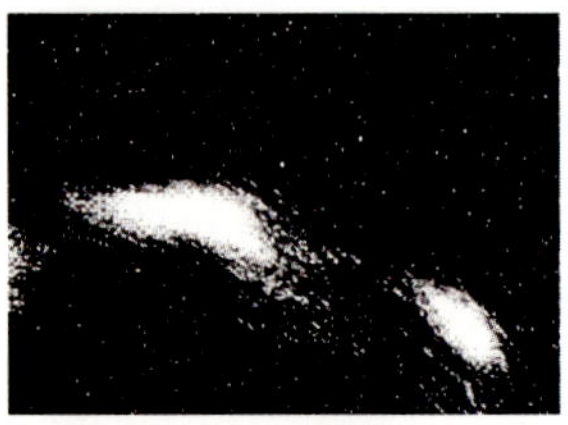

2. Eruption passiert die Kamera.

3. Eruption löst sich auf; weiterhin Schwenk nach rechts

4. Wir können die Sonne sehen.

5. Massive Protuberanz steigt von der Oberfläche auf; wir sehen mehr von der Sonne.

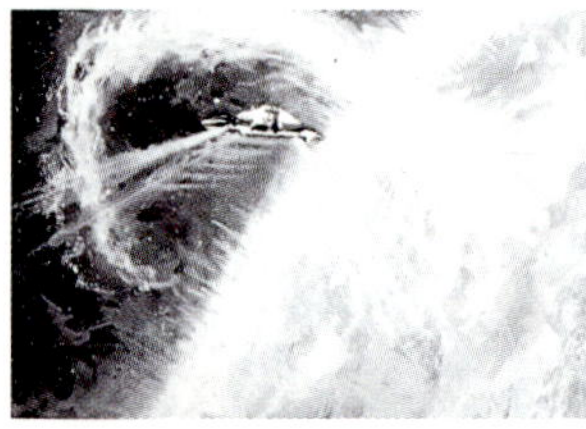

6. *Voyager* fliegt unter dem Bogen der Protuberanz hindurch.

7. Gigantische Explosion bricht unterhalb der Kamera aus; Wechsel zu:

8. Titel vor treibendem Sternenfeld.

9. Titel wird ausgeblendet; Sternenfeld treibt weiter.

10. *Voyager* fliegt majestätisch ins Bild.

11. Weitere Details des neuen Starfleet-Schiffs werden sichtbar.

12. Das Schiff gleitet aus dem Bild.

ÜBERBLENDEN ZU:

13. *Voyager* gleitet durch dünne Schichten farbigen Gases, verursacht einen Sog. *Voyager* ist zunächst verdeckt, wird aber erkennbar, je näher sie der Oberfläche kommt.

14. Kamera schwenkt und zoomt zurück, während die *Voyager* weiter durch die Gasschichten fliegt.

15. *Voyager* fliegt weiter durch Gaswolken.

16. *Voyager* zieht Wirbel hinter sich her, als sie die Gaswolke verläßt.

ÜBERBLENDEN ZU:

17. Kamera bewegt sich abwärts über verschwommene Nebelwolken; ein kleiner, felsiger Mond treibt durch den Hintergrund.

18. Abwärtsbewegung fährt fort, um weitere Mondfragmente im Orbit um einen Gasriesen erkennen zu lassen.

19. Kamera zeigt Mond im Vordergrund, der den Gasriesen umkreist.

20. *Voyager* fliegt über seltsame Landschaft; der Mond ist möglicherweise nur ein paar Kilometer entfernt.

SCHWENK NACH OBEN UND ÜBERBLENDEN ZU:

21. Treibendes Sternenfeld; Kamera wandert nach links oben.

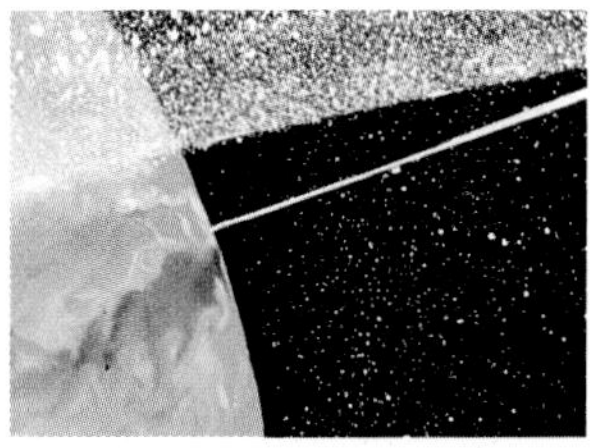

22. Kamera passiert einen Eisring.

23. Kamera setzt die Fahrt durch den Ring fort.

24. Kamera zeigt *Voyager*, schwenkt mit dem Schiff von links nach rechts.

24A. *Voyager* entfernt sich weiter.

ÜBERBLENDEN ZU:

25. Mond schwenkt nach links, verursacht Sonnenfinsternis und aufflammende Sonnenstrahlen. *Voyager* kommt aus dem Licht und wird erkennbar. Schiff passiert Planeten im Hintergrund.

26. *Voyager* dreht ab und steuert einen fernen Nebel an.

27. *Voyager* klappt die ›Flügel‹ hoch und bereitet sich auf Warpgeschwindigkeit vor.

28. *Voyager* erreicht Warpgeschwindigkeit.

TEIL II

DAS GROSSE ABENTEUER

STAR TREK IM KINO

NCC-1701
ENTERPRISE

ACHT

EIN TRAUM WIRD WAHR

STAR TREK – THE MOTION PICTURE 1979

UMSEITIG: Eine frühe Zeichnung von Mike Minor, die die Orbitalstation, ein Shuttle und die *Enterprise* im Raumdock zeigt.

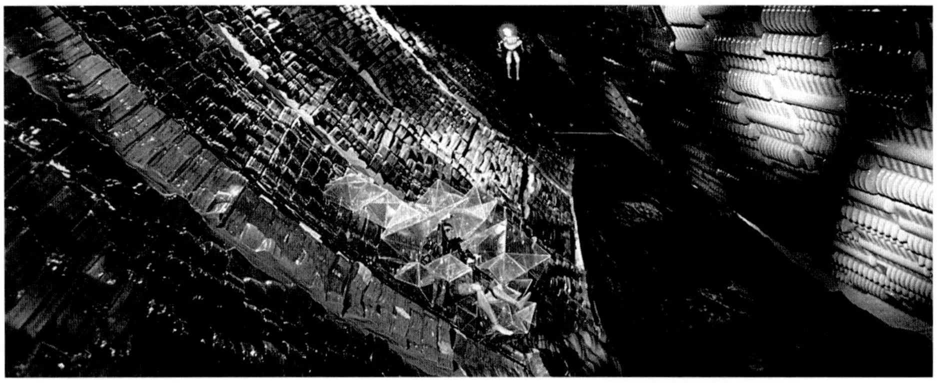

Unsicherheiten hinsichtlich des endgültigen Drehbuchs während der Produktion führten zu dieser sorgfältig geplanten und gefilmten Sequenz ›Memory Wall‹, die *The Motion Picture* entnommen wurde. Als Zeit- und Gelddruck immer größer wurden, wurden andere ausführlich geplante Sequenzen fallengelassen, bevor sie gefilmt werden konnten.

STAR TREK – THE MOTION PICTURE

Bereits während der dritten Season der *Classic*-Serie hatte Gene Roddenberry davon gesprochen, einen *Star Trek*-Kinofilm zu drehen. Während der World Science Fiction Convention 1968 in Oakland erntete er begeisterten Applaus, als er den gespannten Besuchern von seinen Plänen erzählte, einen Vorläufer zur Serie zu filmen, der davon erzählte, wie sich Kirk und seine Crew auf der Starfleet Academy begegneten. Zumindest an diesem Wochenende hatte *Star Trek* eine Zukunft. Aber am folgenden Dienstag brach die Wirklichkeit ein und ließ die Premiere des ersten Kinofilms noch mehr als zehn Jahre auf sich warten.

Doch die *Idee* eines *Star Trek*-Films blieb als Roddenberrys – und Paramounts – Traum während dieses Jahrzehnts bestehen, manchmal kam sie der Verwirklichung quälend nahe, nur um von der Launenhaftigkeit fortgerissen zu werden, mit der in Hollywood Vereinbarungen getroffen werden.

Im Frühjahr 1975 schloß Paramount mit Gene Roddenberry einen Vertrag, demnach er ein Drehbuch für einen preiswerten *Star Trek*-Film schreiben sollte, der zwischen zwei und drei Millionen Dollar kosten würde.

Als Roddenberry sein Drehbuch – *The God Thing* – im August dieses Jahres ablieferte, lehnte der Paramount-Präsident Barry Diller es ab, bat aber Roddenberry, ein weiteres Drehbuch zu schreiben. Zur gleichen Zeit lud das Studio auch andere Autoren ein – darunter Harlan Ellison, Robert Silverberg und den *Star Trek*-Veteranen John D. F. Black –, damit die eine passende Idee einreichen konnten.

In der Zwischenzeit begann Gene Roddenberry mit der Arbeit an seinem zweiten Drehbuch, diesmal mit dem Ko-Autor Jon Povill. Und wieder sagte Paramount nein. Aber trotz der Schwierigkeiten, ein Drehbuch zu finden, wuchs das Interesse des Studios, einen *Star Trek*-Film zu drehen.

Als das erste Space Shuttle im September 1976 auf den Namen *Enterprise* getauft wurde, gab Paramount offiziell grünes Licht für einen *Star Trek*-Film mit einem Budget von 10 Millionen Dollar. Jerry Eisenberg wurde als Produzent unter Vertrag genommen, mit Phil Kaufman als Regisseur, Ken Adam als Produktionsdesigner und Ralph McQuarrie als Produktionsillustrator. (Einige ihrer ersten Entwürfe für die neue *Enterprise* finden sich in Kapitel Vier: *Star Trek – Phase II*.) Die Autoren für diesen neuen Filmversuch waren Chris Bryant und Allan Scott, der auch *Wenn die Gondeln Trauer tragen* geschrieben hatte. Ihr Drehbuch trug den Titel ›Planet of the Titans‹ und wurde letztlich von Paramount gleichfalls verworfen.

Zur gleichen Zeit feierte *Star Wars* Premiere und wurde ein sofortiger Kassenerfolg. Die Paramount-Verantwortlichen glaubten, der Markt wäre durch *einen* großen SF-Film gesättigt, und kamen zu dem Schluß, daß die enorme Resonanz auf *Star Wars* jeden Erfolg von *Star Trek* im Kino von vorneherein zum Scheitern verurteilte.

Aber zugleich glaubten sie nach wie vor an einen Erfolg von *Star Trek*. Und so wurde am 10. Juni 1977 *Star Trek – Phase II* bekanntgegeben – eine brandneue *Star Trek*-Fernsehserie in Syndication (siehe Kapitel Vier), die von Gene Roddenberry und Harold Livingston produziert werden sollte.

Von den dreizehn Episoden, die zunächst geordert wurden, begann eine als Überarbeitung einer Handlung, die Roddenberry für eine andere SF-Serie entwikkelt hatte – ›Genesis II‹. Obwohl der Pilotfilm produziert worden war, ging ›Genesis II‹ nicht in Serie, und die Handlung ›Robot's Return‹ war im Nichts verschwunden.

Aber Roddenberry bat den Autor Alan Dean Foster, die Handlung zu überarbeiten, um sie für die neue *Star Trek*-Serie passender zu machen. Fosters Überarbeitung, jetzt betitelt ›In Thy Image‹, wurde von Roddenberry und Livingston so begeistert aufgenommen, daß der Beschluß gefaßt wurde, aus Fosters Treatment den Pilotfilm für die Serie zu entwickeln.

Aber während die kreative Entwicklung der neuen Serie Gestalt annahm, zerfaserte die geschäftliche Seite dahinter.

Paramount hatte beabsichtigt, *Star Trek – Phase II* zum Grundstein eines neuen, vierten Fernseh-Networks zu machen (was 18 Jahre später mit *Voyager* für das fünfte Network UPN in die Tat umgesetzt wurde). Aber das geplante Network kam nicht so einfach zustande, wie Paramount gehofft hatte; die Pläne wurden fallengelassen und Phase II wurde obdachlos. Zur gleichen Zeit kam der andere SF-Kassenerfolg des Jahres 1977 in die Kinos, *Unheimliche Begegnung der Dritten Art*, der den Einnahmen von *Star Wars* Konkurrenz zu machen drohte.

Mit einem Mal erkannten die Paramount-Verantwortlichen ihre Fehler. *Star Wars* war keine Eintagsfliege. *Unheimliche Begegnung* bewies, daß es ein Publikum gab, das sich für SF-Filme insgesamt interessierte. Nun entschieden die Paramount-Verantwortlichen rasch, aus dem für Phase II bereits genehmigten Pilotfilm ›In Thy Image‹ einen Kinofilm zu machen. Das für das Fernsehen kalkulierte Budget wurde auf 15 Millionen Dollar aufgestockt, zwei Drittel davon würden die Spezialeffekte kosten.

Was die Verantwortlichen nicht wußten: sie hatten jetzt die sprichwörtliche Katze im Sack. Und als die Katze auf das Publikum losgelassen wurde, war das Budget von 15 Millionen Dollar auf 44 Millionen angeschwollen. (Der Gerechtigkeit halber muß man sagen, daß der Film an sich nur rund 25 Millionen Dollar kostete. Die restlichen knapp 20 Millionen Dollar stellten die Kosten dar, die Paramount für alle anderen, nicht realisierten *Star Trek*-Projekte über die Jahre hinweg ausgegeben hatte.) Im Gegensatz dazu hatte der erste *Star Wars*-Film nur 9 Millionen Dollar gekostet.

Blickt man heute zurück, dann ist leicht erkennbar, was mit dem ersten *Star Trek*-Film nicht stimmte. Zugleich ist es aber leicht, diese Fehler zu verzeihen, da dieser Film das erfolgreichste SF-Franchise der Filmindustrie auslöste und den Weg ebnete für die triumphale und wiederholte Rückkehr von *Star Trek* ins Fernsehen. Die Kritiker verrissen *The Motion Picture* im allgemeinen. Die *Washington Post* nannte ihn ›ein passives Abenteuer‹. Das *New York*-Magazin überschrieb ihren Artikel mit ›Reise zum Faßboden‹. Und Gene Siskel erklärte, daß »der Film dazu neigt, ein absoluter Langweiler zu sein«, wenn Persis Khambatta nicht im Bild war.

Und doch stellte der Film mit 11,8 Millionen Dollar Einnahmen am Eröffnungswochenende einen Rekord auf. In der ersten Woche spielte er in 850 Kinos spektakuläre 17 Millionen Dollar ein, schließlich wurde er der Film mit den zweithöchsten Einnahmen des Jahres 1979, der nur von *Kramer gegen Kramer* übertroffen wurde. Es stimmt, daß seine gesamten Kinoeinnahmen von 80 Millionen Dollar nicht ausreichten, um die Kosten einzuspielen. Aber sobald die Einnahmen aus dem Ausland und aus den Fernsehrechten hinzugerechnet wurden, von den bis heute anhaltenden Videoumsätzen ganz zu schweigen, steht es außer Frage, daß der Film ein voller Erfolg nach der einzigen Definition war, die in Hollywood zählt: Er hatte sein Publikum gefunden.

Wie war es also möglich, daß ein Film, der von den Kritikern und ›seriösen‹ Kinogängern so heruntergemacht wurde, bei den Fans so gut ankam? Aus dem gleichen Grund, aus dem ein Großteil von *Star Trek* Erfolg hat! Trotz aller Mängel befand sich das Herz von *The Motion Picture* zweifellos am richtigen Fleck. Wenn dieser Film zu sehr an die *Classic*-Episode ›Ich heiße Nomad‹ erinnerte, bot er den Fans zumindest die Möglichkeit, die *Enterprise* in 70-mm-Breitwandformat wiederzusehen. Und auch wenn die übertriebene Eile bei der Einhaltung des Premierendatums zu Kürzungen und Schnitten führte, die es schwermachten, der Handlung zu folgen, so war doch die gesamte Crew versammelt und in Aktion.

In diesem Fall bezog sich ›die gesamte Crew‹ nicht nur auf die Schauspieler. Viele der Talente, die hinter den Kulissen der *Classic*-Serie mitgewirkt hatten, waren für diesen neuen Ausflug gleichfalls reaktiviert worden. Viele von ihnen, darunter der Produktionsillustrator Mike Minor, waren für die Arbeit an *Star Trek – Phase II* zu Paramount zurückgekehrt, nur um mitanzusehen, wie ihre Fernseh-Bühnenbilder zerlegt und neu gebaut wurden, um dem scharfen Auge der Filmkamera standzuhalten. Fred Phillips, der Maskenbildner, der Mr. Spocks Aussehen für den ersten Pilotfilm geschaffen hatte, war ebenfalls wieder da und formte spitze Ohren. Und obwohl die *Enterprise* selbst, die auch für Phase II neu gebaut worden war, letztlich verschrottet, neu entworfen und von einem neuen Designerteam gebaut wurde, so spie-

gelten die Überarbeitungen – wie zum Beispiel ihre neuen, abgeflachten Gondeln und die spitz zulaufenden Ausleger – die Entwürfe ihres ursprünglichen Designers Matt Jefferies wider.

Um den Zauber der *Classic*-Serie wiederauferstehen zu lassen, hatte Gene Roddenberry diejenigen um sich versammelt, die auch in der ersten Stunde an seiner Seite waren.

Und es gelang ihnen erneut.

Als *Star Trek – The Motion Picture* am 7. Dezember 1979 Premiere feierte, verließ Roddenberrys Schöpfung schließlich das Medium seiner Entstehung, hörte auf, länger nur eine Fernsehserie zu sein, und wurde schließlich ein echtes Phänomen.

EINE NEUE ENTERPRISE HEBT AB

Die Detailgenauigkeit eines Filmmodells ist wesentlich größer als die eines Modells fürs Fernsehen. Darum wurde die *Enterprise*, die für die nicht in Produktion gegangene zweite Fernsehserie gebaut worden war, ausrangiert, und ein neues Modell wurde konstruiert.

Die Film-*Enterprise* folgte nach wie vor der grundsätzlichen Überarbeitung von Matt Jefferies und Joe Jennings, doch neue und detailliertere Modifizierungen wurden von den Designern der Unternehmen Abel & Associates und Magicam hinzugefügt. Die Illustrationen auf diesen Seiten zeigen einige der Beiträge von Andrew Probert.

FOTOS UND ZEICHNUNGEN MIT FREUNDLICHER GENEHMIGUNG VON ANDREW PROBERT

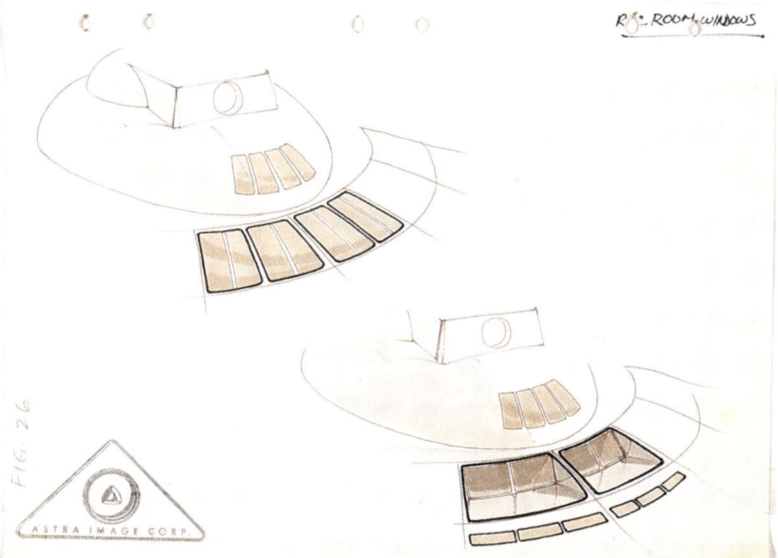
REC. ROOM WINDOWS
FIG 26
ASTRA IMAGE CORP.

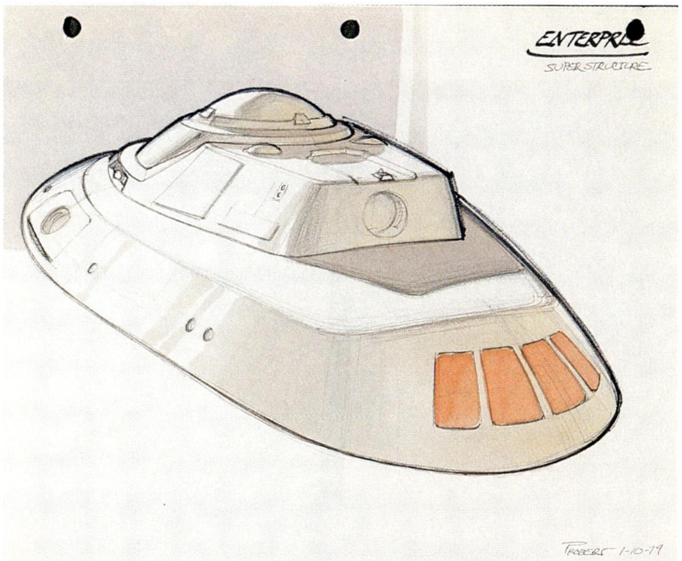
ENTERPRISE
SUPER STRUCTURE
PROBERT 1-10-79

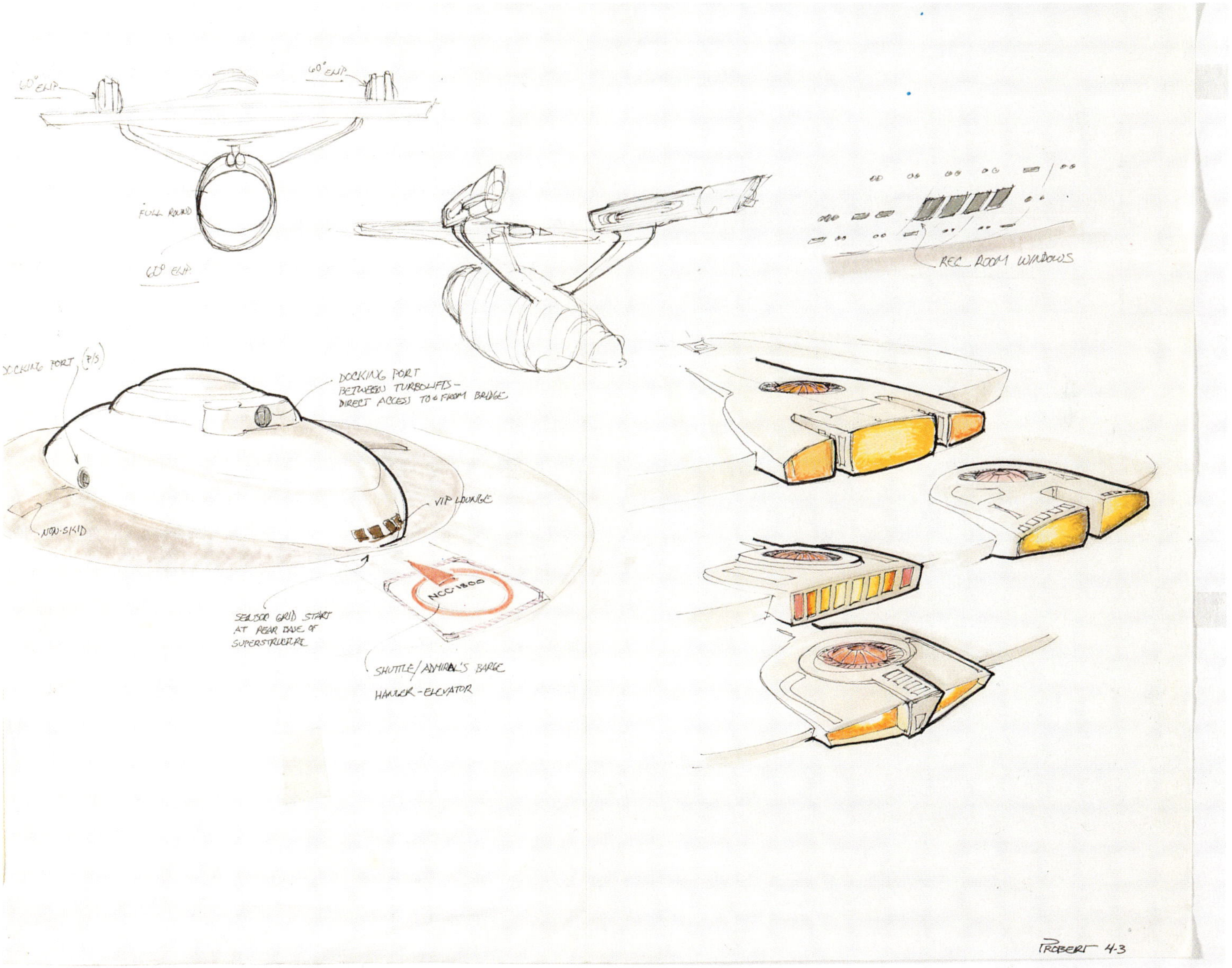
60° ELIP.
60° ELIP.
FULL ROUND
60° ELIP.
REC. ROOM WINDOWS
DOCKING PORT (P/S)
DOCKING PORT BETWEEN TURBOLIFTS – DIRECT ACCESS TO & FROM BRIDGE
VIP LOUNGE
NON-SKID
NCC-1800
SENSOR GRID START AT REAR BASE OF SUPERSTRUCTURE
SHUTTLE/ADMIRAL'S BARGE HANGER-ELEVATOR
PROBERT 4-3

EIGENBELEUCHTUNG

Als der für die speziellen fotografischen Effekte zuständige Regisseur fragte sich Douglas Trumbull, welche Lichtquelle die *Enterprise* in der Tiefe des Alls beleuchten würde. Die Antwort lautete: »Keine.« Also entwickelte er das System der Eigenbeleuchtung, ähnlich den Flutlichtern, die heute bei Flugzeugen benutzt werden. Ohne sie wäre die *Enterprise* nur eine dunkle Silhouette zwischen den Sternen.

ZEICHNUNG: ANDREW PROBERT. MIT FREUNDLICHER GENEHMIGUNG DES KÜNSTLERS

NEUE RICHTUNGEN

Einen Monat, nachdem Paramount verkündet hatte, *Star Trek* werde als Kinofilm zurückkehren, wurden diese Konzeptzeichnungen fertiggestellt, die die detaillierten Überarbeitungen der Brücke und des Maschinenraums zeigen, die als Bühnenbilder bereits für die Fernsehserie gebaut worden waren.

Die Kontrollstationen von Mike Minor auf der Brücke waren beibehalten worden. Aber beachten Sie die Ergänzung realistischer Details: Sicherheitslampen an den Stufen der Brücke und die vorgeschlagenen neuen Sesselhalterungen.

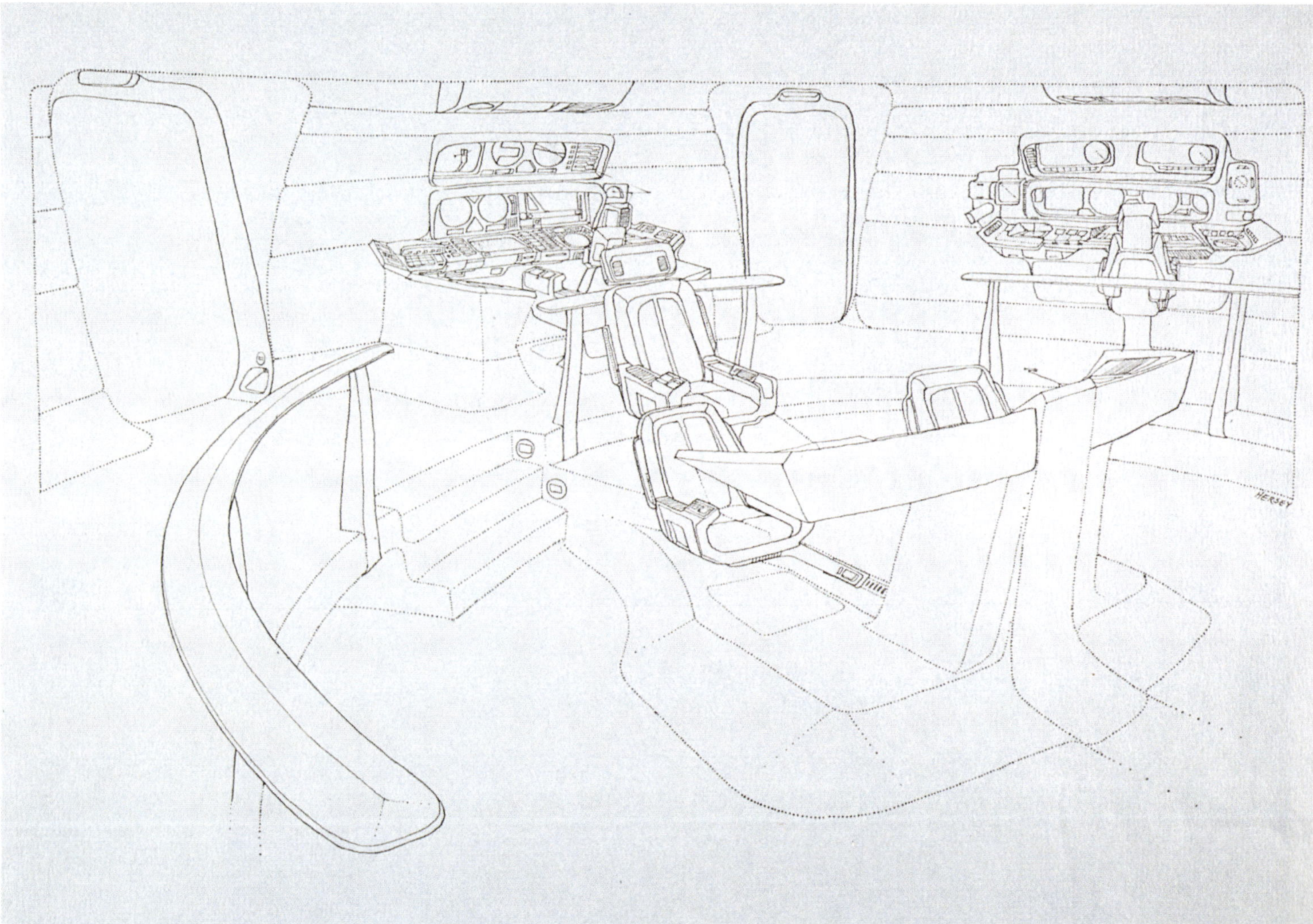

IM INNEREN DER NEUEN *ENTERPRISE*

Das endgültige Erscheinungsbild des neuen Innenlebens der *Enterprise* kombiniert den Designvorschlag von Matt Jefferies, Mike Minor, Joe Jennings, von Produktionsdesigner Harold Michaelson und Regisseur Robert Wise. Details wurden von Lee Cole entwickelt, die Anzeigen der Kontrollmonitore stammten von Cole sowie Minor, Rick Sternbach und Jon Povill.

Die Kuppel an der Brückendecke wurde von Mike Minor entworfen und von Harold Michaelson geschaffen. Die neuen Sessel beinhalten Michaelsons automatisches Rückhaltesystem – das erste und einzige Mal, daß so etwas in einer *Star Trek*-Produktion auftauchte – und eine einzigartige, wirbelsäulengerechte Struktur, entworfen von der Bühnendekorateurin Linda DeScenna.

Michaelson war auch verantwortlich für die Neugestaltung der *Enterprise*-Korridore, die für die zweite Serie gebaut worden waren. Ironischerweise war Gene Roddenberry mit den neuen Korridoren nicht zufrieden, da er meinte, sie ließen die *Enterprise* zu sehr wie ein Hotel aussehen. Michaelsons Design wurde schließlich in der *Enterprise-D* in *The Next Generation* verwendet, die noch stärker der Kritik ausgesetzt war, wie ein Hotel auszusehen.

Michaelson war außerdem verantwortlich für das aufpolierte Aussehen des Transporterraums. Er plazierte das Bedienpersonal in einen abgeschirmten Kontrollbereich, um die Vorstellung der enormen Energien, die bei dieser Technologie eingesetzt werden, überzeugend zu machen.

MASSANFERTIGUNG

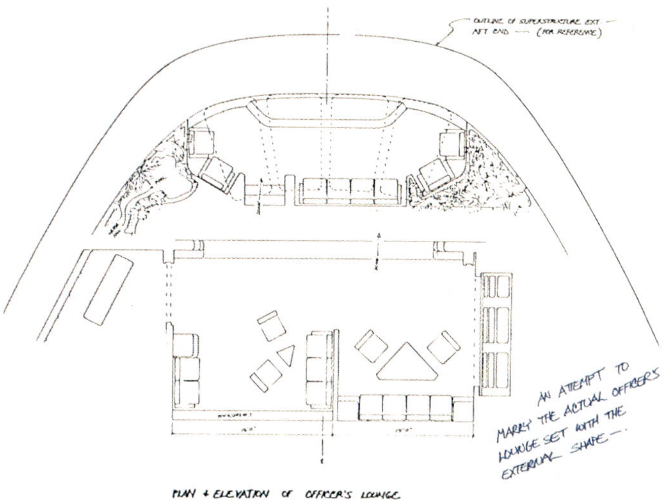

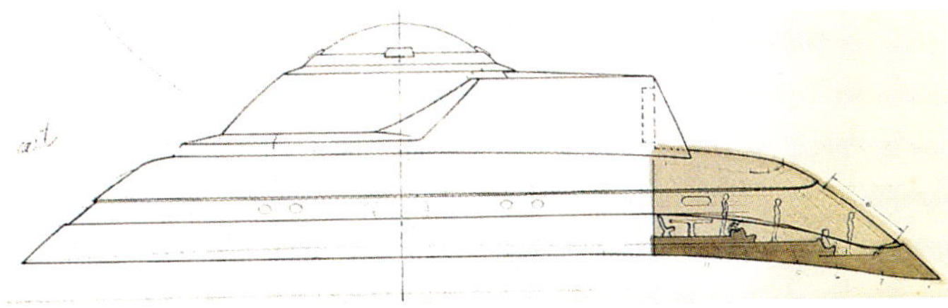

Eine Hauptsorge aller Designer von *Star Trek* ist es, die Bühnenbilder in einer Weise zu bauen, daß sie mit der Struktur des Schiffes konform gehen, in der sie sich zu befinden scheinen. Hier sehen wir Andrew Proberts Entwicklungsskizze für die Offizierslounge in der oberen Kuppel der Diskus-Sektion. Das Produktionsfoto zeigt, wie der Raum letztlich – und wesentlich kostengünstiger – gebaut wurde.

ZEICHNUNGEN: ANDREW PROBERT.
MIT FREUNDLICHER GENEHMIGUNG DES KÜNSTLERS

FRACHTRAUMSKIZZEN

Sogar als das Bühnenbild entworfen und gebaut war, experimentierte der Produktionsstab mit anderen Frachtraumstrukturen, wie auf diesen Seiten zu sehen ist.

Das tatsächlich Bühnenbild, nackte Wände und der ganze Rest

ZEICHNUNG: ANDREW PROBERT.
MIT FREUNDLICHER GENEHMIGUNG DES KÜNSTLERS

Eine mögliche Konfiguration

UMSEITIG: Eine weitere, von Mike Minor gefertigte Zeichnung eines Shuttles, das die Orbitalstation verläßt

MIT FREUNDLICHER GENEHMIGUNG DES KÜNSTLERS

Probert bei der Arbeit an der Zeichnung auf der gegenüberliegenden Seite

Eine nicht verwendete Zusammensetzung – gescheitert, da sich im Filmmodell kein derartiges Fenster befand

Eine andere Ansicht von Proberts Design

4
4

PERSONENNAHVERKEHR IM ALL

Die *Star Trek*-Transporter sind eine wunderbare Erfindung, um den Fortgang einer Handlung zu beschleunigen. Aber manchmal muß eine Handlung mit einem gemäßigteren Tempo ablaufen. Der erste Blick auf die umgebaute *Enterprise* ist ein solcher Augenblick – für Admiral Kirk und für die Zuschauer. Da also die Transporter der *Enterprise* nicht funktionieren, bringt Scotty Kirk in einem kleinen Shuttle zur *Enterprise*, wodurch eine ausgiebige Besichtigung des Schiffs von außen möglich wird.

Für einige Nahaufnahmen dieser Sequenz wurden Liveaufnahmen von William Shatner und James Doohan in das Shuttlefenster einkopiert. Für andere, entferntere Einstellungen nahmen detailgetreue Puppen den Platz der Schauspieler ein.

ZEICHNUNGEN MIT FREUNDLICHER GENEHMIGUNG VON ANDREW PROBERT

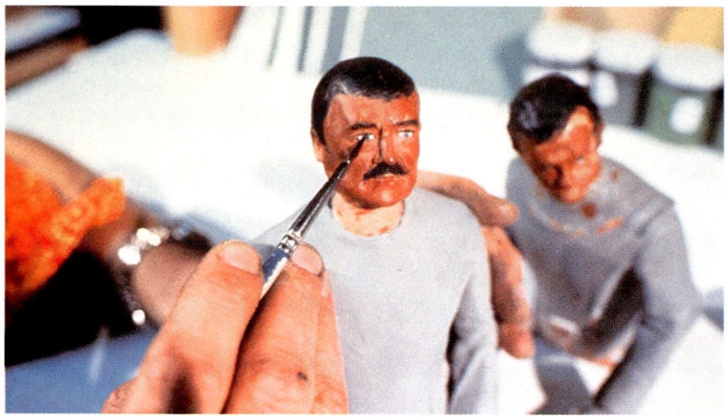

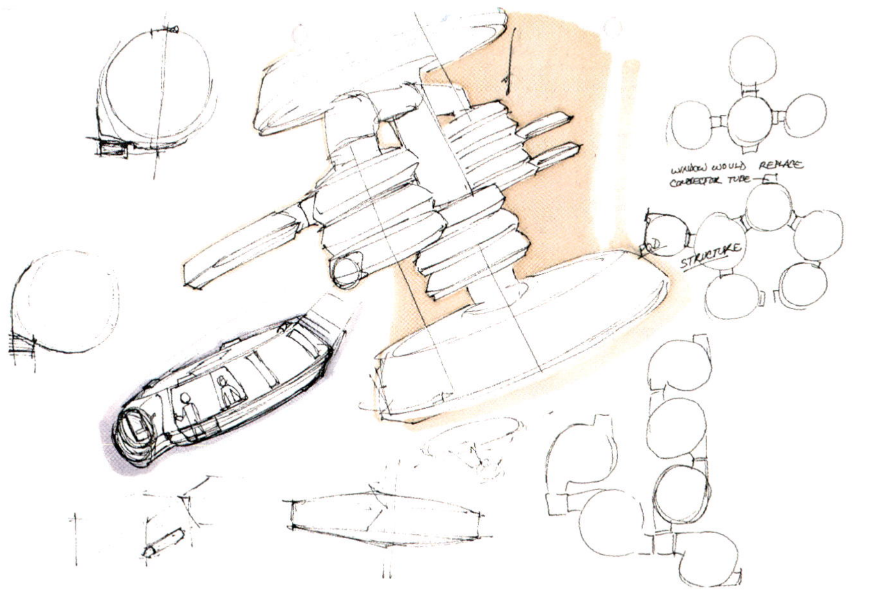

DIE ORBITAL-STATION

So wie das Raumdock und die *Enterprise* war auch eine Orbitalstation für die zweite Fernsehserie gebaut worden. Aber die Ansprüche der Kinofilmqualität erforderten auch hier ein neues Modell.

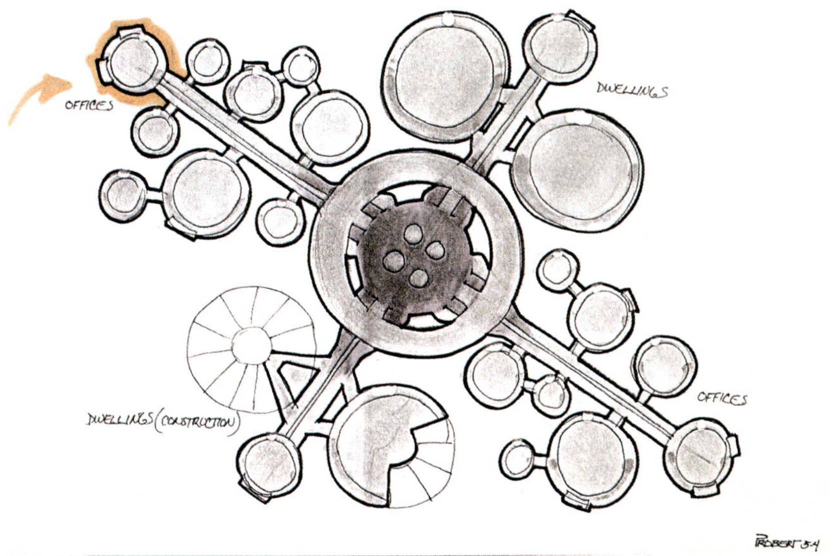

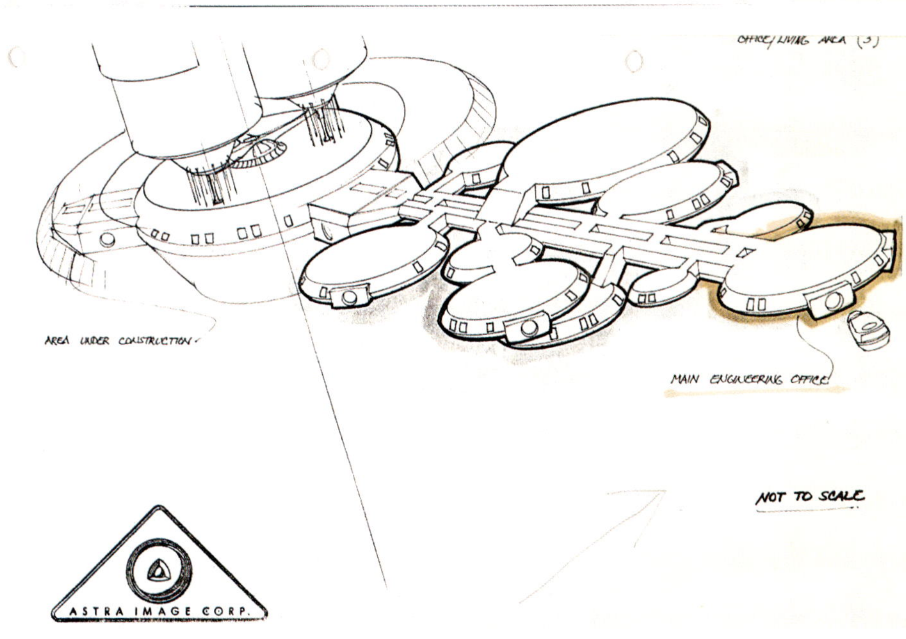

Erste Entwürfe für die Orbitalstation von Andrew Probert

Das endgültige Modell, wie es von Magicam gebaut wurde ...

... und wie es im Film erscheint.

DAS RAUMDOCK – DIE 200000-DOLLAR-STORY

Um die Unterschiede zwischen der ersten und der neuen *Enterprise* zu erklären, die in der zweiten Serie zu sehen sein sollte, kamen die Autoren des Pilotfilms ›In Thy Image‹ auf die Idee, daß die *Enterprise* in einem orbitalen Raumdock umgebaut worden war. Ein Raumdock wurde für die Fernsehproduktion gebaut, aber nicht verwendet, als aus dem jüngsten *Star Trek*-Projekt ein Kinofilm wurde. Die neue Version wurde von Magicam gebaut.

MIT FREUNDLICHER GENEHMIGUNG VON ANDREW PROBERT

Eine frühe Zeichnung von Andrew Probert für das Film-Raumdock vom April 1978. Beachten Sie, daß die Details in der Bearbeitung dieser neuen Film-*Enterprise* noch festgelegt werden müssen, insbesondere um die Navigationskuppel herum und am Hauptsensorschild.

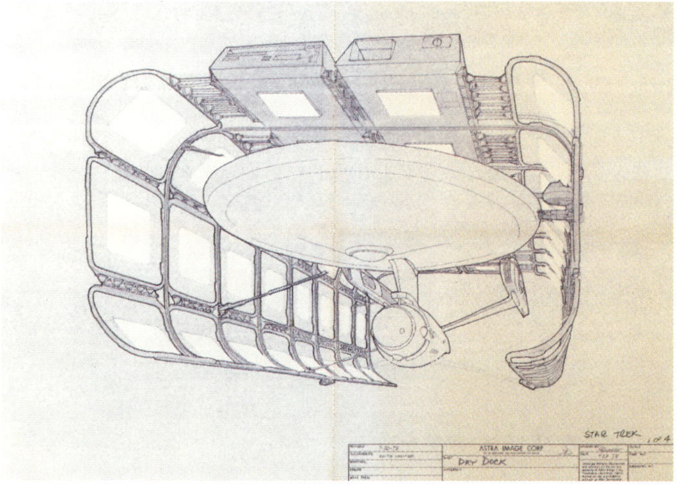

MIT FREUNDLICHER GENEHMIGUNG VON ANDREW PROBERT

Proberts weitere Änderung seines Entwurfs vom Juli 1978

Das Raumdock – die letzte Version

Um es mit den Worten von Douglas Trumbull auszudrücken, sollte ein klingonischer Schlachtkreuzer so aussehen wie »ein feindliches U-Boot im Zweiten Weltkrieg, das zu lange auf See war«.

Andrew Proberts Vorstellungen von dem, was im Inneren der seltsam geformten Brücke lauerte, half dabei, den klingonischen Stil für alle folgenden *Star Trek*-Produktionen festzulegen.

IN EINEM KLINGONISCHEN SCHLACHT-KREUZER

ALLE ZEICHNUNGEN MIT FREUNDLICHER GENEHMIGUNG VON ANDREW PROBERT

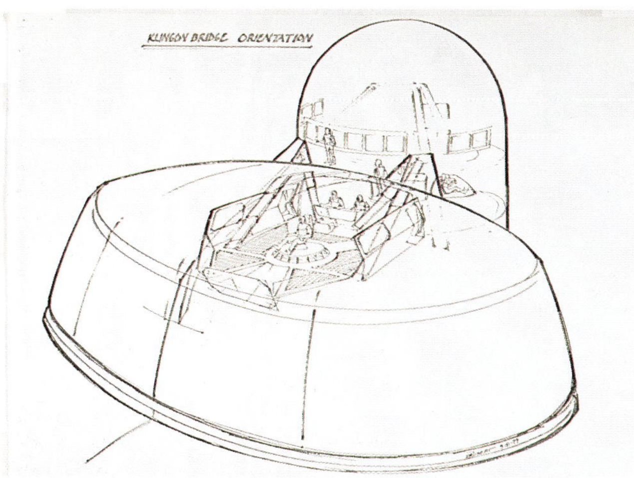

EIN ERSTER BLICK AUF V'GER

Mike Minor steuerte auch diese spektakulären Illustrationen bei, die das höhlenartige Innere der zurückkehrenden V'Ger-Raumsonde zeigten.

ZEICHNUNGEN: MIKE MINOR. MIT FREUNDLICHER GENEHMIGUNG VON PARAMOUNT PICTURES

UMSEITIG: Entwürfe von Mike Minor für die unerwartete Entdeckung im Herzen von V'Ger

DIE GALERIE DES FRED PHILLIPS

Fred Phillips hatte die berühmten spitzen Spock-Ohren für den ersten Pilotfilm ›Der Käfig‹ entworfen. Vierzehn Jahre später, während der Produktion von *The Motion Picture*, formte Phillips sein 2000. Spock-Ohr! (Die Fernseh-Ohren konnten drei- bis viermal verwendet werden, da auf dem kleinen Bildschirm Abnützungserscheinungen nicht erkennbar wurden. Für *The Motion Picture* dagegen verbrauchte Leonard Nimoy durchschnittlich drei Paar Ohren pro Tag.)

Zusätzlich zu den Vulkaniern entwarf – und überarbeitete – Phillips zahlreiche Aliens für den ersten Kinoausflug von *Star Trek*.

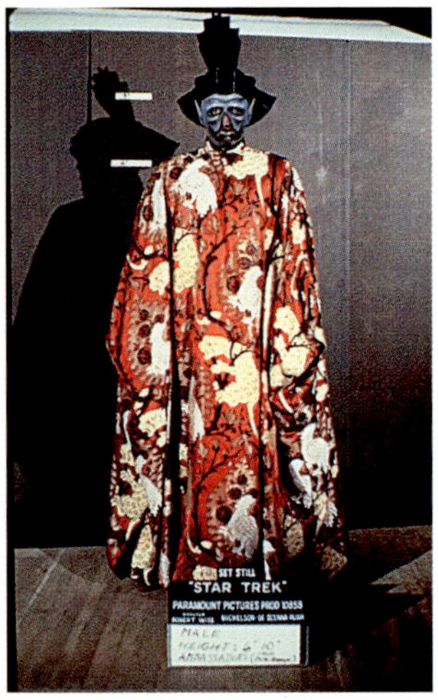

Ein Botschafter von Beteigeuze. Die Gewand des Botschafters wurde aus einem Stoff gefertigt, den Cecil B. DeMille 1939 persönlich ausgesucht hatte und der dann in den Lagern des Paramount-Studios verlorenging, bis der Kostümdesigner Robert Fletcher ihn wiederfand.

Der Begleiter des Botschafters von Beteigeuze

Vulkanischer Meister

Andorianer

Andorianerin

Ein Zaranite. Deren Kostüme wurden aus alten Stoffen hergestellt, die aus der Produktion von *Die zehn Gebote* übriggeblieben waren.

Ein arcturianischer Klon bereitet sich auf den Dienst vor.

Megarite

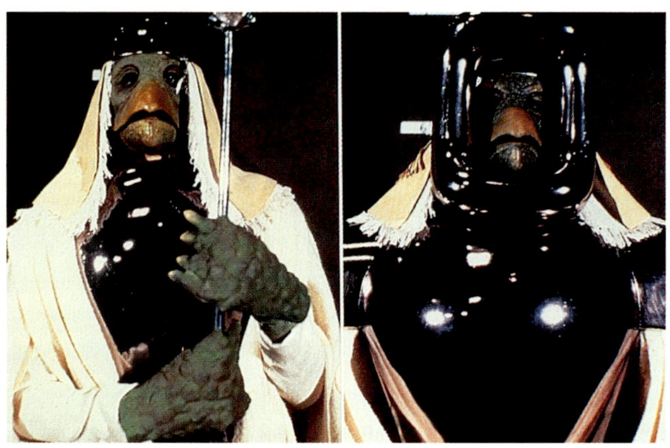

Laut Gene Roddenberry und Susan Sackett, die gemeinsam ›The Making of Star Trek: The Motion Picture‹ schrieben, unterschieden sich die Rigellianer im Film von denen aus der Episode ›Reise nach Babel‹. Erstere waren Nachfahren einer Rasse von Säbelzahnschildkröten. Ehrlich.

Saurianer

DIE GALERIE DES ROBERT FLETCHER

Nach mehr als 30 Jahren Erfahrung mit dem Entwurf von Kostümen für Ballett, Oper, Bühne und Fernsehen war *The Motion Picture* Robert Fletchers erste Kinoarbeit. Zusätzlich zur Einkleidung der vielen Aliens dieser Produktion erhielt Fletcher auch den Auftrag, ein neues Design der Starfleet-Uniformen zu kreieren. Den ursprünglichen, farbenfrohen Stil, den William Ware Theiss entworfen hatte, hielt Regisseur Robert Wise auf der großen Leinwand für zu grell. Also entwickelte Fletcher eine Uniformreihe in gedeckten Farbtönen.

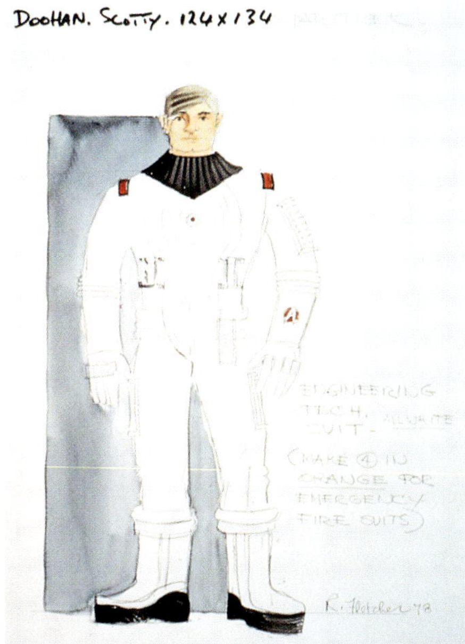

Ein neuer Schutzanzug

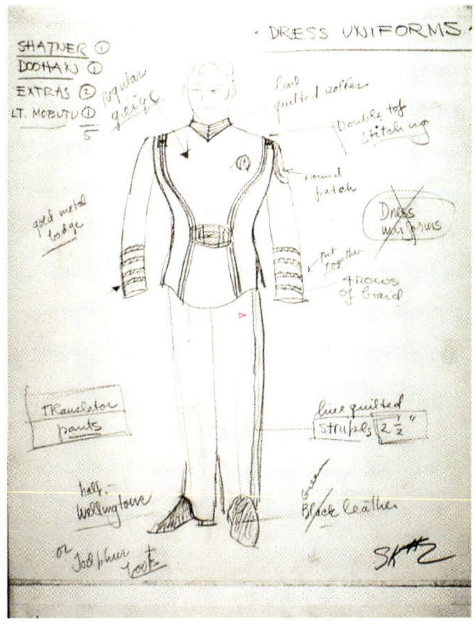

Galauniform

Testaufnahme der nicht so förmlichen Uniform Klasse B

Spocks vulkanische Meister

Botschafterkleidung

Stil der Erdzivilisten

ENTWÜRFE DES RAUMANZUGS: J. JOHNSON. MIT FREUNDLICHER GENEHMIGUNG VON STARLAND.

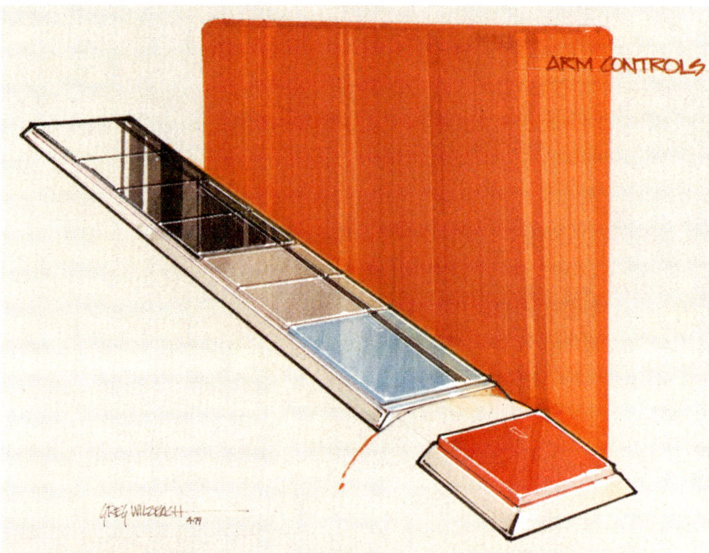

DETAILZEICHNUNGEN DES RAUMANZUGS:
GREG WILZBACH. MIT FREUNDLICHER GENEHMIGUNG VON STARLAND

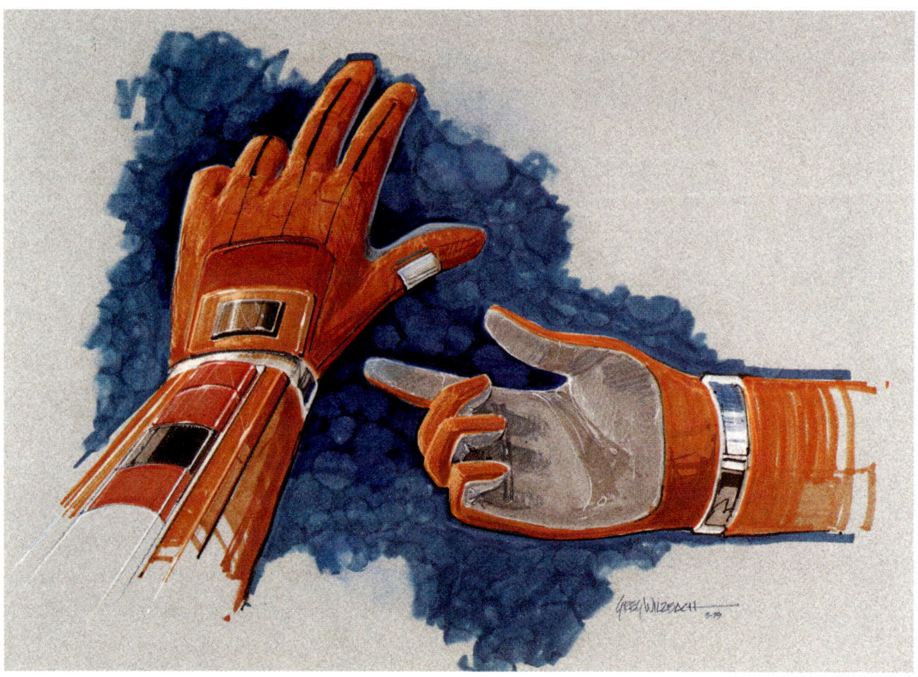

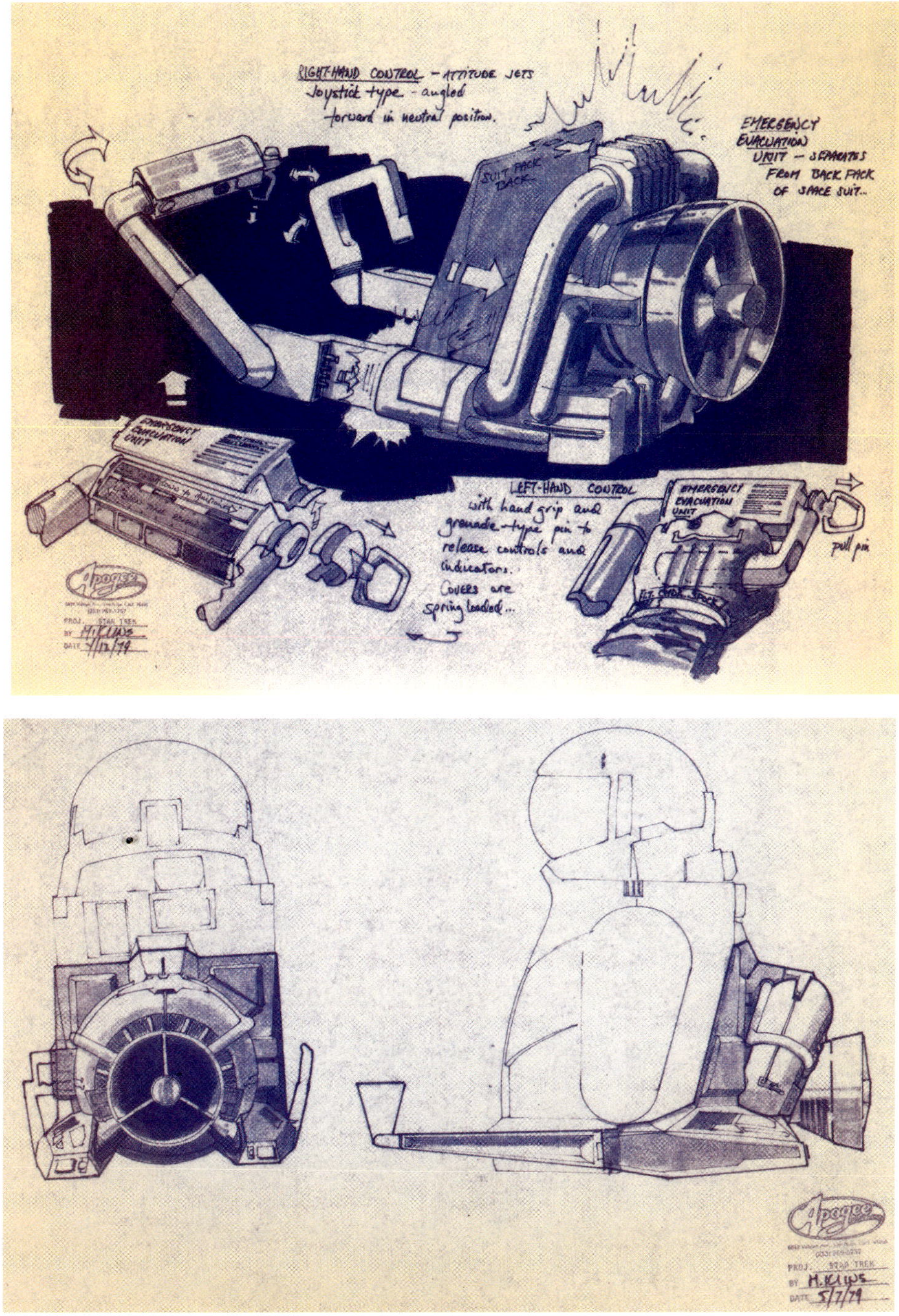

ZEICHNUNGEN DER NOTFALL-EVAKUIERUNGSEINHEIT VON M. KLINE. MIT FREUNDLICHER GENEHMIGUNG VON STARLAND

EIN NEUER RAUMANZUG FÜR EINE NEUE REISE

Trotz der Tatsache, daß sich *Star Trek*-Abenteuer mit der Erforschung des Weltalls befassen, waren Raumanzüge nur selten zu sehen. Mit dem V'Ger-Weltraumspaziergang von Kirk und Spock versuchte *The Motion Picture*, eine andere Art Drama in die *Star Trek*-Mischung zu bringen.

Anzüge, die diesen Entwürfen sehr nahe kamen, wurden angefertigt und mit Veränderungen im zweiten *Star Trek*-Film wiederverwendet. Danach, so erinnert sich ein Paramount-Lieferant, sah er Kirks Helm in einem Abfallcontainer auf dem Paramount-Gelände. Es gibt bei Paramount nur wenige Dinge, die wichtiger sind als *Star Trek*. Ein Lager zu räumen, scheint dabei zu den wichtigeren Dingen zu gehören.

FARBENTWÜRFE DER NOTFALL-EVAKUIERUNGSEINHEIT VON J. JOHNSON. MIT FREUNDLICHER GENEHMIGUNG VON STARLAND

EINE NEUE ZUKUNFT

Die Langlebigkeit von *Star Trek* hat dazu geführt, daß die ›Mitarbeiter hinter den Kulissen‹ der zweiten Generation zum ersten Mal mit *Star Trek* als Fans zu tun hatten. Andrew Probert, einer der maßgeblichen Designer für *The Motion Picture* und *The Next Generation*, war auch einer von diesen Fans. Als er eingestellt wurde, um als Designer für *The Motion Picture* zu arbeiten, wurde er ›von Euphorieanfällen geschüttelt‹.

Diese persönliche Verbindung und Hingabe zu *Star Trek* zeigt sich in den Requisitenentwürfen von Probert. Der Tricorder und die klingonischen Disruptoren wiederholen deutlich das Design der *Classic*-Serie, zugleich wurden sie hinsichtlich Schnittigkeit und Funktionalität auf den neuesten Stand gebracht.

Das elektronische Clipboard, auf dem besten Weg das allgegenwärtige PADD der Next Generation zu werden, ist eine abgeflachte Ausführung der keilförmigen elektronischen Memoboards aus der *Classic*-Serie. Und das Medikit verdankt sein Aussehen Dr. McCoys Injektor-›Halfter‹. Diese bewußte Wiederholung und Verbesserung von zentralen Designelementen über die Jahre hat zu dem Gefühl beigetragen, daß *Star Trek* ein einheitliches und sich entwickelndes eigenes Universum darstellt.

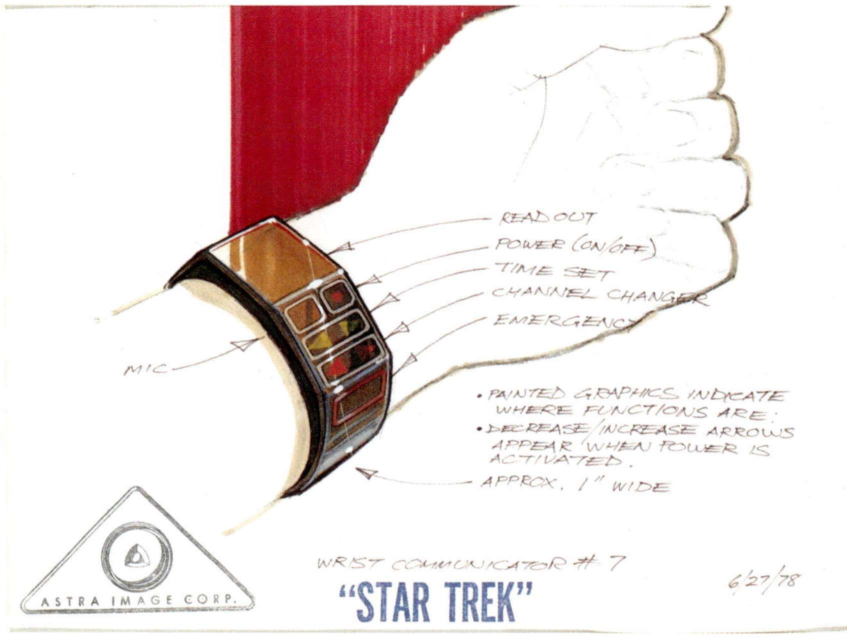

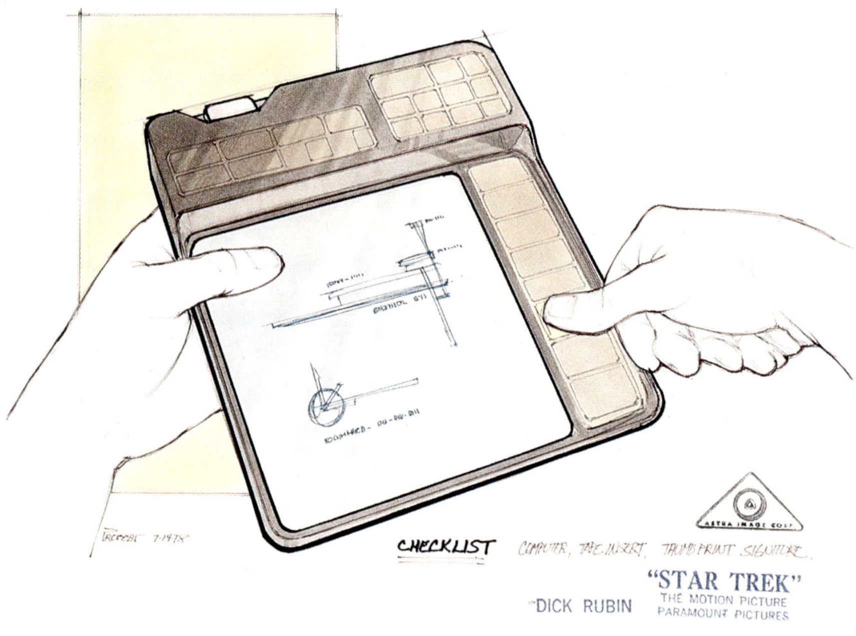

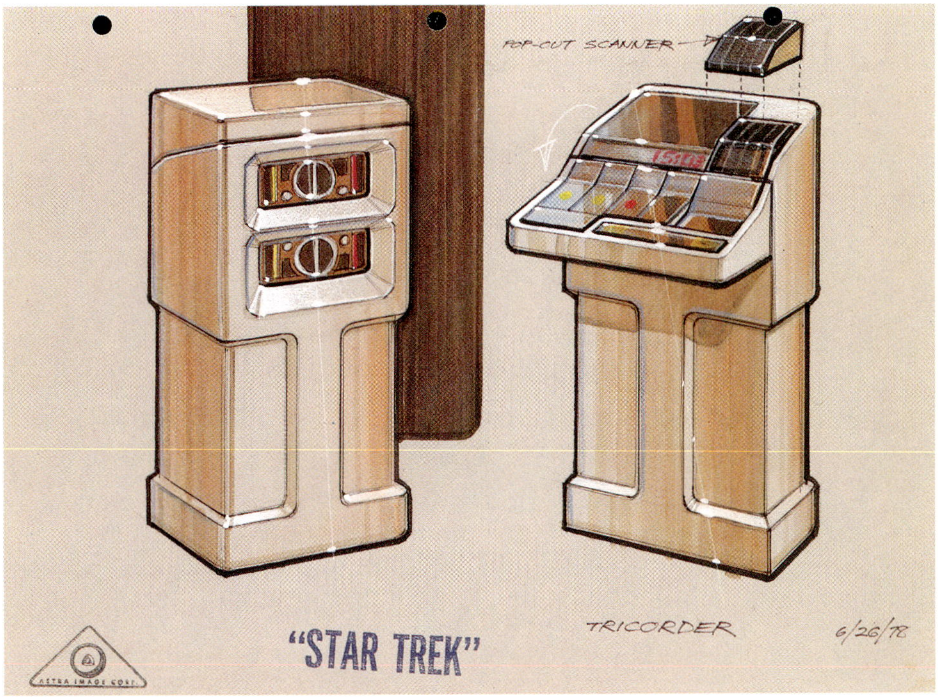

ZEICHNUNGEN: ANDREW PROBERT
MIT FREUNDLICHER GENEHMIGUNG VON MARTIN NUETZEL

DER TEUFEL IM DETAIL

Wie stets muß bei einer *Star Trek*-Produktion von Hintergrundobjekten bis hin zur Tischdekorationen alles von Grund auf geschaffen werden, um die Illusion zu bewahren, daß wir tatsächlich einen Blick auf die Zukunft werfen.

Diese Entwürfe von Andrew Probert zeigen den Erfindungsreichtum, der jedes Bild von *The Motion Picture* erfüllt, ob die Kamera auf dem Objekt verharrt oder nicht. Tatsächlich wurden aber nur wenige dieser Entwürfe wirklich gebaut, ausgenommen die einfachere Version der Frachtcontainer.

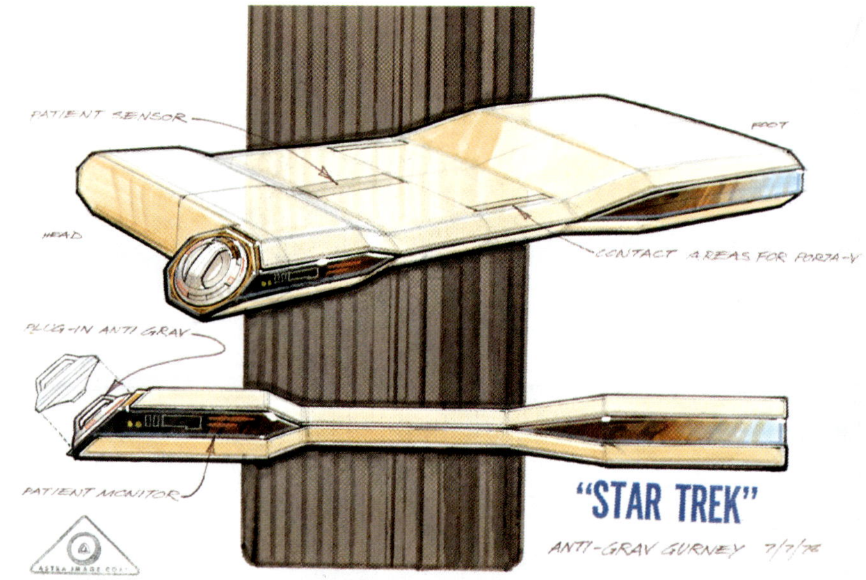

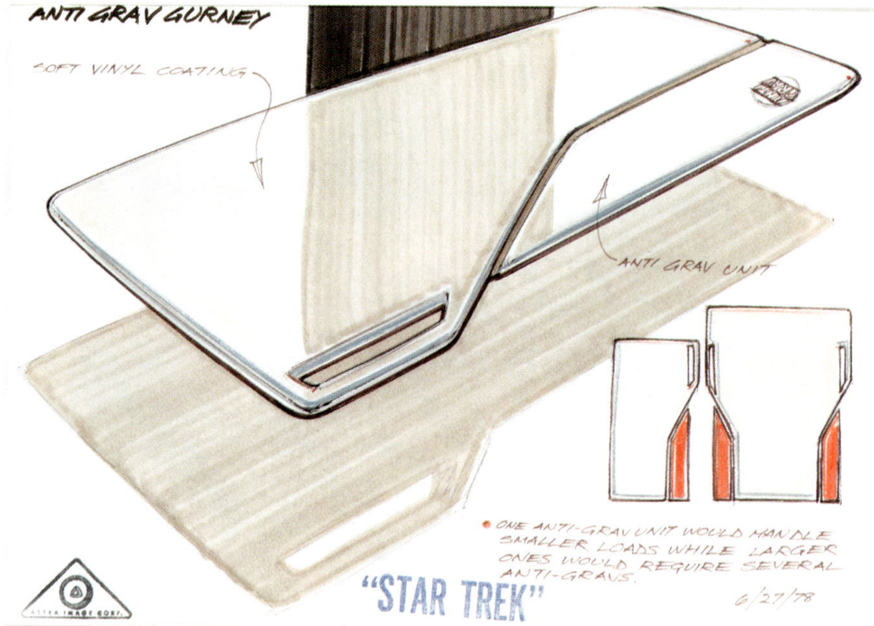

Antigrav-Einsteckeinheiten für die rechts abgebildete Antigrav-Trage

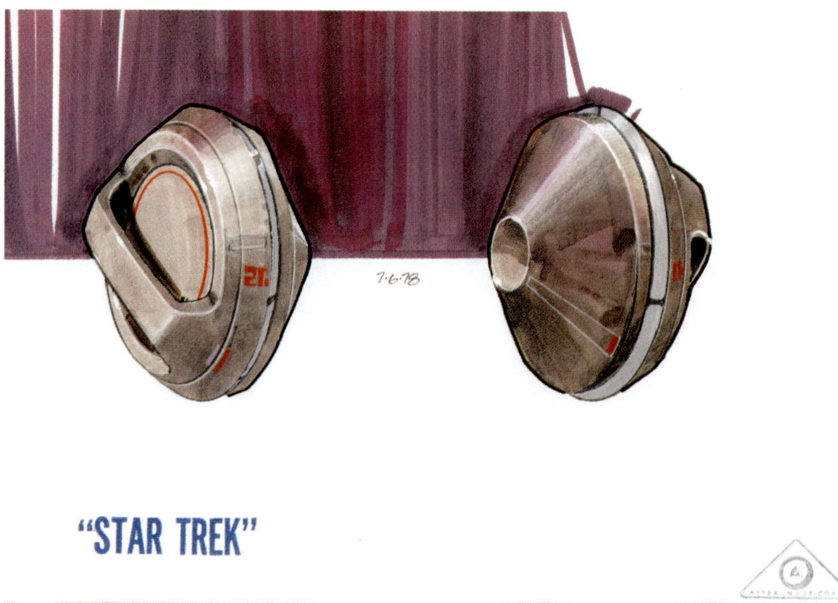

ZEICHNUNGEN: ANDREW PROBERT
MIT FREUNDLICHER GENEHMIGUNG VON MARTIN NUETZEL

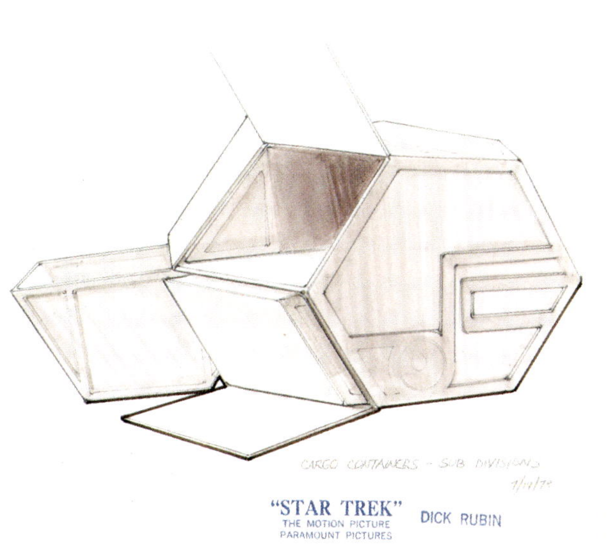
CARGO CONTAINERS - SUB DIVISIONS
"STAR TREK"
THE MOTION PICTURE
PARAMOUNT PICTURES
DICK RUBIN

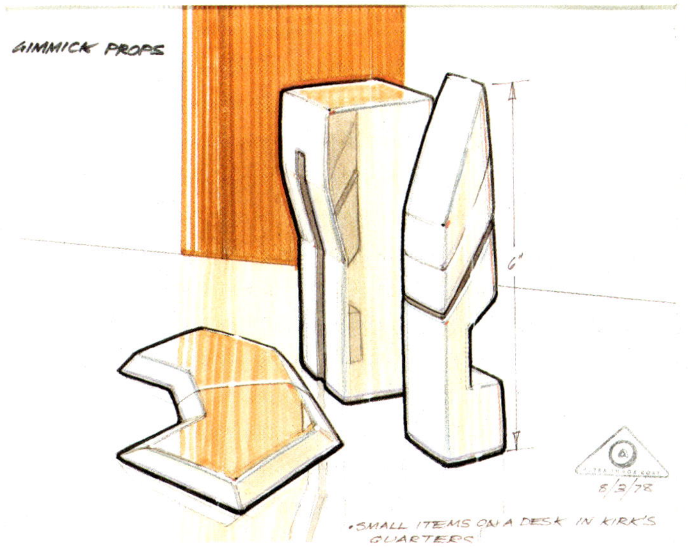
GIMMICK PROPS
6"
8/3/78
•SMALL ITEMS ON A DESK IN KIRK'S QUARTERS

ASTRA IMAGE CORP.
"STAR TREK"

"STAR TREK"
TOP SECRET
CARGO AREA
7/12/78

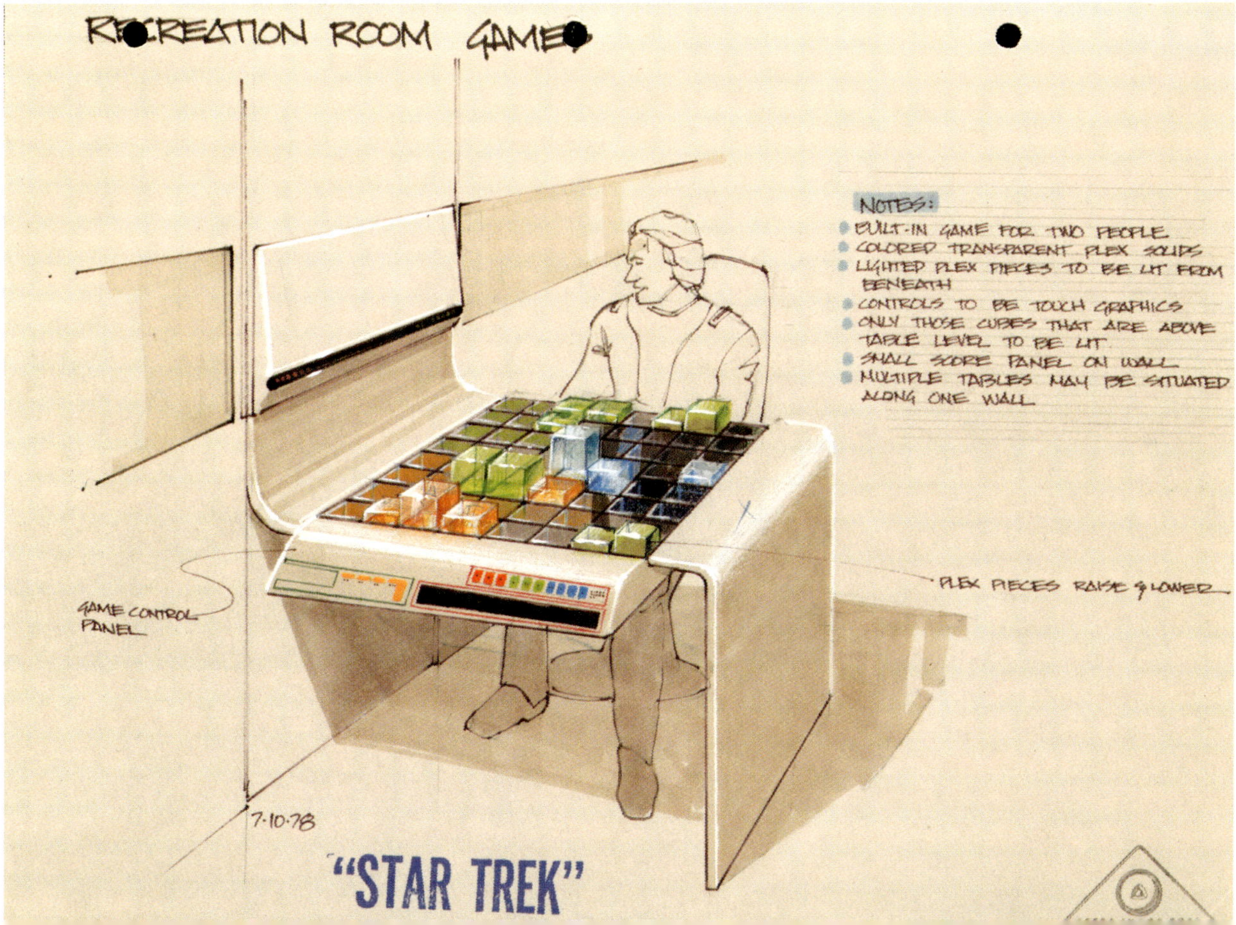
RECREATION ROOM GAMES
NOTES:
• BUILT-IN GAME FOR TWO PEOPLE
• COLORED TRANSPARENT PLEX SOLIDS
• LIGHTED PLEX PIECES TO BE LIT FROM BENEATH
• CONTROLS TO BE TOUCH GRAPHICS
• ONLY THOSE CUBES THAT ARE ABOVE TABLE LEVEL TO BE LIT
• SMALL SCORE PANEL ON WALL
• MULTIPLE TABLES MAY BE SITUATED ALONG ONE WALL
PLEX PIECES RAISE & LOWER
GAME CONTROL PANEL
7-10-78
"STAR TREK"

DIE KUNST DES STORYBOARDS, 1

Eine Filmcrew kann bei einer großen Produktion bis zu 50 000 Dollar in der Stunde kosten – ohne die Gagen der Stars. Das heißt, daß jede Sekunde, in der der Regisseur nur darüber nachdenkt, was als nächstes zu tun ist, mehr als 13 Dollar kostet.

Das ist einer der Hauptgründe für die Verwendung von Storyboards; sie ermöglichen den Regisseuren, zuvor gründlich zu überlegen: Auswahl der Kameraeinstellung, Position der Schauspieler, Tempo der jeweiligen Szene.

In der Produktion der *Star Trek*-Filme, die die komplexe Kombination von Realfilm mit optischen Effekten – Modellaufnahmen, Computeranimationen und Spezialeffekte wie aus den Brückenkonsolen stiebende Funken und Phaserexplosionen – umfaßt, sind Storyboards für die Planung sogar noch wichtiger. Tatsächlich sind sie entscheidend für den Prozeß, in dem die für die optischen Effekte zuständigen Unternehmen ihre Angebote für die Durchführung dieser Arbeit abgeben.

Darüber hinaus liefern Storyboards einen faszinierenden Blick auf die Entwicklung bis hin zum fertigen Film. Manche Storyboard-Sequenzen stellen komplette Szenen dar, die nie gedreht wurden oder – nachdem sie gefilmt worden war – aus dem fertigen Film geschnitten wurden. Andere Sequenzen lassen Zwischenphasen im Design erkennen, wie in diesen Storyboards, die das ungewöhnliche Starfleet-Abzeichen und die ›alten‹ Elemente der *Enterprise* enthalten, beispielsweise die Navigationskuppel.
Die Storyboards auf den folgenden Seiten zeigen V'Gers Angriff auf die *Enterprise* in *The Motion Picture*. Der Name ASTRA steht für ›A STAR TREK, Robert Abel Produktion‹. Die endgültigen Effekte für diese Sequenz wurden im fertigen Film unter der Leitung von Douglas Trumbull geschaffen.

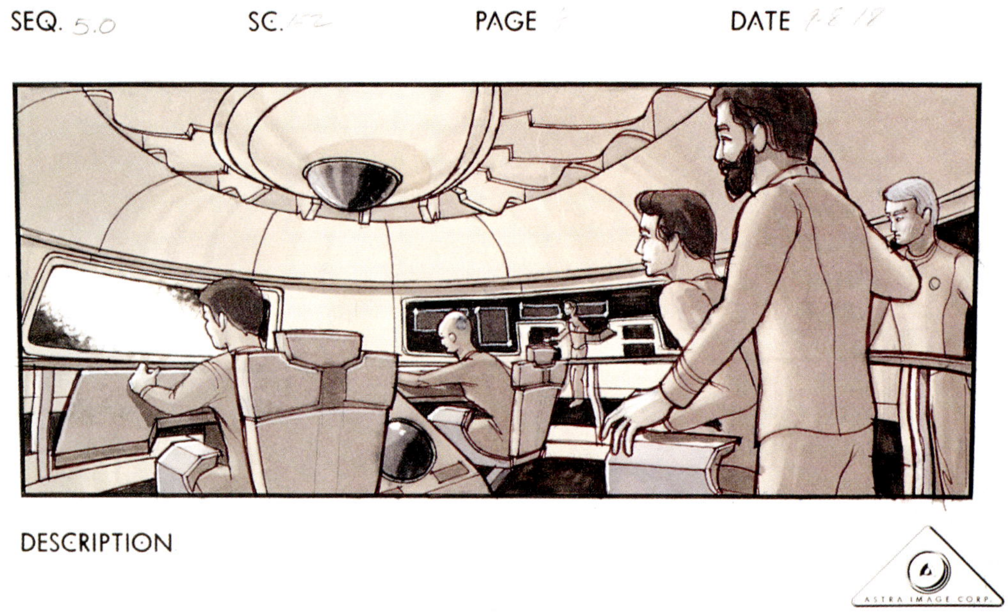

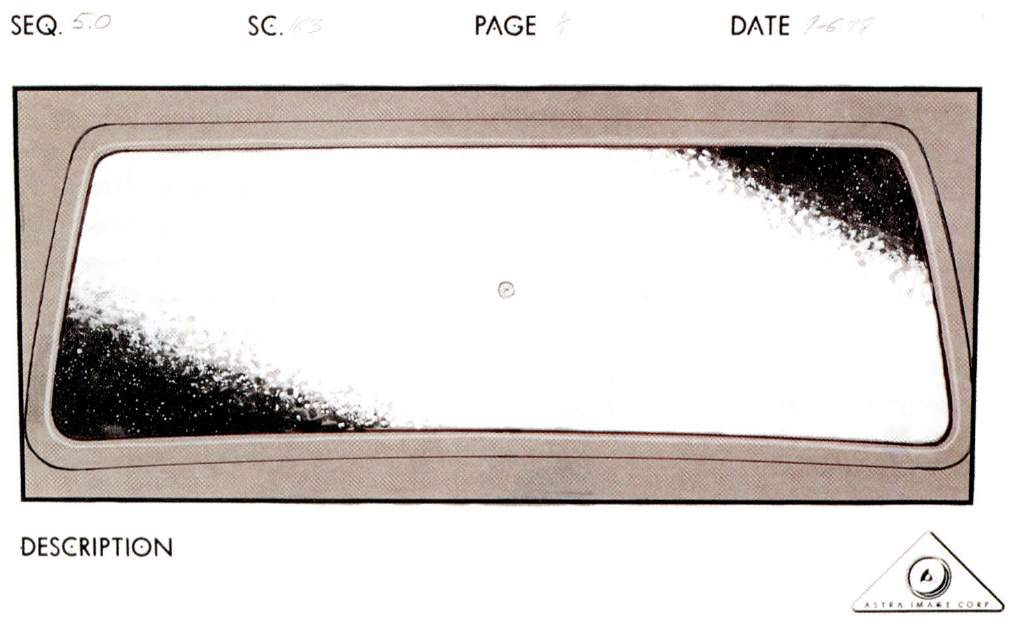

SEQ. 5.0 SC. PAGE DATE

DESCRIPTION

SEQ. 5.0 SC. PAGE DATE

DESCRIPTION

SEQ. 5.0 SC. PAGE DATE

DESCRIPTION

DIE KUNST DES STORYBOARDS, 2

SEQ. 5.0 SC. 166 PAGE DATE

DESCRIPTION

SEQ. 5.0 SC. 167 PAGE 5 DATE

DESCRIPTION

SEQ. 5.0 SC. 167 PAGE 5 DATE

DESCRIPTION

SEQ. 5.0 SC. PAGE DATE

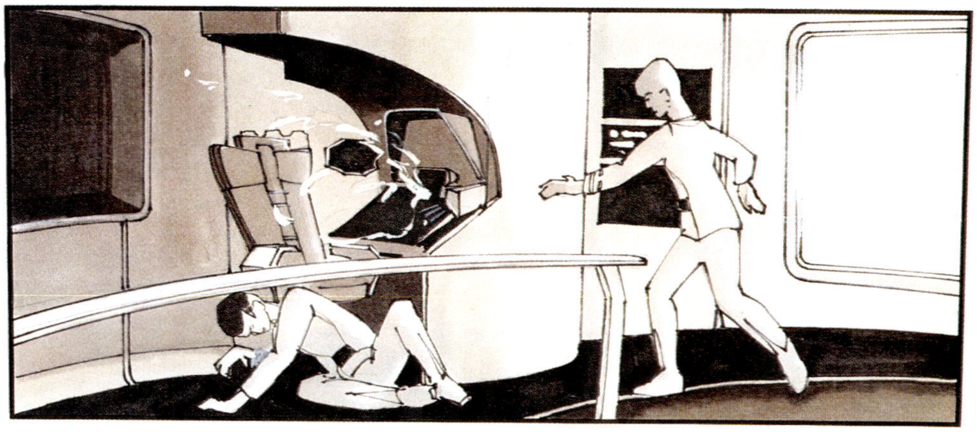

DESCRIPTION

SEQ. 5.0 SC. PAGE DATE

DESCRIPTION

SEQ. 5.0 SC. PAGE DATE

DESCRIPTION

DIE KUNST DES STORYBOARDS, 3

SEQ. SC. PAGE DATE

DESCRIPTION

ASTRA IMAGE CORP

SEQ. SC. PAGE DATE

DESCRIPTION

ASTRA IMAGE CORP

SEQ. SC. PAGE DATE

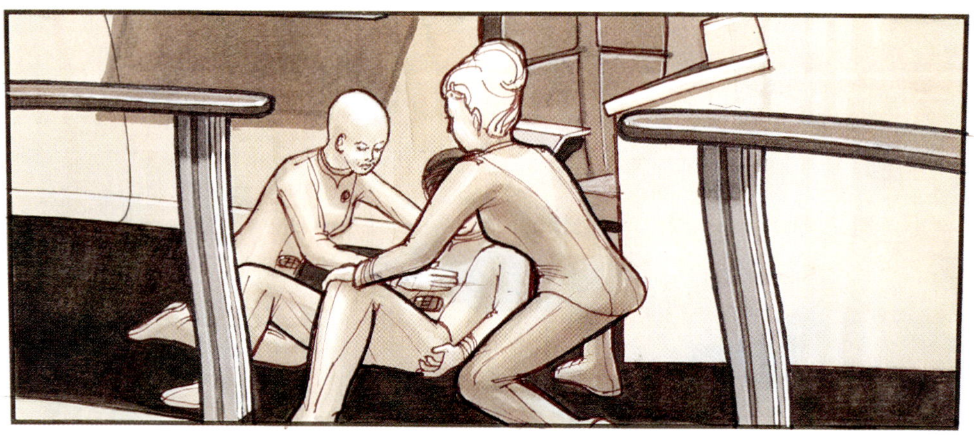

DESCRIPTION

ASTRA IMAGE CORP

SEQ. SC. PAGE DATE

DESCRIPTION

SEQ. SC. PAGE DATE

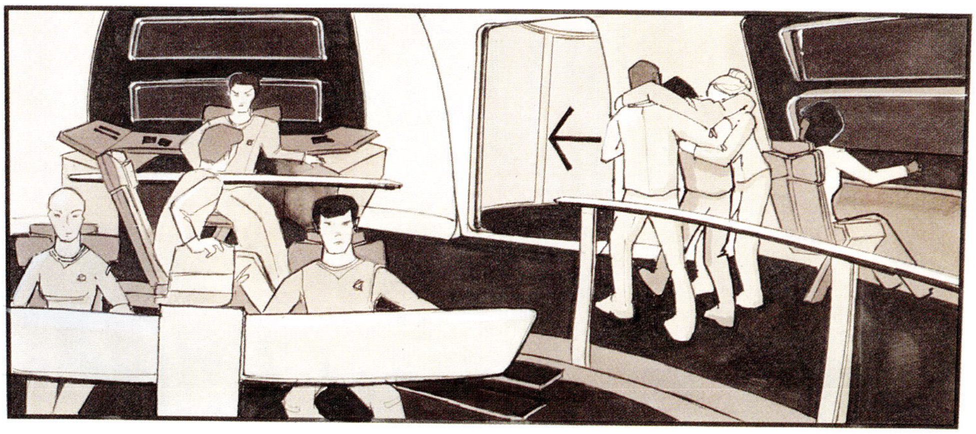

DESCRIPTION

SEQ. SC. PAGE DATE

DESCRIPTION

DIE KUNST DES STORYBOARDS, 4

SEQ. 5.0 SC. 177 PAGE DATE 9-8-78

DESCRIPTION

SEQ. 5.0 SC. PAGE DATE 9-8-78

DESCRIPTION

SEQ. SC. 181 PAGE DATE

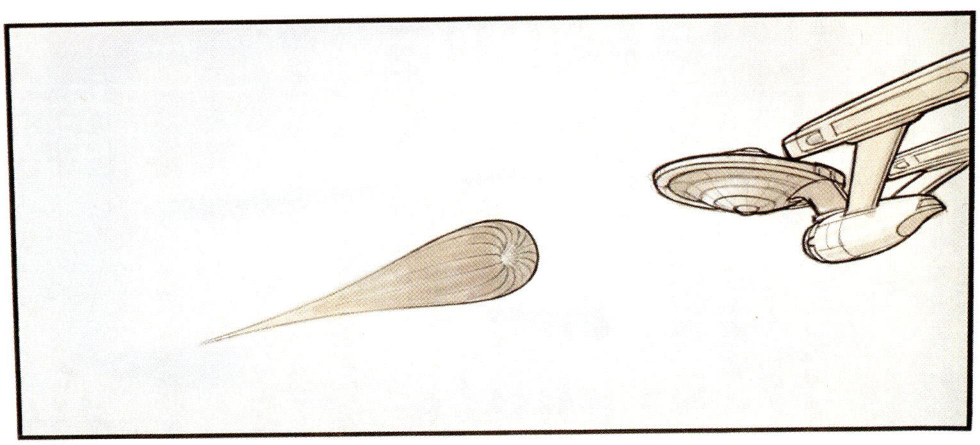

DESCRIPTION WHIPLASH ENERGY BOLT BLASTING TOWARD THE ENTERPRISE (CUT TO 182)

SEQ. SC. PAGE DATE

DESCRIPTION

SEQ. SC. PAGE DATE

DESCRIPTION

DIE KUNST DES STORYBOARDS, 5

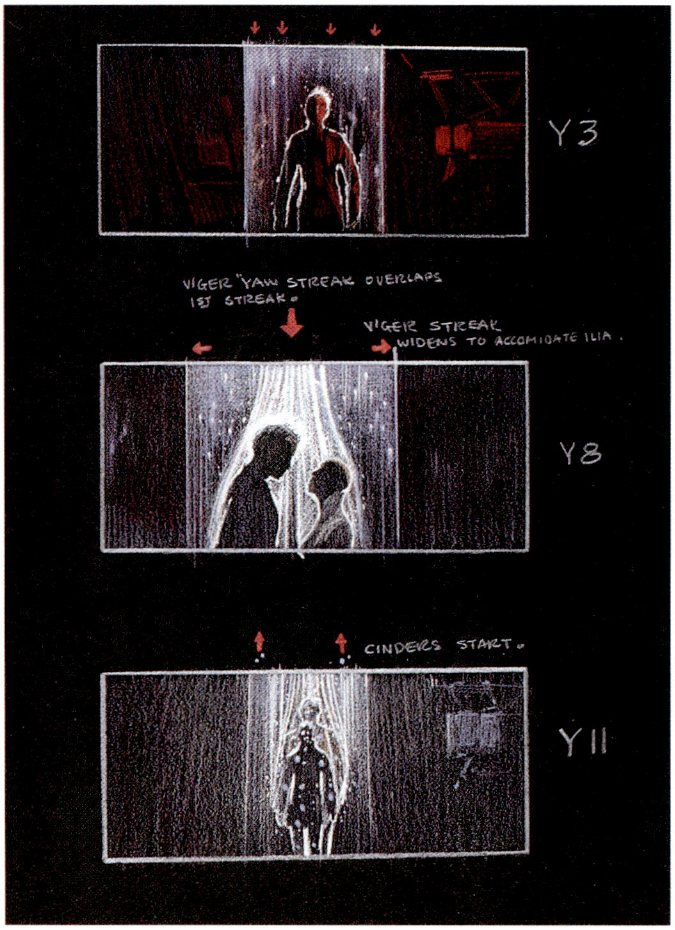

Decker und die Ilia-Einheit vereinigen sich.

Erste Storyboards für V'Ger, von der Erde aus gesehen

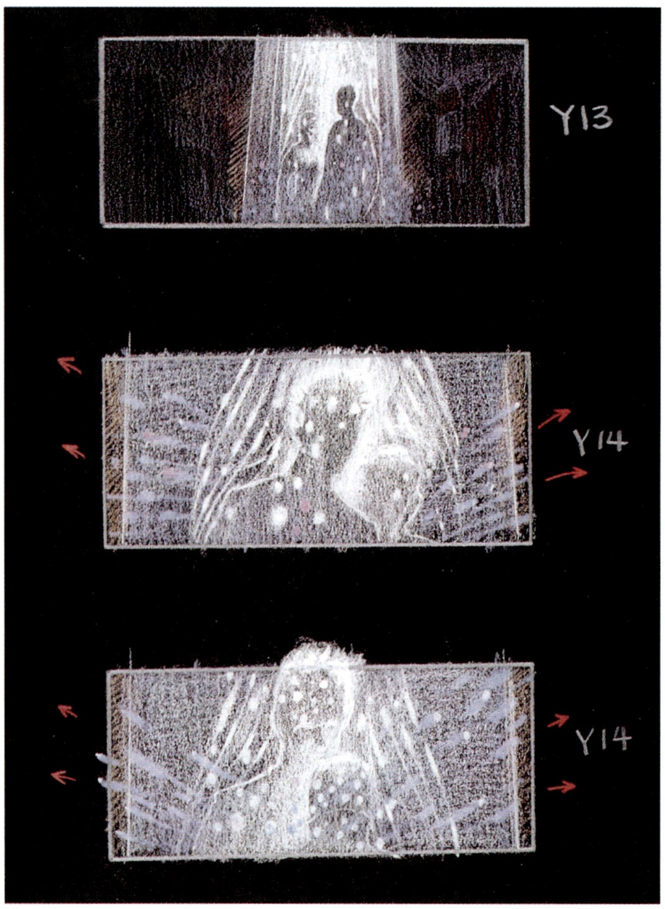

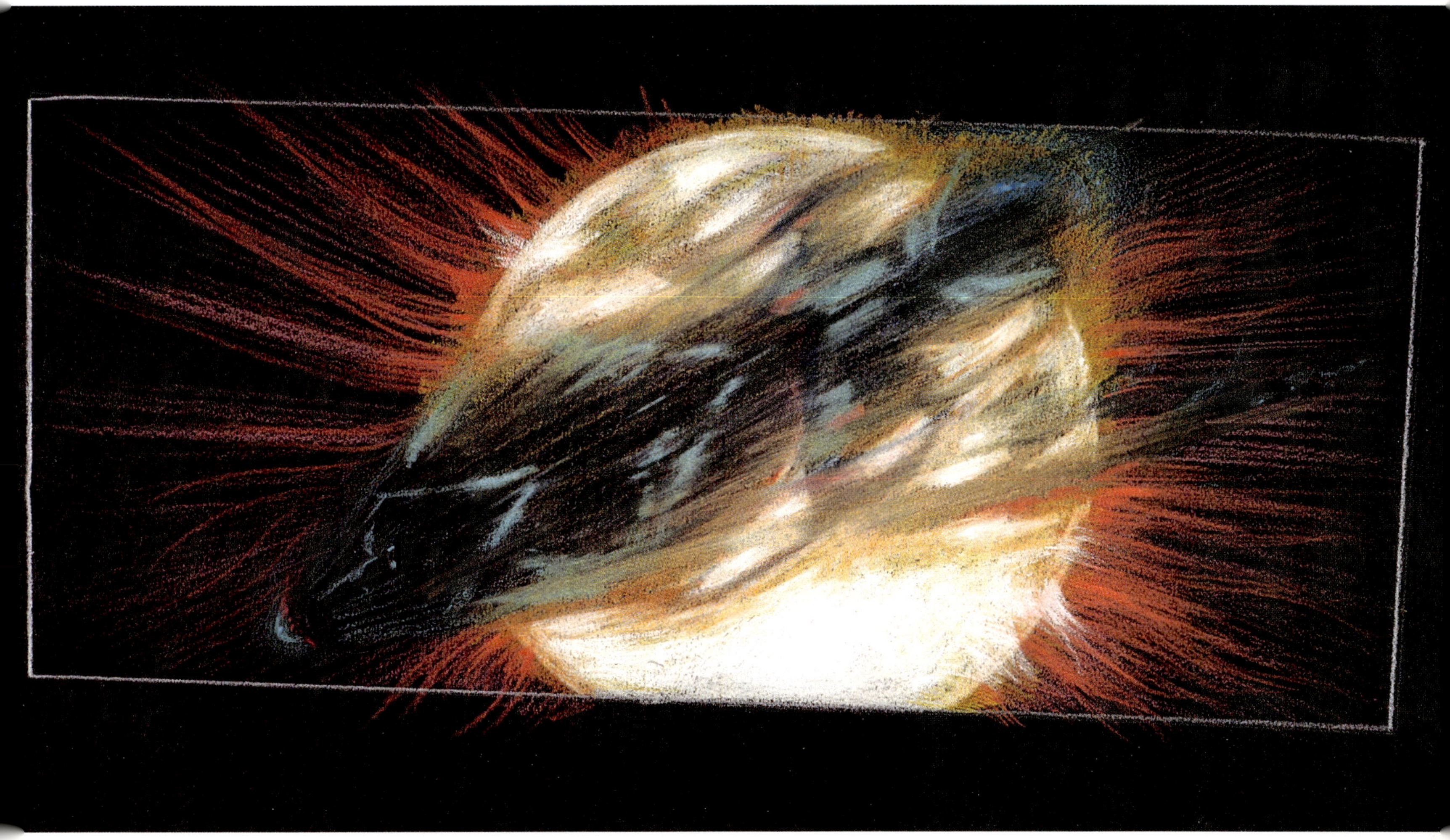

Ausgearbeitete Darstellung, wie V'Ger die Sonne verdunkelt

Die *Enterprise* in der V'Ger-Wolke

DIE KUNST DES STORYBOARDS, 6

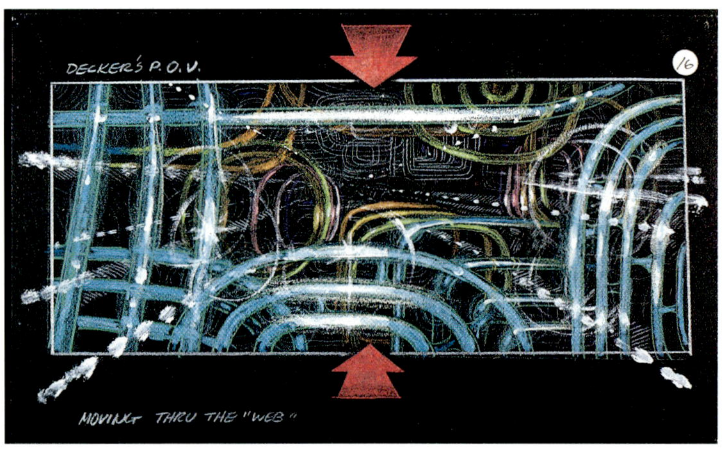

Die *Enterprise* setzt ihre Reise durch V'Ger fort.

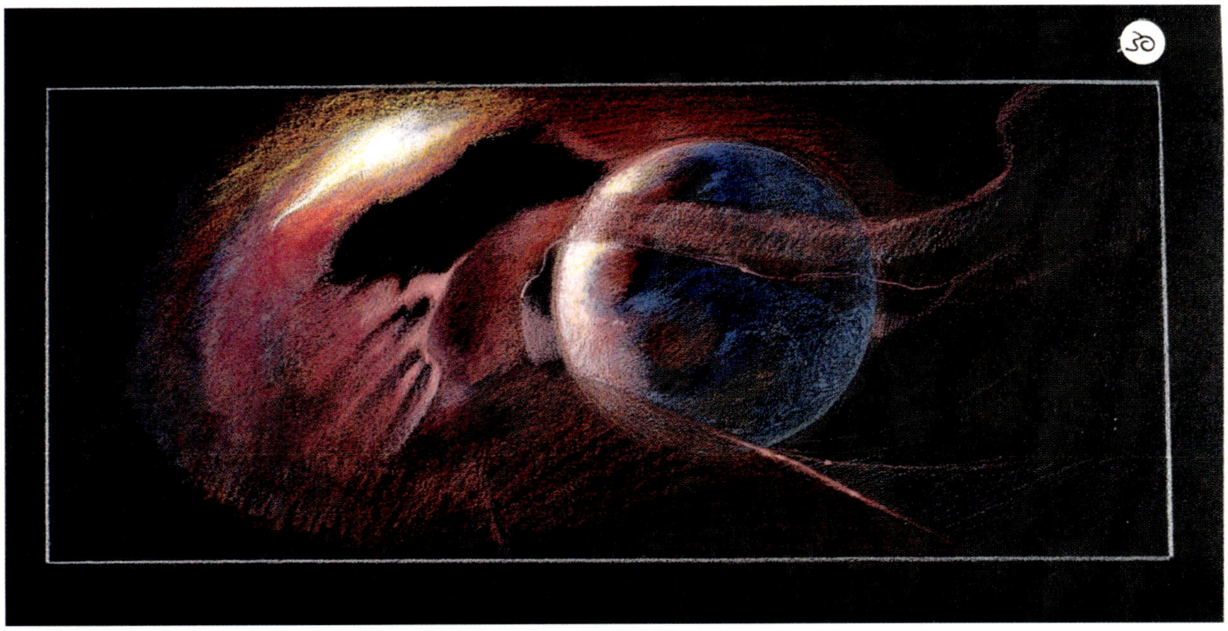

STORYBOARDS MIT FREUNDLICHER GENEHMIGUNG VON PARAMOUNT PICTURES

V'Gers Erscheinungsbild nahe der Erde. Beachten Sie das ›Gesicht‹ unterhalb des Lichts im letzten Bild.

DIE SZENE, DIE SICH NIE EREIGNETE

Während des Großteils der Dreharbeiten zu *The Motion Picture* war das Filmende noch nicht festgelegt. Designer Andrew Probert versorgte die Produzenten mit seinem eigenen Drehbuchvorschlag für einen optisch dramatischen Abschluß und hielt dieses Ereignis in einem Storyboard fest.

Die Möglichkeit einer Abtrennung der Diskus-Sektion wurde zum ersten Mal in der *Classic*-Episode ›Die Stunde der Erkenntnis‹ erwähnt. Aber es dauerte bis zum Pilotfilm von *The Next Generation*, ehe dieses Manöver gezeigt wurde.

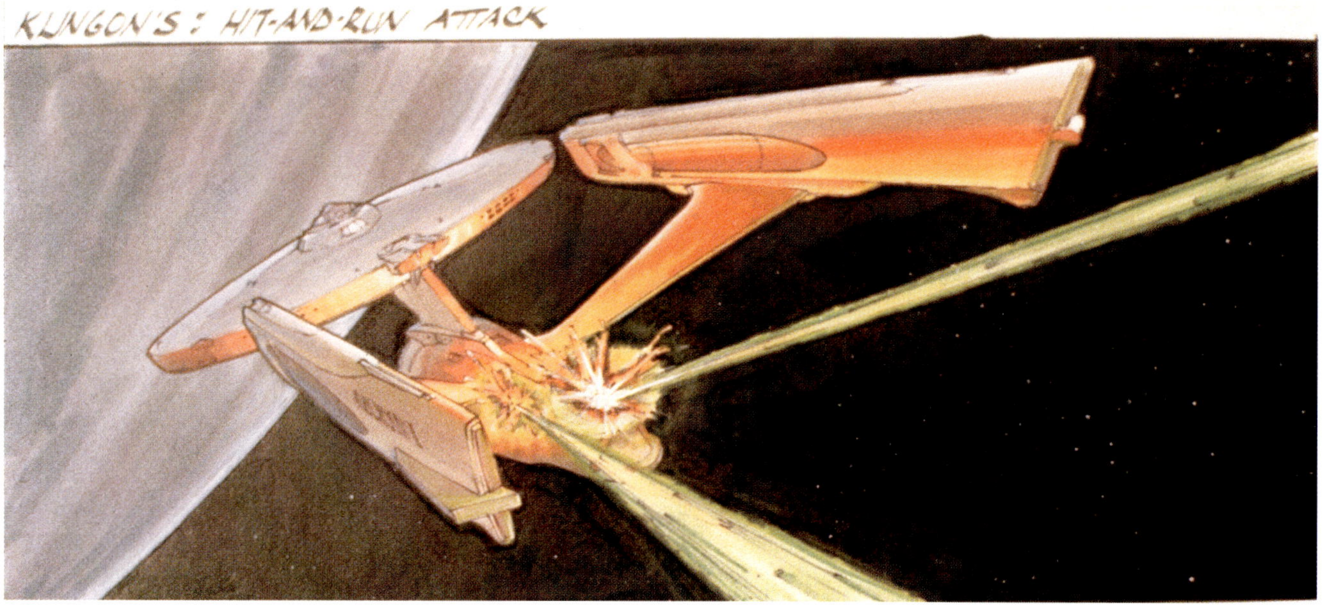

ZEICHNUNGEN MIT FREUNDLICHER GENEHMIGUNG VON ANDREW PROBERT

ENGINEERING SECTION — VIEWED FROM SEPARATED SAUCER

SAUCER LIFTOFF

ENTERPRISE SAUCER — IN PURSUIT OF KLINGONS.

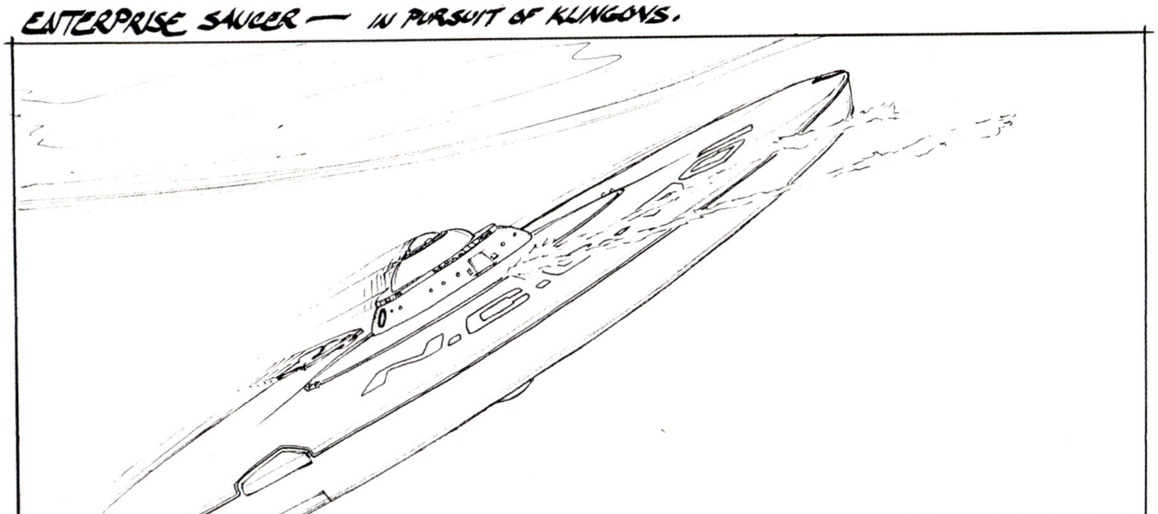

NEUN

EINE GROSSE, GLÜCKLICHE FAMILIE

STAR TREK II – THE WRATH OF KHAN 1982

The Wrath of Khan in Japan

The Wrath of Khan in Deutschland

STAR TREK II – THE WRATH OF KHAN

Anfang 1980, eine Woche nachdem er seinen neuen Job als Produzent für die Fernsehabteilung von Paramount angenommen hatte, wurde Harve Bennett gebeten, sich mit Barry Diller, Michael Eisner und Charles Bludhorn, dem Kopf von Paramounts Muttergesellschaft Gulf + Western, zusammenzusetzen. Ohne Zeit zu verschwenden, fragte Bludhorn Bennett sofort, ob er *The Motion Picture* gesehen hatte und, wenn ja, was er von dem Film hielt.

Bennett erinnert sich, daß er in solchen Situationen nur eine Regel kennt – rigorose Ehrlichkeit. Er *hatte* den Film gesehen. An was er sich am ehesten erinnerte, war, daß seine Kinder, die normalerweise bei den meisten Filmen ruhig sind, ihn die ganze Zeit mit Bitten um Süßigkeiten und mit Toilettenbesuchen gequält hatten. Bennett blieb nichts anderes übrig, als Bludhorn zu sagen, daß er den Film für ›wirklich langweilig‹ hielt.

»Können Sie einen besseren Film produzieren?« fragte Bludhorn.

Da er nicht wußte, worum es eigentlich ging, erwiderte Bennett, er könne zumindest einen Film produzieren, der nicht so langweilig sein würde.

Dann fragte Bludhorn: »Können Sie das auch mit weniger als 45 Millionen Dollar?«

Aufgrund seiner vorherigen Tätigkeit als Fernsehproduzent antwortete Bennett: »Für das Geld könnte ich fünf Filme machen.«

Woraufhin Bludhorn entgegnete: »Tun Sie's.«

Und so begann das Abenteuer des zweiten *Star Trek*-Films.

Wieder einmal war das Projekt nicht drehbuchorientiert. Vielmehr war es die allgemeine Idee, die das *Star Trek*-Projekt voranbrachte. *The Motion Picture* hatte trotz seiner gemischten Kritiken Rekorde an den Kinokassen aufgestellt. Das beträchtlich große SF-Publikum, das *Star Wars* und *Unheimliche Begegnung* zu Kassenschlagern gemacht hatte, hatte auch bei *Star Trek* zum Erfolg geführt. Selbst mit Produktionskosten in der Höhe von 45 Millionen Dollar würde *The Motion Picture* dem Studio Gewinne bescheren, obwohl der Film nie die Hollywood-Definition des Begriffs ›profitabel‹ erreichte.

Alles zusammengenommen war für die Paramount-Verantwortlichen offensichtlich: Wenn ein zweiter *Star Trek*-Film fast so erfolgreich sein würde, ohne die Last ausufernder Entwicklungskosten und überteuerter Spezialeffekte zu tragen, die das Budget von *The Motion Picture* aufgeblasen hatten, dann verfügte das Studio mit diesem Franchise möglicherweise über eine Goldmine.

Die wichtigsten Fragen, die beantwortet werden mußten, lauteten: Welche Elemente hatten zum Erfolg von *The Motion Picture* beigetragen? Und welche durften in zukünftigen Produktionen fehlen? Die Antwort auf diese Fragen würde *Star Trek* für seine nächsten drei Einsätze definieren, bis zur nächsten Stufe der Evolution: *Star Trek – The Next Generation.*

Ob zu Recht oder nicht, ein Element, auf das man bei Paramount glaubte, bei der Entwicklung eines neuen *Star Trek*-Films verzichten zu können, war Gene Roddenberry, dem man einen Teil der Verantwortung für das Management der mißlungenen Spezialeffekte und für die träge Handlung zuschrieb. Obwohl Roddenberry weiterhin Einfluß auf jede Phase der Entstehung des Films haben sollte und obwohl seine Gedanken und seine Philosophie weiterhin die Grundsätze der einzigartigen Vision einer humanistischen Zukunft in *Star Trek* beeinflussen sollten, würde er seine Kreation nicht länger kontrollieren können. Paramount neigte zu der Ansicht, daß *Star Trek* so groß geworden war, daß es nicht mehr von einer einzigen Person beherrscht werden könnte. Die Zeit sollte ihnen recht geben.

Der erste bestimmende ›Filter‹ für *Star Trek – The Movie II*, wie er zu der Zeit noch hieß, war das Budget: 8,5 Millionen Dollar. Selbst ohne die zusätzlichen Entwicklungskosten von *The Motion Picture* belief sich dieser Betrag auf gerade einmal ein Drittel dessen, was der erste Film gekostet hatte. (Die begeisterte Reaktion des Studios auf das Filmmaterial der ersten zwei Wochen veranlaßte die Verantwortlichen, das Budget um 2,5 Millionen Dollar zu erhöhen.)

Paramount versuchte, die finanziellen Limits zu drücken, indem man darauf verwies, daß Bennett alle Bühnenbilder des ersten Films benutzen konnte, das 50 000 Dollar teure Modell der *Enterprise* und alle unbenutzten Spezialeffekt-Sequenzen eingeschlossen. Leider waren die Bühnenbilder zerstört worden, wie Bennett schnell feststellen mußte, das Modell war gestohlen worden, und die unbenutzten Spezialeffekte waren unbrauchbar.

Als Newcomer in Sachen *Star Trek* rekrutierte Bennett viele aus der Produktionscrew von *The Motion Picture*, um eine logische Weiterentwicklung zu gewährleisten. Designer Mike Minor – jetzt Art Director und dem Produkti-

Für den zweiten Film wurden die Kommunikatorarmbänder durch eine Aktualisierung des Designs aus der *Classic*-Serie ersetzt.

onsdesigner Joe Jennings unterstellt – gefiel die Herausforderung, zu den Bühnenbildern zurückzukehren, die für *Phase II* gebaut und für den ersten Film aufpoliert worden waren. »Der erste Film war ziemlich verwaschen«, sagte er. »In visueller Hinsicht war er seelenlos. Er war steif.« Die Veränderungen, die er an den gleichen Dekors für *The Wrath of Khan* vornahm, machten sie, wie er es empfand, ›viel freundlicher, flotter‹. Minor schrieb einen Großteil des verbesserten Erscheinungsbildes – insbesondere der Brücke – dem Grafikdesigner Lee Cole zu, der viele der neuen Details dem Set hinzugefügt hatte.

Die Bühnenbilder umzugestalten, anstatt sie neu zu bauen, war nicht die einzige Form der Pfennigfuchserei, die Bennett in die Produktion einbrachte. Einige Sets des ersten Films wurden einfach umbenannt und als neue Handlungsorte verwendet. Beispielsweise wurde die von Andrew Probert entworfene, beeindruckende klingonische Brücke in zwei neue Sets aufgeteilt: den Transporterraum der Raumstation und den Torpedoraum der *Enterprise*. Selbst die Brücke der *Enterprise* erfüllte drei verschiedene Aufgaben als *Enterprise*-Brücke, als Simulationsraum von Starfleet und als Brücke der *Reliant*.

Da die Talente und Fachkenntnisse einer begabten Crew halfen, viele der kostensparenden Strategien dieser schmaleren *Star Trek*-Produktion zu kaschieren, kam der bemerkenswerteste Beitrag zum neuen Erscheinungsbild vom Regisseur des zweiten Films, Nicholas Meyer.

Wie Bennett war Meyer mit *Star Trek* nicht vertraut gewesen, bevor man ihm diese Arbeit angeboten hatte. Daher brachte Meyer wie Bennett seine eigene, unabhängige Analyse dessen mit, was *Star Trek* sein sollte, anstatt sich auf das zu verlassen, was in der Vergangenheit geschehen war. Bis heute diskutieren Fans darüber, ob Meyers Beiträge (in *The Wrath of Khan* und *The Undiscovered Country*, bei dem er ebenfalls Regie führte) sich genau an Roddenberrys Vision von *Star Trek* hielten. Aber die Tatsache, daß die *Star Trek*-Filme während dieser Diskussion weiterhin florieren, scheint anzudeuten, daß Meyers Einfluß auf das Erscheinungsbild des *Star Trek*-Universums vom Kinopublikum angenommen worden ist.

Meyer reagierte wie Mike Minor abschätzig auf das kühle, schmucklose Erscheinungsbild des 23. Jahrhunderts, wie es in *The Motion Picture* gezeigt wurde. Unter seiner Leitung wurden die glatten, nüchternen Starfleet-Uniformen von Robert Fletcher völlig überarbeitet, um eine militärischere Atmosphäre zu schaffen. Bei einem Gang über die Brücke scherzte Meyer, daß er der Produktion Kosten in Höhe von 60 000 Dollar beschert hatte, weil er die Bühnenbildner veranlaßte, mehr blinkende Lichter und Schilder hinzuzufügen.

Eine umstrittene Ergänzung, die Meyer auf der Brücke veranlaßte, war das Schild ›Rauchen verboten‹. Meyer, selbst ein unbekehrbarer Raucher, erinnert sich: »Jeder bekam deswegen einen Anfall. ›Wie kannst du das machen? Das ist die Zukunft.‹ Und ich sagte: ›Warum sollten wir in der Zukunft aufhören zu rauchen? Wir rauchen seit vierhundert Jahren. Glaubt ihr wirklich, daß wir in den kommenden zwei Jahrhunderten damit aufhören?‹« Meyer sollte sich mit einer ähnlichen Diskussion über seine Entscheidung konfrontiert sehen, in *Star Trek VI – The Undiscovered Country* der *Enterprise* eine Küche mit Kochtöpfen und Pfannen zu geben, obwohl die Trek-Tradition ein futuristischeres System zur Nahrungssynthetisierung vorschrieb.

Der andere große Einfluß auf das Erscheinungsbild von *Star Trek II* stammte von Produzent Robert Sallin. Wie Bennett brachte auch Sallin eine andere Produktionsmentalität in den Film ein. Er war bekannt als Regisseur und Produzent Hunderter von Werbespots, die berüchtigt sind für ihre halsbrecherischen Termine und ihre knappen Budgets.

Mit Mike Minor, der detaillierte Storyboards für jede Fassung des Drehbuchs erstellte, schuf Sallin ein ausgearbeitetes System, jeden benötigten Spezialeffekt ausfindig zu machen und zu beschreiben, sprichwörtlich bis zur Bild-für-Bild-Darstellung. Während die Vorbereitungsphase des Films voranschritt, führte Sallins exakte Planung ihn zu einem unvermeidlichen Schluß: Es gab nur ein Unternehmen, das die für den Film erforderlichen, qualitativ hochwertigen Spezialeffekte liefern konnte: Industrial Light & Magic, die Gesellschaft, die George Lucas gegründet hatte, um die optischen Effekte für *Star Wars* zu schaffen, und die inzwischen einer der führenden Effektelieferanten der Filmindustrie ist.

Um den knappen Budgetanforderungen gerecht zu werden, arbeitete ILM auch mit Material aus dem ersten Film. Die neue *Enterprise*, die für *The Motion Picture* gebaut worden war, wurde wiedergefunden, aufpoliert und wiederverwendet. (Außerdem wurden auch einige kleinere Modelle gebaut.) Die Orbitalstation aus dem ersten Film wurde auf den Kopf gestellt, mit zusätzlichen Feinheiten versehen – dann war sie zum Weltraumlaboratorium Regula I geworden. Aber ILM baute auch die völlig neue *Reliant* (nach Entwürfen von Joe Jennings und Mike Minor), und schuf den bis dahin spektakulärsten Filmeinsatz von computererzeugten Bildern – das Genesis-Band, das zeigte, wie der Genesis-Torpedo einen leblosen Planeten innerhalb von Minuten in einen lebenden verwandeln kann.

Die *Star Trek*-Tradition, nach der viele verschiedene Mitarbeiter auf unterschiedliche Art etwas zur Produktion beisteuern, wird durch die Geschichte des Genesis-Torpedos bestens demonstriert. Eine frühe Fassung des Drehbuchs trug den Titel ›The Omega Device‹. Darin ging es um ein Gerät von unfaßbarer Zerstörungskraft – mit anderen Worten: eine Bombe. Nicht gerade eine originelle Bedrohung. Aber während einer Besprechung in der Vorbereitungsphase schlug Mike Minor vor, daß dieses Gerät Teil eines Terraforming-Projekts sein könnte – also ein Gerät, um etwas zu erschaffen, nicht zu vernichten. Harve Bennett sprang augenblicklich auf, umarmte Minor und sagte ihm: »Du hast *Star Trek* gerettet!«

Minor fuhr mit Probezeichnungen der Genesis-Höhle fort, die zum Teil auf den unterirdischen Kavernen beruhten, die die Hitzestrahlen der Marsianer in dem Klassiker *Invaders from Mars* aus dem Jahre 1953 erzeugt hatten. Was das Genesis-Band betraf, das die Fähigkeit des Geräts demonstrierte, Leben aus toter Materie zu erschaffen, waren zehn Künstler von ILM sechs Monate beschäftigt, um die kaum mehr als eine Minute dauernde Sequenz zu erstellen. Sie wurde entworfen von Jim Veilleux, dem Überwacher der optischen Effekte, und von einem Team unter der Leitung von Alvy Ray Smith und Loren Carpenter produziert.

Zunächst war das Resultat dieser neuen Annäherung an *Star Trek* ähnlich wie die Reaktionen auf den ersten Film: Die Kritiker waren keineswegs überwältigt. David Denby, der für das Magazin *New York* schrieb, wollte *Star Trek II* nicht einmal als Film gelten lassen, wegen der Einschränkungen, die dem Regisseur durch das auferlegt worden waren, was bereits im *Star Trek*-Universum festgelegt worden war. Er berichtet, daß der Film die »gleichen schäbigen Bühnenbilder, die zu konstruierten Situationen, die Pfadfinderreden über Demokratie, Ehre und Gefühle kontra Logik« aufweist wie die Serie, nur mit einem größeren Budget. Das Magazin *People* bezeichnete das Tempo der Dreharbeiten und der Regie des Films als ›bleiern‹. Die *Washington Post* erklärte, daß *Star Trek II* optisch nicht mit *Star Wars* konkurrieren könne – trotz der Tatsache, daß ILM für die optischen Effekte in beiden Filmen verantwortlich war – und daß »die *Enterprise* noch immer wie ein Spielzeugboot in einer Flasche aussieht«. Nur ein Kritiker, Peter Schickel vom Magazin *Time*, hatte scheinbar die wahre Attraktivität des *Star Trek*-Films erfaßt, als er sagte, die Zuschauer werden das Kino verlassen »mit dem angenehmen Gefühl, alte Freunde wiedergetroffen und festgestellt zu haben, daß es ihnen gutgeht«.

Aber letzten Endes machte es wieder einmal wenig aus, was die Kritiker sagten. *The Wrath of Khan* setzte die Tradition des ersten Films fort und stellte einen neuen Einnahmerekord für das Eröffnungswochenende auf – 14,4 Millionen Dollar. Der Film entwickelte sich zu einem der fünf erfolgreichsten Filme des Jahres 1982 und spielte insgesamt 85 Millionen Dollar ein. Und nach fünfzehn Jahren und fünf weiteren Filmen halten viele Fans *The Wrath of Khan* noch immer für den besten *Star Trek*-Film.

Worauf die Verantwortlichen gesetzt hatten, hatte sich eindeutig und unwiderlegbar bestätigt: Es stand außer Frage, daß *Star Trek* ein Eigenleben entwickelt hatte.

DIE RELIANT

Für die dramatische Raumschlacht zwischen Kirk und Khan wurde ein neues Raumschiff benötigt – eines, das sich deutlich von der *Enterprise* unterschied, sich gleichzeitig aber nahtlos in das *Star Trek*-Universum einfügte.

Durch die Verwendung ähnlicher Bestandteile wie der Diskus-Sektion und der Antriebsgondeln der *Enterprise* entwarfen Mike Minor und Joe Jennings die *U.S.S. Reliant*, mit der sie beiden Anforderungen gerecht wurden.

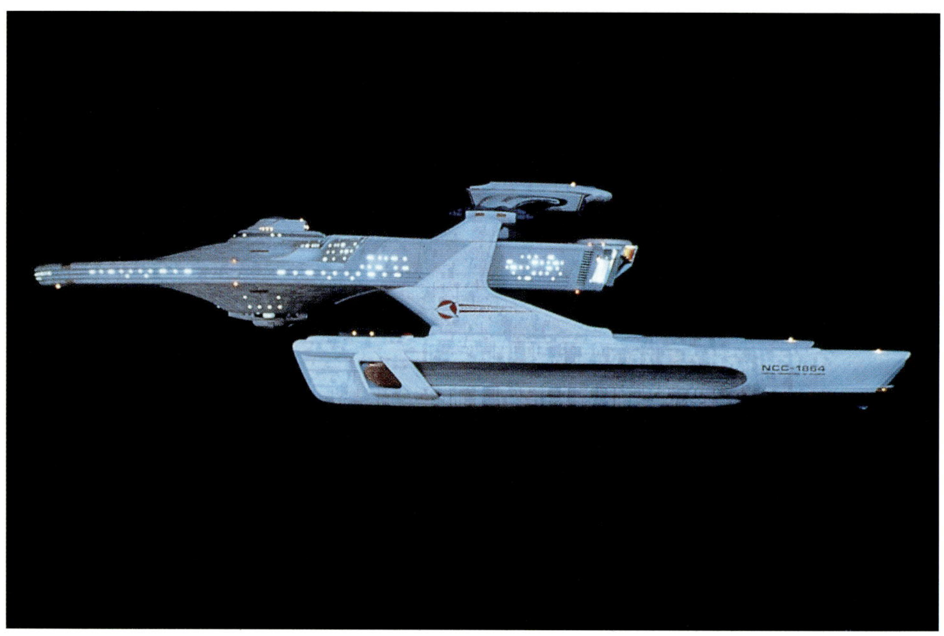

EIN NEUES ERSCHEINUNGSBILD

In *The Wrath of Khan* erhielten die gedämpften Pastelltöne der *Enterprise* aus *The Motion Picture* eine düsterere, härtere und militärischere Atmosphäre, was der Vorstellung des Regisseurs Nicholas Meyer von *Star Trek* als Horatio-Hornblower-Abenteuer entsprach.

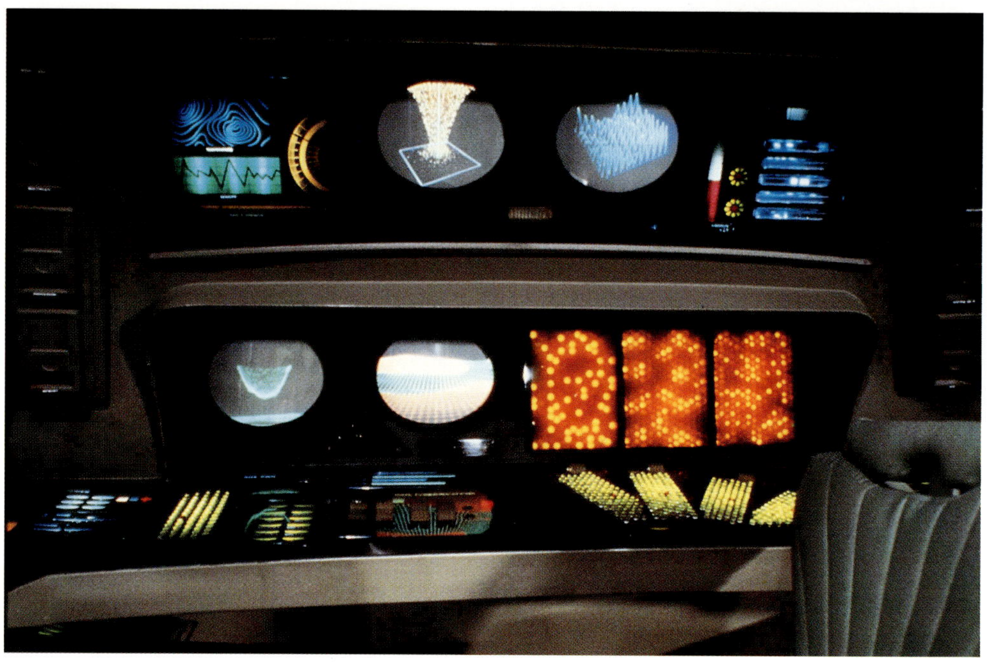

FR 110
FR 112
27
FR 108
31a
30a
24a

Entwurf des Art Directors Mike Minor für die spektakuläre Genesis-Höhle

ZEICHNUNGEN MIT FREUNDLICHER GENEHMIGUNG VON BOB BURNS

GENESIS

Die erinnerungswürdigsten Bilder aus *The Wrath of Khan* drehen sich um den Genesis-Torpedo – ein Handlungselement, das von Art Director Mike Minor während einer vorbereitenden Besprechung aufgeworfen worden war.

Zu dieser Zeit war die computererzeugte Sequenz des Genesis-Effekts von Industrial Light & Magic auf dem neuesten technischen Stand; trotzdem wurde sie im Film als Simulation gezeigt, um dem Publikum die technischen Mängel plausibel zu machen. Heute verfügt Industrial Light & Magic natürlich über so fortschrittliche Computertechnologie, daß man für *Star Trek Generations* ganze Raumschiffe erzeugen konnte, die nur noch ein Experte vom echten Modell unterscheiden kann. Und mit jedem neuen Film, der in die Kinos kommt, wird es selbst für diese Experten schwieriger zu erkennen, was real ist und was nur im Computer existiert.

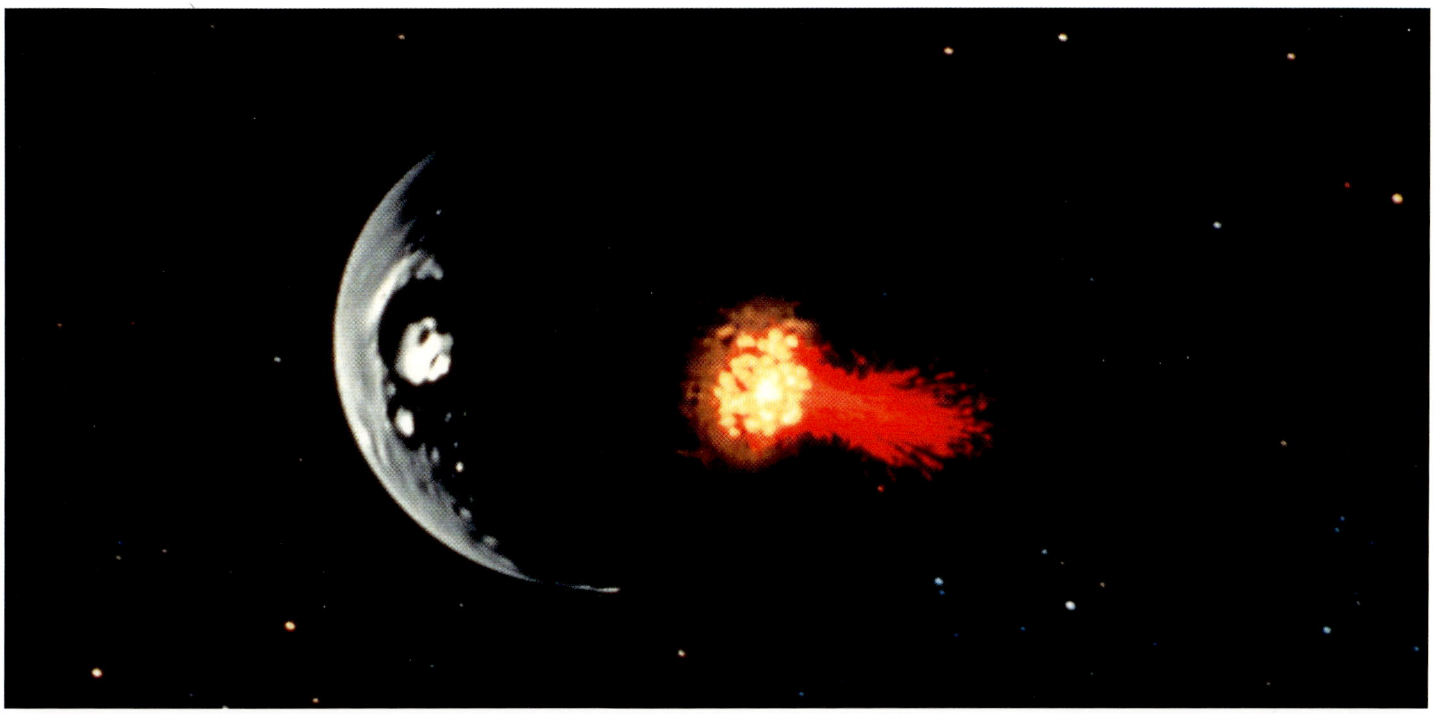

ENTERPRISE
ENTERPRISE
553

ZEHN

EIN WIRKLICHES COMEBACK

STAR TREK III – THE SEARCH FOR SPOCK 1984

STAR TREK III – THE SEARCH FOR SPOCK

***The Search for Spock* in Deutschland**

Obwohl Spock in *The Wrath of Khan* starb, ließ das Ende des Films sehr deutlich die Möglichkeit für seine Rückkehr offen. Scotty war in ›Ich heiße Nomad‹ getötet und wieder zum Leben erweckt worden, McCoy war in ›Landeurlaub‹ das gleiche widerfahren, warum also sollte das bei dem Vulkanier nicht auch möglich sein? Besonders wenn dieser Vulkanier Regie führen wollte.

Als direkte Fortsetzung von *The Wrath of Khan* war *The Search for Spock* in der Lage, auf das zurückzugreifen, was für den vorangegangenen Film gebaut worden war. Für die Produktion bedeutete dieser zweite Einsatz von Bühnenbildern, Kostümen und Requisiten, daß der Film optisch viel interessanter werden würde.

Robert Fletchers Starfleet-Uniformen blieben unverändert. Neue klingonische Kostüme waren erforderlich, aber die folgten dem Design aus *The Motion Picture*. Zunächst hatte das Drehbuch nach Romulanern verlangt, die daran beteiligt sein sollten, das Geheimnis des Genesis-Planeten in

Ein weiteres Mal wurde die Brücke der *Enterprise* mit kleinen Veränderungen in Verarbeitung und Beleuchtung wiederverwendet.

Das beeindruckende Raumdock, entworfen von David Carson und Nilo Rodis, hatte seinen ersten Auftritt.

Im Raumdock

Erfahrung zu bringen, doch Regisseur Leonard Nimoy überzeugte den Produzenten Harve Bennett, daß Klingonen dramatischer waren. Während aber das Drehbuch daraufhin geändert wurde, blieb der Name des gegnerischen Raumschiffs der gleiche. Also wurde aus dem ursprünglichen und logischerweise romulanischen *Bird of Prey* ein klingonischer *Bird of Prey*. Glücklicherweise ist die *Star Trek*-Struktur flexibel genug, um einige dieser Abweichungen von früheren Ereignissen zu schlukken.

Industrial Light & Magic, das bemerkenswerte Arbeit bei *The Wrath of Khan* geleistet hatte, wurde erneut gebeten, an diesem Film mitzuwirken. Die Gesellschaft lieferte nicht nur vier neue Schiffe, sie wurde auch an der Entwicklung der Requisiten beteiligt, unter anderem an allen klingonischen Gegenständen und dem gefährlichen ›Hund‹ des klingonischen Commanders.

Die dramatische Zerstörung der *Enterprise* zum Ende des Films wurde als Gelegenheit für die Designer angesehen, die Entwicklung eines verbesserten Schiffs voranzubringen. Aber obwohl die Brükkendekoration tatsächlich in die Luft gesprengt wurde, retteten die Produzenten das große *Enterprise*-Modell und ließen statt dessen ein kleineres zerstören.

Zum ersten Mal waren die Kritiker-Reaktionen auf einen *Star Trek*-Film deutlich positiv. Nicht alle Besprechungen überschlugen sich, aber viele Kritiker nahmen sich endlich die Zeit, ihre Vorbehalte gegen einen Weltraumfilm, der auf einer abgesetzten Fernsehserie basierte, zu ignorieren, und versuchten zu verstehen, worin die Anziehungskraft von *Star Trek* bestand. Die *Washington Post* ging soweit zu sagen, daß die Akteure »so liebenswürdig sind, so vertrautes lebendes Inventar, daß man sich auf absurde Weise schützend vor sie stellt und sich um sie sorgt«. *USA Today* sagte, der Film »erreicht die größte Ausgewogenheit zwischen Handlung und Effekten, zwischen Charakteren und Action, und zwischen Humor und Drama«. Und Richard Schikkel vom Magazin *Time* sagte, der Film sei »die erste Space Opera, die diesen Begriff im wahrsten Sinn verdient«.

Die Einnahmen des dritten *Star Trek*-Films am Eröffnungswochenende stellten den Rekord ein, den *Indiana Jones und der Tempel des Todes* eine Woche zuvor aufgestellt hatten (und der seinerseits den Rekord von *The Wrath of Khan* eingestellt hatte).

Es gab keinen Zweifel: Ein vierter *Star Trek*-Film war unvermeidbar.

EINE DESIGN-FLUT

The Search for Spock brachte viel neues *Star Trek*-Design auf die Leinwand – von den kleinsten Requisiten bis hin zu einem der beeindruckendsten und langlebigsten Raumschiffe, sowie eines der kleinsten und am schnellsten gebauten. Alle Designs auf diesen Seiten stammen von Industrial Light & Magic.

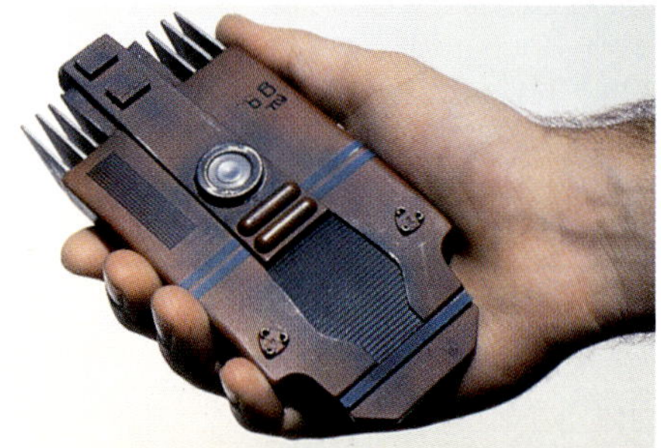

Klingonischer Kommunikator

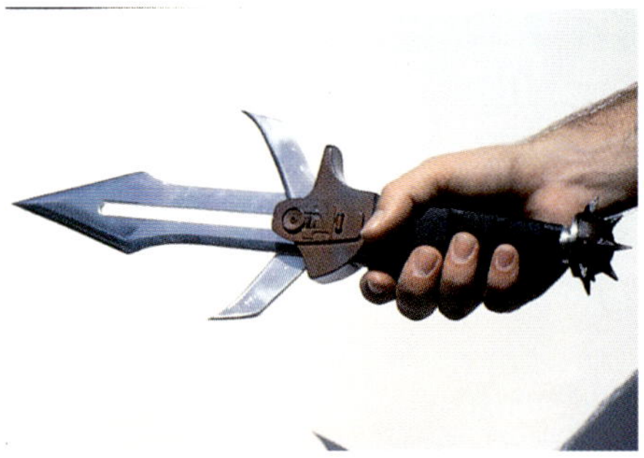

Klingonisches Messer mit ausklappbaren Sekundärklingen

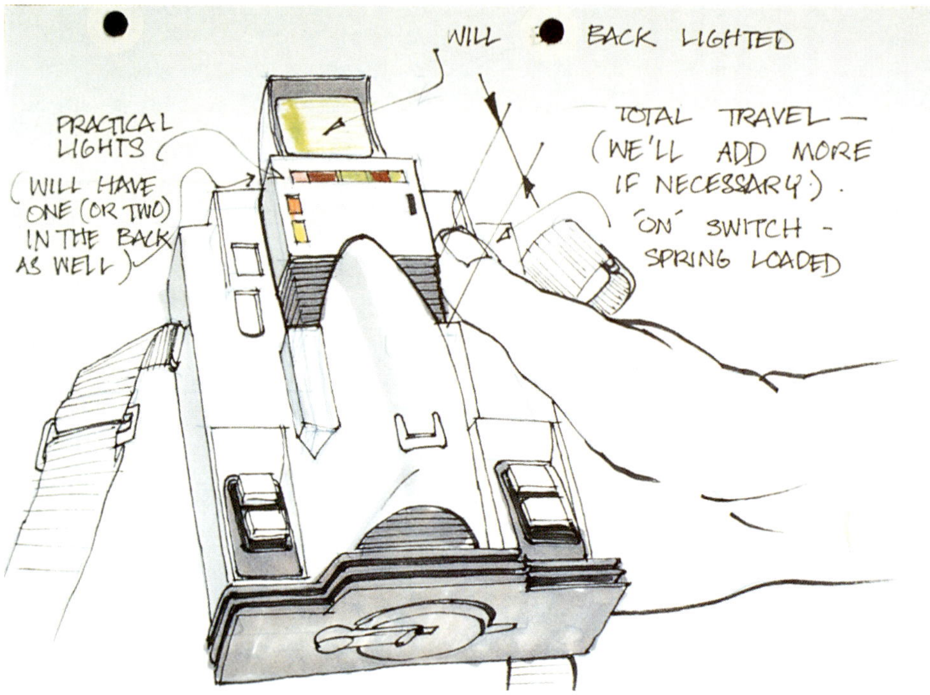

Erste Skizze eines klingonischen Tricorders

Klingonischer Tricorder

Starfleet-Tricorder

Merritt Butrick als Kirks Sohn David Marcus benutzt einen Starfleet-Tricorder.

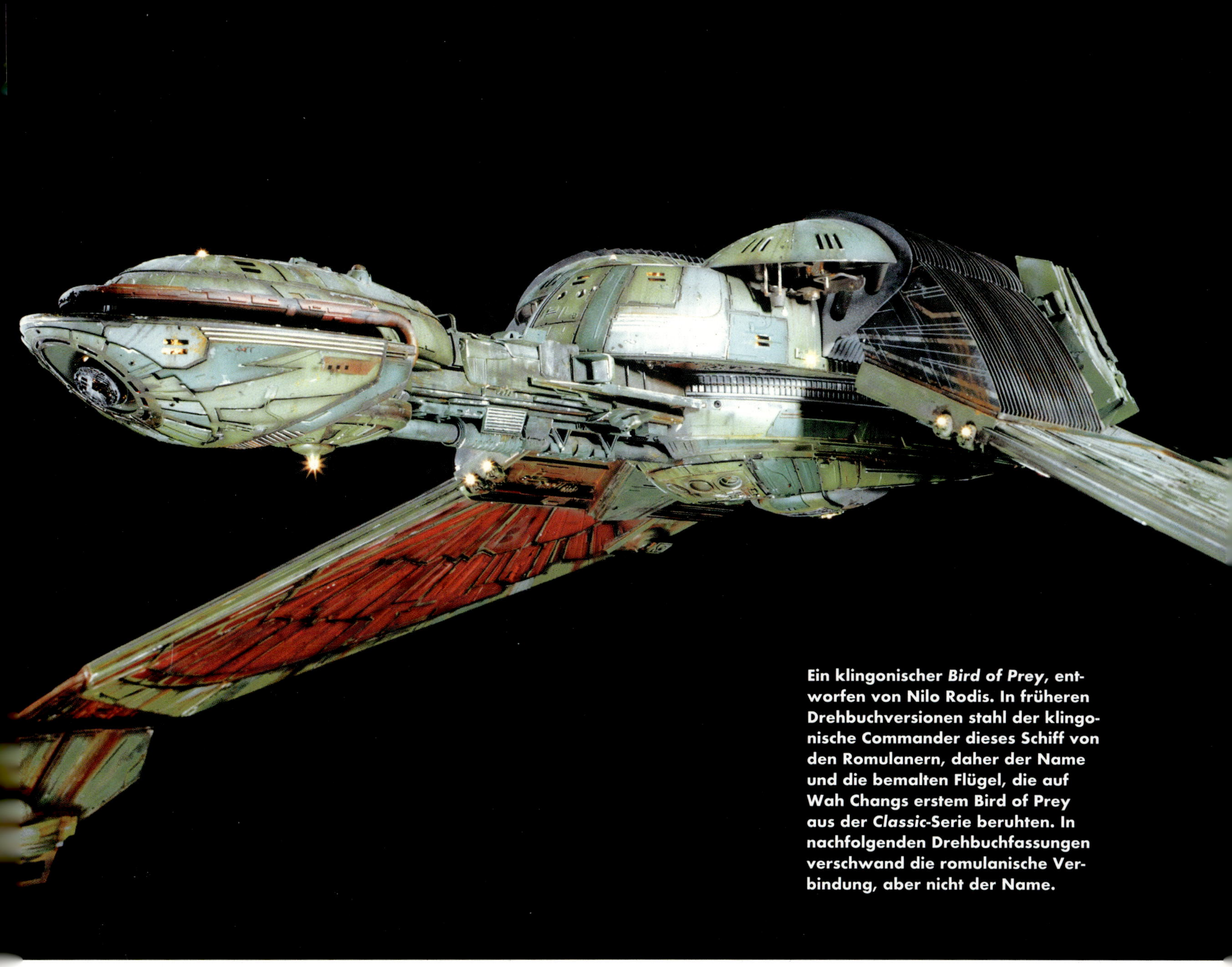

Ein klingonischer *Bird of Prey*, entworfen von Nilo Rodis. In früheren Drehbuchversionen stahl der klingonische Commander dieses Schiff von den Romulanern, daher der Name und die bemalten Flügel, die auf Wah Changs erstem Bird of Prey aus der *Classic*-Serie beruhten. In nachfolgenden Drehbuchfassungen verschwand die romulanische Verbindung, aber nicht der Name.

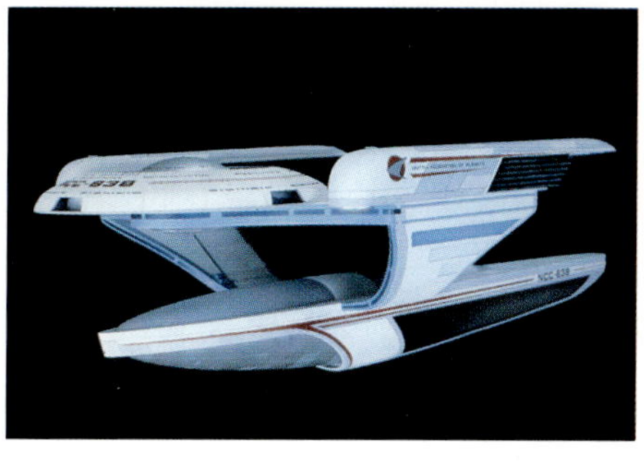

RAUMDOCK-ENTWÜRFE

Das Starfleet-Raumdock wurde von David Carson und Nilo Rodis entworfen. Beachten Sie das winzige *Enterprise*-Modell, das in den ersten Modellaufnahmen verwendet wurde, um eine Größenorientierung zu schaffen. Das endgültige Raumdock sollte in einigen Episoden von *The Next Generation* erneut auftauchen.

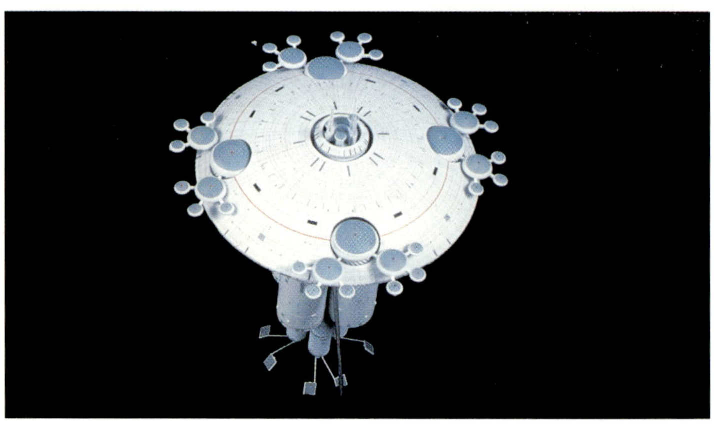

ZEICHNUNG UND FOTOS MIT FREUNDLICHER GENEHMIGUNG VON INDUSTRIAL LIGHT & MAGIC

EXCELSIOR-ENTWÜRFE

Die *U.S.S. Excelsior* wurde von Bill George entworfen und war zum ersten Mal in *The Search for Spock* zu sehen, als Raumschiff neuester Bauart, das sich jedoch Kirks *Enterprise* als nicht gewachsen erwies. Die *Excelsior* wurde Captain Sulus Schiff in *The Undiscovered Country* und – mit einigen Veränderungen – die unglückselige *Enterprise-B* in *Star Trek Generations*. Das Modell war auch in *The Next Generation* unter verschiedenen Namen zu sehen.

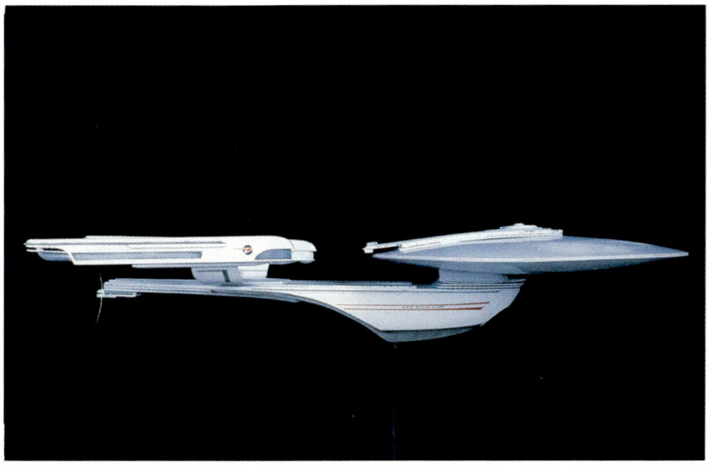

An der Diskus-Sektion und an den Gondeln verbessert, nähert sich dieses Modell dem letztlichen *Excelsior*-Design.

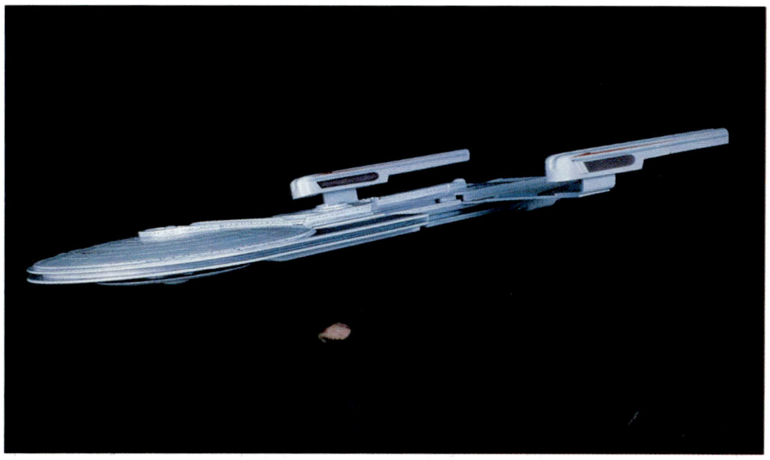

Eine mögliche *Excelsior*

ZEICHNUNG UND FOTOS MIT FREUNDLICHER GENEHMIGUNG VON INDUSTRIAL LIGHT & MAGIC

Konzept für die *Excelsior*-Brücke

ENTWÜRFE FÜR DEN GENESIS-PLANETEN

Der Tod des Raumschiffs *Enterprise*

Kirk und Kruge kämpfen, während der Planet zerfällt.

Kirk wird im letzten Moment heraufgebeamt.

Der klingonische Landetrupp stößt auf Steinaale.

Der *Bird of Prey* entkommt.

ENTWÜRFE FÜR VULKAN

Der Planet Vulkan war zuvor nur in der *Classic*-Episode ›Weltraumfieber‹ und in *The Motion Picture* zu sehen gewesen. In beiden Produktionen wurde Vulkan als roter, heißer Planet dargestellt, von der Zivilisation waren nur zwei antike und entfernt liegende religiöse Stätten zu sehen.

Der Tradition verpflichtet, verlangte *The Search for Spock* nach einer anderen derartigen Stätte – Mount Seleya, Ort der *fal-tor-pan*-Zeremonie, bei der Spocks *Katra* mit seinem regenerierten Körper wiedervereint wurde.

Beachten Sie bei den Entwürfen für die Landeszenen die Entwicklung vom einfachen Shuttle über eine frühe Version des *Bird of Prey* bis hin zu einer endgültigeren Version.

Konzepte für Mount Seleya

Entwürfe für die Landung des *Bird of Prey*

Ein Shuttle mit Kirk und McCoy landet in einer Szene auf Vulkan, die aus einer früheren Drehbuchversion stammt.

ZEICHNUNG: MARK MOORE

ALTE UND NEUE FREUNDE

In *The Search for Spock* war es Kostümdesigner Robert Fletcher, der die Klingonen auf besondere Bitte des Regisseurs Leonard Nimoy zurück ins *Star Trek*-Universum brachte.

Fletcher, dessen erster Filmauftrag *The Motion Picture* gewesen und der für *The Wrath of Khan* zurückgekommen war, stellte fest, daß seine Aufgaben unter anderem beinhalteten, Fred Phillips' Überarbeitung der beliebtesten *Star Trek*-Gegner zu überarbeiten.

In Zusammenarbeit mit Tom Burman von den Burman Studios, der Fletchers Entwürfe anfertigte, erhielten die Klingonen der dritten Generation in diesem Film eine knochige Stirn, die weniger betont war als in *The Motion Picture*.

Soweit es klingonische Kostüme anging, gefielen jedem die Kostüme, die Fletcher für die Eröffnungsszene von *The Motion Picture* entworfen hatte. Von den zwölf für den Film hergestellten Kostümen waren aber sechs unbrauchbar geworden oder auf öffentlichen Veranstaltungen verschwunden. Die verbleibenden sechs waren für eine Episode von *Mork and Mindy* ausgeliehen worden, wo sie als galaktischer Müllberg auftauchten oder so sehr verändert worden waren, daß sie nicht mehr in ihren ursprünglichen Zustand gebracht werden konnten.

Fletcher ließ neue, leicht veränderte klingonische Uniformen anfertigen, und bewahrte eine Aura feudalen japanischen Designs, was seiner Ansicht nach Teil der autoritären Haltung der Klingonen war. Dieses Design wird noch immer in heutigen *Star Trek*-Produktionen verwendet.

Früher Masken- *und* Kostümtest für Christopher Lloyd als Commander Kruge. Kostüm- und Masken-Design von Robert Fletcher.

Cathie Shirriff als Valkris in einem Kostüm von Robert Fletcher, das zurückgreift auf die ›Weniger ist mehr‹-Zeit von William Ware Theiss.

Dame Judith Anderson als die vulkanische Hohepriesterin T'Lar

Robert Fletcher trug die Verantwortung für die Masken-Designs der Filmbesetzung von mehr als 250 Vulkaniern. Insgesamt erforderte die Produktion fast 500 Paar vulkanische Ohren sowie 350 Kostüme.

Lloyd als Kruge im endgültigen Film

ALIEN-DESIGN VON TOM BURMAN, THE BURMAN STUDIO

UNBEKANNTE LEBENSFORMEN

Wie die Entwürfe zeigen, sollte das klingonische Landeteam auf dem Genesis-Planeten eigentlich auf gefährliche fleischfressende Kreaturen stoßen. Als sich aber die Charaktere der Klingonen entwickelten, wurde deutlich, daß *sie* die gefährlichsten Kreaturen sein sollten. Also ist der klingonische Commander derjenige, der das Monster überwältigt… bis Kirk den klingonischen Commander bezwingt.

ENTWÜRFE MIT FREUNDLICHER GENEHMIGUNG VON INDUSTRIAL LIGHT & MAGIC

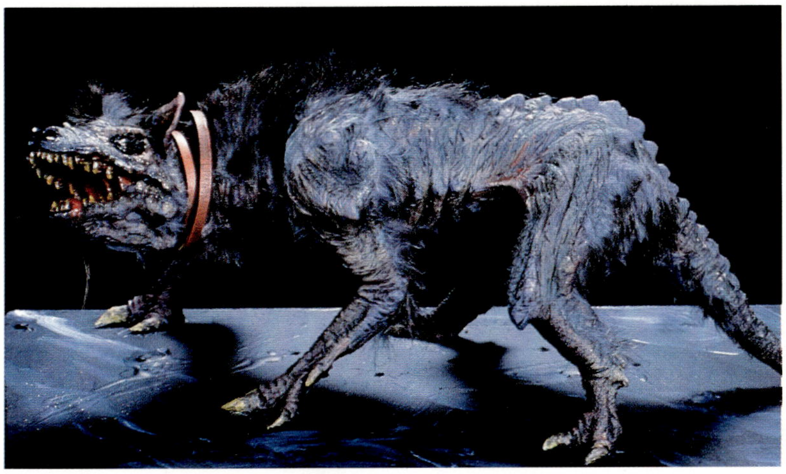

Das Schoßtier des klingonischen Commanders stand nicht im Drehbuch, wurde aber von Ken Ralston von Industrial Light & Magic als Teil der ›Atmosphäre‹ geschaffen. Die lebensgroße Puppe wurde von David Sosalia gebaut und von drei Puppenspielern mit Leben erfüllt – darunter auch Ralston –, die sich unter dem Sessel des Commanders versteckten.

Niemand war davon überrascht, daß Tribbles den Sprung vom Fernsehen ins Kino überlebt hatten.

ELF

DIE GESCHICHTE ZWEIER WALE

STAR TREK IV – THE VOYAGE HOME

1986

STAR TREK IV – THE VOYAGE HOME

1986 zum zwanzigsten Geburtstag von *Star Trek* uraufgeführt, wurde *The Voyage Home* der erfolgreichste *Star Trek*-Film. Er ist auch der unterhaltsamste, trotz seines hochtrabenden Themas. Beides war das Verdienst von Regisseur Leonard Nimoy.

Bereits früh in der Planungsphase mit Produzent Harve Bennett entschied Nimoy: »Niemand stirbt, keine Faustkämpfe, keine Schießereien, keine Photonentorpedos, kein Phaserfeuer, keine stereotypen ›Bösen‹. Ich wollte, daß die Leute sich wohl fühlten, wenn sie sich diesen Film ansahen; sie sollten sich zurücklehnen, sich entspannen und ihn genießen. Das war das Ziel. Und wenn wir ihnen irgendwo in der Mischung eine Reihe gewichtiger Themen unterschieben konnten – um so besser.«

Eine weitere Besonderheit in *The Voyage Home* war die Verwendung der Zeitreise als zentrales Handlungselement. Dies war auch die Grundlage für den Humor in der Geschichte, wenn die Crew der *Enterprise* aus dem 23. Jahrhundert auf das zeitgenössische Leben des 20. Jahrhunderts traf. Was die Kosten anging, erlaubte es diese Story, Außenaufnahmen zu filmen, ohne in jeder Einstellung eine teure Zukunftsillusion zu schaffen.

Da die Hälfte des Films in unserer Gegenwart spielte, enthielt *The Voyage Home* von allen Filmen den geringsten Anteil an SF-Design – was ironischerweise für die große Attraktivität mit verantwortlich war.

Ein alternatives Poster, das auf der Videohülle verwendet wurde

Für die Hälfte des Films, die in der Zukunft spielte, behielten Nimoy und Bennett klugerweise das Team, das zum Erfolg der beiden vorangegangenen Filme beigetragen hatte. Wieder lieferte Industrial Light & Magic spektakuläre optische Effekte. Interessanterweise war einer der überzeugendsten Effekte des Films so realistisch, daß nur wenige Zuschauer bemerkten, daß die Buckelwale in den meisten Aufnahmen entweder Miniaturaufnahmen waren, die bei ILM gedreht wurden, oder lebensgroße Nachbildungen, die auf dem Parkplatz von Paramount gefilmt wurden.

Diesmal spiegelte die Reaktion der Kritiker den Erfolg des Films an den Kinokassen wider. *USA Today* sagte, der Film würde »diejenigen unterhalten, die einen Tribble nicht von einem Romulaner unterscheiden können«. Und daß das wahrhaft vergnügliche Drehbuch »Kirk und seine Gefolgschaft zu den komischsten Auswärtigen macht, die seit den Demokraten im Jahr 1984 in der Bucht angekommen sind«.

Angesichts des gemäßigten Einsatzes optischer Effekte in diesem Film bemerkte die Kritik weiter, daß »ohne die Tarnung durch die üblichen Spezialeffekte die Schauspieler sich als fähigere Akteure als jemals zuvor erweisen«.

Aber es war Janet Maslin von der *New York Times*, die die Wirkung des Films am besten beschrieb, als sie bemerkte, daß *The Voyage Home* »viel dazu beigetragen hat, die Langlebigkeit der Serie zu sichern«.

Star Trek V lauerte bereits in Wartestellung.

Poster für die Vorankündigung, das in den USA auch als Titelbild des Filmromans verwendet wurde

***The Voyage Home* in Frankreich**

›WIEDER ZU HAUSE‹

Ken Ralston von ILM war die Person, die vor allem für die Zerstörung der *Enterprise* in *The Search for Spock* verantwortlich war. Seinem Wunsch, das für den ersten Film gebaute Modell in die Luft zu sprengen, lag zum Teil die Absicht zugrunde, den Produzenten die Freiheit zu bieten, »für den nächsten Film ein moderneres Raumschiff zu bauen«.

Als jedoch die Arbeiten für diesen nächsten Film – *The Voyage Home* – begannen, war die Entscheidung gefallen, die Handlung damit enden zu lassen, daß die Crew auf einem Duplikat ihres ursprünglichen Schiffs wieder in den Dienst zurückkehrte. Obwohl diese Entscheidung die Produktionskosten um einige zehntausend Dollar senkte, da es nicht notwendig war, eine neue *Enterprise*-Version zu entwerfen und zu bauen, brauchte ILM mehr als sechs Wochen, um das alte Modell zu renovieren, damit es nach dem Einsatz in den drei vorangegangenen Filmen wieder wie neu aussah.

Die neuen Kontrollflächen auf der Brücke der *Enterprise-A* markierten einen drastischen Wendepunkt in der Entwicklung des optischen Erscheinungsbildes von *Star Trek*. Zum ersten Mal wurden die großen Knöpfe und Schalter, die seit der *Classic*-Serie Bestandteil des Schiffsdesigns waren, durch glatte, von hinten beleuchtete Anzeigen ersetzt. Diese Anzeigen sollten schließlich in jeder anderen *Star Trek*-Produktion Verwendung finden und unter der Bezeichnung Okudagramme bekannt werden – als Hinweis auf ihren Erfinder Michael Okuda, Scenic Art Supervisor und technischer Berater, der sich dem *Star Trek*-Produktionsteam zum ersten Mal für *The Voyage Home* anschloß.

Für die Schlußsequenz, in der die Crew ihren Dienst auf der ›neuen‹ *Enterprise* antritt, wurden viele existierende Elemente aus früheren Filmen wiederverwendet, darunter das kleine Shuttle aus *The Motion Picture*. Das Innere des Raumdocks – ein Modell mit einem Durchmesser von rund 6 Metern – mußte allerdings völlig neu gebaut werden.

Das Starfleet-Hauptquartier, überzeugend *und* kostengünstig ausgestattet, mit riesigen Anzeigetafeln, die von hinten beleuchtet wurden.

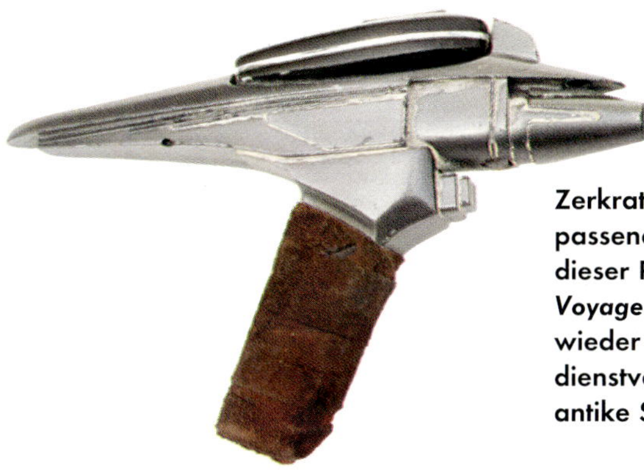

Zerkratzt, beschädigt und mit einem unpassenden Ledergriff versehen, wurde dieser Phaser ursprünglich für *The Voyage Home* gebaut. Er wird immer wieder auf dem Paramount-Gelände dienstverpflichtet, besonders wenn eine antike Starfleet-Waffe gebraucht wird.

Einfache Schalter verblieben auf der Brücke des klingonischen *Bird of Prey*, während Okudagramme für die optischen Anzeigen benutzt wurden.

NOCH MEHR ALTE UND NEUE FREUNDE

Obwohl sich der größte Teil von *The Voyage Home* im San Francisco des Jahres 1986 abspielte, wurde *Star Treks* Markenzeichen, eine Auswahl von Aliens in der Eröffnungs- und Schlußsequenz, nicht vergessen. Die Kreaturen in *The Voyage Home* wurden von Richard Snell Designs entworfen, zusammen mit Dale Brady, Shannon Shea, Craig Caton, Brian Wade, Allen Feurstein und Nancy Nimoy.

Wieder mit Kostümen von Robert Fletcher ausgestattet, hatte Mark Lenard seinen fünften Auftritt in einer *Star Trek*-Produktion, seinen dritten als Spocks Vater Sarek ...

... während Jane Wyatt ihre Rolle als Spocks Mutter Amanda wiederaufnahm.

Ein Andorianer, dessen zurückweichender Haaransatz zeigt, wie seine Antennen befestigt sind – ein Detail, das in den Tagen der *Classic*-Serie beim ersten Auftritt der Andorianer zu teuer gewesen wäre.

Ein ehrwürdiges Mitglied des Föderationsrates

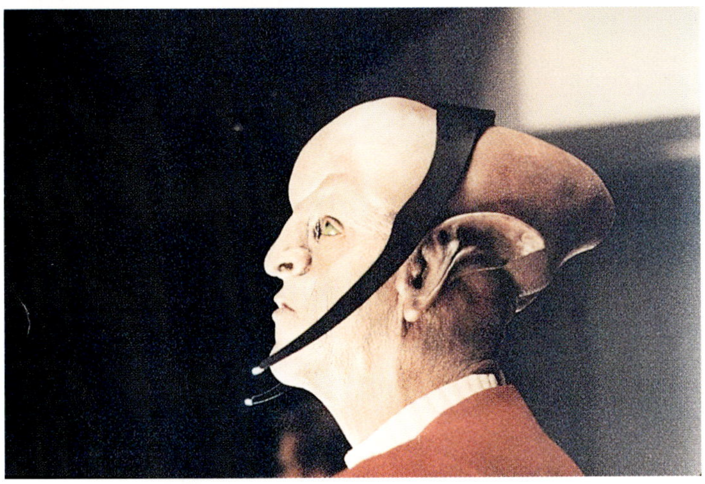

Weitere ehrwürdige Damen, Herren und andere Geschlechter

ALLES FÜGT SICH ZUSAMMEN

Wie bei jeder vorangegangenen und folgenden *Star Trek*-Produktion war *The Voyage Home* das Ergebnis aller Tricks und Techniken der modernen Filmproduktionen – von ausgefeilten, lebensgroßen mechanischen Geschöpfen über computererzeugte Bilder bis hin zur nahtlosen Kombination von Film und Gemälde, um Landschaften zu schaffen, die nur in der Phantasie der Künstler existierten.

Der einzige Teil des Starfleet-Hauptquartiers, der echt ist, ist der Streifen des Oakland-Flughafens, auf dem die Schauspieler gefilmt wurden. Die Matte-Zeichnung stammt von Chris Evans.

Nach der Begutachtung der ersten Aufnahmen der Sonde entwickelte Ken Ralston ein neues und geheimnisvolleres Erscheinungsbild für das Objekt, indem er es schwarz lackierte, so daß es nur durch die Reflektion definiert wurde.

Der Bird of Prey verläßt Vulkan in einer Szene, die aus Modellfelsen im Vordergrund, Realfilm-Aufnahmen von Amanda und Saavik, dem Modell des *Bird of Prey* und einem gesteuerten Modell der vulkanischen Sonne besteht.

Die Reise der Crew durch die Zeit, computererzeugt von ILM Computer Graphics

Matte-Studien von Chris Evans – der erste Schritt in dem Prozeß, imaginäre Landschaften real zu machen

Alt und Neu vermischen sich auf dem Parkplatz von Industrial Light & Magic, als ein Modell des *Bird of Prey* unter einem knapp 5 Meter hohen Modell der Golden Gate Bridge hindurchfliegt. Die Modellbauer beeinflußten die Perspektive, um das Auge zu täuschen, indem sie die Breite der Brücke von 40 cm im Vordergrund auf 5 cm im Hintergrund verengten.

Aus dem Parkplatz des Paramount-Studios wurde der Hafen von San Francisco für die Szene, in der die Wale aus dem abgestürzten *Bird of Prey* entlassen wurden.

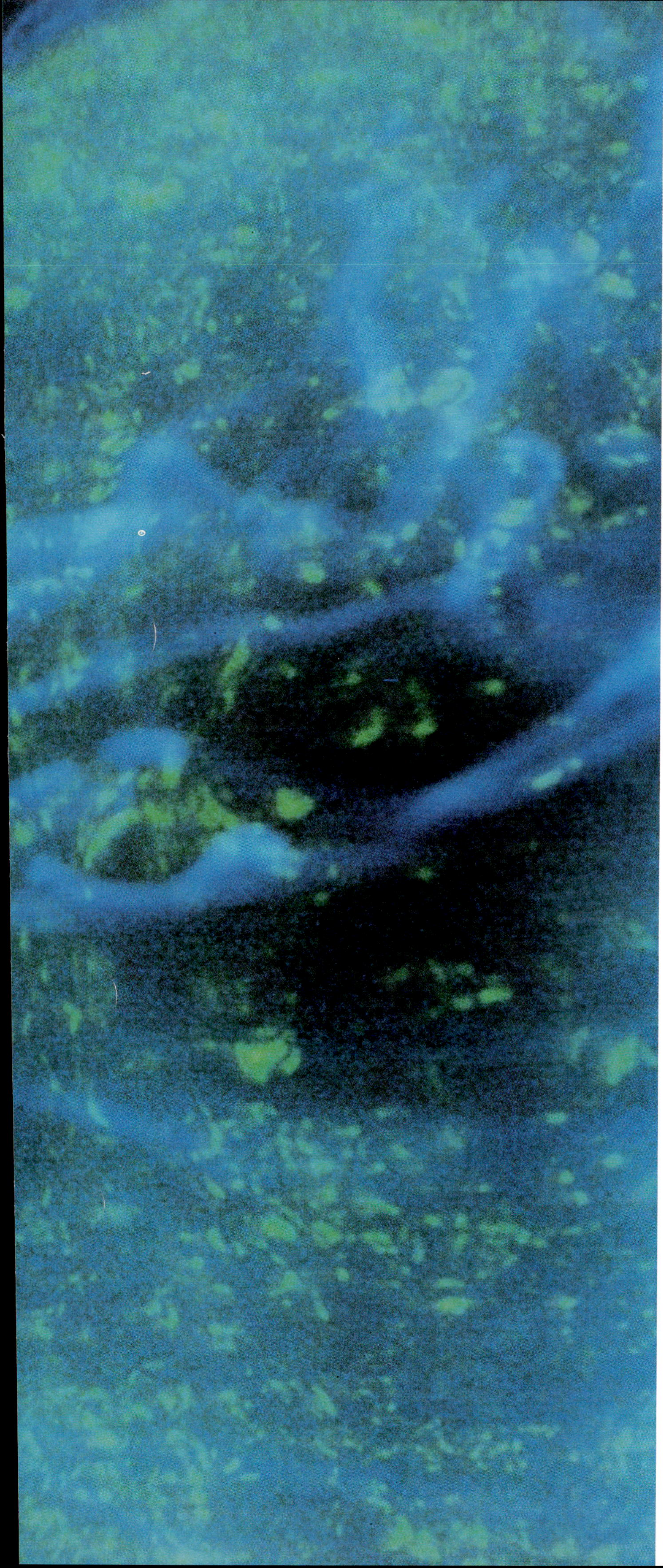

ZWÖLF

DER ULTIMATIVE TRIP

STAR TREK V – THE FINAL FRONTIER 1988

STAR TREK V – THE FINAL FRONTIER

Der fünfte *Star Trek*-Film ist der ›enttäuschende Erfolg‹ unter den Kinofilmen geblieben. Nach allen normalen Maßstäben war es ein erfolgreicher und profitabler Film, aber weil er bis heute die über 100 Millionen Dollar Einnahmen von *The Voyage Home* nicht erzielte, wird er als nicht so erfolgreich betrachtet, wie er hätte sein können. Frustrierend für die erste Regiearbeit von William Shatner, da viele Umstände, die zu dieser Publikumsreaktion führten, außerhalb seiner Kontrolle lagen.

Hinsichtlich der Handlung war *The Final Frontier* höchst ehrgeizig, sowohl inhaltlich als auch optisch. Durch eine unvorhersehbare Verkettung von Umständen – darunter vor allem der Streik der Autorengewerkschaft, der massiv die Vorbereitungsphase des Films behinderte – war *Star Treks* langjähriger Partner Industrial Light & Magic nicht verfügbar, um die optischen Effekte des Films zu entwerfen und zu produzieren. Der folgende Termindruck, unerwartete Budgetkürzungen und die notwendige Anpassung an die besonderen Anforderungen eines *Star Trek*-Films waren für die Gesellschaft, die für die Lieferung der optischen Effekte einsprang, zuviel, was zu einem Film führte, der in optischer Hinsicht nicht so ansprechend war wie die vier Vorläufer.

Ein Hoffnungsschimmer in der belasteten Produktion war die Rückkehr von Herman Zimmerman zu *Star Trek*. Seine Überarbeitung der *Enterprise-A* war ein logisches Zwischenstadium zwischen der industriellen Nüchternheit des Originalschiffs und dem hotelähnlichen Komfort der *Enterprise-D*.

Während einige Kritiker darauf eingingen, daß der Film darin versagte, der Größe seiner eigenen Vision gerecht zu werden, reagierte David Ansen von *Newsweek* wie ein wahrer Fan, als er schrieb, daß der Film »liebenswert und von bleibendem Wert [sei], weil er völlig frei von Zynismus« war. Auf die wahre Stärke des Films verweisend – die Erforschung der Charaktere und ihre Beziehungen untereinander –, fügte Ansen hinzu, daß die Akteure »den jeweils anderen so gut kennen, daß sie einen Weg gefunden haben, der mehr Lacher einbringt, als sie verdienen ... Es ist keine Kunst, aber es ist überaus befriedigend.«

So wichtig das Erscheinungsbild von *Star Trek* für den Erfolg ist, so ist es doch nicht der einzige Faktor. Unter dem Gesichtspunkt anspruchsvoller und wohlüberlegter Themen und wirklicher Interaktion der Figuren bleibt *The Final Frontier* eine wichtige Ergänzung des *Star Trek*-Mythos.

Diese Kombination aus Foto und Zeichnung wurde als Vorankündigung für *The Final Frontier* verwendet, bevor irgend etwas anderes aus dem Film veröffentlicht wurde.

NCC-1701-A

The Final Frontier **in Japan, wo eine zweitrangige Figur eine völlig neue Bedeutung erlangte**

VON ALLEM ETWAS

Nachdem er Industriedesign studiert hatte, begann Nilo Rodis als Autodesigner. Als er zu der Erkenntnis gelangte, daß »Benzin mir nicht im Blut liegt«, wechselte er zum Militär, um dort Panzer zu entwerfen. In dieser Zeit lud ihn Lucasfilm ein, um an *Return of the Jedi* mitzuarbeiten. Und obwohl er keinen der beiden ersten *Star Wars*-Filme gesehen hatte, blieb er in den nächsten zehn Jahren bei ILM, zeichnete Storyboards und entwarf Kostüme, Modelle und Requisiten. Für *The Final Frontier* war sein Designansatz äußerst wertvoll, wie diese Zeichnungen zeigen.

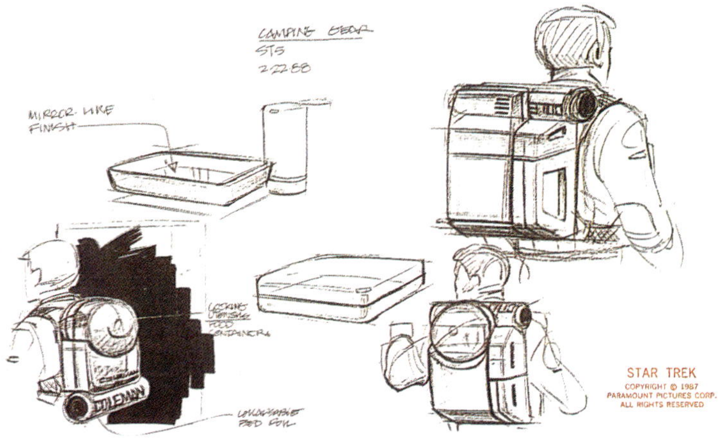

Regisseur William Shatner war so von den Bühnenbildern für *The Next Generation* beeindruckt, daß Herman Zimmerman seine erste Wahl als Produktionsdesigner für *The Final Frontier* wurde. Unter Zimmermans Leitung erhielt die *Enterprise-A* ein frischeres, helleres Erscheinungsbild als logischer Übergang zwischen der Vergangenheit der *Classic*-Serie und der Zukunft von *The Next Generation*.

GENAUSO, ABER ANDERS

Für *The Final Frontier* wurde unter Herman Zimmermans Anleitung eine *Bird-of-Prey*-Brücke gebaut, die auf früheren Entwürfen basierte, aber so verändert wurde, daß sie Klaa eine unmittelbarere Verbindung mit den Waffen des Schiffs gab.

Die klingonischen Kontrollknöpfe, die zuletzt in *The Voyage Home* zu sehen waren, sind nun vollständig durch die von hinten beleuchteten Okudagramme ersetzt worden, was dem Bühnenbild Lichtquellen dazugefügt und es optisch interessanter macht.

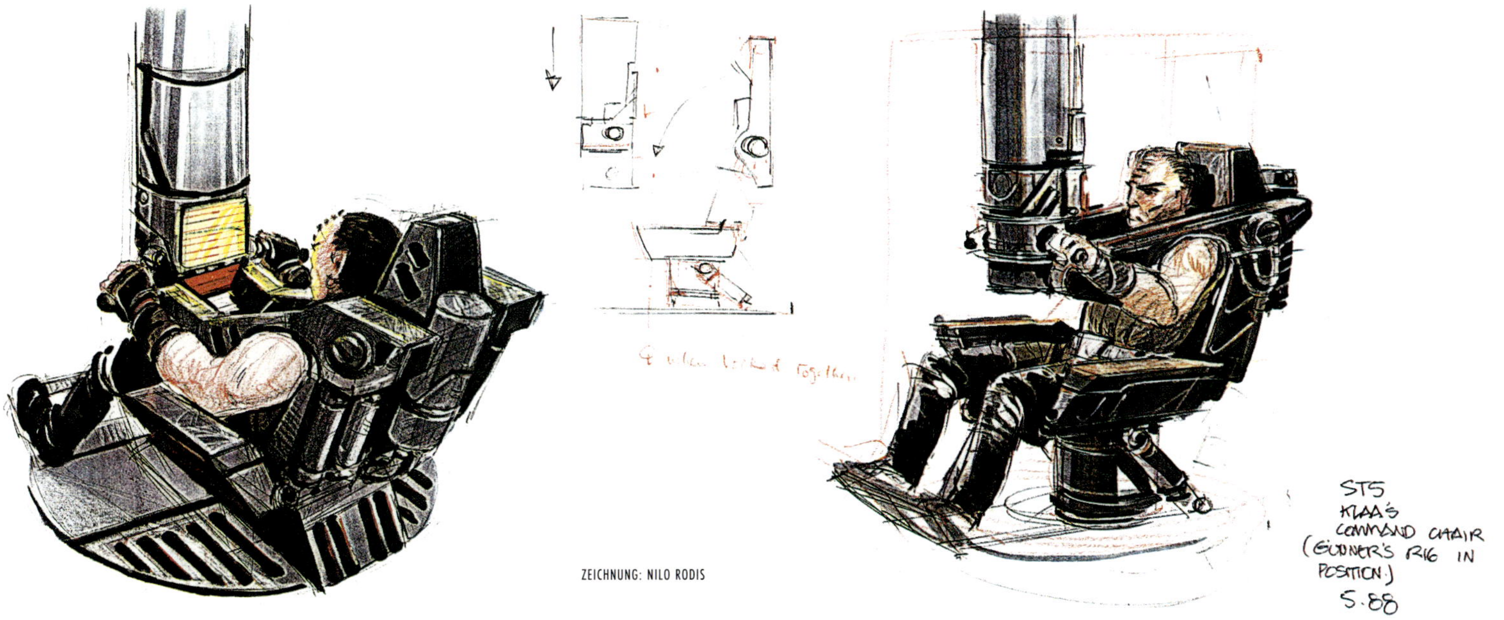

ZEICHNUNG: NILO RODIS

EIN NEUES ERSCHEINUNGSBILD

Von Anfang an wollte Regisseur William Shatner seinem *Star Trek*-Film ein anderes Erscheinungsbild geben – düsterer und realistischer. Während das insgesamt saubere und klare Bild von Starfleet und der Föderationsumgebung nicht verändert werden konnte, ohne von der *Star Trek*-Vergangenheit abzuweichen, boten sich neue Örtlichkeiten für Innovationen an.

Paradise – die ›futuristische Geisterstadt‹ auf Nimbus III – wurde das optische Kernstück von Shatners Vision einer anderen Art von Zukunft, wie diese Zeichnungen von Nilo Rodis und die Requisiten von Greg Jein zeigen.

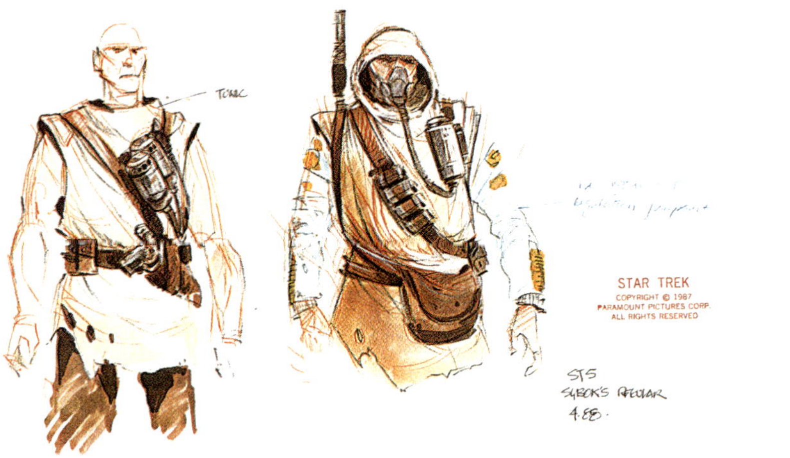

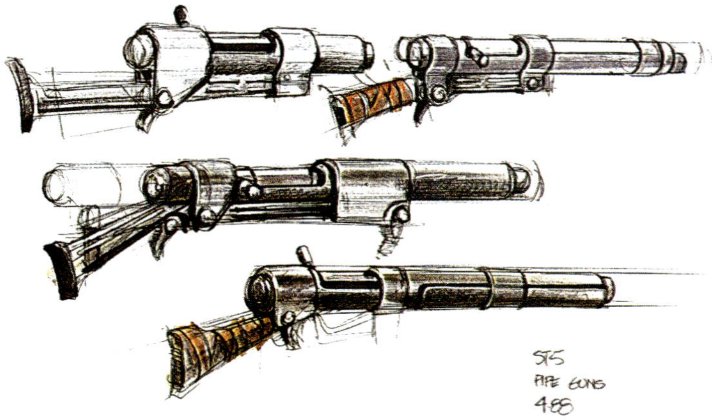

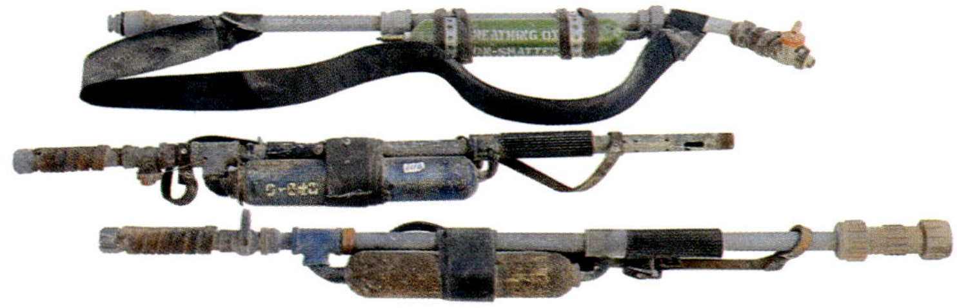

Waffen aus zusammengeklautem Material, gebaut von Modellbauer Greg Jein

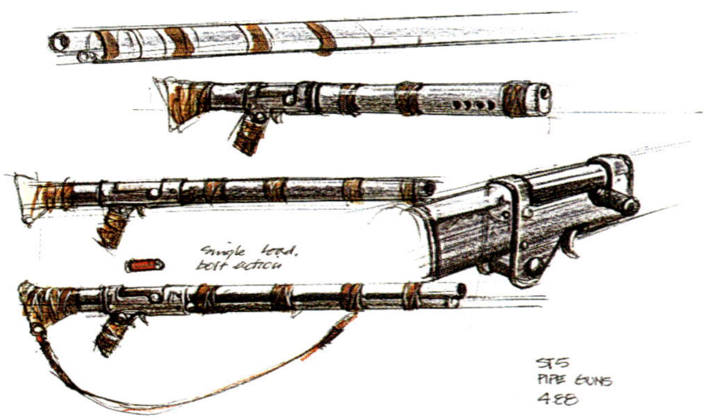

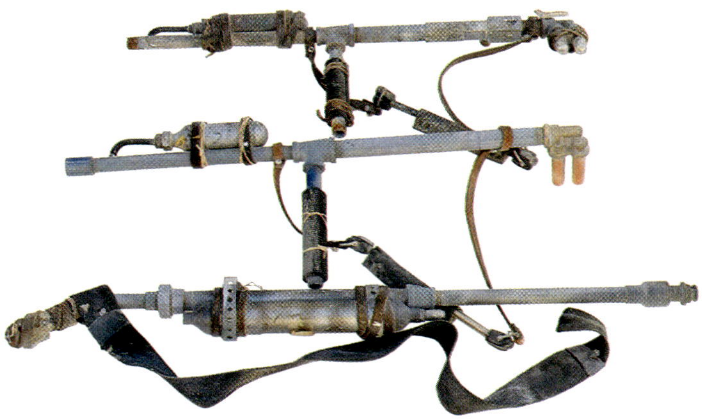

FOTOS: ROBBIE ROBINSON

SIE SIND ZURÜCK!

Nilo Rodis hatte bei *The Search for Spock* und *The Voyage Home* als Art Director für Industrial Light & Magic gearbeitet, wo er seine Arbeit als Designer für *Return of the Jedi* begonnen hatte. Als *The Final Frontier* in Produktion ging, hatte sich Rodis selbständig gemacht und wurde als Art Director für den Film unter Vertrag genommen, wo er unter Produktionsdesigner Herman Zimmerman tätig wurde. Zusätzlich zu seinen Aufgaben als Art Director wurde Rodis auch zum Kostümdesigner, nachdem er Regisseur William Shatner mit den Kostümen beeindruckt hatte, die er in seine Storyboards eingearbeitet hatte. Rodis teilte sich diese Aufgabe mit Dodie Shepard, die auch an *The Undiscovered Country* mitarbeiten würde.

Wieder kehrte Richard Snell als Chefmaskenbildner zurück. Für *The Voyage Home* hatte Regisseur Leonard Nimoy ein einziges Stirndesign für alle Klingonen im Film ausgewählt. Snell sagt, Shatner hätte es ihm ermöglicht, für jede klingonische Stirn ein individuelles Design zu entwerfen, so individuell wie ein Fingerabdruck. »Das öffnete die Tür, und heute ist der Himmel das Limit.«

Charles Cooper als General Koord

Todd Bryant als Captain Klaa

Spice Williams als Vixis

ZEICHNUNGEN: NILO RODIS

WAS HÄTTE SEIN KÖNNEN

Wie ursprünglich geplant, sollte *The Final Frontier* der visuell aufregendste *Star Trek*-Film aller Zeiten sein. Aber das unvorhersehbare Zusammentreffen des Autorenstreiks, des neuen Lieferanten für optische Effekte und des schrumpfenden Budgets ließ viele der äußerst komplexen Bilderwelten des Films unverwirklicht.

Wie Nilo Rodis' Zeichnungen zeigen, waren die Steinwesen als furchteinflößende Bedrohung für Captain Kirk geplant. Als die endgültigen Kosten für das Kostüm des Steinwesens kalkuliert waren, wurde die Produktion auf nur ein Wesen beschränkt. Und als das einzelne Wesen im Film nicht überzeugend aussah, wurde es völlig aus dem Film entfernt.

Ein Produktionsfoto, das einen Blick auf das schwerfällige Steinwesen erlaubt, das für die Berücksichtigung in der endgültigen Filmfassung nicht überzeugend genug aussah.

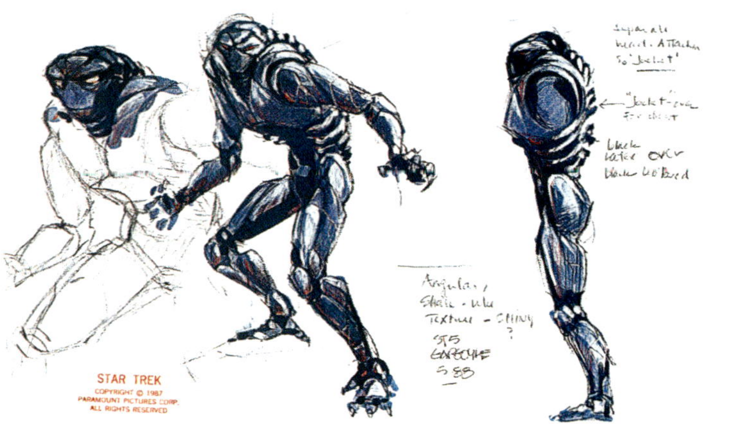

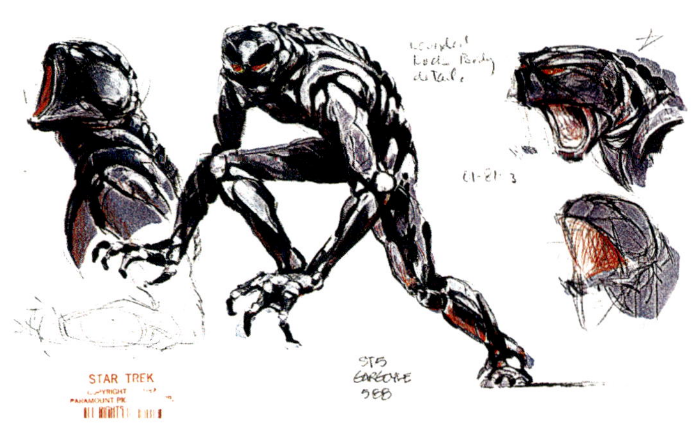

Nicht verwirklichte Entwürfe von Nilo Rodis

Obwohl der ›Altar Gottes‹ so konstruiert wurde wie geplant, wurden die optischen Effekte, die den Höhepunkt des Films unterstreichen und vieles von dem zur Geltung bringen sollten, was im Drehbuch geplant worden war, nicht verwirklicht.

DREIZEHN

SCHWANEN-GESANG

STAR TREK VI – THE UNDISCOVERED COUNTRY 1991

STAR TREK VI: THE UNDISCOVERED COUNTRY

Der sechste *Star Trek*-Film, der die gesamte Besetzung aus der *Classic*-Serie zum letzten Mal zusammenbrachte, markierte die Rückkehr von Nicholas Meyer in den Regiestuhl und die seiner düsteren Visionen in das *Star Trek*-Universum.

Zunächst war geplant, aus dem sechsten Film einen Vorläufer zur *Classic*-Serie zu machen, der zu einer Zeit spielte, als Kirk und Co. noch Studenten der Starfleet Academy waren. Das hätte erfordert, die vertrauten Rollen mit jüngeren – und preiswerteren – Schauspielern zu besetzen. Die ›Original‹-Schauspieler sollten nur in Prolog und Epilog zu sehen sein.

Dieser neue Ansatz wurde von Paramount schließlich verworfen, und angesichts des nahenden 25jährigen Jubiläums wandte sich das Studio an Leonard Nimoy und Nicholas Meyer, um rasch ein angemessenes Abenteuer vorzulegen, in dem alle Mitglieder der *Classic*-Serie mitspielen sollten.

Nimoy und Meyer entwickelten das Konzept über das Verhältnis zwischen klingonischem Imperium und der Föderation, das das Verhältnis zwischen der Sowjetunion und den USA widerspiegeln sollte. Das klingonische Imperium stand vor dem Zusammenbruch und war gezwungen, Frieden zu schaffen.

Innerhalb von elf Monaten – für Hollywood-Verhältnisse eine atemberaubende Geschwindigkeit – wurde das gewaltigste aller *Star Trek*-Filmabenteuer rechtzeitig zum 25. Geburtstag des Mythos in die Kinos gebracht.

Das beziehungsreiche Ende, bei dem die *Enterprise* in Richtung »zweiter Stern rechts und dann geradeaus bis zum nächsten Morgen« entschwand, während Captain Kirk seinen letzten Logbucheintrag sprach, gefolgt von den schwungvollen Unterschriften der Hauptdarsteller, war deutlich beabsichtigt, um der ersten und berühmtesten *Star Trek*-Crew Lebewohl zu sagen.

Aber wie bei so manchem Lebewohl im *Star Trek*-Universum war es nicht wirklich das Ende.

Es würde einen siebten Film geben. Und einige aus der ›Original‹-Crew würden auch mit auf diese Reise gehen.

DIE LETZTE REISE

Für den sechsten und letzten Film erhielt die *Enterprise* wieder das härtere und militärische Aussehen gemäß den Vorstellungen von Regisseur Nicholas Meyer. Obwohl Meyer sich einsetzte und *Star Trek* erfolgreich einer optischen Generalüberholung unterzog, als er bei *Star Trek II – The Wrath of Khan* Regie führte, fühlte diesmal sogar er sich von dem eingeengt, was zuvor festgelegt worden war. »Es gibt bei *Star Trek* gewisse Dinge, die unveränderlich sind. Man kann sie nicht oder nur auf sehr begrenzte, kosmetische Weise ändern.«

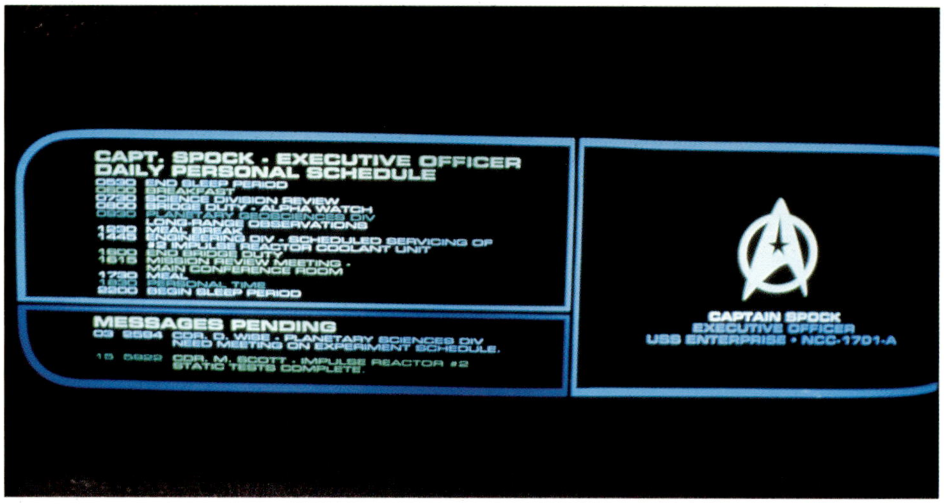

Okudagramme beherrschen die Szene.

Budgetbeschränkungen bestimmten, daß viele Bühnenbilder, wie der Transporterraum, aus der *Next Generation-Enterprise* übernommen werden mußten.

Viele Fans protestierten gegen die Idee einer Küche im Stil des 20. Jahrhunderts auf einem Raumschiff, obwohl sie in der Episode ›Der Fall Charlie‹ erwähnt wurde.

VERTRAUTE GESICHTER...

In *The Undiscovered Country* waren mehr Aliens als in den anderen *Star Trek*-Filmen zu sehen; viele Kreationen waren von bekannten Designs inspiriert.

Christopher Plummer als General Chang, in einer ausladenden klingonischen Uniform von Kostümdesigner Dodie Shepard. Plummer wollte anders als alle anderen *Star Trek*-Klingonen aussehen und bat besonders darum, daß er gemäßigtere Stirnhöcker erhielt, um die Figur menschlicher zu machen. Obwohl eine Perücke angefertigt worden war, zog Plummer sein kahlköpfiges Erscheinungsbild vor. Das führte während der ersten Tage der Produktion zu einigen Einschränkungen hinsichtlich der Art, wie er gefilmt werden konnte, bis der Maskenbildner in der Lage war, auch seinen Hinterkopf zu bedecken.

Rosana DeSoto als Azetbur, Tochter des Kanzlers Gorkon

Michael Dorn als der klingonische Verteidiger, ein Vorfahr der Figur Worf in *The Next Generation*

David Warner als Kanzler Gorkon, mit einer Maske, die Regisseur Nicholas Meyers Wunsch folgt, ihn an Abraham Lincoln erinnern zu lassen.

...UND NICHT SO VERTRAUTE GESICHTER

An manchen Drehtagen waren bis zu achtzig Maskenbildner notwendig, um die erforderliche Anzahl Aliens zu produzieren, die für *The Undiscovered Country* benötigt wurden. Zu den Künstlern, die für die beeindruckende Leistung in diesem Film verantwortlich waren, gehörten Michael Mills und Ken Myers als leitender Maskenbildner. Außerdem kehrte Richard Snell zurück, um klingonische, romulanische und vulkanische Masken zu entwerfen und herzustellen. Ed French schuf viele der exotischen Aliens für die Szenen auf Rura Penthe und bei der Khitomer-Friedenskonferenz.

KLINGONISCHE GEHEIMNISSE

Obwohl die Klingonen in vier der fünf vorangegangenen Filme zu sehen gewesen waren und in *The Next Generation* dauernd präsent waren, gab es immer noch einige Details ihrer Kultur, die für *The Undiscovered Country* entworfen werden mußten.

Studie für eine Matte-Zeichnung des klingonischen Gerichtssaals von Mark Moore, ILM

Eine klingonische Kamera, die verwendet wurde, um das Verfahren gegen Kirk und McCoy aufzuzeichnen. Die Kontrolloberfläche ist Teil eines ATM-Modells, das für das Remake von *The Blob* in einer Miniaturstraße verwendet wurde.

REQUISITE GEBAUT VON GREG JEIN

FOTOS: ROBBIE ROBINSON

FOTO: ROBBIE ROBINSON. REQUISITE GEBAUT VON GREG JEIN

Ein Minenarbeiterhelm aus der Rura Penthe-Strafkolonie

Entwurf des klingonischen Richterhammers von Nilo Rodis

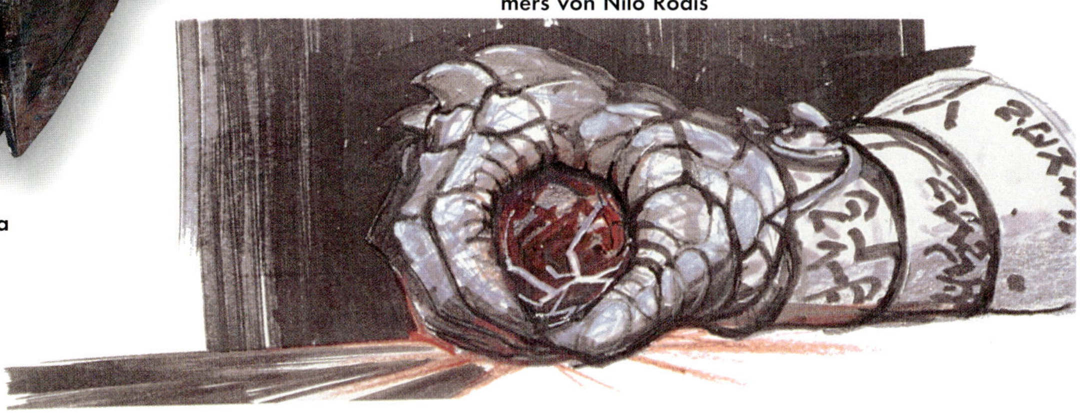

BESONDERHEITEN

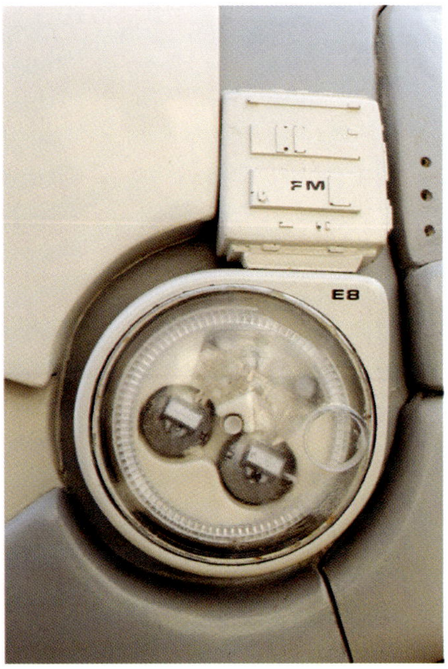

Der endgültige Helm, gebaut von Greg Jein

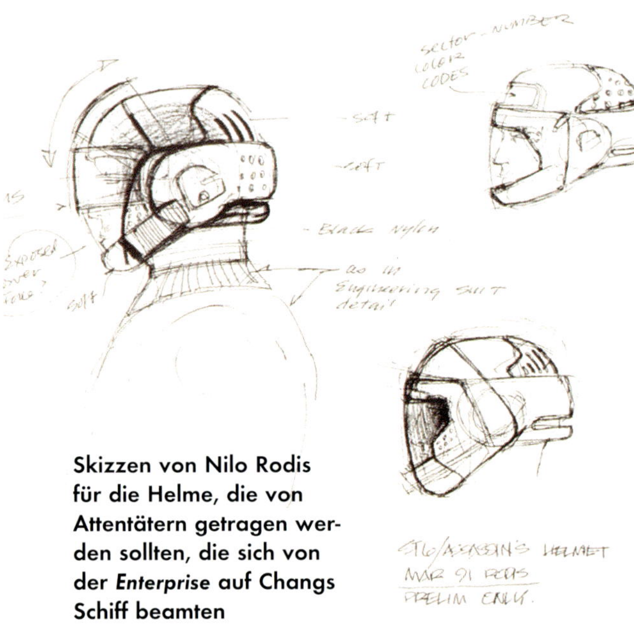

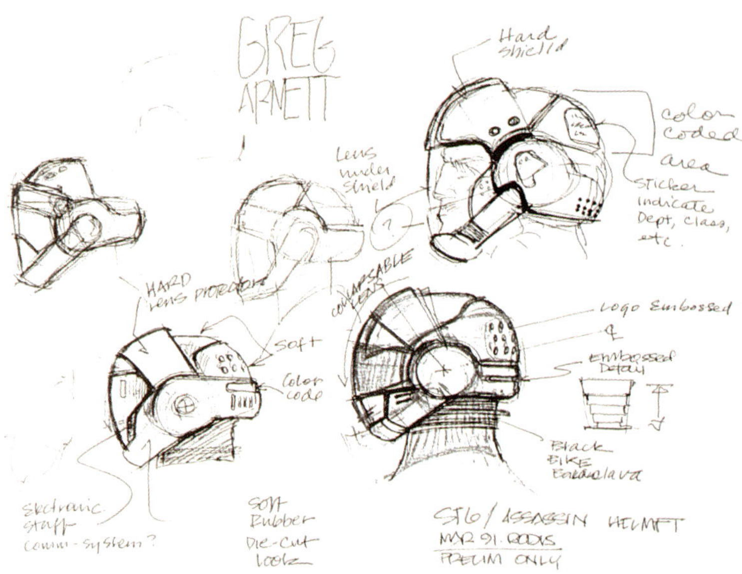

Skizzen von Nilo Rodis für die Helme, die von Attentätern getragen werden sollten, die sich von der *Enterprise* auf Changs Schiff beamten

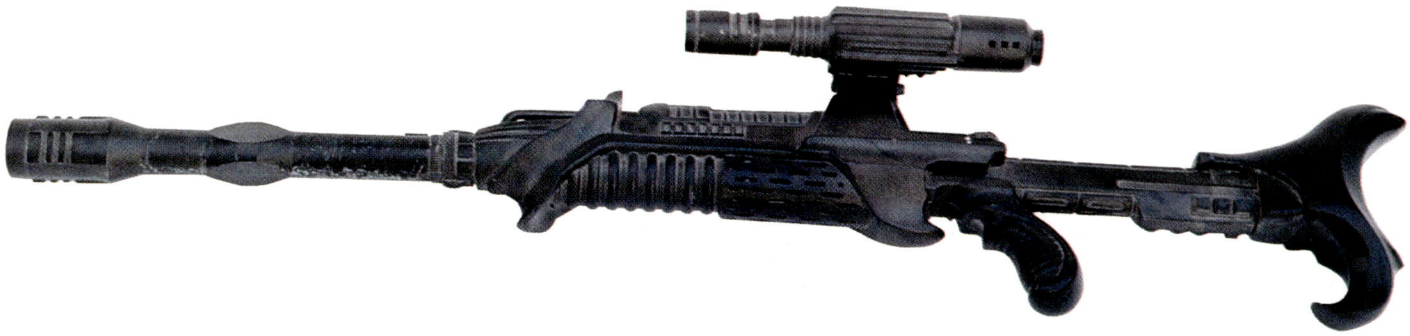

Die endgültige klingonische Waffe

Ein grobschlächtiges Modell der Modulwaffe des Attentäters, das Greg Jein zusammensetzte, damit es bei seinen Designbesprechungen mit Regisseur Nicholas Meyer hilfreich war. Beachten Sie den Starfleet-Phaser als zentrales Bestandteil. Bei Begutachtung dieses Modells wurde plötzlich jedem klar, daß der Attentäter, auch wenn er Teil einer Starfleet-Verschwörung war, eine klingonische Waffe tragen sollte, da er als Klingone getarnt war.

Die Phaser für *The Undiscovered Country*. Die Identifizierungsplaketten sollten helfen, die Requisiten wiederzufinden, insbesondere im Fall eines Diebstahls.

REQUISITENFOTOS: ROBBIE ROBINSON.
MIT FREUNDLICHER GENEHMIGUNG VON GREG JEIN

VIERZEHN

DER NÄCHSTE SCHRITT

STAR TREK GENERATIONS 1994

STAR TREK GENERATIONS

Bereits während der fünften Season von *The Next Generation* sah Paramount einen siebten *Star Trek*-Film als logischen Schritt bei der Weiterentwicklung des Franchise an. Die erste Serie hatte sechs erfolgreiche Filme nach sich gezogen. Die zweite Serie würde schließlich auch ihre letzte Season erreichen. Was lag näher, als in die Fußstapfen der *Classic*-Serie zu treten und die Crew der *Enterprise-D* auf die Kinoleinwand umziehen zu lassen?

Aber wieder einmal wurde die Ursache für die Beliebtheit von *Star Trek* bei den Zuschauern genau unter die Lupe genommen. Zu der Zeit trieb *Star Trek* im Fernsehen in zwei verschiedenen Versionen Blüten. Wie aber konnte Paramount sicher sein, daß das im Kino auch so sein würde?

Rick Bermans Antwort war die, für den siebten Film eine verbindende Handlung zu entwikkeln, die dem Publikum beide Mannschaften in einer generationenüberspannenden Geschichte bot. Nach seiner Formulierung würde *Star Trek Generations* ›die Übergabe der Fackel‹ sein.

Mit zwei Serien in Produktion war *Star Trek* auf dem Paramount-Gelände ein Großunternehmen geworden, besetzt mit einer bewährten Crew mit jahrelanger Erfahrung bezüglich der speziellen technischen Anforderungen und der hohen Qualität, die eine *Star Trek*-Produktion verlangte. Als Produzent des siebten Films übernahm Berman klugerweise viele seiner maßgeblichen Mitarbeiter aus dieser Crew.

Herman Zimmerman kehrte auf die *Enterprise-D* zurück, deren Entstehung er sieben Jahre zuvor überwacht hatte. Michael Westmore und Robert Blackman brachten wieder ihre Erfahrung in Masken- und Kostümdesign ein. Und nach einer Abwesenheit von sieben Jahren übernahm Industrial Light & Magic wieder die Aufgabe, die *Enterprise-D* zu filmen, zum ersten Mal seit ›Mission Farpoint/Der Mächtige‹.

Sieben Jahre lang hatten Millionen Zuschauer die Abenteuer der *Enterprise-D* mitverfolgt. Irgendwie mußte das, was auf dem Fernsehbildschirm zu sehen gewesen war, für die Leinwand größer und besser sein.

Herman Zimmermans Ansatz bei dieser Herausforderung war typischerweise einfach und tiefschürfend zugleich. Er wollte, daß das Publikum die Dekors des Raumschiffs wiedererkannte, um dann, wenn es die für den Film ergänzten zusätzlichen Details und schwungvollen Designs bemerkte, zu sich zu sagen: »Oh, so muß es die ganze Zeit über ausgesehen haben.«

Und so wurden die Bühnenbilder der *Enterprise-D*, von denen einige erstmals für die überarbeitete Original-*Enterprise* in *Star Trek – The Motion Picture* entworfen und gebaut worden waren, für ihren letzten Auftritt vorbereitet. Farben wurden geändert, die Proportionen verändert, neue Details hinzugefügt, alles um die Illusion der Realität zu verstärken, die *Star Trek* so mühevoll geschaffen hatte. Als die Kameras dann zum letzten Mal liefen, wurde das Bühnenbild in der dramatischen Absturzsequenz zerstört.

Fast schon einer Tradition folgend, wurden Teile des zerstörten Bühnenbilds für eine Wiederverwendung in *Voyager* gerettet. So kommt es, daß die Transporterscheiben aus der *Classic*-Serie noch immer in Betrieb sind, um Captain Janeways Crew an Bord zu beamen. Die eleganten Fenster des Gesellschaftsraumes dienen immer noch dem Blick auf die Sterne, wenn auch in einer leicht veränderten Zusammenstellung. Aber man kann nicht leugnen, daß mit *Generations* das erste große Zeitalter von *Star Trek* wirklich ein Ende fand. Die nächste *Enterprise*, die im achten Film zu den Sternen reisen wird, wird die erste sein, die ohne die Führung, das Wissen oder die Beteiligung ihres Schöpfers Gene Roddenberry entsteht.

Als jemand, der immer in die Zukunft blickte, wußte Roddenberry, daß dieser Tag kommen würde. Er konnte ihm gelassen entgegensehen, da er miterlebt hatte, wie seine Schöpfung in den Händen anderer seit mehr als 25 Jahren aufblühte.

Roddenberry sagte einmal: »Es ist anzunehmen, daß, wenn ich gegangen bin, andere kommen werden und es so gut machen, daß die Leute sagen werden: ›Oh, dieser Roddenberry. Er war nie *so* gut.‹ Mit dieser Aussage wäre ich zufrieden.«

Es besteht kein Zweifel, daß unter Rick Bermans Leitung *Star Trek* in den kommenden Jahren weiter aufblühen wird. Und wie der Fortschritt in den Bildern dieser Sammlung so klar erkennen läßt, wird die Präsentation uns weiterhin fesseln, selbst wenn *Star Trek* sich in den Händen von

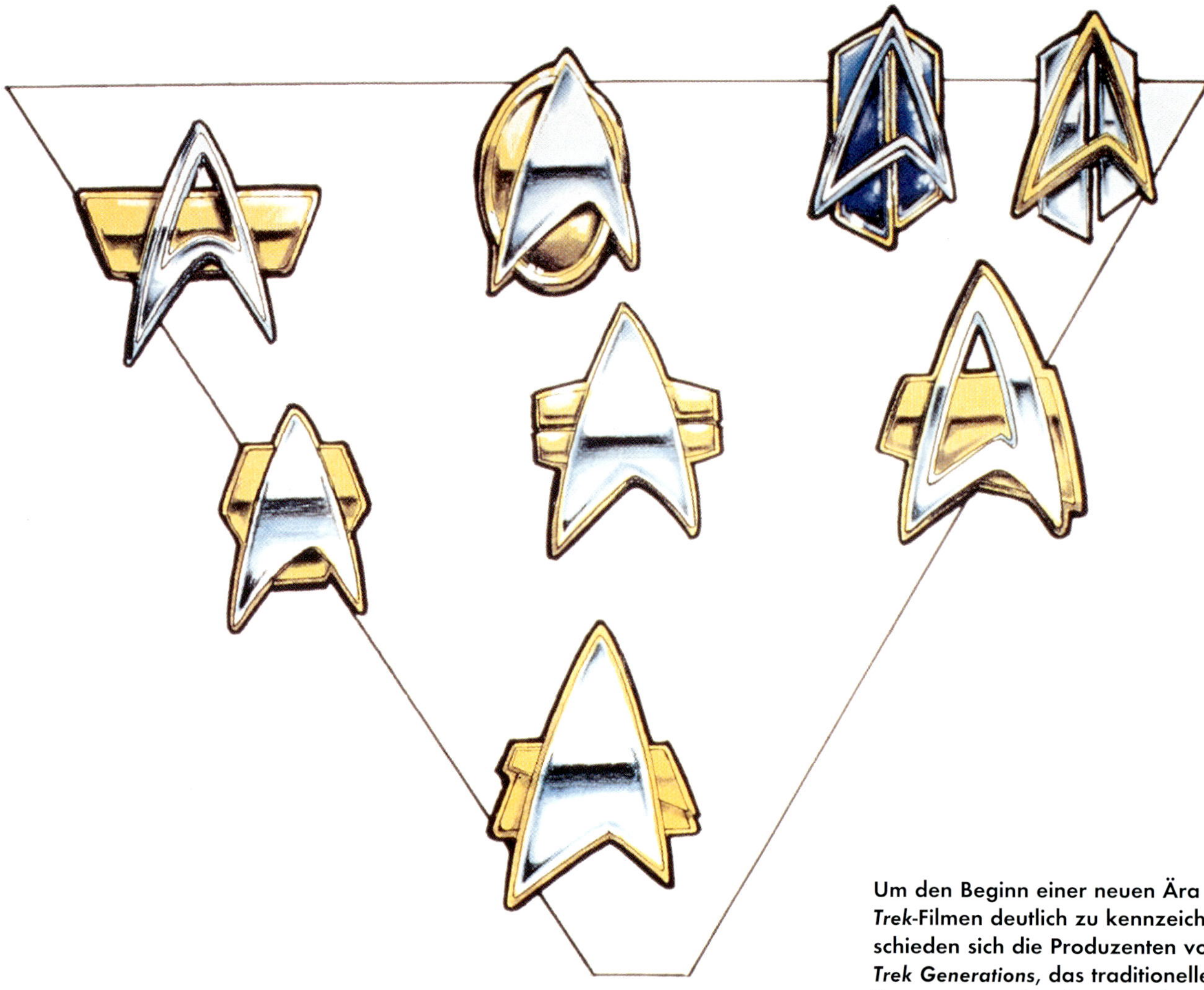

Um den Beginn einer neuen Ära von *Star Trek*-Filmen deutlich zu kennzeichnen, entschieden sich die Produzenten von *Star Trek Generations*, das traditionelle Starfleet-Logo zu aktualisieren, das ursprünglich von William Ware Theiss entworfen worden war.

Menschen weiterentwickeln wird, die erst noch ihren Schulabschluß machen oder vielleicht erst noch geboren werden müssen.

Aber ganz gleich, was vor uns liegt, jeder *Star Trek*-Geschichte, jeder Designerskizze und jeder Zeichnung wird der Geist Gene Roddenberrys innewohnen, der immer mit von Wundern geweiteten Augen und einem Herzen voller Hoffnung in die Zukunft blickte.

EINE NEUE ENTERPRISE

Obwohl ein Schiff der *Excelsior*-Klasse sieben Jahre als *Enterprise-B* an der Wand des Bereitschaftsraums der *Enterprise-D* gehangen hatte, dauerte es doch bis *Star Trek Generations*, ehe dieses Schiff zu einem offiziellen Teil der *Star Trek*-Geschichte gemacht wurde.

Das ursprüngliche *Excelsior*-Modell, das von Bill George bei ILM entworfen worden war, wurde mit einem Aufsatz am Rumpf versehen und neu lackiert, um zur ›B‹ zu werden. Teile dieses Aufsatzes konnten dann herausgerissen werden, um den Schaden darzustellen, den der Nexus verursacht hatte, ohne das Modell selber zu beschädigen, das auf diese Weise für mögliche weitere Einsätze gerettet wurde.

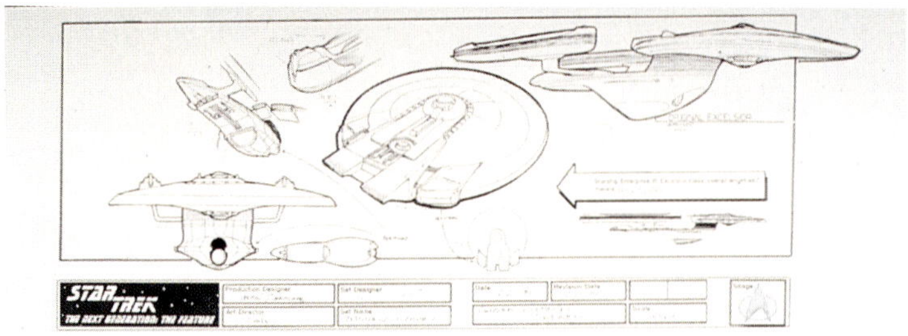

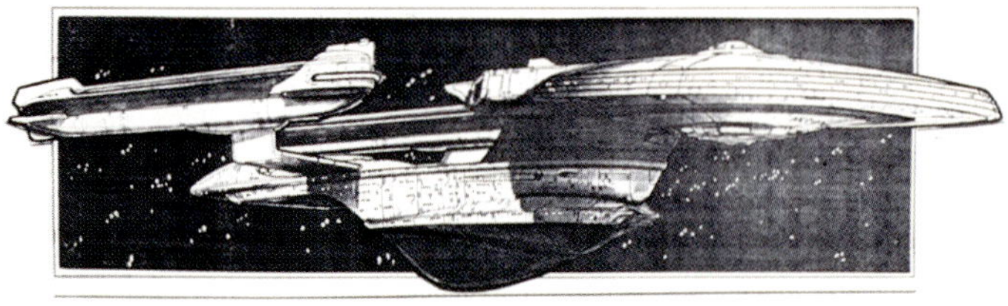

Vergleichszeichnungen, die die Unterschiede zwischen der *Excelsior* und der neuen *Enterprise-B* zeigen

Die Brücke der *Enterprise-B* ist eine überarbeitete Version der Brücke aus *The Undiscovered Country*. Beachten Sie, daß die Kommunikations- und Operator-Stationen seitenverkehrte Versionen der *Enterprise-D* sind. Wegen der Verzögerung zwischen den Dreharbeiten der Realfilm-Szenen und der Effektsequenzen, wurde dieses Bühnenbild fertiggestellt, bevor über das Design der *Enterprise-B* entschieden worden war. Daher weist die große Darstellung auf der Brücke nicht den vergrößerten Rumpf auf.

Ein vollständig computererzeugtes Modell der *Enterprise-B*, das für alle Sequenzen benutzt wurde, in denen das Licht des Nexus in unmittelbarer Nähe blitzte und zuckte.

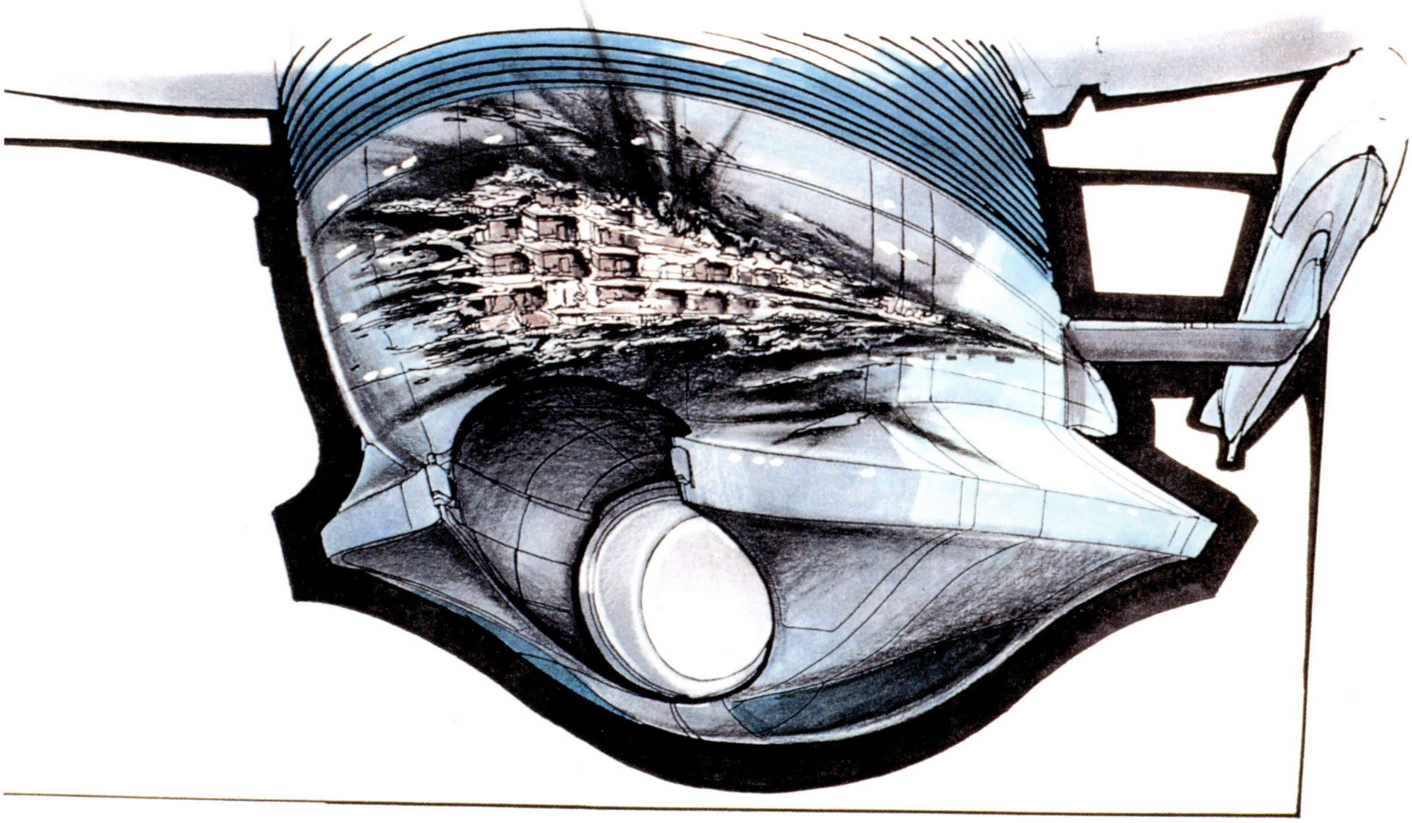

Ein früher Entwurf der
Beschädigung durch den Nexus

Die neue *Enterprise* im Raumdock erinnert an die offene Struktur, aus der die erste Film-*Enterprise* in *The Motion Picture* startete.

ZWEI SCHIFFE NAMENS ENTERPRISE

Das Filmbudget erlaubte es dem Produktionsdesigner Herman Zimmerman, einige langerwartete Veränderungen an den fürs Fernsehen produzierten Bühnenbildern vorzunehmen, die er sieben Jahre zuvor entworfen hatte. Außerdem konnte er einige beeindruckende neue Bühnenbilder von noch nie zuvor gezeigten Bereichen hinzufügen.

Zur neuen Innenbeleuchtung der *Enterprise-D* gehörten auch bernsteinfarbene Folien hinter einigen Transporterlinsen, die aus dem Bühnenbild der *Classic*-Serie stammten.

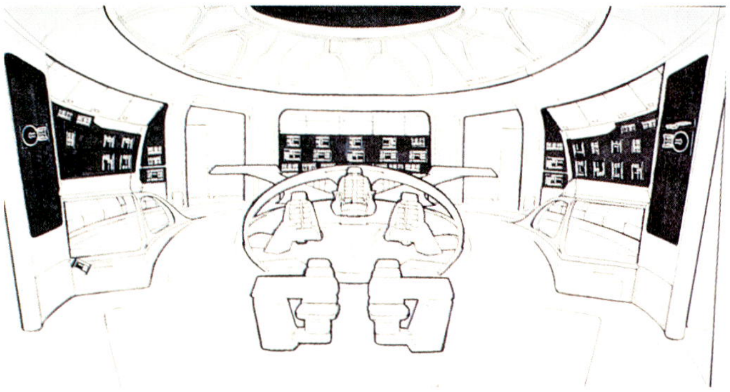

Ein Entwurf von John Eaves, der die Seitenstationen auf der Brücke der *Enterprise-D* zeigt. In *The Next Generation* waren sie nicht Teil des Bühnenbilds, da es zusätzliche Kosten verursacht hätte, sie in jeder Brückenszene zu besetzen.

Die endgültige Filmversion der Brücke der *Enterprise-D*, mit veränderter Beleuchtung, satteren Teppichfarben, vergrößerten Deckenstützen und Seitenstationen. Obwohl der größte Teil des Bühnenbilds während der Dreharbeiten der Absturzsequenz zerstört wurde, ist das Geländer sicher gelagert bis zu dem Tag, da eine neue *Enterprise* aus dem Raumdock startet, die die Crew der *Next Generation* zu neuen Abenteuern führt.

Ein Blick auf die Brücke der *Enterprise-B* aus der Perspektive des Captains. Die Farbskala von Nicholas Meyer aus *The Undiscovered Country* wurde beibehalten.

Beachten Sie bei diesen Aufnahmen der Brücke der *Enterprise-B* und des Deflektorraums, daß Michael Okuda und der Mitarbeiterstab der Künstler und Designer für die Kirk-Ära ein eigenes Beschriftungssystem bewahrt haben, das sich von dem der Picard-Ära unterscheidet, beispielsweise in den Nummern auf dem Metallgeländer.

KOSTÜME AUS FÜNF JAHRHUNDERTEN

Wegen der Holodecksequenz, in der die Crew von *The Next Generation* in *Generations* auftritt, mußte Robert Blackmans Arbeit Jahrhunderte umfassen – und ein paar Umwege über andere Welten nehmen.

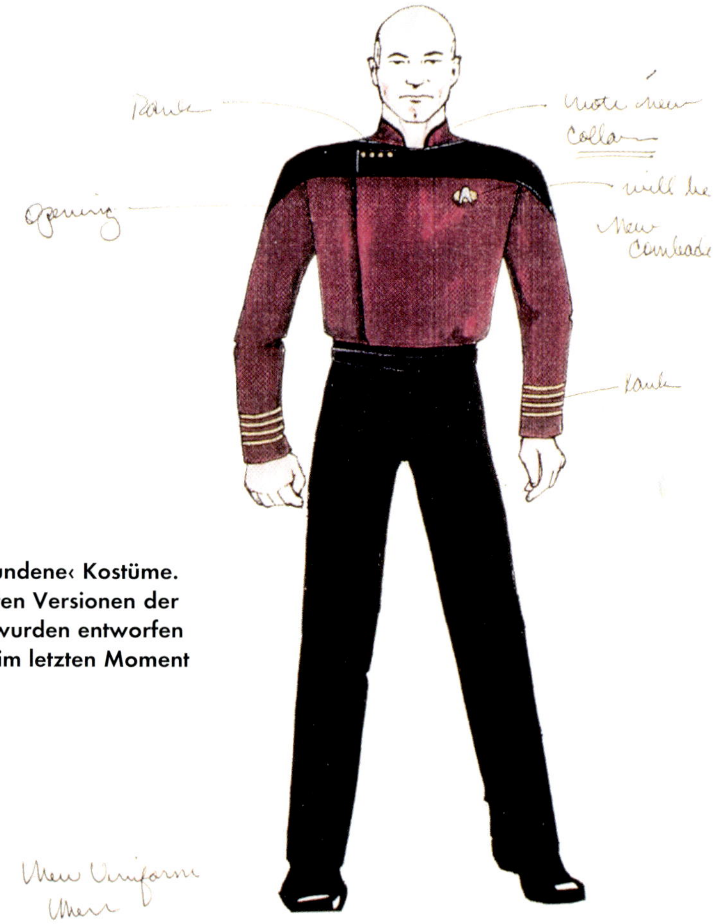

Weitere ›verschwundene‹ Kostüme. Diese überarbeiteten Versionen der Starfleet-Uniform wurden entworfen und genäht, aber im letzten Moment fallengelassen.

Holodeck-Kostüme, die auf britischen Marineuniformen des 19. Jahrhunderts basierten

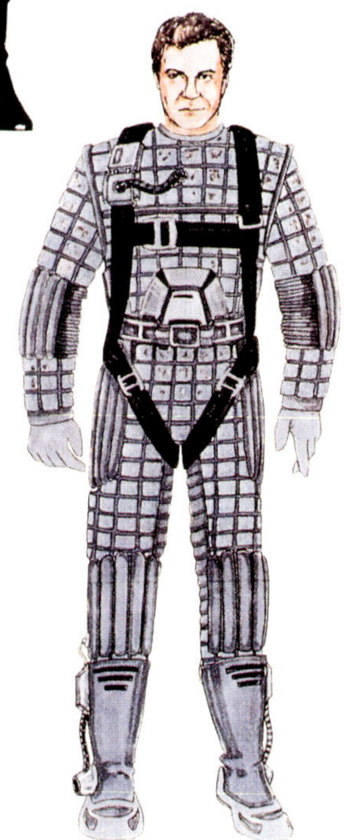

Die Duras-Schwestern Lursa und B'Etor. Robert Blackmans Kostüme bewahren die Tradition der *Star Trek*-Geschichte, indem sie Elemente von Robert Fletchers ersten Filmentwürfen übernehmen.

Kirks Skydiving-Anzug wurde gefertigt und gefilmt, obwohl die Sequenz, in der er ihn trug, aus der Kinofassung des Films geschnitten wurde.

VOM ZEICHENBRETT ZUR REALITÄT... MANCHMAL

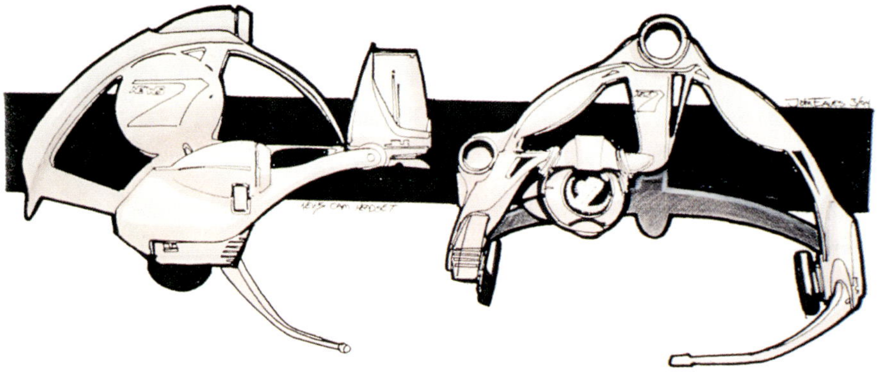

JOHN EAVES

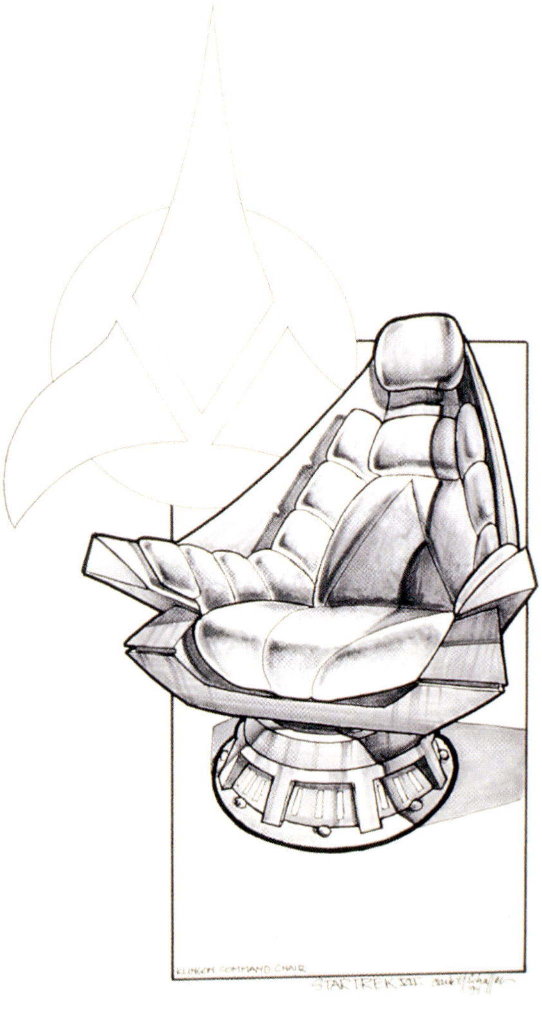

ENTWURF: CLARK SCHAFFER

Clark Schaffer schwebte ein neuer, beeindruckender Kommandosessel für die Brücke des *Bird of Prey* vor. In diesem Fall jedoch erwies sich die Phantasie des Künstlers als zu elegant für etwas, was Klingonen gehören könnte. Der endgültige Sessel war viel nüchterner und paßte zum mitgenommenen Aussehen des alten Schiffs.

JOHN EAVES

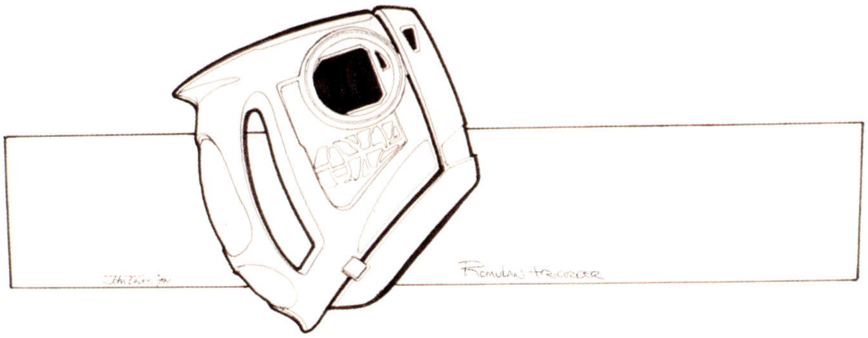

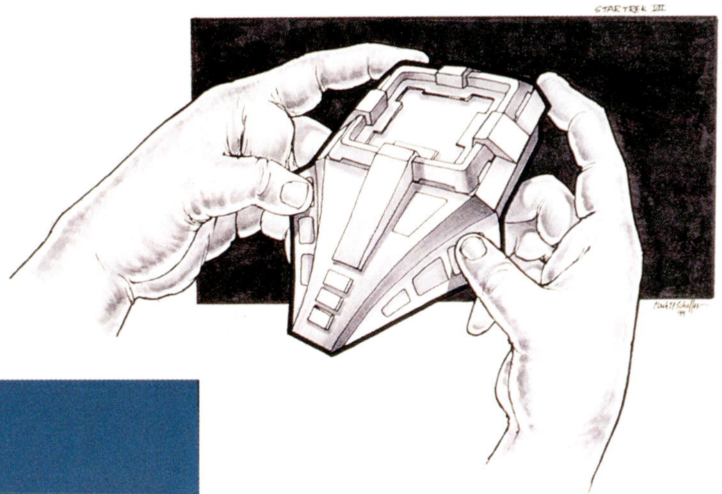

CLARK SCHAFFER

Einige der kleineren Requisiten für *Generations*

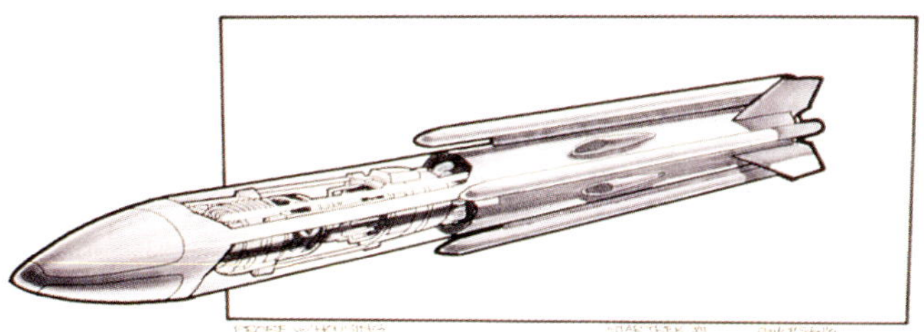

Diese beiden Entwürfe für Sorans Waffe wiesen eindeutig die Richtung für das endgültige Design.

ENTWURF: CLARK SCHAFFER

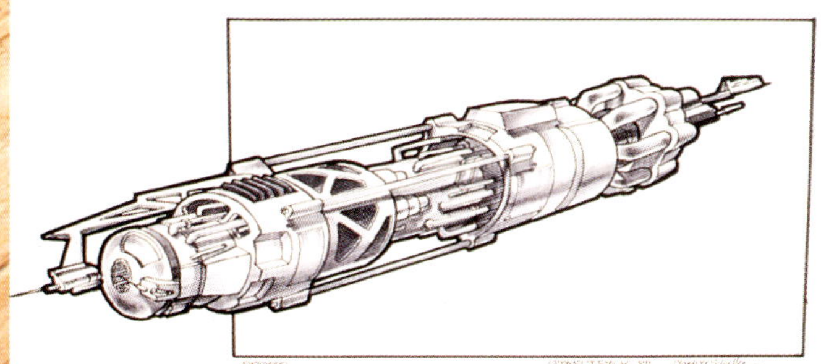

HIGHTECH- UND LOWTECH-STORYBOARDS

Es sollte niemanden überraschen, daß Industrial Light & Magic als Branchenführer im Bereich der optischen Effekte die neueste Computertechnologie verwendet, um Storyboards zu produzieren, so wie sie auf der rechten Seite zu sehen sind.

Dennoch – und das zeigen die Storyboards unten – beginnen auch die großartigsten Bilder, die mit der höchstentwickelten Technologie erschaffen werden, in der Phantasie des Künstlers, durch nichts anderes als einen einfachen, altehrwürdigen Bleistift zum Leben erweckt.

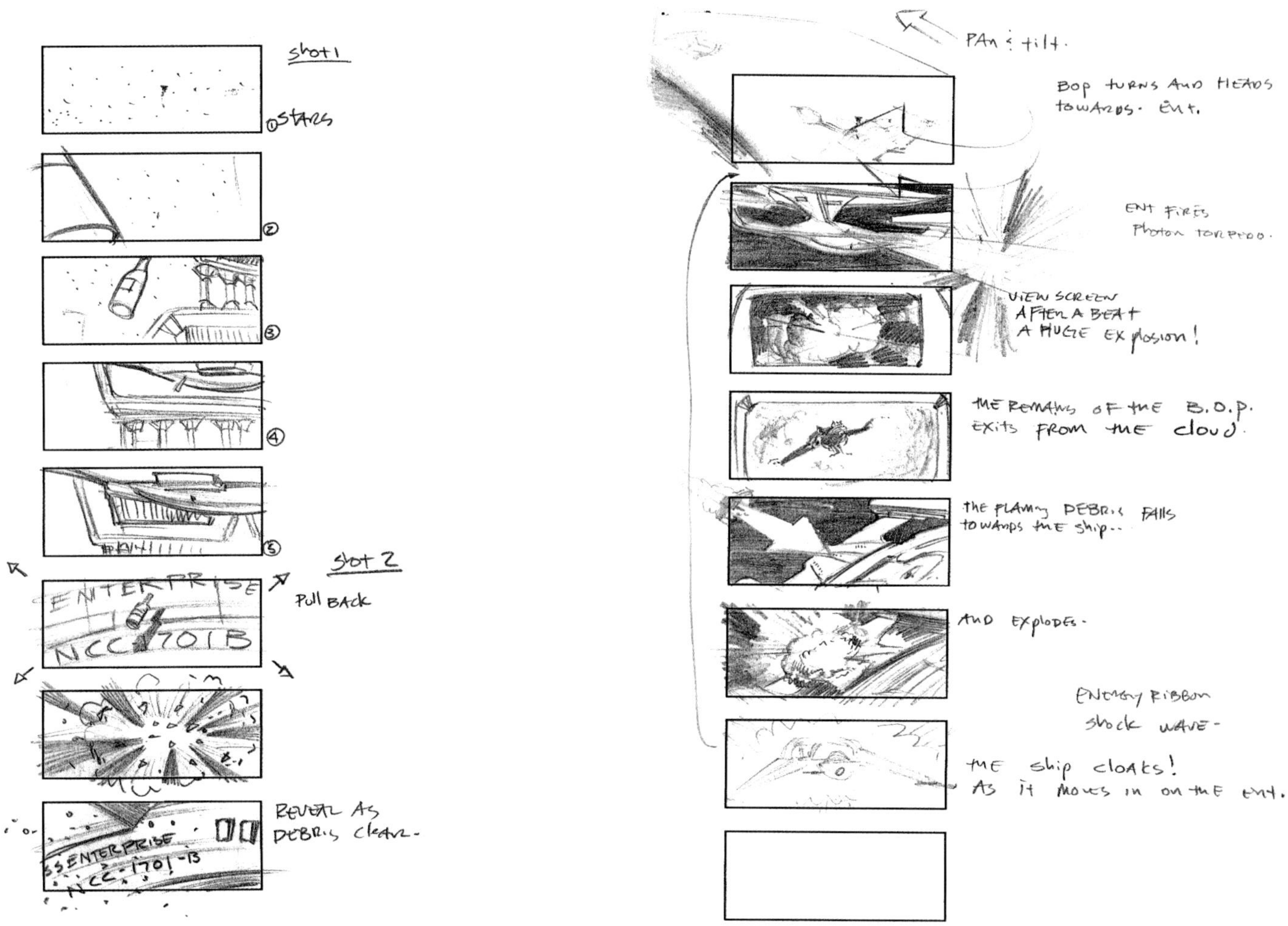

Erste Bleistift-Storyboards, gezeichnet von Bill George während der Planungsbesprechung mit John Knoll

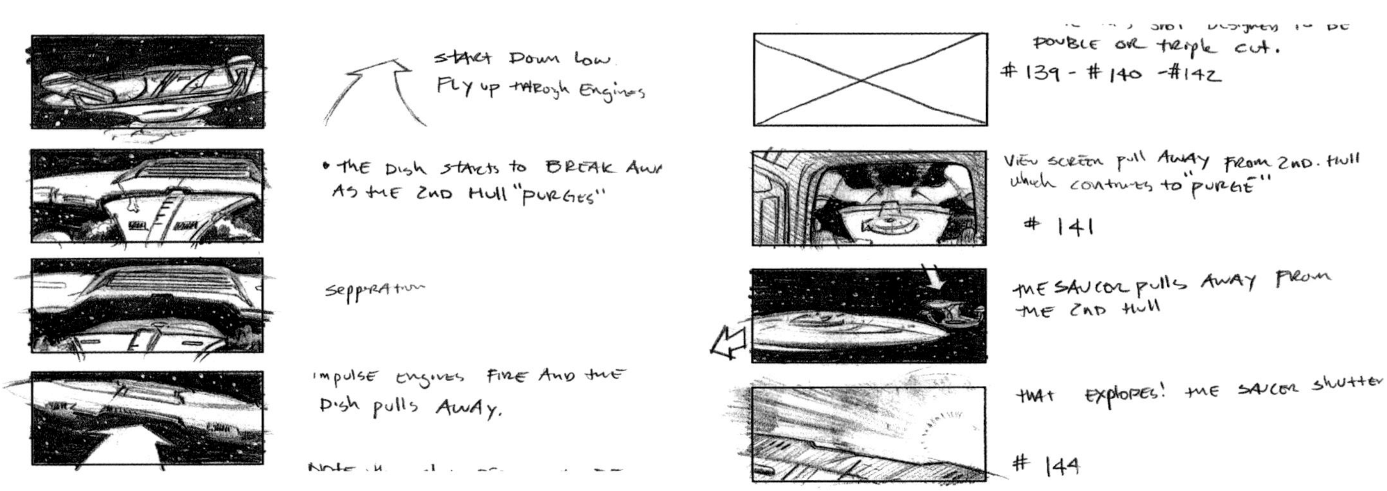

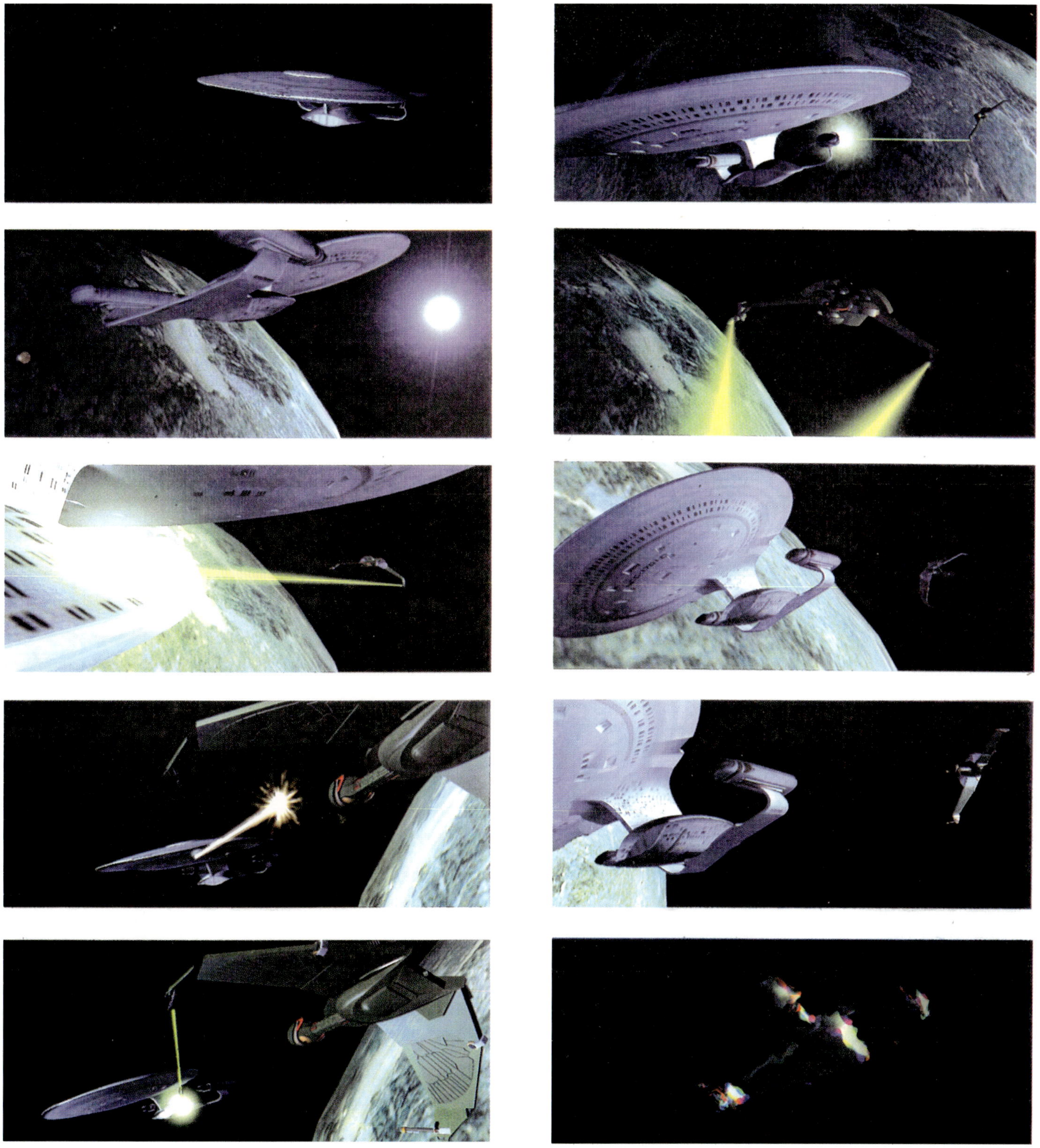

ALLE STORYBOARDS MIT FREUNDLICHER GENEHMIGUNG VON INDUSTRIAL LIGHT & MAGIC

Computererzeugte Storyboards von John Knoll

Und wieder kombinierten die Künstler und Techniker von Industrial Light & Magic, angeleitet von Storyboards und von ihrer Phantasie, Liveaufnahmen, Modelle, Matte-Zeichnungen und computererzeugte Bilder, um diese Szenen zu gestalten, die nur auf einzelnen Bildern existieren.

DETAILS, DETAILS...

Ein Gemälde an einer Wand in Picards Nexus-Phantasie – einer seiner Vorfahren, der bei Trafalgar kämpfte

Eine nostalgische Trophäenwand in Kirks Hütte im Nexus. Die Widmungstafel ist eine Nachbildung, die sich jetzt in Herman Zimmermans Büro befindet. Das Mannschaftsfoto stammt von der letzten gemeinsamen Reise – ***The Undiscovered Country***. Eine größere Wiedergabe des Gemäldes der ***Enterprise*** findet sich auf der Doppelseite nach dem Nachwort in diesem Buch.

Ein letzter Blick auf einen Korridorabschnitt, der 16 Jahre zuvor für ***Star Trek – Phase II*** gebaut worden war.

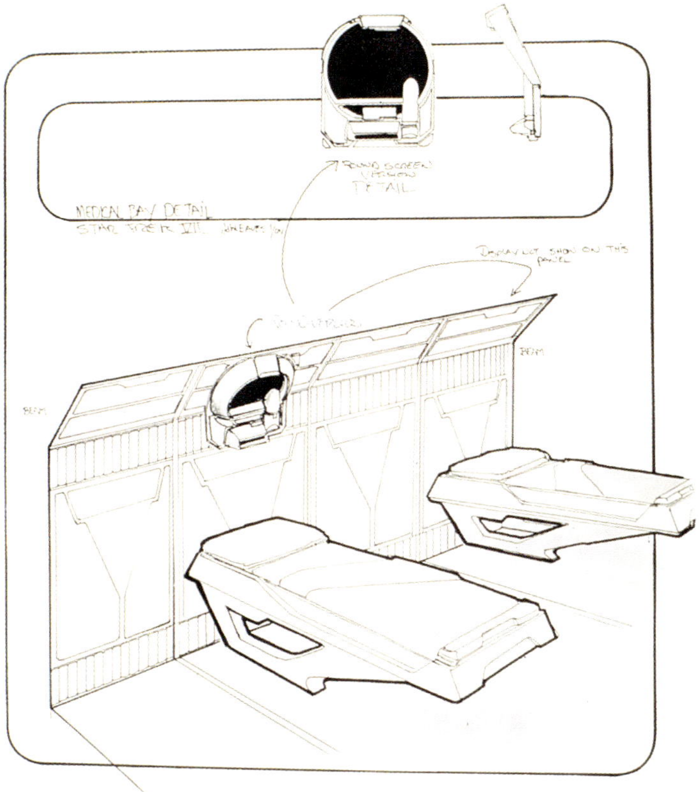

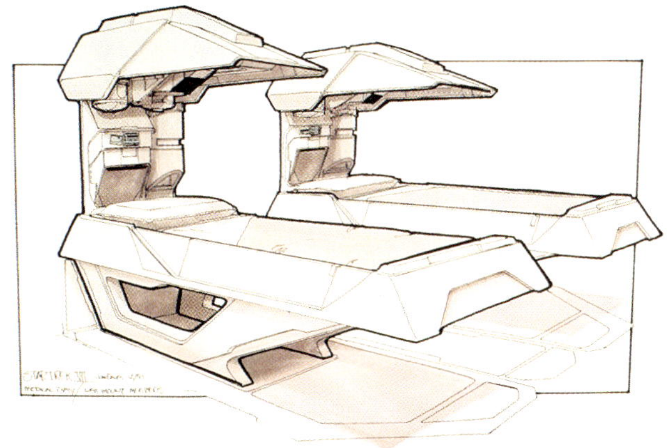

Trotz dieser Entwürfe von John Eaves war die Krankenstation der *Enterprise-B* letztlich eine umgebaute Version des Bühnenbilds von *The Next Generation*.

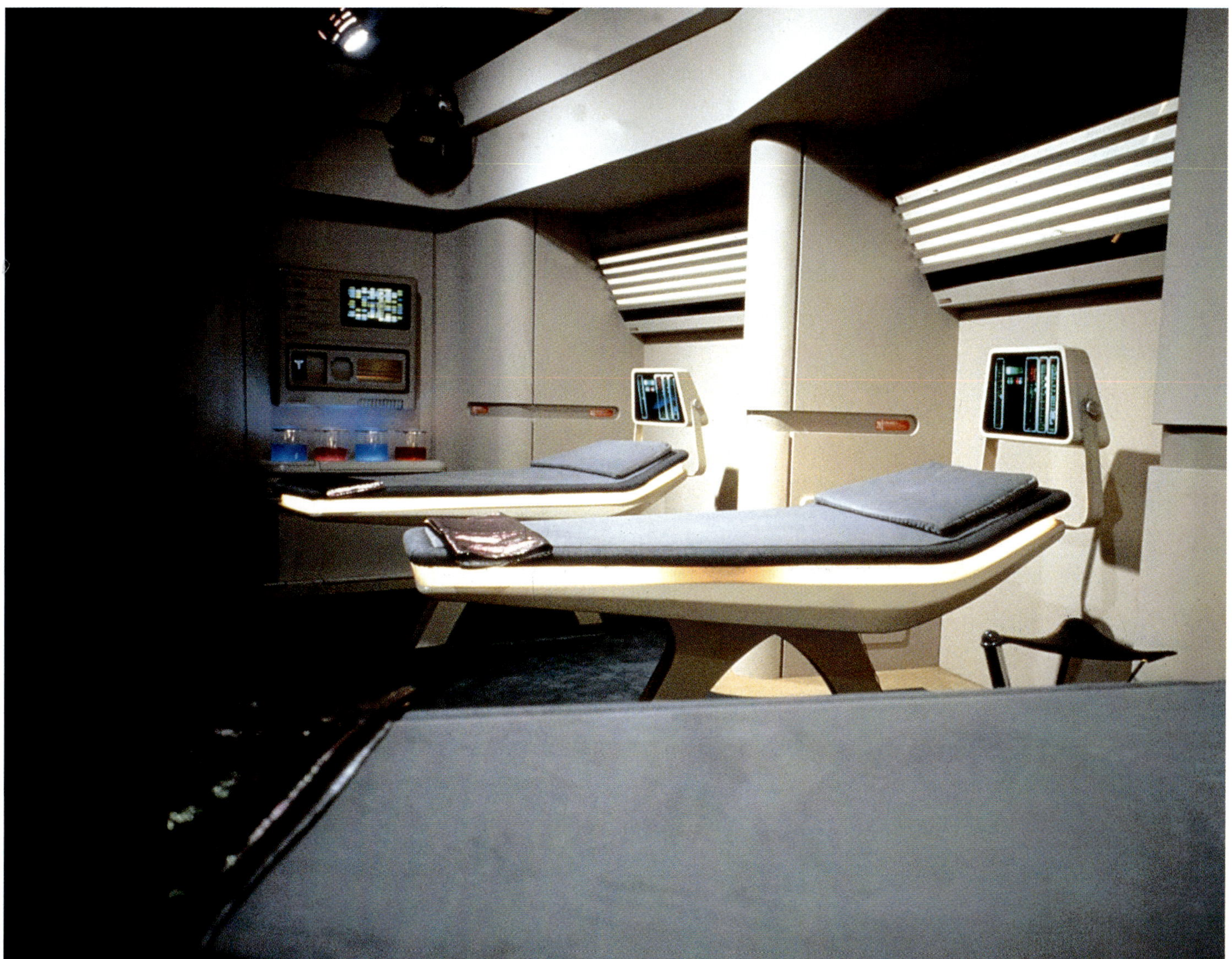

DAS ENDE IST NAH

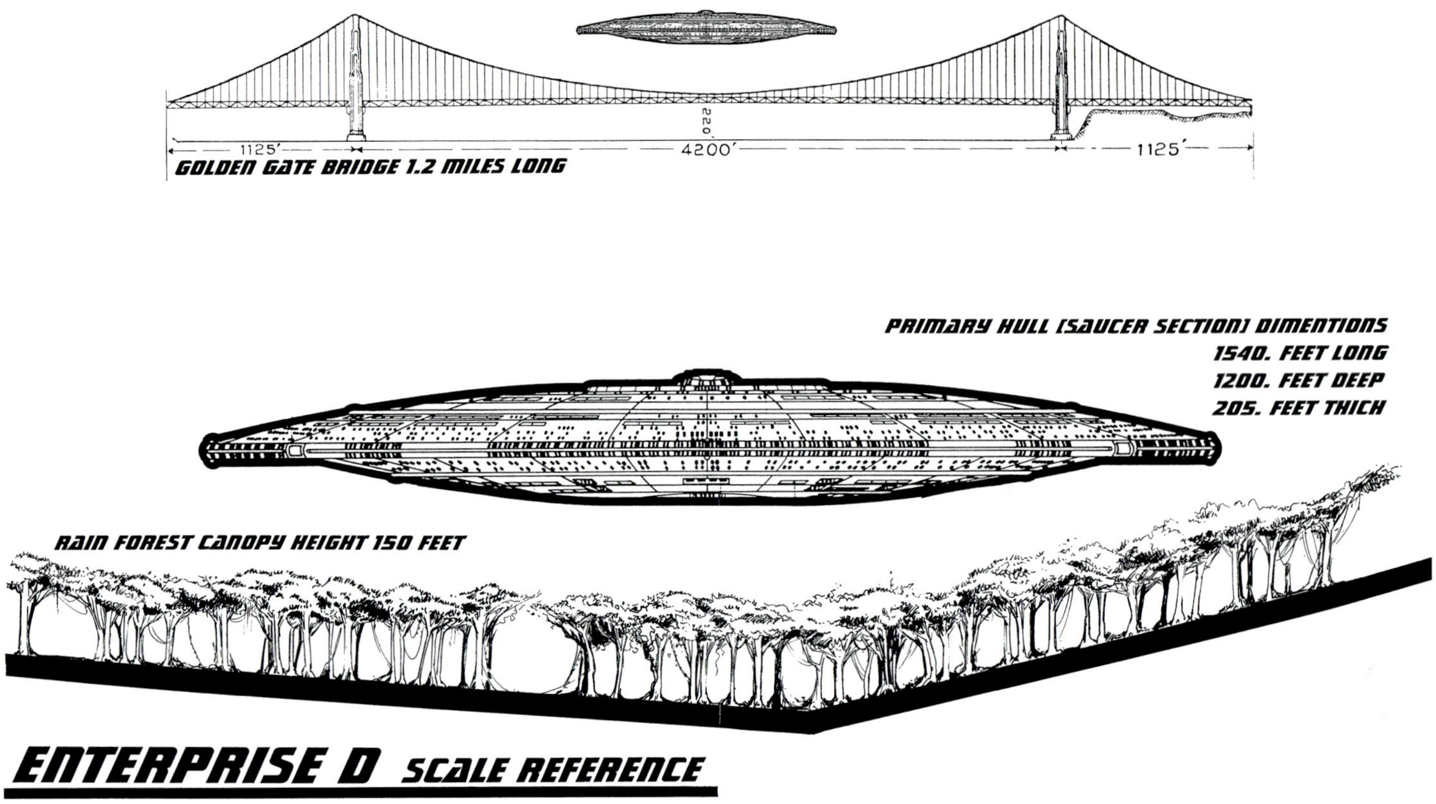

Die dramatische Absturzsequenz in *Generations* wurde ursprünglich von Ron Moore, Brannon Braga und Jeri Taylor als mögliche Szene für den Cliffhanger der sechsten Season von *The Next Generation* entwickelt. Die optischen Effekte, die notwendig waren, um diese Szene erfolgreich umzusetzen, waren für eine Fernsehproduktion zu teuer, also mußte diese Sequenz bis zum ersten – und letzten – Filmeinsatz der *Enterprise-D* warten.

Diese Storyboards zeigen die detaillierte Planung, aus der die – wie *Generations*-Koautor Ron Moore es nannte – ›große ‚Wow'-Szene des Films‹ entstand.

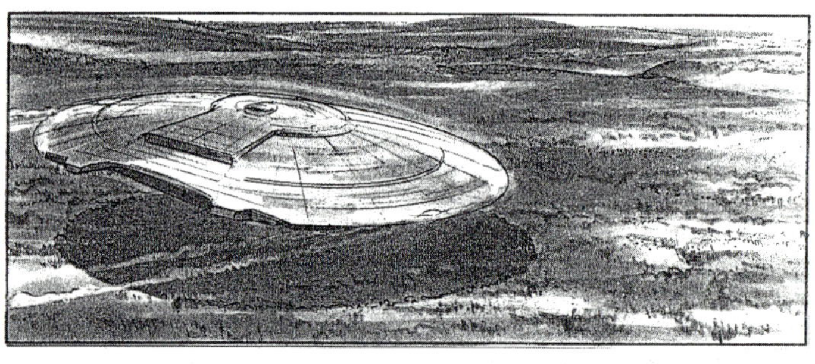

Die Kamera folgt dem Diskus, während er über die Oberfläche des Waldes gleitet. Der Diskus und sein Schatten kommen sich näher.

Blick vom Boden zwischen den Bäumen hindurch auf den enormen, vorüberfliegenden Diskus, der den Himmel verdunkelt. Einen Moment später trifft eine Schockwelle die Bäume, das Bild wird von Trümmern verdeckt.

Auf dem Hauptmonitor kommt der Boden näher.

Nahaufnahme des Diskusrandes, während er sich durch die Bäume pflügt.

Der Diskus schlägt auf, wobei er eine enorme Wolke aus Staub und Trümmern aufwirbelt.

Blick von oben, wie sich der Diskus durch den Dschungel frißt.

Der Diskus schlägt hinter einem Hügel auf. Der Aufprall verursacht eine Wolke aus Staub und Trümmern. (Während der Produktion wurde diese Aufnahme als die *Lost in Space*-Aufnahme bezeichnet.)

UMSEITIG: Entwurf für die Absturzsequenz von Eric Tiemens.

TIEMENS

Datas Gemälde seiner Katze Spot, frei nach Picasso. Entworfen von Wendy Drapanas.

NACHBEMERKUNG

Eine der Fragen, die den an der Produktion von *Star Trek* Beteiligten am häufigsten gestellt wird, lautet: Warum ist *Star Trek* so beliebt?

Jeder hat seine bevorzugte Antwort: Hoffnung für die Zukunft. Mitreißende Geschichten. Faszinierende Charaktere. Eine dramatische Metapher für das menschliche Abenteuer. Alles stimmt, aber kann es wirklich nur *eine* Antwort geben? Wir glauben nicht.

Die Frage, warum *Star Trek* einen so dauerhaften Erfolg hat, ist die Frage, warum das Space Shuttle fliegen kann.

Das Space Shuttle ist die wohl komplizierteste Maschine, die jemals von Menschenhand gebaut wurde, aber niemand kann erklären, warum es fliegt. Statt dessen gibt es Hunderte, vielleicht Tausende kleiner, miteinander verbundener Antworten, die alle zu einer größeren, bedeutenderen Erkenntnis führen.

Und so ist es auch mit *Star Trek*. Niemand wird jemals exakt sagen können, was *Star Trek* so beliebt macht, weil seine Anziehungskraft das Produkt von Myriaden miteinander verbundener Faktoren ist.

Vor über dreißig Jahren hatte Gene Roddenberry eine einzigartige Vision für eine Abenteuerserie, die in der Zukunft spielt. Was wäre aus dieser Vision geworden, wenn ein anderer Designer als Matt Jefferies die *Enterprise* entworfen hätte? Was, wenn sie wie eine Rakete aus *Flash Gordon* ausgesehen hätte – und heute von uns belächelt würde?

Wo wäre *Star Trek* heute, wenn NBC den ersten Pilotfilm genommen hätte, ohne Kirk und McCoy, dafür mit einem lächelnden Spock?

Ganz gleich, wie die Antwort auf *Star Treks* Erfolg ausfallen mag – durch die Beiträge von Hunderten von Autoren, Produzenten und Regisseuren, Schauspielern und Künstlern über die Jahrzehnte hinweg gibt es keine einfache Antwort.

Und so ist es auch mit der *Star Trek*-Kunst.

Als wir die Arbeit an diesem Projekt aufnahmen, beschäftigte uns die Frage: Wie können 30 Jahre *Star Trek*-Design auf knapp 300 Seiten komprimiert werden?

Nach fast zwei Jahren, in denen wir uns durch mehr als fünftausend Zeichnungen, Gemälde, Blaupausen und Fotos kämpften, wurde die Antwort offensichtlich: Es geht nicht.

Für jedes Bild in diesem Buch mußten zwei andere, nicht weniger interessante Bilder abgelehnt werden. Für jeden genannten Künstler muß ein anderer, gleich wichtiger auf eine andere, zukünftige Sammlung warten.

Dieses Buch ist nur eines jener kleinen Unterprogramme, die sich in dem riesigen Space Shuttle finden. Das Erscheinungsbild von *Star Trek* war immer charakteristisch und beziehungsreich, was die Abenteuer und das Wunder der Zukunft angeht. Und nun, nach all diesen Jahren, wird es begleitet von einem Gefühl der Nostalgie. Das ist nicht der einzige Grund, warum *Star Trek* eine so erfolgreiche Basis für Geschichten geworden ist, aber es veranlaßt uns, zurückzutreten und all die anderen Elemente zu würdigen, die zusammengekommen sind, sich vermischt und weiterentwickelt haben, wie Gene Roddenberry es sich vorgestellt hatte.

Das ist die wahre Kunst von *Star Trek*. Und das ist sie immer gewesen.

UMSEITIG: Dieses letzte Bild der Original-*Enterprise*, möglicherweise das letzte, das jemals in einer *Star Trek*-Produktion zu sehen sein wird, wurde geschaffen, um in *Star Trek Generations* an der Wand in Kirks Hütte zu hängen. Michael Okuda digitalisierte ein Bild aus einer Computeranimation von John Knoll, Industrial Light & Magic. Er bearbeitete das Bild im Computer, um den bunten Wasserfarbeneffekt zu erzielen.

Über die Autoren

Judith und Garfield Reeves-Stevens arbeiten seit 1986 als Autorenteam. Im Bereich Erziehung sind sie als Autoren von Science Around Me bekannt, einer Reihe von Wissenschafts- und Technologielehrbüchern für Kinder, sowie für interaktive Lese- und Schreibprogramme in der Unicorn-Reihe.
Sie haben drei *Star Trek*-Romane geschrieben – ›Das Zentralgehirn‹, ›Die Erste Direktive‹ und ›Die Föderation‹ – sowie den ersten Roman in der *Alien Nation*-Reihe, ›The Day of Descent‹, und ihre eigene Action/Abenteuer/Fantasy-Reihe *The Chronicle of Galen Sword*.
Zu ihren anderen *Star Trek*-Projekten gehört ›Star Trek – Deep Space Nine: Die Realisierung einer Idee‹, ein Blick hinter die Kulissen der Entstehung der Erfolgsserie. Sie sind außerdem William Shatners Ko-Autoren bei seiner Trilogie, die die letzten Abenteuer des James T. Kirk erzählt.
Sie zeichnen außerdem verantwortlich für Drehbücher für Realfilm- und Zeichentrickserien, von *Beyond Reality* bis hin zum Zeichentrick-*Batman*. Sie waren mit an der Entstehung der neuen SF-Zeichentrickserie *Phantom 2040* beteiligt und fungierten als Ausführende Redakteure, zudem haben sie die neue *Flash Gordon*-Zeichentrickserie entwickelt.

Über Herman Zimmerman

Herman Zimmerman ist einer der talentiertesten und erfahrensten Produktionsdesigner in der Filmbranche. Bevor er Art Director/Produktionsdesigner für Film und Fernsehen wurde, war er Associate Professor of Drama an der Northwestern University, wo er Technischer Leiter und Bühnenbilddesigner des Universitätstheaters war. Seit er nach Kalifornien gekommen ist, hat er für jedes große Film- und Fernsehstudio in Hollywood gearbeitet und Umgebungen und Hintergründe für jedes Unterhaltungsgenre entworfen – von Sitcoms zu ernsten Dramen, von Spielshows zu Musikshows, von Industriefilmen und Werbespots zu Talkshows und Nachrichtensendungen, von Fernseh- bis hin zu Kinofilmen.
Seit den letzten zehn Jahren ist Herman Zimmerman Produktionsdesigner für die verschiedenen *Star Trek*-Produktionen, war an der Entstehung von *Star Trek – The Next Generation* und *Star Trek – Deep Space Nine* beteiligt und arbeitete als Produktionsdesigner für drei *Star Trek*-Kinofilme: *Star Trek V – The Final Frontier, Star Trek VI – The Undiscovered Country* und *Star Trek Generations*.